Маціяс Гёрыц

ПАРКЕР

Раман

Пераклад з нямецкай
Галіны Скакун

Пераклад зроблены паводле:
Matthias Göritz. "Parker", Roman, C.H. Beck, 2018.

Skaryna Press
London
2025

Кніга выдадзена пры падтрымцы Інстытута імя Гётэ ў выгнанні.
The book was supported by the Goethe-Institut.

Адказны рэдактар Ігар Іваноў
Рэдактар Купрыян Якубовіч
Дызайнерка вокладкі Алена Нядзельская

ISBN 978-1-915601-68-1

Прысвячаю Зільке

Бо якая карысць чалавеку, калі ён увесь свет
здабудзе, а душы сваёй пашкодзіць?
Евангелле паводле Мацвея 16:26

Частка I

ЗМЕРЗЛЫ КОТ

Раздзел 1

Нядзеля, Лондан

Трэці раз у гэтым годзе ў аэрапорце Хітроў прагучала папярэджанне пра бомбу, а быў жа яшчэ толькі студзень. Наступны раз палячу праз Франкфурт, падумаў ён, і, мабыць, не ў бізнес-класе. Ягоны рэйс спазніўся, таму давялося накіравацца адразу ў зону вылету. І вось ужо каторую гадзіну ён сядзіць перад кіёскам з кавай на адным з тых бэзавых цвёрдых пластыкавых крэслаў, якія, калі доўга глядзець на іх, быццам лунаюць над загвазданай светла-карычневай мазаічнай падлогай. Ён так радаваўся, што трапіць у бар „Брытанскіх авіялiній", дзе перад кавай можна з'есці свежы бутэрброд з вэнджаным ласосем і выпіць шампанскага. Нягледзячы на празмерную цеплыню ў зоне вылету, яму было холадна. Ён задумаўся, ці не купіць у якой-небудзь крамцы пуловер, але вырашыў, што не варта. Ніякіх неабавязковых выдаткаў.

Ён разгарнуў ноўтбук і пачаў пісаць ліст містару Хвангу, каб нагадаць яму, што неўзабаве ім можна будзе канчаткова дамовіцца пра тэрмін ягонай працы ў Карэі ў якасці запрошанага прафесара. Жанчыну Паркер заўважыў толькі тады, калі скончыў пошук інфармацыі пра банк Клетэнберга, кліентам якога ён стане з наступнага месяца, і закрыў пошукавую форму. Незнаёмая сядзела наўскаса насупраць яго, нецярпліва пагойдваючы нагою ў вастраносым боціку, халява якога была аздоблена кавалачкамі штучнага футра. Паркер усміхнуўся жанчыне, яна адвяла ад вуха мабільнік і ўсміхнулася ў адказ. Валасы яе былі такога ж колеру, як і штучнае футра на боціках, каштанавы тон пераліваўся то святлейшым, то больш насычаным, то зусім цёмным адценнем. Паркер устаў, не дапіўшы капучына, запакаваў ноўтбук у тэчку і пайшоў у бок таблічкі „Мужчынскі туалет".

Перад адной кабінкай утварылася лужа, ён абышоў яе шырокім паўкругам, перш чым спыніцца ля пісуара ў кутку. Аўтаматычна ўключыўся змыў. Пісуары вытыркаліся са сцяны далёка наперад разяўленымі белымі рыбінымі пашчамі, яны нібыта падтрымлівалі таямнічую сувязь з невядомым булькатлівым светам, дзе проста ў трубах пад забітай мачавым каменем накрыўкай-сеткай туліўся і марыў пра неба нейкі Ёна. Паркер накіраваўся па праходзе паўз аўтамат з прэзерватывамі да ўмывальнікаў, выціснуў з дазатара пухкую пену, павярнуўся да сушылкі, якая абадзьмула гарачым ветрам усё яшчэ схаваныя пад мылам лініі жыцця на ягоных руках, нагадаўшы пра пустыню і гарбарню.

Паркер быў стомлены.

Калі ён вярнуўся ў залу, жанчыны там ужо не было. На планшэце ён праглядзеў праграму запланаванага семінара. Ён ужо ведаў, як пачне. Семінар прызначаўся галоўным чынам для юрыстаў.

Калі слабы, але мужны чалавек наб'е дужага,
але баязлівага
і адбярэ ў яго плашч
ці яшчэ што-небудзь,
то, калі іх праз гэта выклічуць на суд,
ніводнаму з іх нельга гаварыць праўды —
наадварот, баязлівец павінен сцвярджаць,
што мужны збіваў яго не адзін,
яму дапамагалі іншыя.
А мужны мусіць даказваць, што яны
сустрэліся адзін на адзін,
прыводзячы наступны аргумент:

*„Як жа мог я, вось такі, які я ёсць, адважыцца
напасці на такога, які ёсць ён?"*

Платон прыводзіць гэты судовы эпізод у сваім дыялогу
„Федр", у ім ён крытыкуе сафістаў і высмейвае несумленныя
сродкі рыторыкі. Паркер не мог стрымаць усмешку. Калі б рап-
там усё стала аднолькава пераканаўчым, то ў праўды не заста-
лося б ніякіх шанцаў.

— *Last call for passengers departing to Hamburg please proceed
to gate B16 immediately**.

Ён зайшоў у аўтобус, што падвозіў пасажыраў да самалёта,
дастаў ноўтбук і яшчэ раз праглядзеў пошту. Вочы гарэлі. Міс-
тар Зонга Морыс з Нігерыі слаў сардэчнае прывітанне і пра-
паноўваў цяжкую для ўяўлення суму — дзесяць з палавінай
мільёнаў долараў ЗША — пры ўмове, што... Так, пры ўмове...
Паркер уключыў рэжым палёту, выйшаў з аўтобуса, падняў-
ся па трапе і сеў побач з немаладой дамай у футры. Дама па-
кашляла, потым, націснуўшы на кнопку, адчыніла дарожны
несэсэр і пачала падпілоўваць пазногці. Кінула гэты занятак і
зірнула на Паркера з-пад павек у зялёных ценях.

Разбудзіў яго ціхі голас сцюардэсы. „Боінг" пайшоў на зні-
жэнне. Зноў пачынала сутонець. Вакол Паркера вось ужо амаль
цэлы дзень панавала штучная ноч, бясконцыя гадзіны ён бавіў
спачатку напалову лежачы, потым седзячы. З левага боку мір-
галі агеньчыкі віл Бланкенэзе. Самалёт рабіў кругі перад пасад-
кай, і з правага боку Паркер выхапіў позіркам порт.

Ён паставіў у багажнік таксі вялікі чамадан на колцах і
сумку, якую браў з сабою ў салон, і коратка скамандаваў: „Цэн-
тральны вакзал". Скураная абіўка сядзенняў у „мерседэсе" кла-
са люкс была сцюдзёная. Паркер задумаўся: як гэта дробныя
прадпрымальнікі могуць дазваляць сабе такія дарагія тач-
кі, — напэўна ж, непамерная страта вартасці. Кіроўца, тыповы
жыхар Гамбурга з сівымі бакенбардамі, у характэрнай кепцы

* Апошні раз запрашаем пасажыраў, якія вылятаюць у Гамбург, неад-
кладна прайсці на пасадку, стойка Б16 *(англ.)*.

з казырком, доўгай чорнай куртцы з шырокім каўняром, націснуў кнопку абагрэву. „Халаднавата сёння, га?“

Іх позіркі на імгненне сустрэліся ў люстэрку задняга віду. Паркера калаціла. Каб толькі не захварэць. Ён шчытней захінуў полы паліто. Мангольскі кашамір, але вельмі лёгкае. Ягоны дарожны гарнітур таксама быў занадта тонкі для такога надвор'я. І тут спераду, ад падгалоўнікаў, яго абдала плынь цёплага паветра. Кіроўца ўсміхнуўся і цалкам засяродзіўся на дарозе. Праехалі Рубенкамп, абмінулі раён прамысловай забудовы, пранесліся праз гарадскі парк. У Гарвестэхудэ Паркер заўважыў лёд на Альстэры. Яму прыблюзнілася, нібыта кіроўца сказаў яму: „Даўно мы вас тут не бачылі“, — а праз нейкі час дадаў: „Дзе гэта вы прападалі?“ Яшчэ яму пачулася, быццам той сказаў „шэф“. „Шэф“ ці то „бос“. Паркер страсянуў галавою, праганяючы гэтыя ўявы. Так бывае, калі не паспіш у самалёце.

Кіроўца не дапамог яму дастаць багаж. Запаліў цыгарэту і стаяў, пакуль Паркер нацягваў рамяні сумкі на высоўную ручку чамадана і асцярожна нахіляў свой цяжкі багаж. Ён заплаціў дакладна па лічыльніку.

У Ноймюнстэры ў купэ зайшлі і селі насупраць Паркера двое мужчын — магчыма, страхавыя агенты ці банкаўскія службоўцы сярэдняга ўзроўню. Апрануты яны былі ў шэрыя гарнітуры з магазіна гатовага адзення — штаны са складкамі ад пояса і з адваротамі, такі фасон павінен скіроўваць позірк на тонкую талію і якасны абутак, але ў іх не было ні таго, ні таго: падушачкі тлушчу на сцёгнах, кароткія тоўстыя лыткі над чаравікамі з універмага, у абодвух узорыстыя гальштукі з выявамі гоначных машын і васількоў — мабыць, прадавец у магазіне мужчынскай моды сказаў ім, што такія гальштукі надаюць больш нязмушаны выгляд. Магчыма, ён і казаў гэта не ім, а жонкам, якія мусілі кансультаваць мужоў, бо тыя не маглі самастойна зрабіць выбар. Цяпер яны не сядзелі моўчкі, заглыбіўшыся ў свае думкі. Не назіралі, як дзень хіліцца да вечара, як цемра памалу праглынае краявіды за акном, не звярталі ўвагі на зоркі ці хоць бы на мятны колер сядзенняў у колішнім экспрэсе. Яны не змаўкаючы размаўлялі, быццам ухапіліся адзін за аднаго на ўсю дарогу. Старэйшы зноў і зноў, праз пэўныя інтэрвалы, засоўваў левую руку ў кішэню пінжака. Напэўна, аматар пакурыць.

— Чуў? — загаварыў ён. — У Гальмана лейкемія.

Паркер насцярожыўся. Такой гутаркі ён ад іх не чакаў.

— Не можа быць!

— Праўда.

Абодва падціснулі вусны, іхнія цюленевыя вусы пры гэтым уздрыгнуліся.

— Лепш, чым СНІД, — сказаў маладзейшы, памаўчаўшы.

Яны кіўнулі адзін аднаму. Кожны прыгладзіў рукою штаны і кашулю, паслабіў гальштук.

Паркер адчуваў сябе збітым з тропу.

— Харошы быў чалавек.

— Гэта не ён прадказаў вынiковыя даныя акупнасці?

— Ён. Яго за гэта хацелі нават павысіць па службе.

— Так. Памятаю. А потым ён працаваў, здаецца, у хедж-фондзе.

— Дакладна. У групе Вегенера.

— Неблагая кар'ера.

— Неблагая.

— Але ж і працаваў як звер.

— Ну можна так сказаць.

— Двойчы атрымліваў велікодны бонус.

— Ты што? Праўда двойчы?

— Так. Нішто сабе! Двойчы.

Яны зноў кіўнулі адзін аднаму, быццам у гэты момант усвядомілі, што той двухразовы велікодны бонус ужо ператварыўся ў дым.

Паркеру было прыемна чуць пасля доўгай адсутнасці нямецкую мову, асабліва вось гэтую сухаватую разважлівую спеўную гаворку паўночных немцаў.

— Што тут скажаш, скрушна.

Паркер устаў, праверыў, ці надзейна ляжыць чамадан на багажнай паліцы, узяў тэчку з ноўтбукам і пайшоў у туалет. Адчыніў адкідное акно з рыфленай шыбай, і ў кабінку заструменілася халоднае паветра. Шыльду на будынку вакзала немагчыма было разгледзець. І толькі калі цягнік крануўся і на яе ўпала святло з вагонаў, ён прачытаў: Врыст.

Калі Паркер вярнуўся на сваё месца, у купэ ўжо нікога не было. Да яго чамадана ніхто не дакрануўся. Рэшту дарогі Паркер узіраўся ў акно.

Цела яе ільснілася на сонцы. Ніткі святла прабіваліся скрозь гардзіну ў Нілінай маленькай кватэры, клаліся кволымі пальчыкамі на яе бок; здавалася, што яны гладзяць тонкую талію, ногі, ступню, якою яна пагойдвала над коўдрай. Цёмны ўсмешлівы анёл у сонечных промнях.

Ніла проста пайшла з ім. Не мінула яшчэ і трох гадзін, як ён падпільнаваў яе перад яе кабінетам у Метраполітэн-музеі. У слапучым святле яны пабрылі па спякоце верасёўскага лета ў паўночным кірунку, у бок Рамбла, не надта аддаляючыся ад дарогі. Жоўтую, чырвоную, цаглястую лістоту паварушваў лёгкі ветрык. Паркер зірнуў угору. Лісце. Быццам рознакаляровыя рыбкі ў моры. Цэнтральны парк зіхацеў.

— Табе што — патрабуецца штучная дзікая прырода, каб пацалаваць мяне? — сказала Ніла, гледзячы на яго зіхатлівым позіркам. Учапіўшыся адной рукою за ягонае плячо, яна дастала з торбачкі снікеры, скінула туфлі „Гучы“ і пераабулася. Яны пабеглі. Ля агароджы Батанічнага саду зноў выйшлі з гушчару, з яго цёмнай прахалоды. Вырашылі адпачнуць. Паркер пашукаў зацішны куточак.

— Ф-фу! — Ніла нагой адштурхнула з дарогі бутэльку з-пад снэпла і з агідай патрэсла сваімі замшавымі „пумамі“. Рэшткі снэпла накапалі ёй на ногі. — Ніколі не прыбяруць як след.

На тым баку саду, за кустамі шыпшыны, тры лацінаамeрыканцы дзідамі і абцугамі для смецця збіралі шматкі паперы ў зялёныя мяхі. Паркер нахіліўся, падняў бутэльку і панёс яе да таго, што быў бліжэй.

Вярнуўшыся да Нілы, якая тым часам разаслала свой пашмінавы шаль і ўтульна ўладкавалася на ім, ён сеў, прыхінуўшыся да нагрэтага перадвечаровым сонцам садовага муру. Ніла прымасціла галаву на ягоным плячы і прытулілася да яго. Так яны праседзелі даволі доўга. Раптам перад імі аднекуль узнікла пара — малады ў шэрым фраку з „ластаўчыным хвастом", маладая ўся ў белым, акрамя вэлюму; разам з фатографам яны шукалі адпаведны фон.

— Вясельныя пары часта заходзяць сюды, — сказала Ніла.

Паркер яшчэ мацней прыціснуў яе да сябе, пагладзіў тоненькія валаскі на руцэ. Хацеў быў нешта сказаць, але яна зірнула на яго знізу ўверх, злёгку націснула пальцам на ягоныя вусны і прыцягнула яго да сябе. „На нябёсах заручаныя…", — прашаптала яна яму ў самае вуха. Усё вакол іх злілося ў адзінае цэлае. Малады з маладою, якім фатограф зноў і зноў загадваў перайсці на іншае месца з іншым асвятленнем, з іншым фонам, пах скуры Нілы, нядаўна скошаная трава, сонца на невялічкім купале ратонды, іхнія вусны, якія знячэўку судакрануліся. Паркер адчуў, як яе дыханне паскорылася, як яе рот раскрыўся пад ягоным. Іхнія языкі. Быццам змеі. Быццам яны нешта сашморгваюць з сябе — старое жыццё, старую скуру. Два чалавекі, якія раптам загаварылі на адной мове, нічога не прамаўляючы. Калі яны перасталі цалавацца, вечаровыя цені магнолій Вест-сайда амаль дасягнулі іх. Пара з фатографам была яшчэ тут — не, гэта была ўжо іншая пара. Двое мужчын, абодва ў белым, і фатограф, жанчына. Ніла, смеючыся, падвяла Паркера з зямлі. „Да мяне?"

Вестыбюль гатэля выглядаў сціпла. Бетон і цёмна-карычневае дрэва. Нічога масянжовага, як можна было б чакаць ад гасцініцы ў такім партовым горадзе, як Кіль. Гэта яшчэ ў мінулым годзе здзівіла Паркера. Затое тут былі дызайнерскія крамкі, „Кельвін Кляйн", „Хуга Бос", „Дона Каран". Прыемныя штучныя водары, архідэя на стойцы рэцэпцыі. Буцікі толькі што зачыніліся на ноч. Нядошлы дзядок сваім вазком-прыбіральшчыкам націраў падлогу перад ліфтамі. Як і заўсёды, калі Паркер, занадта стомлены пасля аэрапорта, паездкі ў цягніку ці на таксі, апынаўся ў якой-небудзь гасцініцы, яму захацелася штосьці купіць. Можа, рэмень. Або якасны крэм. Ён падпісаў фармуляр, падаў начному парцье сваю крэдытную картку, пашпарт і папрасіў даць яму нумар з прыгожым відам з акна.

15

Парцье ўсміхнуўся яму. Потым пашукаў нешта ў камп'ютары.

— Гер Паркер, вы ўжо спыняліся ў нас?

Паркер кіўнуў.

— Нумар вам браніравала калегія адвакатаў?

Парцье спрытна прасунуў Паркераву картку праз картавод, што стаяў побач з клавіятурай.

— Так. У вас павінна быць пацвярджэнне таго, што калегія бярэ на сябе выдаткі.

Дзяжурны адарваў позірк ад манітора. Па высока ўзнятых бровах было бачна, што ён вельмі здзіўлены.

— Так, пацвярджэнне.

Парцье яшчэ раз прасунуў картку „віза" праз шчыліну тэрмінала і наморшчыў лоб.

— Гер Паркер, на жаль, доступ не адкрываецца.

— Паспрабуйце яшчэ раз.

Парцье пакруціў галавою.

— Калі я зраблю гэта і зноў не атрымаецца, ваша картка будзе аўтаматычна заблакіравана. Можа, у вас іншая ёсць?

Наўмысна марудна Паркер дастаў з унутранай кішэні партманет і нядбала кінуў паліто на стойку падкладкай уверх. „Сакс", Пятая авеню. Падаў парцье зялёную картку „амерыкан экспрэс", потым яшчэ і „дайнэрс клаб". Парцье ўзяў „дайнэрс клаб" і правёў яе праз тэрмінал. Вынік той самы. Паркер адчуў, што ў яго выступае пот. Яшчэ раз. Нічога. Парцье паціснуў плячыма і аддаў картку Паркеру.

— Магчыма, праблема ў сістэме. Лепш паспрабуем заўтра раніцай яшчэ раз.

Ён актывізаваў картку-ключ ад нумара, паведаміў Паркеру, калі можна паснедаць, з каторай і да каторай гадзіны адчынены саўна, фітнес-цэнтр і басейн, выказаў шкадаванне, што саўна зараз не працуе, там нейкае пашкоджанне ў абаграваль-ным агрэгаце, але цягам тыдня яно будзе выпраўлена, і пажадаў Паркеру прыемнага побыту.

Кіль — не Гамбург. Мігценне тысяч зіхатлівых агеньчыкаў у порце, ад якога ноччу проста п'янееш, набярэжныя ўздоўж прычальных эстакад, пеністая вада Эльбы і над усім гэтым бесперапынны шум кранаў, што лунаюць у імгле па той бок докаў, — падобнае было і тут, толькі не такога маштабу.

За акном сыпаў густы снег. Шум ад машын на чатырохпалоснай Андрэас-Гайк-штрасэ чуўся на восьмым паверсе прыглушана. Паркер любіў снег. Снег супакойваў усё. Уздыхнуўшы, Паркер разуўся, потым зняў шкарпэткі. З асалодай прайшоўся па дыване. Здавалася, ногі правальваюцца ў ворс па косачку. Пальцамі ног паскуб пушок і на хвілінку заплюшчыў вочы. Пах старой драўніны, скураны фатэль ля пісьмовага стала, кветкі ў вазе, дыван, прыемнае адчуванне прасторы — без усялякіх штучных водараў. Паркер абапёрся локцямі на падаконне і прыціснуўся тварам да шкла. Праз падвойныя шыбы ён адчуў холад, кіпцюрасты холад, які схапіў яго за лоб, а потым пяшчотнай, але ўладарнай рукою пагладзіў па галаве. Ён расплюшчыў вочы і пацягнуўся. Паглядзеў на адзін з офісных будынкаў на супрацьлеглым баку вуліцы. Будынкі былі цагляныя, з вальмавымі дахамі і гэтым нагадвалі яму казармы. На фасадзе светлавыя літары пяцідзясятых гадоў утваралі рэкламу — „Паўночна-заходняя латарэя: Шлезвіг-Гольштэйн“. Высока над дахамі ірдзелі два коміны Шведскага парома, на верхняй палубе блакітнымі промнямі высвечвалася выратавальная лодка. Сам паром прывідна патанаў у малочна-снежным святле. Паркер адчыніў акно і, удыхнуўшы глыток паветра, зноў зачыніў яго. Пухнатыя сняжынкі ператвараліся ў маленькія цвердаватыя крышталікі і падалі на зямлю ўжо хутчэй, праз большыя прамежкі. Халадэча, якую не хацелася б лавіць ротам.

Паркер распакаваў багаж. Дастаў ноўтбук і сеў з ім на ложак. Адказу ад Хванга не было. Цікава, каторая гадзіна зараз у Карэі? Паясны карэйскі час — плюс дзевяць гадзін? Значыць, Хванг, хутчэй за ўсё, спіць. Домакіраўнічая кампанія „Срэбных вежаў“ ветліва паведамляла, што плата за снежань яшчэ не паступіла, а апошні тэрмін здачы кватэры — дваццаць другога студзеня. Як яны сабе гэта ўяўляюць? Паркер адразу напісаў у дэканат, што можа застацца яшчэ на адзін семестр — „мы ж гэта ўжо абмяркоўвалі“ — і згодны ўзяць уводныя курсы. І запытаўся, ці не дадуць яму іншую кватэру ў „Вежах“. У скрайнім

17

выпадку яго на першы час задаволіць нават адзін пакой у кватэры для дактарантаў Нью-Ёркскага ўніверсітэта. Новыя мэйлы ад Зонга Паркер скінуў у кошык. *Dear Ladies and Sirs*. Урад Паўднёвага Судана прапаноўваў зацікаўленым фірмам свой аўтапарк і сельскагаспадарчыя машыны ў якасці гарантыі за крэдыты. Банк прыслаў папярэджанні сістэмы бяспекі і інфармацыю аб актуальнай суме на рахунку, а яшчэ нагадваў, што Паркер павінен неадкладна звярнуцца да Кэтлін, ягонай кансультанткі ў банку, інакш рахунак будзе закрыты. Паркер глыбока ўздыхнуў. Можа, варта патэлефанаваць заўтра яшчэ і ў свой ранейшы ўніверсітэт, Бард-каледж, папрасіць прабачэння, сказаць, што ён згодны і на меншае. У яго яшчэ тыдзень часу. Адзін тыдзень на тое, каб прывесці ўсё ў парадак. Адзін тыдзень на тое, каб пачаць усё спачатку.

Паркер якраз узяўся за чамадан, каб паставіць яго на зэдлік з мяккай абіўкай побач з люстранаю шафай, калі зазваніў унутраны тэлефон. Ён апусціў чамадан і ўзяў слухаўку.

— Хлопча, дзе ты быў? Мы ўжо думалі, ты засеў недзе на заснежаным лётным полі. Становішча і сапраўды крытычнае. Толькі што закрылі Гамбург, паўметра снегу менш чым за гадзіну, абледзянелыя нясучыя паверхні — і канец, нічога не працуе. А ў цябе ўсё ў парадку? Я пакінуў пяць паведамленняў на тваёй галасавой пошце, яны што, не прайшлі?

— Дзякуй за званок, Эберхард. Не, я проста не паспеў уключыць мабільнік. Я тут дапісваю адзін тэкст, інакш адразу патэлефанаваў бы.

Паркер не мог стрымаць усмешку. Янсен ужо ў пенсійным узросце. Элегантны мужчына з падголенымі вусікамі, у кашаміравым пінжаку, часцей за ўсё з жоўтым гальштукам, і ў вельветавых штанах, усё найвышэйшага гатунку, такі вось тыповы сельскі арыстакрат — пакуль маўчыць. А як толькі адкрые рот, пальецца цэлая плынь дураслівых банальнасцей, быццам загаварыў „негр Кале"*, пераапрануты ў джэнтльмена старой школы.

* Негр Кале, сапр. Карл-Гайнц Швэнзен, нямецкі прадпрымальнік і тэлевядоўца, сын немкі і афраамерыканца (нар. у 1953 г.); у маладосці належаў да банды сутэнёраў і гандляроў наркотыкамі. — *Тут і далей заўв. перакл.*

— Нічога, стары дружа, нічога. Ніякіх табе абмежаванняў — ані чагосьці з дзецьмі, ані з жывёламі, аніякай наркаты. Я так і думаў. Ну, спачатку ўладкуйся. А прывітанне ад нас ты ўжо бачыў?

Паркер прыціснуў слухаўку падбародкам і азірнуўся. Узяў з пісьмовага стала бутэльку, загорнутую ў тонкую паперу, і асцярожна надарваў зубамі абгортку над этыкеткай.

— Памяроль! Які раскошны падарунак!

— Ах, кінь! Не красамоўнічай, ты ж не ў тэлевізары! Віно дзевяноста пятага года. Пачуццёвае, аксамітнае. Гайдрун табе выбірала. Яна прасіла перадаць, што мы на гэтым тыдні чакаем цябе на вячэру. А кветкі табе спадабаліся?

Значыць, гэта жонцы Эберхарда ён заўдзячае не толькі віно, але і тры белыя ліліі ў блакітнай вазе, якія ён, яшчэ ўваходзячы ў нумар, заўважыў на століку пры канапе.

— Я вельмі люблю ліліі. Перадай Гайдрун вялікі дзякуй за кветкі і запрашэнне, я з задавальненнем прыйду.

— Ці ёсць штосьці, чаго ты не ясі? Але папярэджваю: калі скажаш „мяса", тады лепш адразу вяртайся дамоў!

— Не, смажаніну я люблю. — Паркер паспрабаваў успомніць, чым яны частавалі яго ў мінулым годзе, але не змог.

— Будзе казуля. Або курынае мяса.

— Яшчэ ле...

Эберхард перабіў яго:

— Слухай, імпэту ў цябе яшчэ хапае? Я проста мушу пазнаёміць цябе сёння вечарам з адным чалавекам. Згода? А спаць няхай лузеры. Добра, праз паўгадзіны прышлю па цябе таксі, у кіроўцы будзе дакладны адрас. Хай будзе нечаканка, — праспяваў ён голасам Рудзі Карэла*, — будзе цуд... І апрані вячэрні гарнітур, прынамсі што-небудзь цёмнае. Да сустрэчы!

Нават тэлефон пстрыкнуў з энтузіязмам.

Па яго прыехала старая „трохсотка" серыі W 124. Несакрушальная машына, запэўнівоў яго таксіст. Яны тады... Як гэта

---

* Рудальф Війбранд Кесэляар (1934 – 2006), нідэрландскі шоўмен, спявак, акцёр.

звалі таго менеджара, які ўсё сапсаваў, — Шрымп? Шрэмп, так, з фірмы „Крайслер“, яны пачалі выпускаць машыны Е-класа з чатырма сферычнымі фарамі і бартавымі патаўшчэннямі, з выгляду чыстая камбала, абыходзіліся надзіва танна, сёння іх ужо рэдка ўбачыш, і не толькі ў нас, жудасныя праблемы з іржою! Старыя аўтамабілі Е-класа — о! Кіроўца паказаў на тахометр:

— Гэты наездзіў ужо больш за трыста тысяч. Першы матор, ніякіх табе праблем, толькі правады двойчы куніца перакусвала, а больш нічога. Анічога! Калі б Ісламабад быў не так далёка, я б паехаў туды і прадаў машыну сваякам. Яна праедзе яшчэ дзвесце тысяч. Так-так, яшчэ пару разоў аб’едзе вакол свету.

Кіроўца вёў машыну праз снег так, быццам гэты, як ён сказаў, шэдэўр нямецкага інжынернага майстэрства пакутуе на ікаўку. Паркер адной рукою трымаўся за ручку над дзверцамі. У далонь урэзаўся кручок для пінжакоў.

— Вам блага?

— Не-не. Усё выдатна!

— Так. Толькі вось што: машыны гэтай мадыфікацыі часта заносіць. Адзіны недахоп. Мне трэба было пакласці нешта цяжкае ў багажнік, так мой брат раіў, але сёння раніцай усё выглядала яшчэ зусім нармальна, нішто, разумееце, не прадказвала снег, а цяпер?

Пакістанец павярнуўся да Паркера, той паспяшаўся кіўнуць, каб кіроўца зноў засяродзіўся на дарозе.

— Ну што тут зробіш... Белае паскудства, дарога быццам намыленая.

Нарэшце паездка, якая больш нагадвала хісткую хаду п’янага і толькі цудам абышлася без аварыі, скончылася. Таксі спынілася перад яхт-клубам, і Паркер выйшаў.

Эберхард павёў яго ў залу.

— Пакажыся, пакажыся, — прыгаворваў ён, ззяючы ад радасці, калі Паркер праз вялікія шкляныя дзверы ўвайшоў у выкладзены мармурам вестыбюль яхт-клуба.

Смокінга Паркер у дарогу не браў, палічыў, што дастаткова будзе і гарнітура ад Армані. І сёння ён гальштук-матылёк завязаў ды на лакіраваныя туфлі глянец навёў. Ён здаў паліто і, нервуючыся, выцягнуў манжэты з рукавоў. Зрабіць правільнае ўражанне. Ён разлічваў, што першая сустрэча адбудзецца толькі заўтра.

Эберхард прыціснуў яго да грудзей, потым адштурхнуў на даўжыню выцягнутай рукі.

— А ты памажнеў! — Ён лёгенька стукнуў Паркера па жываце. — Адны цягліцы ды семявыя канацікі. Спраўна выглядаеш!

Паркер адчуваў сябе так, быццам трапіў у рукі тоўстага танцмайстра і той першы раз вядзе яго ў свецкую кампанію, паварочвае, паказвае дамам у зіхатлівых строях, з норкавай столай на плячах ці без яе, з бакалам шампанскага, і мужчынам у ачышчаных ад молі смокінгах ці ў стылёвых белых штанах і капітанскіх блейзерах. Тут панаваў настрой, які на поўначы Германіі са шляхетнай стрыманасцю называюць паважным, з пэўным гонарам за тое, што перад партрэтамі кайзера Вільгельма II, Ганса Карла Рудэля і Ота Шленцка можна адчуваць сябе чальцом аднаго з самых эксклюзіўных і самых знакамітых клубаў у свеце. Задаволены свет — сярод шкляных вітрын з цудоўнымі кубкамі і трафеямі, у Кайзеравай зале, дзе даўно ўжо плануецца чарговы Кільскі тыдзень, парусная рэгата, найвялікшая і, як тут лічаць, увогуле найцудоўнейшая падзея ў парусным спорце.

Паркер махнуў рукою дзвюм афіцыянткам, і яны адна за адной падышлі да яго са сваімі падносамі, нагружанымі пітвом. Першая паставіла на столік бакалы з шампанскім, другая — відавочна, прызначаная для абслугоўвання выключна мужчын, бо звярталася яна толькі да мужчын, — віскі. „Мужчынскі" паднос выглядаў цікава, за бакаламі і шклянкамі стаялі тры бутэлькі розных адценняў залацістага колеру, ад фенхелевага да мядовага, а на краі падноса дзяўчына намагалася ўтрымаць у раўнавазе яшчэ і невялічкі графін з вадой. За таўстасценнымі шклянкамі для віскі стаяла бутэлька шатландскага макалана васямнаццацігадовай вытрымкі, за тонкімі бакаламі з накрыўкай, пасярэдзіне падноса, — скапа, дваццаць адзін год, а злева, у маленькай вазе канічнай формы, сярод

21

маленькіх бакалаў з шліфаванага крышталю, — сапраўды стары, як падкрэсліла дзяўчына, лафройг.

Умеюць тут падбіраць афіцыянтак.

— Што для Старога Фрыца* цыбатыя дзецюкі, тое для нас маладыя дзеўкі!

— Гэтага цяжка не заўважыць.

Паркер папрасіў вады.

— Не паважаеш далікатных напояў! — Эберхард наліў сабе макалану. Паркер адпіў глыток вады і паставіў сваю шклянку на сервант. Яны пайшлі далей.

Урэшце Эберхард, з Паркерам пад руку, уклініўся ў гурт незвычайна маладых — для тутэйшага кола — людзей. Светлавалосаму мужчыну ў белым смокінгу і акуратна завязаным вузенькім матыльку, які, несумненна, быў галоўнай асобай у кампаніі, Паркер даў бы на выгляд гадоў сорак з хвосцікам. Стройны, з лёгкім загарам, тыповы яхтсмен.

— Знаёмцеся. Гэта чалавек, які напісаў тэкст вашай заўтрашняй прамовы. — Эберхард па-сяброўску тыцнуў светлавалосага пальцам у бок, а другой рукою схапіў Паркера за плячо і так крутануў, што той апынуўся тварам у твар з яхтсменам.

— Паркер, калі не памыляюся?

Эберхард адпусціў плячо Паркера і прыбраў з пінжака яхтсмена палец, быццам адключыў нейкую кабельную перамычку, якая ўжо, відаць, выканала сваю функцыю. Яхтсмен і Паркер пільна ўзіраліся адзін у аднаго.

— Сардэчна запрашаем у Кіль. Кажуць, вы ездзіце па ўсім свеце. Таму наш горад, напэўна, здасца вам на першы погляд малаватым.

У мужчыны быў прыемны нізкі голас, можна было б падумаць, што гаворыць спявак.

— У мінулым годзе я ўжо прыязджаў сюды ненадоўга, гер Малер, але пакуль што не меў магчымасці...

Малер перапыніў яго.

— Не абавязкова рабіць гораду камплименты. Пакуль што ў нас пераходны этап. Мы, — Малер паказаў на мужчын

* Прускі кароль Фрыдрых II (1712—1786).

і жанчын вакол сябе, што ўважліва разглядалі іх абодвух, як калегі па камандзе разглядаюць трэнера і магчымага новага гульца каманды, — яшчэ шмат чаго збіраемся ажыццявіць.

— Вось як? — Паркер адчуў нейкае казытанне ў жываце.

— Так. Але пра гэта мы спакойна пагутарым у бліжэйшыя дні. Што ж тычыцца вашай прамовы — вельмі добра, нават выдатна.

Паркер заўважыў, што Малер спачатку хацеў устрымацца ад працягу, але потым усё ж вырашыў дагаварыць:

— Праўда, у цэлым атрымалася, можа, яшчэ трохі традыцыйна.

— Я б не сказаў, што прамова традыцыйная. — Паркеру раптам здалося, што ён зноў абараняе магістарскую дысертацыю ці здае школьны выпускны іспыт. — Мы ж хочам ахапіць усіх.

— Тут вы цалкам маеце рацыю! Для вас праца над тэкстам прамовы была, так бы мовіць, сустрэчай з незнаёмым чалавекам. І вашы словы знайшлі шлях да мяне, хоць мы і не ведалі адзін аднаго. Прамова атрымалася класная. Яна цалкам пасуе да мяне. Безумоўна, мы хочам ахапіць усіх, але вы самі яшчэ ўсё ўбачыце. Нам трэба вырвацца з межаў унармаванага. Паглядзіце на Францыю, там знячэўку нешта пачалося. Мануэль Вальс у сацыялістаў або Макрон — ён жа зусім выбіваецца з гэтай схемы. Нягледзячы на тое што ён, магчыма, занадта хіліцца да сваёй жоначкі-матулі. Нам патрэбна такое — абнаўленне, пераадоленне права-левых блокаў, патрэбны чалавек, які ўсё разварушыць, патрэбна больш мужнасці на дыскусіі. Палітыка павінна зноў стаць сексуальнай і лепш за ўсё не па-за парламенцкай сістэмай. Мы хочам далучыць усіх, усе пласты грамадства, усе ўзроставыя групы, кірункі. Усё гэта павінна стаць іншым. „На Поўначы пачынаецца". — Малер развёў рукі на ўзроўні вачэй, трымаючы ўказальны і вялікі палец перавернутай літарай Г, нібы распраўляючы ўяўны плакат. — Хоць Шлезвіг-Гольштэйн даволі кансерватыўная зямля, не флагман Германіі, але людзі ў нас зусім не ёлупні. Вазьміце, напрыклад, гольштэйнскую Сіліконавую даліну — тут неўзабаве паўстане больш кампаній па распрацоўцы праграмнага забеспячэння, чым у любым іншым месцы. — Малер прыціснуў пальцы да вуснаў, быццам нешта

23

абдумваючы. — Ад маіх сяброў, — ён паказаў на Эберхарда, — я чуў, што вы ўдзельнічалі ў першай выбарчай кампаніі Абамы?

Паркер кіўнуў:

— Новыя шляхі камунікацыі, сацыяльныя медыйныя магчымасці... Мы былі тады маладыя, мы пусцілі ў ход усё, што маглі. Прымалі найменшыя ахвяраванні, залучалі школьнікаў і студэнтаў у якасці памочнікаў на выбарах. Гэта была арганiзаваная вулічная палітыка.

— Менавіта гэта патрабуецца і нам. — Малер з сілай сціснуў Паркеру локаць. — У мяне наконт вас вялікія планы.

Паркер паглядзеў Малеру ў вочы. Потым усміхнуўся.

— Гэта можа мне спадабацца.

— Добра. Я б хацеў мець вас на борце. І тады мы набяром да сябе ў лодку тых, каго трэба.

— Тых, каго трэба?

Толькі цяпер Паркер заўважыў, што ў Малера зялёныя вочы, светла-зялёныя, а па краях райка — колеру марской хвалі з пераходам у шэры. Зялёныя вочы пад цёмнымі бровамі і доўгімі вейкамі прыцягвалі да сябе, нібы гнаныя плынню водарасці-рукі.

— Ты яму нічога не сказаў?

Эберхард апусціў вочы, як маленькі хлопчык, і пахітаў галавою. А потым зірнуў на абодвух з усмешкай:

— Сюрпрыз!

Паркер запытальна паглядзеў на Эберхарда.

— Ну, добра, — сказаў Малер.

І, павярнуўшыся да Паркера, спытаў:

— Вы прыйдзеце заўтра вечарам на прыём?

Паркер заўважыў, што ў Малера ўздрыгнулі куточкі вуснаў, быццам яму хацелася сказаць яшчэ нешта зусім іншае.

— Можаце называць гэта кантролем якасці, калі хочаце, ва ўсялякім разе спачатку я выступлю з нашай прамовай, а потым паглядзім. Вы станеце маім стваральнікам караля. О, тут міністр! Прашу прабачэння.

Малер паціснуў Паркеру руку ўдвая мацней, чым пры сустрэчы, потым зноў усміхнуўся, кіўнуў Эберхарду і накіраваўся да групы людзей, у цэнтры якой стаяў статны мужчына з густымі валасамі.

— Сельская гаспадарка, — шапнуў Эберхард.

Гурт прывітаў Малера як сябра, той адразу распачаў гутарку з міністрам, і кола зноў замкнулася.

— Ну, — з ухмылкай звярнуўся Эберхард да Паркера, — купіў ён цябе?

— Харызма ў яго ёсць. Але што канкрэтна я павінен зрабіць для яго? Тое ж, што і для Абамы?

— Так. І нашмат больш. Яму патрэбен лоцман. Прычым такі, які збярэ для яго каманду. З атрадам атакі, атрадам выратавальнай лодкі. Дарэчы, некалькі кандыдатаў у гэтую каманду я запрасіў на твой семінар. Падрабязней раскажу пра ўсё, калі прыйдзеш да нас на вячэру.

Эберхард прапанаваў падвезці яго да гатэля.

— Мне ўсё роўна міма ехаць.

Ягоны „мерседэс" класа М, нягледзячы на поўны прывад, не раз пачынаў віхляць, але нарэшце ўпэўнена заехаў на ачышчаны ад снегу пандус перад уваходам у гатэль. Па дарозе Паркера так і падмывала распытаць Эберхарда, як усё будзе разгортвацца далей, на якіх умовах і калі будзе падпісана афіцыйная дамова з Малерам, але ён не быў упэўнены, што ўсё ўжо вызначана. Ён праскочыў праз снежную слоту і забег у хол. Дзяжурны ў рэцэпцыі жэстам папрасіў яго падысці.

— Вы не забылі пра крэдытную картку? Спусціцеся адразу зноў да мяне.

— Так, абавязкова.

Апынуўшыся ў нумары, Паркер распакаваў астатнія рэчы — кашулі, гарнітуры і шкарпэткі. Паставіў на месца чаравікі. У шафе ён знайшоў нават некалькі зробленых з кедравай драўніны расцяжак для абутку. Зноў зазірнуў у свой чамадан ручной работы. Водар скуры, якім павеяла адтуль, супакойваў. Паркер дастаў яшчэ адну адпрасаваную і акуратна складзеную кашулю з лэйблам „Зэнья". Страсянуў яе, на імгненне ўткнуўся носам у тканіну і аднёс кашулю ў лазенку, дзе ўжо вісеў пінжак „Этра". За ноч вільготнае паветра разраўняе складкі. Потым паставіў на палічку зубную пасту, мыла для галення і флаконы з абедзвюма любімымі парфумамі, драўніннай „Хі-Вуд" і пяшчотнай „Лайт Блю". Праўда, абодва флаконы былі амаль пустыя.

Ён адкаркаваў бутэльку віна і выпіў глыток, з асалодай удыхнуўшы моцны вішнёвы водар памяролі. Пасля ўпарадкаваў свае кнігі і развесіў кашулі ў шафе на адлегласці роўна восем сантыметраў адна ад адной, каб адвіселіся. А потым і гарнітуры. Гэтага патрабавала малая кар'ерная біблія Паркера. Бялізну і шкарпэткі паклаў у шуфляды, паправіў шапкі, шалікі і пальчаткі, разлажыў у лазенцы прылады для галення. Прадумаў, штó яшчэ трэба набыць, каб дапоўніць свой туалет, яго радавала магчымасць прайсціся ў наступныя дні па крамах і купіць розныя дробязі. Адняў кошт неабходных дробных выдаткаў ад сумы дзённай стаўкі і сутачных, якія яму заплацяць. Важна акуратна абыходзіцца з фінансамі. Зрабіў адпаведную нататку, пералічыў наяўныя грошы, якія яшчэ заставаліся, падзяліў іх на дзве палавіны, адну паклаў назад у партманет, другую ў канверт. Потым зноў наліў віна, атрыманага ў падарунак ад Эберхарда, і пайшоў напускаць ваду ў ванну.

Распранаючыся, ён падумаў, што трэба было б дадаць у ваду нейкі сродак ад прастуды або эсэнцыю з прыемным пахам — можа, мелісу, проста дзеля прафілактыкі, таму што хворым ён сябе ўжо не адчуваў. Менавіта магчымасць штодзённа прымаць ванну цешыла яго ў паездках больш за ўсё.

Праляжаў ён у ванне паўгадзіны. Кожныя пяць хвілін дадаваў гарачай вады, прычым палова толькі што далітай адразу зноў пачынала булькатаць у пераходнай трубе. Потым надзеў пушысты купальны халат з вышытай назвай гатэля і лёг у ложак. Зморшчанымі ад гарачай вады пальцамі нейкі час папераключаў начныя праграмы і спыніўся на фільме пра Стэна і Олі, у якім абодвух персанажаў падчас службы ў шатландскай арміі пасылаюць з іх падраздзяленнем у Індыю. Паркер глядзеў гэты фільм яшчэ ў дзяцінстве. Стэн і Олі ўцякаюць з турмы, каб паехаць у Шатландыю; яны хочуць прысутнічаць пры абвяшчэнні тастамента. Стэн маецца атрымаць спадчыну. Але замест зáмка, на які спадзяваўся, ён атрымлівае валынку. Стэн прапануе сябру паехаць зайцамі назад у Амерыку, папрасіць у наглядчыка прабачэння за ўцёкі, можа, нават апынуцца ў сваёй ранейшай камеры і там ціха і спакойна адседзець пазасталы тыдзень. Позірк Олі — чысты крык, просьба дапамагчы. Стэн, застаўшыся без аніякіх сродкаў, мяняе іхнія паліто на рыбіну, рыбіну яны ў гасцініцы спрабуюць засмажыць на свечцы, паставіўшы яе на панцырную сетку ложка, і гэта спрычыняе пажар. Іх выганяюць з гасцініцы, у іх няма ўжо нават штаноў, яны хочуць пайсці да краўца, але па неабачлівасці запісваюцца салдатамі ў армію, у трэці батальён каледонскіх горцаў. Усё ж хоць што-небудзь. Цяпер у іх ёсць мундзіры. У натарыуса, містара Мікса, яны пакідаюць свой адрас, проста так, на ўсялякі выпадак. Божа, ратуй караля, да пабачэння містар Мікс, да пабачэння, містар Алан, да пабачэння, Олі, да пабачэння... Глобус круціцца, і перш чым яны даехалі да Індыі, Паркер заснуў.

З архіваў Паркера.
Дзевяць таямніц паспяховай прамовы
Першы ўрок. Усё роўна, чытаеце вы даклад, рыхтуеце дзелавую прэзентацыю або выступаеце з кароткай прамовай, памятайце: перад публікай мы ўсе голыя. (Толькі не ўяўляйце сабе гэта занадта літаральна.) Прамоўцу прымаюць найлепш тады, калі ён выступае як сапраўдны чалавек, здольны пераканаць нас у сваіх эмоцыях, марах і ўяўленнях. Самае галоўнае — жарсць. Яна перадаецца. Яна натхняе. Калі ваш слухач заўважае, што вы цалкам падзяляеце тое, што кажаце, што вы падтрымліваеце гэта ўсёю сваёй асобай, рызыкуеце ўсім, тады вас будуць слухаць, незалежна ад стаўлення вашых слухачоў да таго, пра што вы гаворыце. Мець мужнасць азначае заставацца сабою. Цалкам, нават у страху, з усімі жаданнямі і сумненнямі. Калі вам гэта ўдасца, калі вы здолееце ў сваёй прамове стварыць эфект прысутнасці, даць слухачам адчуванне, што вы ўсёй сваёй асобай падзяляеце тое, што кажаце, то няўдачы ў вас не будзе.

Раздзел 2

Панядзелак, Кіль

— Ваша прозвішча сапраўды Паркер, як у таго тыпа, што распрацаваў сістэму ацэнкі вінаў?

— А-а, як у таго гуру, што вартасць у ачках вызначае, так? — пачуўся нечы хрыплы голас. — Мэцью Паркер, як той дзяр-мовы знаўца вінаў і... і як чалавек-павук. — Вільфрыд Штэнбок сеў паміж Паркерам і фрау Шнайдэр і падсунуў бліжэй да сябе кубак з налітай з тэрмаса кавай.

— Пітэр, — паправіў Мэцью.

— Што? — неўразумела прамармытаў Вільфрыд. Ён паправіў кепку і здуў з твару пасму рэдзенькіх валасоў.

— Пітэр. Чалавека-павука завуць Пітэр Паркер. А мяне Мэцью. — З ледзь заўважнай усмешкай у іхні бок ён, быццам незнарок, штурхнуў Вільфрыдаў кубак.

— Ах, халера! — Вільфрыд памкнуўся ўраўнаважыць кубак, з якога выплюхвалася кава. Правым бокам ён павярнуўся трохі назад, як тарэадор перад нападам быка, і адначасова выставіў уперад руку з кубкам.

Фрау Шнайдэр, Анэлі, засмяялася. Паркер азірнуўся. Большасць удзельнікаў семінара сабраліся ў калідоры вакол ім-правізаванага буфета, налівалі сабе каву з вялікіх тэрмасаў або газіраваную мінеральную ваду, елі пячэнне. Многія з іх, убачыўшы Вільфрыдаву пацешную эскападу з кавай, міжволі ўхмыльнуліся. Анэлі, Беата, Вальтраўд — што за імёны, быц-цам з часоў эканамічнага цуда.

Анэлі была сярэдняга росту. Яна, як здавалася Паркеру, да-волі добра валодала сабой. Дзяўчыну ў сінім гарнітуры можна было б лічыць тыповай прадстаўніцай ганзейскага горада. Але ў тым, як Анэлі трымалася, не было балтыйскай халаднаватас-ці. Наадварот, адчувалася неўтаймавальная энергія, быццам яна вось-вось пусціцца ў скокі. Яна падала Вільфрыду сурвэтку, аднак той усё роўна ўжо канчаткова прайграў змаганне з куб-кам кавы. На падлозе школьнага калідора расплылася цём-на-карычневая лужына. Магчыма, людзі з падобнымі імёнамі не выпадкова становяцца адвакатамі, суддзямі і пракурорамі. Такая вось тэорыя прадвызначэння на шлезвіг-гольштэйнскі лад. Вільфрыд прамакаў сурвэткай лужыну, Анэлі дапамагала яму, Паркер таксама нахіліўся да іх; ён з цяжкасцю стрымаў усмешку, калі ледзь не стукнуўся з імі лбамі.

— Усё ў парадку?

— Так-так.

Анэлі зноў павярнулася да Паркера.

— Мэцью Паркер. Незвычайна: Мэцью. — Здавалася, яна таксама задумалася над ягоным імем, як і ён над яе.

— Так, — адказаў ён. — Мой бацька быў англічанін.

— І фанат джаза?

На ўводным уроку, амаль цалкам прызначаным для знаём-ства, Паркер раздаў удзельнікам семінара загадзя падрыхта-ваныя карткі.

— Напішыце на іх свае імя і прозвішча, прафесію, некалькі ключавых слоў адносна вашай асобы, любімыя заняткі, адзнач-це, ці любіце вы есці, ці любіце танцаваць, — усё тое, што нам неабходна даведацца пра вас за тры хвіліны, а яшчэ напішыце, чаго вы чакаеце ад нашага семінара. А потым выходзьце на-перад. — Пры гэтых словах Паркер пастукаў па кафедры. Спа-чатку ён стаяў, прыхінуўшыся да яе, потым адышоў. Кафедра знаходзілася на ўзвышэнні, а на ім кожны спачатку здаецца маленькім. Ён будзе выклікаць іх па чарзе. Першую ён ужо вы-значыў. Анэлі.

Яна амаль не дрыжала і зрабіла сваю справу добра. Паркер прысеў у класе ўзбоч, ля сцяны, дастаткова далёка, каб не зняць заўчасна напружанне Анэлі ў момант адчування безабароннасці, скіраванай на яе спрэсаванай увагі. Але і дастаткова блізка, так ён мог трымаць у полі зроку нават схаваную кафедрай большую частку постаці дзяўчыны.

Ногі выкрываюць усё. Калі выступоўца стаіць са скрыжаванымі нагамі ці пагойдваецца падчас прамовы, значыць, ён — ці яна — занадта напружаны, можа, нават празмерна нервуецца. Напружанне ці нервовасць перадаецца па далонях, якімі ён абхапіў кафедру, у мышцы твару і, праз збой дыхання, адлюстроўваецца ў таропкім прагаворванні фраз без паўз і лагічнага націску. — Паводзіны, якія пасылаюць слухачам адзіны мэседж: мне хочацца як мага хутчэй уцячы адсюль.

Мова цела ніколі не падманвае.

Анэлі амаль усё рабіла правільна. Стаяла, даволі шырока, як марак, расставіўшы ногі, і ад гэтага аўтаматычна станавілася спакайнейшай. Пачала прамову не адразу, а спачатку глыбока ўдыхнула паветра, паглядзела ў залу, набываючы ўпэўненасць. Потым, калі гаварыла ўжо пра чаканні ад семінара, зірнула на Паркера і праглынула сказ. Ён устаў, кіўком дапамог ёй адолець сутаргу і, перш чым адпусціць яе на месца, дакрануўся да запясця, стаў побач і растлумачыў, што лепш за ўсё роўна пакласці рукі на кафедру і падтрымліваць дыяфрагмавае дыханне. Потым папрасіў усіх устаць, паклаў руку на ніз жывата, растлумачыў, як уцягваць паветра дыяфрагмай і такім чынам назапашваць яго. І паўнагучным „ля-ля“ выпусціў назапашанае паветра ў прадзіманы скразняком клас, дадаўшы: „Спевакі называюць гэта апорай“.

Удзельнікі семінара паспрабавалі паўтарыць практыкаванне за ім. У большасці першая спроба дыхаць жыватом выніку не дала. Адны слухачы ўцягвалі паветра і пачыналі абмацваць сябе, бездапаможна націскаць на сценку жывата, а потым збянтэжана азіраліся. Іншыя задаволена ўсміхаліся. Яны знайшлі месца, на якое трэба націскаць. Паркер па чарзе папраўляў ім паставу корпуса, пазіцыю рук і ставіў далоні на патрэбнае месца. Памяшканне напоўнілася какафоніяй гукаў. Страх перад пагрозай выступлення паменшаў. Адна ж слухачка, Анэлі, ужо зрабіла пачатак, і Паркер сваімі тлумачэннямі скарыстаўся агульнай нервовасцю як пераходам да першай тэмы семінара.

Паркер падзякаваў Анэлі і запрасіў да кафедры наступнага слухача, Вільфрыда. У таго лоб імгненна пакрыўся потам. Хлопец яшчэ ніжэй насунуў на твар бейсболку. Ён усхвалявана круціў у руках свае карткі, зноў і зноў перамешваў іх, быццам не разумеючы паслядоўнасці, і нарэшце пачаў: „Э-э... Я... Мяне завуць... Вільфрыд". Гаварыў ён, апусціўшы галаву і кепкай схаваўшы твар ад позіркаў астатніх удзельнікаў семінара. Паркер не памыліўся: Вільфрыд і сапраўды быў праблематычнай асобай. Пасля таго як усе шаснаццаць удзельнікаў назвалі і каротка ахарактарызавалі сябе, а Паркер запомніў, як каго завуць, дзе хто сядзіць, прафесію, першыя моцныя і слабыя бакі кожнага, а таксама чаканні ад семінара, для яго настаў час раскрыць свае намеры.

Сам ён хваляваўся, як заўсёды. Першы дзень заняткаў ствараў падмурак будучага поспеху ўсяго семінара.

Паркер коратка патлумачыў, як будуць праходзіць заняткі, прапанаваў — і яго аднагалосна падтрымалі — звяртацца адно да аднаго па імені і на вы, расказаў пра некалькі найбольш значных этапаў свайго жыцця, прычым пастараўся выбраць іх так, каб аповед не гучаў фанабэрыста, але паслужыў тэмай для гутарак на перапынках і, як ён спадзяваўся, скіраваў цікаўнасць слухачоў у патрэбнае рэчышча. Анэлі праглынула закінуты кручок адразу.

— Так. Мой бацька сапраўды быў фанатам джаза. Ён рабіў начную праграму для Бі-эф-бі-эс, брытанскага канала для вайскоўцаў. Занятак акурат для яго, ён не любіў спаць.

— Тады вам пашанцавала, Мэцью, што ён не назваў вас Чарлі.

— Вы любіце джаз?

— Вядома. Мой бацька таксама фанат. Роска Мітчэла, на-прыклад. Ведаеце такога?

Паркер кіўнуў.

— Ведаеце? Цудоўна! У Мітчэла кожная нота, кожная арты-куляцыя непаўторная — быццам ён стварае нейкую прастору з адных толькі гукаў. Гэта не тая музыка, пад якую танцуюць, я станаўлюся лагоднейшай, калі ўначы проста ляжу і слухаю яе. Гучаць такія крохкія мелодыі, а потым усё пераўтвараецца, ты быццам мысліш, толькі не галавою, а неяк усім целам.

— Целам?

— Так. Вам смешна?

Паркер пакруціў галавою.

— Не, зусім не смешна. Мне падабаецца, як вы пра гэта расказваеце. Мой бацька любіў Мінгуса. Я вырас з ягонай музыкай. Магчыма...

Ён змоўк.

— Так? — Яна паглядзела на Паркера паўзверх свайго куб-ка з кавай. І зноў загаварыла:

— Тут, у Кілі, ёсць адно сапраўды файнае месца з джаза-вай музыкай. У Монка. У наступны панядзелак там будзе іграць Стэфон Харыс са сваім квартэтам. Можа... Колькі часу вы пра-будзеце тут?

Адразу пасля семінара ў Кілі Паркер меўся паехаць у Франкфурт, на панядзелак і аўторак там быў запланаваны індывідуальны трэнінг для менеджараў Нямецкай чыгункі па падрыхтоўцы да выступленняў на тэлебачанні. Тых проста да адчаю даводзіў празмерна імпэтны прафсаюзны бос машыніс-таў. Чыгунка плаціла добра, ну, не тое каб сапраўды добра, але для Паркера цяпер мела значэнне кожная гадзіна, якая прыно-сіла заробак. А калі атрымаецца з працай у Кілі, можна будзе паглядзець далей.

Комплексы з трох складнікаў атрымліваліся ў групы лёгка. Назва, змест, ацэнка — просты шаблон мыслення, які дазваляе паказаць любую тэму падзеленай на асобныя частці. Паркеру ўдалося нават пасля перапынку на абед адгаварыць Вільфрыда хадзіць у памяшканні ў бейсболцы, і той цяпер так гарнуўся да яго, быццам яны ўжо пасябравалі.

Тое, што група адразу непрыхільна паставілася да цыбатага адваката-пачаткоўца, тлумачылася не толькі ягонай бейсболкай. Многія яго ўжо ведалі. Ён заняў месца ў кутку, што ўвогуле нетыпова для „заціснутага“, як яго спачатку вызначыў Мэцью, — Паркер чакаў, што Вільфрыд сядзе дзесьці пасярэдзіне або злева ад выкладчыцкага стала, там, дзе б яго не было бачна. Як падказваў досвед, месцы ў кутках выбіралі людзі з завышаным пачуццём уласнай годнасці, аматары звадак. Яны звычайна лічаць, што заняткі ідуць занадта марудна або праводзяцца на школьным узроўні; калі з самага пачатку не выбіць ім зброю з рук адмысловай пахвалою ці, наадварот, жорсткай крытыкай, то ў нейкі момант яны абавязкова спытаюць, навошта ўсё гэта, і зазначаць, што яны ўяўлялі сабе нешта зусім іншае. Гэта стварае дрэнны настрой. Нельга падманвацца пачатковай боязню ўдзельнікаў семінара: тут ідзе вайна — і франты могуць ужо неўзабаве скіравацца на выкладчыка.

Як і заўсёды ў першы дзень, Паркер пад вечар, каб удзельнікі расслабіліся, правёў практыкаванне з пяці складнікаў. Адпрацаваць трэба было спантаннае выказванне з падрыхтаванымі аргументамі, калектыўныя дзеянні пры мазгавым штурме і хуткае вызначэнне пазіцыі адносна апанента ў подыумнай дыскусіі з дакладна вызначанымі „за“ і „супраць“. Такі трэнінг Паркер любіў заканчваць сваёй каронай тэмай „Сабакі ў горадзе — памыснаць ці пакаранне?“.

Першы дзень семінара прайшоў добра, вечарам клас, дзе праводзіліся заняткі, быў насычаны энергіяй. Старыя трубы ацяплення, якім не пашкодзіла б свежая афарбоўка, сталы, за якімі ўсе слухачы спачатку зноў адчулі сябе школьнікамі, убачыўшы выразаныя на стальніцах стрэлы Амура, „жалудкі“ з вядомымі пырскамі, надпісы накшталт „Кора ходзіць з Енсам“, намаляваныя штрыхамі поні і свастыкі. Паркера ўжо мінулым разам здзіўляла, што калегія адвакатаў выдаткуе на яго столькі грошай, а заняткі ён праводзіць у такім вось інтэр'еры. Можа, убоства школьных памяшканняў вабіць юрыстаў? Да канца дня яны ўжо забылі пра такое атачэнне, гэта была ўжо іхняя аўдыторыя, а не клас для вучняў пачатковай ці сярэдняй ступені. Ля дзвярэй Паркер развітаўся з кожным слухачом за руку.

У гатэль ён вяртаўся пешшу. Праўда, больш коўзаўся, чым ішоў. Калі ён дабрыў да гандлёвага квартала, сыпануў снег, з навальнічных хмар абрынулася цэлая гурма ашалелых анёлаў. На квартал заструменіўся настрой рызыкі. Шэрагі танных крамаў і дзе-нідзе магазін экалагічна чыстых прадуктаў. І раптам Паркера ахапіла туга па Нью-Ёрку. Ён насунуў шапку ніжэй на лоб і схаваў рукі ў кішэні. Нягледзячы на пальчаткі і кашаміравае паліто, якое ён тры тыдні таму купіў у вялікім камісійным магазіне дабрачыннай арганізацыі „Хаўзінг Воркс“, холад прабіраў да касцей. Ужо месяц Паркер зноў купляў усё патрэбнае ў крамах сэканд-хэнду. Ну і што? У хуткім часе ягоныя справы палепшацца. Прынамсі, купляючы ў такіх крамах, можна сказаць сабе, што грошы, якія ты выдаткаваў, пойдуць на карысць людзям, якія ўжо анічога не маюць. Раней ён любіў заходзіць з Нілай ва ўнівермаг „Блумінгдэйл“, насіў за ёю сумкі, купленыя на буйных распродажах, у буцікі элітных тавараў „Сакс“ і магазіны моднага адзення „Барні“. Асабліва часта яны наведвалі раскошны ўнівермаг „Бэргдарф-Гудмен“. Менавіта дзякуючы Ніле ён палюбіў шопінг. Яму падабалася, калі яны на паўгадзіны разыходзіліся — яна ішла ў жаночы, ён у мужчынскі аддзел, а потым паказвалі адно аднаму дзівосныя пінжакі, штаны, гарнітуры; ён чакаў яе ля прымерачнай кабіны, а яна потым дэманстравала сваё пераўвасабленне, учыненае сукенкай ад Дыяны фон Фюрстэнберг або шалем ад Місоні. Калі яны праходзілі паўз аптэкарскі магазін „Буднікоўскі“, у Паркера ад сляпучага святла з вітрын пачынала балець галава.

На дошцы аб'яў царквы Святога Мікалая крама спартыўных тавараў абвяшчала, што неўзабаве закрываецца і з гэтай нагоды пачынае распродаж, зніжка на некаторыя тавары дасягае аж сямідзесяці адсоткаў. Па рампе для калясачнікаў Паркер зайшоў у краму і агледзеўся. Красоўкі ён прывёз з сабою, хоць ужо не менш як паўгода таму перастаў рэгулярна бегаць трушком. Праўда, цяпер гаворка магла ісці толькі пра трэнажорную бегавую дарожку ў гатэлі, на дварэ спатрэбіліся б бегавыя лыжы. Ён купіў гумавы мячык з шыпамі для трэніроўкі кісці і перадплечча. „Стымулюе энергію цы“, — прабубніў прадавец. Можна будзе займацца і ў самалёце.

Ідучы да выхаду, Паркер заўважыў у адной нішы стэлаж з мноствам футбольных мячоў. Мадэлі, знятыя з вытворчасці. Па зніжанай цане, за смеху вартую суму — пяць еўра — ён купіў „ратэйра“; мяч гэтай мадэлі выкарыстоўваўся на неймаверна даўнім чэмпіянаце свету ў Японіі і Паўднёвай Карэі. Ля касы ён трохі пажангліраваў мячом, што выклікала захапленне купкі дзесяцігадовых хлапчукоў, яны нават перасталі перабіраць канькі, каб паглядзець на яго. Паркер якраз правёў мяч цераз плячо; хоць кашамправае паліто і не было ідэальна прыдатным для такіх практыкаванняў, але ён здолеў элегантна прыняць мяч левай нагой, спыніў яго на пад'ёме і трымаў так нейкае імгненне, не апускаючы выцягнутую нагу, а потым падбіў угору, зрабіў выгляд, што хоча перапасаваць мяч аднаму з хлапчукоў, але замест гэтага злавіў яго пяткай. Яго любімы фокус. Некалі ён рабіў так у Альтоне на футбольных палях для падлеткаў, часта абдурваючы людзей.

— Нельга так. Выйдзіце адсюль са сваёй цацкай, калі хочаце гуляць з ёю, — прабурчала жанчына за касай. У яе над губою віднеўся лёгкі пушок. Цацкай! Ён пстрычкай падбіў мяч вышэй галавы, злавіў яго рукою і сказаў:

— Прашу, шаноўная. Прыміце аплату і запакуйце, калі ласка.

З жаночымі вусікамі лепш не спрачацца.

Пяць еўра ён яшчэ мог сабе дазволіць.

Карэя. Гэта было другое запрашэнне з тых двух, што ў яго яшчэ заставаліся. Адміністрацыя з Барда занадта доўга, больш за сем гадоў, не здолела дамагчыся ад яго чагосьці пэўнага, ды і Нью-Ёркскі ўніверсітэт, бадай, таксама. Больш чакаць яны не будуць. У Бардзе ён перад ад'ездам яшчэ пагутарыў з новым дэканам. Яна папрасіла Паркера прынесці старыя атэстацыйныя паперы і потым толькі суха зазначыла: „Ваш найлепшы час, відаць, мінуў“.

Містар Хванг патэлефанаваў пяць з паловай месяцаў таму, нумар ён атрымаў ад ягонай агенткі, праз якую ішлі ўсе запрашэнні. Ён спытаў Паркера, ці знойдзе той магчымасць прыехаць у Сеул на год, каб выкладаць у Нацыянальным універсітэце. Паркер, казаў ён, вельмі папулярны ў іх краіне, там найвялікшую цікавасць выклікала ягоная кніга, карэйцы ўважліва сочаць за яго выступленнямі, дый семінары, якія ён праводзіць для фірмаў (ён, Хванг, выпадкова ведае некалькіх кіраўнікоў карпарацыі „Старбакс“), маюць проста легендарны розгалас. Зноў Азія, гэта Паркеру падабалася. Там, напэўна, можна будзе набраць яшчэ шэраг класных мерапрыемстваў — трэнінг для менеджараў кампаній „Kia Мотарз“ ці „Кумха“, „Хёндэ“, „Самсунг“. Паркер запытаўся Хванга, ці можна абмежавацца пакуль што адным семестрам. Тады б у яго быў час. Час, каб неяк пераадолець усё, што мае дачыненне да Нілы, ці, можа, паспрабаваць нанова. Але пра гэта ён, вядома, не казаў Хвангу, а той запэўніў яго, што пастараецца зрабіць усё магчымае, хоць запрашэнне толькі на адзін семестр паводле карэйскіх законаў аб найме ў іх не практыкуецца. І паабяцаў неўзабаве зноў патэлефанаваць. Праз нейкі час прыйшла прапанова з Кіля, а Хванг да гэтага часу так і не азваўся. Сітуацыя патроху пачынала падціскаць.

Трымаючы ў руках свой срэбны мяч, які ў святле ліхтароў нагадваў поўню, Паркер з цяжкасцю крочыў па снезе. У Сеуле ён быў бы, прынамсі, дастаткова далёка. Ён адчуваў сябе ўразлівым, разнасцежаным, быццам з ягонай душы садралася абалонка. Кожную секунду ў галаве мільгала нейкая неўразумелая думка. Добра было б яшчэ трохі папрыдурняцца з мячом на дварэ. Перад уваходам у гатэль, у снезе.

Зноў пахаладала. Ад стойкі адміністратара яму памахаў рукою парцье. Той, што і ўчора. Наконт крэдытнай карткі. Паркер пра яе забыў. Ён зайшоў за дрэўцы і стаў чакаць, пакуль

да стойкі хто-небудзь падыдзе. Уласнае дыханне, вяртаючы-
ся, біла яму па роце танюткай ледзяной скарынкай. Потым
ён шмыгнуў праз бакавыя дзверы і, прыціскаючыся да сцяны,
пракраўся да ліфтаў.

На аўтаадказчыку было два паведамленні — ад адміні-
страцыі і ад Эберхарда: „Заеду па цябе а палове восьмай. По-
йдзем на навагодні прыём! Кантроль поспеху".

Пра гэты прыём Паркер зусім забыў. Ён паклаў мяч і гу-
мавы трэнажор для рук на камод, таропка прыняў душ і апра-
нуў свежую кашулю. Выкарыстаную бялізну запхнуў у пакет.
Заўтра раніцай пакаёўка яшчэ паспее аднесці ў пральню.
Паставіў будзільнік на тэлефоне з такім разлікам, каб паспаць
паўгадзіны, накінуў пушысты купальны халат, выключыў
святло, глыбока падыхаў, палічыў інтэрвалы і засяродзіўся на
ўяўнай мігатлівай свечцы на пляжы. У чвэрць на восьмую бу-
дзільнік прасігналіў. Паркер устаў і апрануўся. На сённяшні ве-
чар ён выбраў сіні гарнітур ад Пола Зылеры, кашулю „Прада" і
гальштук ад Пола Сміта. Хусцінку-пашэ ён перад люстрам доўга
папраўляў у кішэні, а потым вырашыў ісці без яе. Што гэта ён
нядаўна чытаў у часопісе „Эсквайр"? Новы трэнд называецца
„падкрэсленая стрыманасць". Ліфтам спусціўся ў хол, сеў у ску-
раны фатэль, схаваўшыся ад позіркаў з рэцэпцыі за магутнымі
„цешчынымі языкамі", што цягнуліся ўгору зялёнай сцяною за-
мерзлых змей, і стаў чакаць Эберхарда.

Ягоны кільскі сябар прыйшоў за некалькі хвілін да васьмі.
У руцэ ён трымаў ключ ад машыны, як коннік з „Валадара пяр-
сцёнкаў" сваю дзіду. Праз хол прамільгнула ягоная кантаватая
галава са срабрыстымі вусамі, галава чарапахі, хоць нішто
ў Эберхардзе Янсене не было павольным. Паркер махнуў яму
рукою і паспяшаўся насустрач.

— Я пакінуў машыну там, дзе стаянка забаронена, — ух-
мыльнуўшыся, сказаў Эберхард. Яны абняліся. — Значыць, за
першы дзень цябе яшчэ не зжэрлі.

Паркер усміхнуўся. Яны селі ў магутны „мерседэс" SUV,
Эберхард запусціў матор і штурхнуў Паркера кулаком у плячо.

— Цудоўна, што ты тут.

Пажылога чалавека ў ролі ментара Паркер некалі ўжо меў. Калі ён у выніку рызыкоўнай таемнай акцыі апынуўся ў каледжы, яго адразу ўзяў пад сваё крыло стары прафесар Пітэр Сур'ян, выкладчык англійскай мовы. У шасцідзясятыя гады вялікі поспех меў ягоны раман, сямейная хроніка. Гаворка ў ім ішла пра генацыд армян у 1918 годзе і пра эміграцыю, што пачалася пасля, пра сексуальныя аблуды і непамыслоты ягоных бацькі і дзеда — надзвычай эратычна, такія свайго кшталту „Скаргі Партнога“ Філіпа Рота на амерыканска-армянскі лад; там ананіравалі нават на фоне генацыду. Сур'ян пра ўсё гаварыў адкрыта, нічога не замоўчваў, апавядаў разняволена і з усмешкай. Гэта ж была зрэшты ягоная гісторыя, гісторыя ягонай сям'і, можа трошкі ўтрыраваная, як ён сам казаў, падміргваючы, — трошкі. Яны хутка пасябравалі, садзіліся за адзін столік у факультэцкай сталоўцы, балабон Сур'ян знаёміў яго з супрацоўнікамі. Ён даўно ўжо працаваў у Бардзе, таму і Паркер неўзабаве пазнаёміўся з самымі значнымі асобамі каледжа. Прынамсі, кожны з іх лічыў сябе *primus inter pares**... Пазнаёміўшыся з Нілай, Паркер спачатку не хацеў расказваць Сур'яну пра яе, стараўся не прыцягваць увагі, яна ж навучэнка і ўсё такое, але ментар супакоіў яго: магістранткі па праграме „захавальнік фондаў“ — іншая справа, яны эліта, гэта можна. Сур'ян адразу запрасіў іх абаіх да сябе. Ягоная жонка выкладала матэматыку ў Бруклінскім каледжы, яна працавала папераменна над фармальнымі мовамі матэматычных паслядоўнасцяў — такіх, напрыклад, як шэраг Фібаначы, або цешыла ўдзельнікаў свайго майстар-класа найноўшымі дасягненнямі навуковай думкі ў галіне бясконцай гармоніі лічбаў і ліку пі. Амбіцыйная, захопленая сваёй справай, увесь час занятая, яна ў той вечар, тым не менш, спецыяльна прыехала ў Анандэйл. Усе чацвёра, старая пара і маладая, адразу пачалі жартаваць, быццам знаёмыя з незапамятных часоў. Сур'ян проста закахаўся ў Нілу — як і, здавалася, у Паркера. І запрасіў іх на наступныя восеньскія канікулы ў свой загарадны летні дом: яны могуць паехаць туды на цэлыя два тыдні, ён жа яшчэ добра памятае (тут ён

* Першы сярод роўных (*лац.*).

38

падміргнуў Паркеру), што ў маладых выкладчыкаў грошай не надта шмат, і хоць ён, Паркер, са сваімі гарнітурамі і гальштукамі ды ўменнем карыстацца сталовым прыборам паводзіць сябе тут, у правінцыйным каледжы, як сапраўдны еўрапеец, то-бок як культурны чалавек, а ў гарнітуры ў тонкую светлую палосачку выглядае што той банкір з Уол-Стрыта, але... Ну так.

— Тыя, што выглядаюць як мільянеры, часцей за ўсё імі не з'яўляюцца. — Стары прафесар падміргнуў яму, гледзячы проста ў твар, і пры гэтым трохі насмешліва скрывіў рот. Мэцью ведаў, што армянска-амерыканскі аўтар за ўсё жыццё выдаў толькі дзве кнігі — той самы раман пра сваю сям'ю са змененымі імёнамі і зборнік эсэ пра Шэкспіра, аднак гэтага яму хапіла, каб атрымаць пажыццёвае месца ў каледжы ды ў канцы шасцідзясятых, калі сітуацыя была яшчэ спрыяльная, купіць дом на выспе Нантакет і ладны кавалак зямлі ў дадатак. Цяпер участак каштаваў, напэўна, мільёны, і Паркер, агледзеўшы сябе зверху ўніз — крыху перашыты гарнітур ад Місоні, куплены ў яго любімай камісійнай краме ў Нью-Ёрку, на Токіа, 7, які, праўда, не зусім пасаваў яму, але быў стылёвы, — зірнуў на армяніна ў яго паношаным хакі і пакамечаным сінім блейзеры... Ну так. Стыль і грошы таксама не заўсёды ўзаемна дапасуюцца. А Сур'ян зарагатаў і стукнуў Паркера па плячы, гледзячы пры гэтым на Нілу. *„Look at him, he is so sweet, everybody loves him, I tell you, he'd get away with murder"**.

Прыехалі. Эберхард вылез з машыны і задаволена чмыхнуў. У ім таксама выяўлялася часам нешта перабольшана агрэсіўнае; здавалася, словы самі выскокваюць у яго з рота, і толькі потым ён намагаецца зразумець, што ж такога ён сказаў.

— Ну, пачатак ва ўсялякім разе зроблены, даражэнькі! Сардэчна вітаем на будучай старой радзіме!

Падчас паездкі па вуліцах, дзе бушаваў снегапад, Паркер быў настолькі паглыблены ў свае ўспаміны, што нічога не

* Паглядзіце на яго, ён такі мілы, усе любяць яго, і калі ён каго-небудзь заб'е, то выкруціцца без пакарання (*англ.*).

заўважаў. Эберхард. Добрая душа. І вытанчаны стыль, не адразу бачны пад шурпатай абалонкай.

Напэўна, яму невыпадкова ўспомніўся Сур'ян.

Нягледзячы на непагадзь, у зале было поўна людзей. У Прамыслова-гандлёвай палаты справы ішлі, здаецца, нядрэнна: белыя абрусы на высокіх століках, мора кампазіцый з кветак, сімпатычныя дамы з выязнога рэстараннага абслугоўвання разліваюць шампанскае.

— Поўнач памалу адтаé, — прашаптаў яму Эберхард і паказаў на трох мужчын у смокінгах, якія дружна тараопіліся на попу асабліва прыгожай афіцыянткі.

Святло ў зале прытушылі. Нават трохі занадта, гэта ж не кінатэатр. Тоўсты мужчына ў шэрым гарнітуры з жоўтым гальштукам падышоў да трыбуны і пачаў важдацца з мікрафонамі. У зале была зваротная сувязь. Ва ўсялякім разе мужчына не выкрыкваў: „Мяне чутна, раз-два-тры?" — не пастукваў па мікрафоне, не рабіў ад збянтэжанасці ніякіх іншых блазенскіх жэстаў. Але ў кропкавым асвятленні бачна было, што ён спацеў. Запанаваў настрой напружанасці і варожасці. Чужы страх ператварае чалавека ў звера. Калі той, хто стаіць на трыбуне, не лепшы за цябе самога, ты аўтаматычна лічыш яго горшым — шмат горшым, а гэта стварае пякельную атмасферу. Неспадзявана чалавек наперадзе апынуўся перад зграяй, якая лічыла яго смеху вартым няздарам.

У таўстуна ўсё неяк абышлося, ён жа толькі прадстаўляў сапраўднага прамоўцу. І, нягледзячы на кропелькі поту і разгубленае нервовае морганне, выканаў сваю задачу зусім няблага. Лаканічна, з запрашальным жэстам пад канец сыходзячы ўніз.

— Давайце ж прывітаем нашага чалавека ў Кілі, не, нашу надзею, надзею ўсёй федэральнай зямлі Шлезвіг-Гольштэйн, а ў хуткім часе не толькі яе! Давайце прывітаем будучыню — не толькі ягонай партыі! Сардэчна просім, Ганс-Крысціян Малер!

Малер, які да гэтага часу незаўважна трымаўся ў паўцяню ля подыума, не стаў чакаць, пакуль сціхнуць апладысменты. Ён падзякаваў таўстуну за прывітанне, паціснуўшы яму руку, і, як толькі выйшаў на трыбуну, пачаў прамову. Гаварыў ён без паперкі.

— Паважанае спадарства! — Тут Малер зрабіў паўзу і паглядзеў, здавалася, адразу на ўсіх. — Будучыня — выдатнае ключавое слова. Хто не жадае яе сабе? Толькі два тыдні таму пачаўся новы год. Час рэтраспекцыі мінуў. Унутраным позіркам мы прыгледзеліся да мільгацення важных падзей мінулага года. Яшчэ раз згадалі зорныя імёны і з'явы апошніх год, ад Лёва да Меркель, ад еўра да нафты. Наша жаночая зборная па футболе не дасягнула ў Канадзе найлепшага выніку, затое мужчыны-гандбалісты, якія акурат гуляюць у Кракаве, усцешаць нас зімняй казкай, нечаканкай, я ў гэтым упэўнены. Змена клімату і закон аб ахове здароўя ад тытунёвага дыму — вось галоўныя для мяне тэмы года. Добра, што прынамсі дваццаць-невядома-якая па ліку кнутаманія* — Кнут, ці ж не так звалі медзведзяня з джунгляў бульварнай прэсы? — нас не празмерна зачапіла. Праўда, хто ведае, хто будзе наступным? Можа, міленькі карлікавы кіт?

Слухачы засмяяліся. Выступоўца зламаў лёд.

— Мы пачынаем з позірку наперад. Новы год будзе цікавым, гэта год выбараў у ландтаг у Ніжняй Саксоніі, Гамбургу, Баварыі і Гесэне, год Алімпіяды, год хвалюючай гонкі за ўваход у Белы Дом. Трамп супраць Клінтан — такі, ва ўсялякім разе, мой прагноз. І без інтрыгі не абыдзецца. Тут, у Германіі, мы, напэўна, найперш павінны напружана чакаць, ці працягнецца станоўчае эканамічнае развіццё апошніх год. Ці справімся мы з праблемамі Еўропы, калі брытанцы выйдуць, ці ўдасца нам адолець міграцыйны крызіс адным толькі „Мы гэта зробім!"

---

* Кнут — медзведзяня, якое нарадзілася ў Берлінскім заапарку ў 2006 г. Гэта быў першы выпадак нараджэння дзіцяняці ў белых мядзведзяў за трыццаць год. Кнутаманія, спрычынены ім феномен поп-культуры, ахапіла ўвесь свет: былі напісаны кнігі і створаны іншыя медыяпрадукты, прысвечаныя Кнуту, выпускаліся цацачныя мядзведзікі Кнуты і г. д.

— вось надзённыя пытанні. Усе яны важнейшыя за футбол, хоць у сэнсе спорту мы, гэтым разам наша мужчынская зборная ў Парыжы, я думаю, не схібім. Праўда, лета здаецца яшчэ надта далёкім.

Візуальны кантакт, прываблівая ўсмешка. Малер заваяваў публіку. Паўза была правільная, імгненне рэфлексіі — і ён змяніў танальнасць, зрабіў скачок у змесце, загаварыў больш сур'ёзна.

— Не палітыка наш лёс, а эканоміка. Гэта не выказванне з нейкай сучаснай дыскусіі пра лакацыю пад назвай Германія. Гэта словы Вальтэра Ратэнау (тысяча восемсот шэсцьдзесят сёмы — тысяча дзевяцьсот дваццаць другі год), адной з самых выбітных асоб у гісторыі нямецкай дэмакратыі.

— Бясспрэчна, „лёс" — слова велічнае, бо яно наводзіць на думку пра залежнасць ад вышэйшых сіл. Ці павінны мы ўяўляць сабе паверхі кіравання як Алімп, а чальцоў назіральнай рады як маленькіх бажкоў? Вядома ж, Ратэнау меў на ўвазе не гэта. Наадварот. Ужо ў цяжкія гады Веймарскай рэспублікі ён дакладна бачыў, якое значэнне мае для развіцця дзейснага грамадства эканоміка як незалежная ад дзяржавы сіла. І якое значэнне мае пры гэтым менавіта сярэдні клас.

У Малера была выдатная маўленчая манера. Ён мадуляваў словы, асобныя сэнсавыя адрэзкі не занадта падкрэслена, а плынна, так, што стваралася ўражанне, быццам слухаеш музычны твор.

— Толькі здаровы эканамічны падмурак гарантуе грамадскую стабільнасць. Дабрабыт шырокіх пластоў насельніцтва, справядлівая даступнасць адукацыі і прафесійнай падрыхтоўкі, аплата працы ў залежнасці ад яе колькасці і якасці ды адчуванне ўдзелу ў справе, арыентаванай на будучыню, — вось нясучыя апоры дэмакратыі. Там, дзе кіруе страх, неўзабаве пачынае кіраваць тэрор.

— У гэтай страшнай залежнасці на ўласным лёсе пераконваюцца не толькі жыхары Сірыі ці Турцыі, гэта і наш досвед, досвед нашых дзядоў, у Германіі, у тым ліку і тут, у Кілі, досвед нацыянал-сацыялізму.

Цяпер Малер заўважыў яго. Падчас кароткай паўзы, калі ён абводзіў позіркам аўдыторыю, умела, знешне шчыра, — здавалася, ён сапраўды збіраецца пагаварыць асабіста з кожным, — ён кіўнуў Паркеру.

— Тое, што некалі было правільна, сёння, у глабалізаваным грамадстве дваццаць першага стагоддзя стала больш актуальным, чым калі б там ні было. Якім будзе нямецкае грамадства будучыні, ці ўдасца нам захаваць працоўныя месцы і дабрабыт, будзе залежаць ад таго, як мы ўсе разам паставімся да ўсё большага ціску замежнай канкурэнцыі і ці здолеем мы інтэграваць, у тым ліку і эканамічна, усіх, хто шукае дапамогі.

— Германію ў параўнанні з іншымі еўрапейскімі краінамі, дый у глабальным маштабе, заўсёды вызначалі менавіта прадпрыемствы сярэдняга бізнесу. Больш таго, ні ў іншых краінах Заходняй Еўропы, ні ў Японіі ці Кітаі, ні ў Злучаных Штатах Амерыкі падобнага няма. Сярэдняе прадпрымальніцтва — чыста нямецкі феномен.

Апошні пасаж прагучаў, як здалося Паркеру, даволі суха, Малеру не хапіла, магчыма, інтанацый закліку. Але перад капітанамі эканомікі, галовы якіх серабрыліся сівізною, і іхнімі жонкамі, што набылі свой загар недзе ў Дубаі ці Амане, прамоўца, вядома, не мог біць у барабан, як той футбольны трэнер. І ўсё ж. Штуршком расчыніць вароты ў мозг, увагнаць цвік. Ударам малатка, проста па галоўцы. Паркер яшчэ навучыць яго гэтаму, навучыць тонкасцям. Яму вельмі хацелася ведаць, ці дазваляе Малер папраўляць сябе. Цяпер той ужо перайшоў ад станавога хрыбта нямецкай эканомікі да лічбаў. Гаварыў пра сярэдні клас як гаранта стабільнасці і забеспячэння будучыні, пра страх перад расстаннем з германскім рынкам працы і перамяшчэннем вытворчасці ў замежжа. Агучваў газетныя загалоўкі пра паўзучае знікненне нямецкага ноу-хау, пра страх перад застоем і прабуксоўваннем рэформаў. Паркер азірнуўся. Многія згодна ківалі. Гэта было іх жыццё, гэта былі праблемы, якія датычыліся іх. Малер вачыма здымаў сказы з паперы і пасылаў іх у залу быццам думкі, якія толькі што прыйшлі яму да галавы — і якія ён зараз прапаноўваў ім для сумеснага абмеркавання. Жэстыкуляцыя пасавала да слоў, перашкаджала толькі пасмачка валасоў, што зноў і зноў падала яму на лоб, і ён увесь час рукою адкідваў яе назад. Гэта выглядала занадта па-юнацку, неяк фанабэрыста. Трэба будзе прасачыць, каб ён так не рабіў, асабліва на тэледэбатах. Можа, варта падумаць пра іншую стрыжку. Карацейшую, больш рымскага кшталту, без прабора. Інакш у спалучэнні з дарагім пінжаком пасмачка валасоў можа зрабіць непрыемнае ўражанне. Не хапае толькі вышытага герба на блейзеры, каб Малер выглядаў як прадстаўнік элітарнай сям'і з пераводнай карцінкі. Не найлепшы выгляд для сацыял-дэмакрата.

Малер гаварыў пра праблемы фінансавання, пра пастку выдаткаў на аплату працы, у якую трапіла Германія, але ён і заблівў, супакойваў усіх, запэўніваючы, што сярэдні бізнес надзвычай інавацыйны, прычым не толькі ў аспекце тэхнікі. Адзін прыклад з гісторыі змяняўся другім. Ён расказваў пра Сіменсаў і Борзігаў часоў грундэрства* — дробных прадпрымальнікаў, якія здолелі зрабіць са сваіх прадпрыемстваў вядомыя ва ўсім свеце брэнды. Хоць Паркер і ведаў прамову — сам яе пісаў, але слухаў зачаравана. Ён зноў і зноў кідаў позірк на публіку, яна таксама ўслухоўвалася ў парады свайго кандыдата:

— Расці ж не забараняецца.

Паркер быў уражаны натхненнем і досціпам, якія Малер укладваў у дэталі, тым, як ён зноў і зноў спыняўся на самай сутнасці пытання. Нават пустыя фразы, — напрыклад, пра асаблівую гнуткасць сярэдняга прадпрымальніцтва, гучалі дакладна і ўспрымаліся як нешта новае. Бо слухачы наіўна верылі, што ён можа падзяліцца з імі досведам.

— Хачу прывесці адзін прыклад. Сёння кіраўніком кожнага пятага прадпрыемства з'яўляецца жанчына, прытым што ў 2001—2002 гадах доля жанчын у кіраўніцтве прадпрыемстваў складала роўна чатырнаццаць адсоткаў. Жанчына-кіраўнік,

---

* Эпоха грундэрства — перыяд у развіцці эканомікі Германіі ў другой палове XIX ст. Характарызавалася імклівай індустрыялізацыяй.

прадпрымальніца, набывае ў сярэднім бізнесе ўсё большую значнасць. Тэндэнцыя пераходу да грамадства паслуг спрыяе такім зменам. У той час, калі палітыкі яшчэ разлічваюць найперш на мерапрыемствы, якія стымулююць жанчын да самастойнасці, фактычнае развіццё ў сярэднім прадпрымальніцтве апярэдзіла жаночую палітыку і стварыла факты. Гэта яшчэ адзін доказ гнуткасці сярэдняга прадпрымальніцтва.

— Паважанае спадарства, усё сказанае вельмі пераканаўча сведчыць, што сярэдні клас ёсць сапраўднай крыніцай магутнасці Германіі.

Апошнія словы прагучалі занадта падкрэслена, як заклік, таму здалося, што Малер ужо заканчвае прамову, хоць на самай справе гэта было толькі рэзюмэ адной яе часткі. Але ён ужо гаварыў далей, хваліў сярэдняе прадпрымальніцтва як пазіцыю, нават як лад жыцця, падрабязна спыніўся на тым, якое значэнне мае для прадпрымальніка спалучэнне ўласнага жыцця з тым, што ён робіць, славіў мужнасць, самааддачу, з якой чалавек ствараае фірму, апісаў, як яго павінны падтрымліваць усе супрацоўнікі, уся сям'я, і падкрэсліваў, што гэты чалавек урэшце як прадстаўнік сярэдняга класа нясе адказнасць за свой персанал, як капітан за свой карабель. Ён не можа ў шторм кінуць карабель на волю лёсу. Паркер заўважыў, што, не ўсведамляючы гэтага, сам пагойдваецца ў такт, быццам перасоўваючы ўсім целам аргументы і вузлы тэмаў, ён зноў бачыў іх перад сабою вось такімі, пададзенымі ў прастору, нібы камбінацыі крокаў танцора, вылучэнні, павароты, сентэнцыі, — усё гэта ён быццам прагаворваў разам з выступоўцам.

— Поспех для прадпрымальніка сярэдняга класа — не толькі справа памнажэння капіталу: пры цяперашніх працэнтных стаўках ці не лягчэй было б проста кансерватыўна інвеставаць грошы ў партфель акцый або пакласці на ашчадны рахунак. Не! Поспех — гэта радасць ад таго, што ты нешта будуеш.

Зала поўнілася энергіяй. Паркер адчуваў, як Эберхард побач з ім весела назірае за ягоным рытарычным міні-балетам і ціхенька падхіхіквае. Ён у іх на кручку. Устойлівасць. Інвестыцыя ў будучыню. Сямейныя прадпрыемствы — горды знак

45

поспеху ў нібыта халодным свеце эканомікі. Паркеру было лёг-ка перанесціся ў становішча прадпрымальнікаў — яны хочуць нешта пабудаваць, у іх ёсць мара, за якую яны гатовыя аддаць усё, як баксёры: лепш лішні раз устаць, чым упасці. І гэта ва ўмовах жорсткай глабальнай канкурэнцыі. Кітай даўно выціс-нуў Германію на чацвёртае месца сярод найзначнейшых ганд-лёвых дзяржаў. Азія перажывае небывалы бум. Паркер ведаў гэта з уласнага досведу. Але традыцыйнае „Made in Germany" ўсё ж азначае яшчэ многае. Усведамленне патрабаванняў якас-ці, спецыяльныя веды, кампетэнтнасць. Стратэгіі ў канкурэн-цыі, з дапамогай якіх праз саму глабалізацыю адкрываюцца новыя шанцы — напрыклад, аб'яднанне вытворчасці ў адзіную сетку. Паркер з Малерам правялі сваіх слухачоў вакол усяго свету. Паркер бачыў, як некаторыя з прысутных, якія толь-кі што, стоячы ля столікаў, неўразумела моршчылі лоб, зноў згодна заківалі, калі Малер пачаў распавядаць пра здольнасць прыстасоўвацца і дзейсную адданасць сваёй справе, дзякуючы чаму адно невялікае прадпрыемства, што спецыялізавалася на станкабудаванні, хутка і дакладна адрэагавала на патрабаван-ні спецыфічных умоў вытворчасці, прычым спрацавала адна вельмі старая дабрадзейная якасць рамяства — карпатлівасць. Нагадаў пра здольнасць крэатыўна падыходзіць да праблем, дапоўненую годнымі абывацельскімі якасцямі — руплівасцю і духам еднасці. Гэта каштоўнасці сацыяльнага, дэмакратычна-га грамадства. Малер выходзіў на фінішную прамую. Паркер напружана слухаў. Цяпер у прамове набліжалася рэзкая змена тэмы, для чаго Малеру сапраўды патрабаваўся мосцік, які мож-на стварыць толькі з дапамогаю эмоцый. Малер зрабіў карот-кую паўзу, парывіста кіўнуў і прыглушыў энтузіязм у голасе, да якога ўзняўся ў сваім панегірыку культуры прадпрымаль-ніцтва.

— На заканчэнне дазвольце мне коратка закрануць зусім іншую на першы погляд тэму.

Сёння мы зноў і зноў чытаем і чуем паведамленні пра зла-чыннасць сярод непаўналетніх, пра жорсткія бойкі ў гарадах, у цягніках метро і электрычках, у грамадскіх месцах. Усіх нас узрушылі сексуальныя нападыы мужчын з паўночна-афрыканскіх краін навагодняй ноччу ў Кёльне, Гамбургу і іншых буйных гарадах. Магчыма, неўзабаве нам тут давядзецца паведамляць і пра тэрарыстычныя акты, нават з выкарыстаннем бомбаў. Гэта жахлівыя навіны.

А палітычныя дыскусіі наконт гэтых падзей часта абмяжоўваюцца высвятленнем „за" і „супраць": варта ці не варта ствараць выхаваўчыя лагеры, узмацняць дзяржаўны нагляд, уводзіць больш жорсткія пакаранні. У кантэксце міграцыйнага крызісу дадаюцца яшчэ латэнтны расізм і боязь ісламізацыі, якія адразу робяць такую тэму, як унутраная бяспека, арэнай экстрэмізму. А хто выкарыстоўвае гэта ў сваіх інтарэсах? Карычневая перыферыя, лаўцы душ, такія згубныя фігуры, як замаскіраваныя падбухторшчыкі з Пегіды* і „Альтэрнатывы для Германіі"**. Ці хочам мы трапіць у гэты адстойнік? Я кажу: не! Мы не маем права на гэта. Сапраўдныя прычыны міграцыі, нездаволенасці і яе радыкалізацыі, перарастання ў гвалт застаюцца пры гэтым незаўважанымі. Фрустрацыя маладых людзей, меркаванне, што ў іх няма будучыні, робіць іх схільнымі выбіраць шлях разбурэння. Я думаю, пачынаць трэба з гэтага.

Менавіта ў маладых людзей, немцаў і не-немцаў, якіх мы прымаем у сваю краіну, трэба закласці веру ва ўласную будучыню.

Мы ўсе павінны даць прыклад такой веры.

Мы павінны паказаць, што ўласны лёс безумоўна можна ўзяць у свае рукі. Што варта вучыцца, працаваць, нешта ствараць.

Гэта можна канкрэтна ажыццявіць праз прафесійную падрыхтоўку.

І праз далучэнне да тых каштоўнасцей, якія лічыць сваімі сярэдні клас.

Гатовасць рызыкаваць. Цікаўнасць. Адказнасць.

---

* Правапапуліcцкі рух у Германіі. Існуе з 2014 г., актыўна выступае супраць іміграцыйнай палітыкі ўрада.
** Ультраправая ксенафобная партыя ў Германіі. Існуе з 2013 г.

Сацыяльная бяспека залежыць ад поспехаў. А поспехі заваёўваюць, іх не атрымаеш у падарунак. Мы павінны разам працаваць дзеля дасягнення поспехаў, калі хочам, каб у дэмакратыі надалей быў шанц выстаяць супраць нацыяналістычнага папулізму і новай падбухторчай захопленасці фэйкавымі навінамі.

Эканамічны прагноз на новы год выглядае добра. Ператварыць прагноз у факт — вось наша мэта. І ў гэтым менавіта сярэдні бізнес зноў будзе мець вырашальнае значэнне як крыніца сілы.

Каб гэтая крыніца не вычарпалася, мы павінны надалей удасканальваць рамачныя ўмовы для развіцця сярэдняга прадпрымальніцтва. Калі нам гэта ўдасца, за будучыню можна не баяцца.

Дзякую за ўвагу і жадаю вам дабра і поспехаў у новым годзе!

Зала ў захапленні грымнула воплескамі. Некаторыя нават рытмічна прытупвалі, быццам пасля канцэрта. Эберхард меў рацыю. Малер на подыуме быў сілай. Яшчэ не зусім дасканалай, але ён пачаў з высокай прыступкі і, тым не менш, здолеў падняцца яшчэ вышэй, набываў усё большую ўпэўненасць, замінак было няшмат. Малер заваяваў публіку простымі сродкамі, лёгкую самаіронію можна яшчэ ўдасканаліць. Але найперш ён, здаецца, зразумеў, што значэнне мае не столькі тое, штó ты кажаш, колькі тое, як ты гэта кажаш. Паркеру раптам стала няёмка, што напісаў яму такую надзейную прамову: чытаючы яе, мала што можна было зрабіць няправільна, але яна і не давала магчымасці паказаць сябе ў сапраўдным бляску. Як нямецкае тэлебачанне. Але тады ён яшчэ не ведаў Малера, не ведаў яго як асобу, у яго былі толькі фрагменты з інтэрнэту, таму і выбраў прыземлены, пэўны варыянт, *better safe than sorry**. Наступным разам яны рызыкнуць. У Малера ёсць харызма, з самага пачатку публіка была не перад ім, а з ім. Проста ягонае месца там. На подыуме. Гэта чалавек, які не выклікае ў старых

---

* Беражонага Бог беражэ (*англ.*).

адчування пагрозы, а маладым дае адчуванне, што разумее іх. Ну а жанчыны так ці інакш будуць на ягоным баку. Паркер бачыў, што амаль усе жанчыны ўсміхаліся. Многія, самі таго не зауважаючы, нават пагладжвалі сябе па руках, растульвалі вусны. Выступленне Малера электрызавала. Такога Паркер даўно не назіраў. Проста Абама ў яго найлепшай форме, але той часта рабіў празмерна інтэлектуальнае ўражанне. „Make no mistake"* — гэта ён паўтараў настолькі ж часта, як і Буш малодшы, толькі не настолькі сцярожка і раз'юшана, як Джордж У., які — чыстая імітацыя монстра Джылы — напалову навісаў над трыбунай ядавітай яшчаркай з тэхаскай пустыні. Абама стаяў выпрастаўшыся, з паднятым указальным пальцам, быццам павучаў. Паркер сказаў пра гэта кіраўніку ягонай выбарчай кампаніі, той выслухаў яго, але з сяброўскім халадком, з замарожанай усмешкай, што Паркер растлумачыў сабе менавіта так, як, напэўна, і мелася на ўвазе: трымайся ўзбоч ад гульні дарослых, дзіцятка, вялікія хлопчыкі дамовяцца аб усім, пачакай гадок-другі, пакуль твая чарга падыдзе. Тут, у Малера, яго чарга, здаецца, падышла.

Тады, калі Паркер працаваў на Абаму, яму давялося шмат чаго праглынуць. Перш за ўсё, тое, што прамовы для Абамы пісаў чалавек, не старэйшы за яго, — Джон Фаўро. Прамовы былі проста бліскучыя, дакладна адпавядалі таму высокаму стылю, якому аддаваў перавагу Абама, гэтым стылем ён прызнаваў сябе прыхільнікам традыцыі Марціна Лютэра Кінга ці Аўраама Лінкальна. Ён, Абама, аўтсайдар, чарнаскуры, сын кенійца, такая вось сапраўдная пабочная асоба ў грамадстве, ніколі не займаў дамінуючай пазіцыі, — але чалавек, які з самага пачатку паводзіў сябе як дзяржаўны дзеяч. Паркера асабліва зачароўвала ў Абаме манера раскрываць свае прыгожыя, вялікія далоні, захапляла тое, што яму ўдавалася без напружання ісці па слядах вялікіх, што ён скарыстаўся прыкладам Кенэдзі пры наведванні Берліна, ягоным „Ich bin ein Berliner", і здолеў перад сотнямі тысяч ля Калоны Перамогі (выступіць перад

* Не зрабіце памылкі (англ.).

49

Брандэнбургскай брамай падчас першага візіту ў Германію, яшчэ да выбараў, Абаму, на жаль, не прапанавалі) адным сказам, сваімі далонямі, сваім сур'ёзным позіркам і дакладна мадуляванымі алітарацыямі аб'яднаць цэлыя кантыненты, усе надзеі і страхі. Яму ўдалося стварыць пэўнае „мы“, пашырыць яго ў жэсце *„Yes, we can“**; тады гэта захапіла ўсіх, ну амаль усіх. Як гэта гучала ў тэксце? „Пакуль мы тут гаворым, аўтамабілі ў Бостане і заводы ў Пекіне растапляюць шапкі палярных ільдоў ў Арктыцы, скарачаюць берагавыя лініі Атлантычнага акіяна і насылаюць засуху на фермы ад Канзаса да Кеніі“.

Аб'яднаць свет. Сапраўднае „мы“.

Яшчэ паўгадзіны пасля выступлення Малер паціскаў рукі, вакол яго збіраліся ўсё новыя і новыя групкі, і ён наўрад ці заўважаў, што недзе ўзбоч яго чакаюць і назіраюць за ім Эберхард і Паркер. „Вундэркінд“ — Паркер чуў, як некаторыя з прысутных гаспадарнікаў, што праходзілі міма, ухвальна прамаўлялі гэтае слова, часта дадавалася таксама „выдатна“ або „ну дае“, „цудоўная прамова“ ці, з яшчэ большай паўночна-нямецкай стрыманасцю, проста „выдатны чалавек, здолее нешта зрабіць“. Пасля таго як Малер развітаўся з апошнімі віншавальнікамі, ён падышоў да сяброў, адвёў Паркера ўбок і адразу загаварыў, быццам працягваючы ўчарашнюю гутарку. Ён быў у прыўзнятым настроі.

— Вы ведаеце, чаму я ўступіў у партыю „таварышаў“?

Паркер пахітаў галавою. Ад Малера патыхала потам, яго парфума была занадта саладжавая і дакучлівая, „Гучы для мужчын II“ у сінім флаконе. Драўнінны водар, нядрэнная парфума, але, на думку Паркера, Малеру больш пасуе „саваж“. Асаблівая якасць — сакавіты бергамот.

А потым сказаў:

— Лягчэй кар'еру зрабіць — таму што ў іхніх шэрагах няма такога, як вы?

Малер здзіўлена паглядзеў на яго.

Паркер працягваў:

* Так, мы можам (*англ.*).

— Малады, усім сваім складам арыентаваны хутчэй на міжнароднае супрацоўніцтва, элегантны, славалюбны, станоўча ўспрымаецца моладдзю і мае пры гэтым добрыя кантакты ў эканамічнай сферы?

Малер ухмыльнуўся.

— Выдатны аналіз! Што да паходжання, то я, можна сказаць, не надта пасую да іх. Чырвоная кветка з найчарнейшай глебы. Вы ўявіць сабе не можаце, якога дыхту даў мне бацька, калі я ў чатырнаццаць уступіў у Саюз маладых сацыялістаў. „Тады лепш адразу едзь у Зону!" Ён усё жыццё называў ГДР Зонай.

— Ваш бацька... — памкнуўся спытаць Паркер, але Малер перапыніў яго.

— Магчыма, якраз гэта і зрабіла мяне прывабным для партыі. Сын мяснога барона! Вы ведаеце, колькі ў майго бацькі птушкафабрык і прадпрыемстваў па адкорме свіней паміж Фэхтай, Ольдэнбургам, Падэрборнам і Оснабрукам? Бермудскі трохкутнік этычна няправільнага харчавання. Можаце мне паверыць. Але для партыі я быў цікавы менавіта з гэтай прычыны. Я маю на ўвазе: смярдзіць не хлявом, а толькі карысным гноем. Такое можа быць перавагай. Бо сацыял-дэмакраты як-ніяк — найстарэйшая партыя Германіі, і калі да ўлады прыйшоў Шродэр, які насіў гарнітуры ад Брыоні і курыў „каібу", людзі таксама мусілі спачатку сёе-тое праглынуць. А чальцы маленькага прыўладнага клубу Шродэра, самыя значныя прадстаўнікі эканомікі таго часу, усе ведаюць мяне.

— Не пераабралі на новы тэрмін. Я памятаю, як ён пасля правалу на выбарах сядзеў на тэледэбатах партыйных босаў п'яны ці, можа, пад какаінам...

— Ах, калі тое было. А што́ ён тады спажыў, мы і да сённяшняга дня не ведаем. Я таксама не належу да фанатаў Шродэра, ні ў якім разе. Сапраўдны твар ён паказаў у гісторыі з „Газпрамам", паставіўшы свой подпіс, але згадзіцеся: ён шмат чаго дасягнуў! Скіраваныя на мадэрнізацыю рынка працы і скарачэнне беспрацоўя сацыяльныя рэформы „Гарц", „Агенда 2010" — гэта зусім не дробязі, гэта наш паратунак у сённяшняй сітуацыі, калі Еўропа трашчыць. Можа, мы яшчэ здолеем перахапіць стырно, толькі ж для гэтага спатрэбіцца напружанне сіл і новыя ідэі. Але вернемся да нас. У мяне няма падстаў баяцца, што кожная дробная фракцыя адразу залямантуе: „О, зноў ён, ах, гадаванец вось той ці вось таго!" Я яшчэ не вытхнуўся, не з'яўляюся ні вымушаным выбарам, ні кампрамісным варыянтам, з вылучэннем маёй кандыдатуры могуць пагадзіцца многія. Гэта важна для нас. Мы не можам вечна хавацца за жанчынай-канцлерам. Мы ж таксама ўрадавая партыя — але які ў нас профіль? Кажу вам: калі мы не будзем пільныя, тады канец СДПГ як народнай партыі. Магчыма, і ХДС канец. Калі вецер задзьме справа. Ну добра. Для мяне пакуль што важна перамагчы ў Кілі. І стаць другой асобай пасля Альбіга, але што будзе пасля...

Ён шырока павёў правай рукою, быццам узважваючы сказанае.

— Паглядзім. Не, нават праціўнікі прымаюць мяне ўсур'ёз і бачаць ува мне не толькі канкурэнта, але і суразмоўцу. Ведаеце, мы жывём у час малых альтэрнатыў, калі ніхто не хоча ці не можа трымацца за традыцыйную сістэму вызначанасці партый. Гэта прыводзіць да крайнасцей. Або вы выходзіце за межы і падымаеце вэрхал, тады адбываецца паварот улева, або спяваеце: „Усё выдатна, усё цудоўна" — і бадзёра крочыце направа. Або выбіраеце шлях кампрамісаў. А я прапаную нешта зусім іншае, нешта свежае, тое, што разварушвае, плюс неабходную кампетэнцыю. І эканоміка — эканоміка дзякуе.

— Было бачна, — сказаў Паркер.

Малер адмахнуўся.

— Ды што там... Але ж мы не можам аддаць яшчэ і свае нумеры чорным, сінім, жоўтым, зялёным — якую там афарбоўку мае Левая партыя? Не можам?

Малер па-змоўніцку падміргнуў.

— Вы напісалі добрую прамову. Яна пасуе да нагоды, пасуе да мяне. Абяцанне Эберхарда не было перабольшаным. Не трэба недаацэньваць людзей тут, у нас. Дробныя прадпрымальнікі, буйныя фермерскія гаспадаркі. Суднабудаўнічыя прадпрыемствы ў крызісным стане. Парачка інавацыйных прадпрыемстваў. Інвестары з Балтыйскага арэала. Яны ўсё роўна маюць свой гонар, хоць і жывуць у бедным краі Германіі.

— Я думаў, што бедны край — гэта Мекленбург — Пярэдняя Памеранія?

Малер засмяяўся і пацягнуў Паркера за руку.

— Азірніцеся. Так, Кіль пакуль яшчэ не новы Ростак, гэта праўда. Але калі паглядзець на вёску... Каму хочацца заставацца тут?

— Я заўсёды думаў, што з усіх немцаў менавіта жыхары Шлезвіг-Гольштэйна адчуваюць сябе на радзіме самымі шчаслівымі.

Малер празумкаў мелодыю з рэкламы.

— Так, але яны і напалову не такія шчаслівыя, як датчане. Ёсць такая прыказка: „Чаго вясковец не ведае, таго ён не будзе есці“, гэта значыць, у незнаёмае месца вясковец не палезе... Можа, яно і так, але апытанні ілгуць. Моладзь сыходзіць. У Гамбург. Там ёсць яшчэ перспектыўныя рынкі. Акурат у гэтым і наш шанц. Не адно дзесяцігоддзе шмат хто зноў і зноў спрабаваў ажыццявіць ідэю Паўночнай дзяржавы, да якой належалі б Гамбург, Брэмен, Ніжняя Саксонія, Шлезвіг-Гольштэйн і Мекленбург — Пярэдняя Памеранія. Але ніколі не атрымлівалася. Найперш жыхары Гамбурга звар'яцелі б ад неабходнасці браць удзел у фінансаванні ўсіх структурных змен. Калі ж мы здолеем правільна падаць ім нашу новую ідэю росту...

— Ідэю новай Сіліконавай даліны?

Малер, цалкам паглыблены ў свае думкі, кіўнуў.

— Неўзабаве мы станем гарадамі-партнёрамі. Кіль, Сан-Францыска і ўвесь рэгіён заліва. Тады тут хутка зноў з'явіцца нешта такое, што прывабіць інвестараў. Ніжняя Саксонія пры Шродэры і ягоных апосталах таксама акрыяла. Ну добра, не ўся, не Вендланд* — „ад атамнай смерці ружавеюць шчокі“, — але ўвогуле? Мы — вы і я — маглі б паспрабаваць. Карыстаючыся сілай, галасавым апаратам. І правільнымі кантактамі. Зусім не абавязкова адольваць усё.

* Мясцовасць у федэральнай зямлі Ніжняя Саксонія, вядомая сховішчам радыеактыўных адыходаў ля г. Горлебена і масавымі пратэстамі супраць іх транспарціроўкі туды.

— Вы хочаце, каб на вас звярнула ўвагу ўся Германія?

— Так. — Малер кіўнуў. Трохі памаўчаў. Потым акінуў позіркам кільскую публіку, адпіў са свайго бакала. Ён бачыў, што Паркер назірае за ім.

— Гэта не шампанскае. Яблычны сок з мінеральнай вадой. Сам змешваў. Мой целаахоўнік заўсёды мае пры сабе сок і ваду. Толькі з колерам сёння не надта атрымалася, трохі цемнаваты. Ведаеце, карысна, калі ўсе думаюць: ён зусім такі, як мы, таксама часам дазваляе сабе глыточак, каб зняць напружанне. Значыць, і нам можна здымаць напружанне такім чынам. І недаацэньваюць мяне. Босы эканомікі, прэса і „сябры" па партыі. Яно і добра. Думаюць, што мною можна кіраваць. Можна. Але толькі пакуль мяне накіроўваюць у маім кірунку.

Паркер падумаў, ці не была ўчора ў яхт-клубе ў таўстасценнай шклянцы Малера таксама ўсяго толькі нейкая сумесь. Можа, асілак у шэрым гарнітуры ў тоненькую палоску — ягоны целаахоўнік? Малер тады трохі адпіў са шклянкі, а потым некуды паставіў яе — ці макалан ён піў? Здавацца чалавекам, якім можна кіраваць, каб кіраваць самому. Добрая стратэгія.

— А партыя?

Малер паціснуў плячыма.

— І тут, на поўначы, таксама прыдатная рэч, калі не шанцуе. Успомніце Хайдэ Сімоніс, яе правал на выбарах на пасаду прэм'ер-міністра.

— Таму мы павінны думаць больш маштабна.

Малер усміхнуўся.

— Я не доўга быў у Саюзе маладых сацыялістаў. Тупець у шэрагах маладой змены — значыць апынуцца на запасным пуці. Застацца ў Шлезвіг-Гольштэйне...

Ён паглядзеў на Паркера і дадаў:

— Трэба цягнуцца ўгору, калі хочаш вырасці.

Паркер міжволі ўспомніў Ламарка. Паводле ягонай эвалюцыйнай тэорыі жырафы ў пошуку харчавання цягнуцца да вышэйшых галінак кроны, і такім чынам у іх за шэраг пакаленняў шыі становіцца даўжэйшай. Малер мае рацыю.

— А з партыяй вас хіба нішто не аб'ядноўвае? Як жа вы тады пераконваеце сваіх таварышаў?

— Адкрытасцю. Сучасным бачаннем. Зараз вы думаеце, што я проста кар'ерыст, праўда? О так, я яшчэ і кар'ерыст. І мне гэта прыемна. Але я за моладзь. За будучыню. Мы павінны залучыць маладых на наш бок, яны зноў хочуць мець дачыненне да таго, што адбываецца, хочуць, каб улічвалі і іх думку, хочуць нешта рабіць. Мы павінны распрацаваць праграмы, платформы з канкрэтным зместам, якія далі б магчымасць задзейнічаць нават школьнікаў, дазволілі б ім удзельнічаць у прыняцці рашэнняў, бачыць на практыцы, што значыць несці адказнасць, працаваць над тым, што ў рэшце рэшт будзе вызначаць і іх будучыню. Грамадзянскія платформы. І не толькі анлайн. Чаго мая партыя — і, я ўпэўнены, большасць іншых таксама — ніколі не разумела, дык гэта таго, што справа ўжо не столькі ў яе канкрэтнай накіраванасці — хрысціянская яна, зялёная ці ліберальная, а ў пазіцыі і найперш у каштоўнасцях. А яны ўжо не проста толькі кансерватыўныя ці толькі сацыяльныя. Не хрысціянскія ці зялёныя, не каштоўнасці ў разуменні прававой дзяржавы, свабодна-дэмакратычныя ці яшчэ якія. Нам нельга забываць, чаго мы ўсе дасягнулі, я маю на ўвазе прававую дзяржаву, грамадскі лад, наша бачанне Германіі і Еўропы, усё гэта павінна стаць больш адкрытым, больш спазнавальным у досведзе, пра гэта зноў трэба дыскутаваць — маладым людзям са сталымі, каб пазбегнуць абмежаванасці. Тое, што мы робім, не павінна заставацца справай эліт. А наша палітыка занадта доўга была такой, абмежаванай і жорстка вызначанай, як пасёлак з секцыйных дамоў з пэўнымі сярэднімі паказчыкамі ў адсотках. І задавальняла чаканні шараговых партыйцаў. Пустымі жэстамі. Але ні квоты, ні правілы, ні добрыя пажаданні не дапамогуць нам рухацца наперад. На перыферыі глебу ўжо апрацоўваюць дзярмовая „Альтэрнатыва для Германіі" ды Левая. Гэтая цяга да простых ісцін, гэты рэзкі пераход фрустрацыі ў гвалт. Чорт вазьмі! Нам патрабуецца нешта канкрэтнае і пэўнае, эксперымент, які б паўставаў з насельніцтва, з невялікіх колаў людзей. Новае і свежае і, тым не менш, структурна аб'яднанае, бо ўсё астатняе — наіўнасць. Вось чаму мы можам павучыцца ў Макрона. Як пускаць у ход усе сродкі. Зірніце вунь туды — бачыце старога?

Ён паказаў на высокага, грузнага, трохі паніклага чалавека ў шэрым гарнітуры, які гутарыў з цэлай камандай прадстаўнікоў старой гвардыі.

— Я б не назваў яго старым, яму наўрад ці больш за шэсцьдзесят...

— Семдзесят тры. Ён сам належаў у васьмідзясятыя да маладой змены. Гэта Фос. На яго ўсе зрабілі б стаўку. Але ён не пратрымаўся, у яго былі ўласныя мэты, і ён усё кінуў, калі стала цяжка, страціў давер да партыі. Потым стварыў дзіўную прадпрымальніцкую кампанію з абмежаванай адказнасцю, з удзелам рабочых, хацеў перавярнуць краіну знізу і ўсё такое. Свайго кшталту капіталістычна-сацыяльна-ўтапічная рэвалюцыя па прыкладзе Роберта Оўэна. Усё з трэскам правалілася. Праўда, гэта і так была дурная камерцыйная ідэя — буйная ферма па развядзенні качак.

— А цяпер чым ён займаецца?

Малер паціснуў плячыма.

— Зноў устаў на ногі. Бачыце нізенькага турка побач з ім? Дакладна, таго маладога. Гэта ягоны фінансіст. Яны зноў нешта прыдумалі. Ахаладжальныя сістэмы, упакоўка мяса, а апошнім часам яшчэ і гатовыя халяльныя прадукты — вырабляюць у Фленсбургу і ў нейкай закінутай вёсцы ў Брандэнбургу, на колішняй мяжы абедзвюх нямецкіх дзяржаў, там выплачваюцца высокія датацыі. Напэўна, і займаюцца гэтым толькі таму, што датацыі ладныя. Але хопіць, гісторыю Фоса я раскажу вам калі-небудзь іншым часам. Цікавая гісторыя. А Фос не скупы.

Яны прайшлі праз гурт афіцыянтаў і дзяўчат з абслугі. Малер паціскаў рукі, усміхаўся, абменьваўся парай слоў, тактоўна шукаў фізічнага кантакту — на думку Паркера, ён і гэта рабіў цалкам прафесійна. Урэшце яны апынуліся на маленькім балконе за барам, які выходзіў проста на Кільскую бухту. Тут яны былі адны, на кароткі час адгарадзіўшыся ад тлуму.

Абагравальны электрагрыбок быў уключаны на максімум, таму на балконе яшчэ можна было трываць.

— Так, на самай справе я хацеў расказаць вам, чаму мяне занесла сюды. Да чырвоных. Ота Вэльс... Памятаеце?

— Ён родам з Кіля?

— Не. — Малер засмяяўся. — З Берліна. Як і я. Я жыў у Берліне да дванаццаці гадоў, толькі нікому не кажыце. Прыблудніку няма чаго разлічваць на поспех у наравістых гольштынцаў і дацкай арыстакратыі са Шлезвіга. Паводле афіцыйнай інфармацыі я паходжу з Эльмсхорна. Скончыў гімназію імя Бісмарка, наведваў клуб лаўн-тэніса — я і сапраўды наведваў яго пару гадоў. Адтуль і Фоса ведаю.

Малер і Паркер адвярнуліся на імгненне ад сляпучага святла бухты і зноў пашукалі позіркамі грузнага мужчыну. Але ля стала, дзе той толькі што стаяў са сваім турэцкім партнёрам, ужо нікога не было. Удзельнікі вечарыны патроху разыходзіліся.

— Вэльс быў мужны. Чалавек з другога шэрагу. Спачатку зарабляў наклейваннем шпалераў, так, але ж менавіта ён разам з Легінам арганізаваў генеральную забастоўку супраць путчу Капа. Ён увогуле быў ціхмяны такі чалавек, не гарачая галава, без празмерных патрабаванняў. А вось у трыццаць трэцім годзе, дваццаць трэцяга сакавіка, калі ўжо ка́ты з СА падпільноўвалі ў зале Кроль-оперы чарговых сацыялістаў, каб пасля сесіі рэйхстага — апошняй свабоднай сесіі! — кінуць іх у турмы, гэты маленькі вусаты чалавек устае, падыходзіць да трыбуны і выкрыквае: „Нашу свабоду і наша жыццё вы можаце адабраць у нас, але наш гонар — не!“ Паслухайце калі-небудзь ягоныя словы, нейкім дзівам захаваўся аўдыязапіс. Усе таварышы, нават тыя, што яшчэ перад пасяджэннем спавядаліся ўнітазам ува ўсіх грахах, авалодалі сабой і прагаласавалі супраць дзярмовага закона аб надзвычайных паўнамоцтвах. Усе! І толькі дзякуючы Вэльсу! Столькі мужнасці ў апошнюю секунду. Марна. Але які жэст! А правільны жэст мае часам большую вагу, чым увесь шахер-махер за кулісамі. Словы Вэльса, ягоная перасцярога, ягоны прыклад — гэта была апошняя свабодная прамова перад надыходам змрочных часоў! І таму я сацыял-дэмакрат!

— А ці не называўся гэты закон „Законам аб ліквідацыі бядотнага становішча народа і дзяржавы“?

— Цудоўная агаворка! Не, „аб пераадоленні“! А вы, даражэнькі, добра разбіраецеся ў гісторыі, мне падабаецца! Гэта мой любімы занятак. Гісторыя. Я абараніў дысертацыю па гісторыі. Але не ўсё вызначаецца тым, адкуль мы паходзім. Мае значэнне і тое, куды мы збіраемся прыйсці.

Паркер дрыжаў у сваім гарнітуры. Хоць шкляная прыбудова і абараняла іх ад ветру, а ад шыбаў балкона і ад грыбка-абагравальніка ішло трохі цяпла, аднак яшчэ хвілін праз пяць можна было здубянець. На Малера мінусавая тэмпература, здавалася, зусім не дзейнічала, ён гаварыў і гаварыў, выцягнуўшы наперад руку. Стваралася ўражанне, што ягонае цела ўсё яшчэ цалкам знаходзіцца пад напружаннем. Паркер амаль зайздросціў энергічнасці Малера.

— Кіль — неблагое месца, калі вы задумалі нешта значнае. Мала канкурэнцыі, спрыяльнае месца для эксперыментаў. Зялёныя таксама зразумелі гэта, але юны волат...

Малер падняў свой бакал з яблычным сокам замест шампанскага, паказваючы на русявага асілка ў шарсцяным пуловеры, якога Паркер бачыў напярэдадні, толькі ўчора той быў у пінжаку. Сёння яго таксама атачаў невялікі гурт. З-за шыбы ён з фанабэрыстай паблажлівасцю махнуў ім рукою.

— Хабэк, калі не памыляюся?

Малер пільней зірнуў на Паркера.

— Значыць, вы ўжо пачалі асвойтвацца. У яго цяпер два козыры: бежанцы і сельская гаспадарка. Вы мне падабаецеся! Давайце заўтра разам паабедаем. Я ведаю, у вас мала часу, але наступны тыдзень вы ў любым выпадку прабавіце тут, і я б хацеў скарыстацца магчымасцю бліжэй пазнаёміцца з вамі. Прашу вас, прыходзьце!

Паркер кіўнуў. Малер з удзячнасцю абхапіў ягоную руку.

— Я хачу трапіць вышэй, у Брусель ці Берлін. Такія людзі, як мы, не павінны марнець у правінцыі. Як гэта напісана ў вашай кнізе? Ніякае месца не можа зрабіць цябе тым, чым ты не з'яўляешся? Правільна! Бо месца, у якім ты можаш быць тым, чым ты з'яўляешся, у якім ты можаш раскрыцца, — такое месца трэба знайсці. Хадзем, давайце вернемся ў залу. Вы змерзлі. Снег зноў пайшоў, тут, відаць, усё ж занадта сцюдзёна для добрай гутаркі.

Малер і Паркер прайшлі міма трох маладых жанчын — усе бландзінкі, з аднолькавымі прычоскамі, у туфлях-лодачках і элегантных кароткіх сукенках з блішчынкамі на падоле і з сумачкамі-багетамі пад рукою. „Падобныя на жонак футбалістаў", — падумаў Паркер, калі жанчыны, усміхнуўшыся ім, дробненька пратупалі ў бок выхаду. Малер і Паркер далучыліся да Эберхарда, які стаяў ля бара і з ухмылкай глядзеў услед жанчынам:

— Усёй эскадрай у туалет. Ну, а вы як — паразумеліся?

З архіваў Паркера.
Дзевяць таямніц паспяховай прамовы
Другі ўрок. Гісторыі — гэта даты з душою. Гісторыі даюць магчымасць дайсці да людзей. Не з аднымі фактамі і аргументамі. Трэба давяраць словам — трэба ўспрымаць іх усур'ёз. Вашы слухачы павінны паверыць, што вы — чалавек, для якога іншыя людзі нешта значаць. Гісторыі ствараюць уражанне блізкасці. Я расказваю нешта табе, значыць, між іншым, ты можаш на мяне разлічваць. Гісторыі — гэта ключы, якімі мы адмыкаем дзверы ў сэрцы сваіх слухачоў. Мы ўсе жывём у гісторыях — калі нехта расказвае нам сваю, то мы сочым за ёю, усе разам.

Не адыходзьце ад сябе самога. Вы заваюеце сваю публіку, калі возьмеце яе з сабою ў асабістае, цалкам ваша ўласнае падарожжа.

Раздзел 3

Аўторак, Кіль

Над горадам усё яшчэ бушаваў снегапад; завіруха супраць-пастаўляла падобным на казармы чырвоным цагляным будын-кам пад зялёнымі вальмавымі дахамі і маркотным шэрым будынкам-скрыням у пешаходнай зоне чароўную да абсурду прыгажосць белі. Быццам сумёты — гэта стосы аркушаў выса-каякаснай паперы, што растуць і растуць, быццам у Кілі можна напісаць на аркушах вуліц новую, яшчэ невядомую будучыню. Паводле паведамлення радыёбудзільніка, набліжаюцца арк-тычныя маразы. Тыя, у каго няма радзімы і жытла, туляцца цяпер да люкаў вентыляцыйных шахтаў на падворках бараў і рэстаранаў, да маставых апор ці шукаюць ратунку ў пад'ездах жылых дамоў, схаваўшыся ў старыя зашмальцаваныя спаль-ныя мяшкі, пад незлічонымі слаямі кардону, набіўшы пад світар як мага больш газетнай паперы, засунуўшы галаву са злямцаванымі валасамі ў капюшон, быццам толькі так можна яшчэ хоць трохі падтрымаць падманныя мары і зруйнаванае існаванне пасля ўжо амаль перажытай ночы, хоць ніхто не ве-дае, навошта гэта ўвогуле — жыць далей. І вось гэтыя постаці, пра якія звычайна ніхто ні на хвіліну не задумваецца, раптам уявіліся Паркеру перакуленымі старонкамі ягонага ўласнага існавання. Калі снегу і льду будзе столькі і далей, то бяздом-кі замерзнуць. „Забі, забі, забі бедака", трэці сінгл групы „Дэд Кенэдзіс", Паркер памятаў, што яны былі аднойчы ў ягонага

60

бацькі ў студыі. Псавалі перад мікрафонам паветра, глушылі віскі, расказвалі непрыстойныя анекдоты, у кагосьці на канале было, відаць, настолькі пачварнае пачуццё гумару, што ён не выключыў гэтую брыдоту з самага пачатку. Але падобныя „перадачы", такія вось інтэрв'ю з адмысловай ноткаю, сталі чымсьці накшталт брэнда оберфельдфебеля Паркера.

Паркер стукнуў па будзільніку і зноў павярнуўся ў пасцелі. Пятая гадзіна. Сёння можна дазволіць сабе ўстаць толькі а шостай. Усё падрыхтавана. Можна было б пайсці паплаваць. Або пабегаць на рухомай дарожцы. Проста нешта зрабіць для цела ці спакойна паснедаць, пачытаць газету. Магчыма, яму ў рукі трапіць артыкул на актуальную тэму, якім ён здолее распаліць трэніровачную дыскусію пасля абеду. Групе можа спатрэбіцца штуршок. Ён зноў задумаўся, каго ж гэта яму падабралі Эберхард і Малер. Ці не выведваюць, часам, і ўдзельнікі семінара, чаго ад яго можна чакаць. Неўразумелая мешаніна з юрыстаў, якія толькі ўчора атрымалі дыпломы, найперш адвакатаў, што пачынаюць рабіць кар'еру, ды маладых супрацоўнікаў сродкаў масавай інфармацыі. Будучыя кансультанты выбарчай кампаніі? Прэс-сакратары? Людзі, якія будуць вызначаць палітычную стратэгію? Збор талентаў на той выпадак, калі яму, магчыма, не спадабаецца цяперашні персанал, з якім Малер збіраецца пазнаёміць яго? Ён будзе назіраць за імі: калі Малер сапраўды мае намер прабіцца на самы верх, то ім неабходна будзе ўзяць да сябе ў лодку яшчэ шмат прафесіяналаў. Але мясцовы матэрыял пакуль што неблагі.

Ён пазяхнуў. Стома вязкім свінцом асела ў касцях; здавалася, ягонаму целу больш за ўсё хочацца цалкам угрузнуць у матрац. Ён яшчэ паляжаў, зноў і зноў паглядаючы на дысплэй радыёбудзільніка. 5.55. Так ён часта рабіў раніцай і ў дзяцінстве. Асабліва, калі бацька не начаваў дома і Маціяс усю ноч чуў праз тонкую сцяну іхняй кватэры ў Альтоне, як плача маці. Нібы звер, што трапіў у пастку.

Нарэшце ён устаў і ля сцяны лазенкі плынным рухам апусціўся спачатку ў позу „прывітанне сонцу", а потым у палавінную стойку на галаве. Галаўны боль і адчуванне шэрасці за вачыма імгненна прайшлі. Ёга дапамагала ад усяго. Потым ён сеў за пісьмовы стол.

Гаварыць — значыць шукаць.

Гэта сказала паэтка з тварам блазна, Эн Лаўтэрбах, з якой ён пазнаёміўся праз Сур'яна ў Бардзе. Яна зрабіла на яго ўражанне на факультэцкім семінары: калі Эн скончыла чытаць свае вершы, хтосьці з прысутных спытаў пра яе паэтыку, і яна адказала, што ніякая паэтыка ёй не патрэбна, ёй патрэбна жыццё. Паркер склаў свой ноўтбук, спакаваў рэчы: блога сёння не будзе, а поштай ён зоймецца толькі вечарам. Пасля спартыўных заняткаў і душу ён паснедае і, не заходзячы ў нумар, выправіцца на семінар.

Перад школай, якая ў снежным тумане і жаўтлявым святле старых лямпачак вулічнага ліхтара здавалася выкінутым на сушу цагляным кітом, швейцар расчышчаў дарожкі. У яго быў яшчэ добры тыдзень часу, пакуль дзятва пасля канікулаў не пачне зноў закідаць яго снежкамі, а ён мусіцьме прадаваць „драпежнікам“, што запаскуджваюць ягоны маленькі свет, пітны пудынг, булачкі з шакаладам ды новыя, нібыта карысныя для здароўя, прысмакі. Паркер усміхнуўся. Школьныя швейцары ніколі не мяняюцца. Чалавек з шуфлем дагодліва кіўнуў начальству, да якога ён, відавочна, залічваў Паркера, бо таму дазвалялася знаходзіцца тут, у ягонай школе, у час, калі няма заняткаў, прыставіў шуфель да варот, пашукаў у кішэнях свайго шэрага халата патрэбны ключ, пакруціў галавою і павёў Паркера ўніз па лесвіцы, у сваю каморку. Гэта было ледзь не дэманстрацыяй сімпатыі. З дапатопнага партатыўнага радыёпрыёмніка чулася вясёлая песенька пра каханне, танная кававарка выціскала з насадкі апошнюю порцыю. Швейцар паказаў на бурду, якая ўжо паравала ў ягоным цяжкім чорным кубку з выявай маскі Дарта Вейдэра, і спытаў:

— Можа, і вам наліць?

Паркер пахітаў галавою. Кава пахла едка, да таго ж падгарэла. Акрамя маскі шаломам, на кубку (яго, відаць, трохі прыдурняючыся, але і з павагай падаравалі некалі гаспадару каморкі выпускнікі) быў надпіс: *„May the Horst be with you"**. Швейцар, якога Паркер у думках таксама ўжо называў Хорстам, адчыніў скрынку з ключамі, паказаў Паркеру бліскучы ўніверсальны ключ з некалькімі бародкамі, але аддаў не адразу, а спачатку паведаміў:

— Каштуе пару тысяч еўра!

Паркер запэўніў яго, што вельмі пастараецца не згубіць ключ, і падзякаваў за тое, што ён, Хорст, учора ўсё так добра падрыхтаваў, адамкнуў, а потым зноў замкнуў дзверы, прынёс у лабаранцкі пакой неабходнае абсталяванне — карацей кажучы, зрабіў усё, што патрабавалася, і толькі з ягонаю дапамогай ён, Паркер, зможа паспяхова праводзіць заняткі; Хорст, напэўна ж бачыць, якія людзі прыходзяць на семінар, — „вось-вось, так і ёсць, шчыра дзякую і прашу прабачэння, што яшчэ ўчора не зайшоў падзякаваць". Хорст нешта ўсцешана прамармытаў, да кубка з малюнкам з „Зорных войнаў", які ўсё яшчэ параваў, так і не дакрануўся, і яны зноў падняліся па лесвіцы. Упэўніўшыся, што Паркер без праблем адамкнуў дзверы, швейцар агледзеў клас: крэслы пастаўлены на сталы, у памяшканні чыста прыбрана. Хорст задаволена кіўнуў і, нарэшце ўжо афіцыйна перадаўшы Паркеру ключ, пайшоў, каб далей займацца, відавочна, больш важнымі справамі. Паркер пачаў рыхтаваць усё неабходнае для семінара. За некалькі хвілін да пачатку заняткаў яшчэ раз схадзіў у туалет.

Кіроўца, якога Малер паслаў па госця, заехаў пад самую школьную браму. Чорную „аўдзі", хоць яна і была поўнапрывадная, часта заносіла.

Ранішні семінар прайшоў добра. Адпрацоўка комплексаў з трыма складнікамі. Элегантная аргументацыя. Нават ягоны прыклад з „Юрыдычнага светазнаўства" Везеля слухачы праглынулі — тое, што выказванне „Нямецкая мова ёсць мова права" не забяспечвае аўтаматычна найдакладнейшага ўжывання

---

* Няхай з табою будзе Хорст (*англ.*). Алюзія на назву папулярнай у свой час песні „May the Horse be with you" („Няхай з табою будзе конь") — абыгрываецца сугучча імені агульнага horse і імені ўласнага *Horst*.

стылістычных і іншых моўных сродкаў у нетрах параграфаў і ты губляешся ў абстракцыях паміж складам злачынства, абставінамі справы, прававымі наступствамі, не кажучы ўжо пра неабходнае вызначэнне прадмета. Праўда, Гізела, асэсарка з зямельнага суда ў Ітцэхоэ, выказала незадавальненне: няхай тады Паркер сам прапануе, як сказаць лепш, але тут ён, нават без спасылкі на крыніцу, адбіў наскок, згадаўшы старанямецкае права: гэта ўжо сказана і ў старанямецкім праве фармулюецца абсалютна ясна і проста: „Дзе асёл пакачаецца, там мусіцьме і поўсць пакінуць“. І ў дарогу Паркер выправіўся ў найлепшым гуморы.

У шыкоўным рыбным рэстаране на верхнім паверсе вышыннага дома „Скандынавія“, зашклёнага па фасадзе матавымі і празрыстымі шыбамі, Малер ужо чакаў яго. Выглядаў ён выдатна: двухбортны цёмна-шэры гарнітур у клетку „гленчэк“ і блакітная кашуля, якая адцяняла ягоны загар. Малер устаў і паказаў Паркеру на месца насупраць сябе. Афіцыянтка, маладзенькая дзяўчына школьнага ўзросту, усміхнулася яму, падаючы меню. У Малера быў нязмушаны, амаль расслаблены выгляд. „Свецкая асоба, — падумаў Паркер. — Ці, можа, слушней будзе: чалавек свету?“ Малер рабіў уражанне чалавека, які ўмее ўпэўнена трымацца ў любой кампаніі, у яго не было нават найменшых прыкмет напружання, быццам гэтая ўпэўненасць была падараваная яму пры нараджэнні. І адначасова ты адчуваеш сябе побач з ім гэтак сама. Свецкай асобай.

Яны сядзелі ля акна, з якога быў бачны Гёрн. Пад імі, у тых месцах, дзе лёд праламаўся, пагойдваліся лодкі, быццам драўляныя лебедзі, але сюды, наверх, у шапатліва-цёплае паветра рэстарана, не даходзілі звонку ніякія гукі. Паркеру ўспомніўся Гёльдэрлін: „На ветры флюгеры брынчаць“.

Яны з’елі салат, потым марскі язык. Малер замовіў дзве бутэлькі рамлёзы. Не віна. Мінеральнай вады. Атмасфера — стрыманая, ціхамірна-скандынаўская — падабалася Паркеру, тут было інакш, чым у рэстаранах паблізу Шведскай набярэжнай, дзе Паркер харчаваўся ў мінулым годзе, з іх утульнасцю, што наганяла аскому, у атачэнні драўляных панэляў. Ежа тут лёгкая, і ад гатэля недалёка. Яны добра пагутарылі — пра падарожжы, футбол і палітыку. Малер з самага пачатку гаварыў пра ўсё наўпрост, без намёкаў.

— Што ў нас за свет — Еўропа распадаецца, Брытанія выходзіць, як вы ведаеце, яны там ці не ўсе замаскіраваныя нацыяналісты, плачуць па сваёй імперыі. Знеможаная краіна — а задаюцца!.. — фыркнуў ён, калі зайшла гаворка пра крызіс — грэчаскі, банкаўскі, каталанскі, шатландскі, венгерскі, міграцыйны, брэксіт.

— А тут? — спытаў Паркер.

— А тут краіна тых, што здаюцца. Краіна, якая, уласна кажучы, даўно пагадзілася з думкай, што свет нельга палепшыць, якая дапускае дэмантаж Еўропы, а марыць пра раздзельны збор смецця ў глабальным маштабе. У нас жа тут зараз адбываецца перапаўзанне ў другакласнасць. Не, яшчэ горш, пераход да ментальнасці кшталту: заплюшчы вочы і наперад! „Мы зробім гэта! Мы зробім гэта!" Так, крывадушнасць — заплюшчыць вочы і наперад! А вось што мы зробім? Пра гэта ніхто яшчэ не задумаўся. Пра гэта ніхто і не хоча думаць. Мы нібыта імкнёмся паклапаціцца пра ўсё, але толькі каб пасля свет не назаляў нам. З заплюшчанымі вачыма — у міграцыйны крызіс, з заплюшчанымі вачыма — у крызіс еўра, з заплюшчанымі вачыма — у заняпад.

— Задаюцца, здаюцца. Ого! — Паркер нахіліўся цераз стол і прыціснуў указальным пальцам неадпрасаваную зморшчынку ў настольніку. — Гэта, відаць, у нас абодвух балючае месца.

— Не. Мне толькі шкада марнатравіць свой час і сваё жыццё. Павінна ж нарэшце зноў з'явіцца ясная перспектыва. І людзі, якія дзейсна возьмуцца за справу.

— Вы згадвалі ўчора свайго бацьку.

— Свайго бацьку? — Малер вымучана ўсміхнуўся. — Яму хацелася, каб я вывучаў эканоміку і арганізацыю вытворчасці ці сельскую гаспадарку ці ўрэшце рэшт хоць юрыспрудэнцыю, філасофію, мастацтвазнаўства, усё роўна што, — галоўнае, каб я потым стаў уласнікам ягоных прадпрыемстваў. Ён рабіў усё магчымае, спансіраваў мой футбольны клуб, калі мне было сямнаццаць, толькі каб пасядзець са мною на ганаровай трыбуне стадыёна — „Глюкаўф", „Шальке". *Сіне-белыя, як люблю я вас".* І машыны, дзяўчаты, канікулы ў Санкт-Морыцы, — у мяне было ўсё, але...

— Але таго, чаго вы сапраўды хацелі, у вас не было.

Позірк Малера, здавалася, быў скіраваны ўнутр. Ён раптам апынуўся недзе вельмі далёка. Далёка ад Кіля, далёка ад гэтага файна сервіраванага стала над Кільскай бухтай з яе прамяністым ледзяным небам.

— А ў каго-небудзь калі-небудзь гэта было? Нават калі ты ўцячэш, сваёй сям'і ўсё роўна канчаткова не пазбавішся.

Паркеру здалося, што Малер хоча яшчэ нешта сказаць, але той паціснуў плячыма, увесь неяк наструніўся, глянуў наўпрост на Паркера і прыўзняў бровы, быццам пытаючыся: „Дык што ж нас тады адрознівае?" Паркер пасміхнуўся і кіўнуў. Так можна быць сумленным.

— Мой бацька быў такі і такі, — сказаў ён. — Цудоўны чалавек і брудная свіння. Ён кінуў нас, калі я быў яшчэ падлеткам. Мы з ім былі фанатамі Гамбургскага спартыўнага клуба, таму што там некалі гуляў ягоны кумір, Кіган.

— „Майці маўз"?

Паркер кіўнуў.

— Ён дастаў мне фанацкую майку з аўтографам. І з аўтографамі Грубеша, Кальтца і Магата. Бацька быў дыджэем, у яго былі магчымасці.

— Жэст прыгожы.

— Яно так, толькі ж вы ведаеце, што адбываецца з жэстамі: яны страчваюць вартасць і некалі становяцца эрзацам.

Яму спадабалася, што Малер прапанаваў не расцягваць наўмысна іх першы сумесны абед, каб не сапсаваць яго гутаркай дзеля гутаркі. Паркер адчуваў спакусу расказаць яму пра Нілу, але вырашыў абмежавацца намёкамі на тое, што ён, бавячы столькі часу ў паездках, не мае магчымасці падтрымліваць сталыя стасункі. Так, адказаў Малер, ён гэта добра разумее. Найлепшы момант іх размовы мінуўся. Абодва нейкі час маўчалі. Малер перасоўваў сюды-туды свой фужэр з мінеральнай вадою, трымаючы яго пальцамі за ножку.

— Ну, пра выбарчую кампанію, арыентаваную на сямей-ныя каштоўнасці, мы і так не думалі.

Гаворка перайшла на пацешныя гісторыі пра вядомых асоб. Паркер згадаў некалькі такіх з лагера паплечнікаў Абамы. Выбарчай барацьбой Абамы, падкрэсліў Малер, ён захапляўся, як ніякай ранейшай. Паркер трохі прыгасіў згадку пра свой удзел, растлумачыўшы, што ён ніколі не знаходзіўся ў непасрэднай блізкасці да кандыдата і не ўваходзіў у кола яго бліжэйшых дарадцаў.

Малер адмахнуўся.

— Значыць, ён нешта страціў.

Яны выпілі вады. Нейкі час здавалася, што кожны заняты толькі ўласнымі думкамі. Паркеру бачылася, як ён яшчэ і вечарам недзе ў бары выступае з падбадзёрвальнай прамовай, а пра што думаў Малер, ён не ведаў.

— Паводле кітайскага гараскопа я певень, — сказаў Малер. — Ведаеце, што гэтага значыць?

Паркер пахітаў галавою.

— Певень — валадар сваёй кучы гною. У яго ёсць сваё кола, за якім ён назірае, у якім ён падтрымлівае парадак, якое яго слухаецца.

— І вось гэта, — Паркер абвёў позіркам элегантны рэстаран, від на цэнтр горада са „скайлайнам“ і царквой Святога Мікалая на заходнім беразе, — і ёсць ваша куча гною?

Прастакутны насып у порце „Германія“ пад імі ледзь праглядваўся пад зацярушанымі снегам лодкамі і буямі для агароджвання фарватару, на маленькім разводным пешаходным мосце, нягледзячы на холад, было вельмі людна, а на ўсходнім беразе, вышэй па бухце, узнімаліся ў неба партальныя краны самай буйной суднабудаўнічай верфі Германіі, „Ховальдсвэркэ“, непамерныя канцылярскія сашчэпкі ці шэрыя сваякі вандроўных брамаў Клее, што набылі форму.

— Ніхто не казаў, што кола заўсёды павінна мець аднолькавую велічыню. Палітыка не мяняецца істотна ў залежнасці ад памераў адміністрацыйна-тэрытарыяльнай акругі. Той самы тып людзей, тыя самыя інтрыгі, той самы занятак, толькі што некалі вам ужо не трэба будзе выступаць перад трусагадоўцамі ці суправаджаць шэфскую роту пры сігнале „адбой“.

Паркер кіўнуў.

— Замест іх будуць міністры і прэзідэнты дзяржаў.

— Усё залежыць ад таго, з кім вы дачыняецеся і з кім можна чагосьці дасягнуць. І я б хацеў абмеркаваць з вамі, якое кола вы можаце зрабіць магчымым для нас, — працягваў Малер. — Ніводнаму пеўню не падабаецца быць аднаму. Вось тая справа з Сіліконавай далінай — вы можаце зрабіць з яе нешта сапраўды значнае?

Паркер усміхнуўся.

— Можна было б паспрабаваць.

— Мне здаецца, мы разумеем адзін аднаго.

Калі да століка падышла маладзенькая афіцыянтка, каб прыбраць посуд, Малер узяў яе за руку.

— Прынясіце нам яшчэ што-небудзь на дэсерт.

— Калі ласка. Магу прапанаваць малінавую панакоту.

Малер зірнуў на дзяўчыну зіхоткімі вачыма. Верхні гузік яе кофтачкі быў расшпілены.

— Гэта акурат тое, што я люблю. — Ён перавёў позірк на Паркера. — Вам таксама?

Дзяўчына, руку якой Малер усё яшчэ трымаў, уважліва паглядзела на Паркера. Той адмоўна пакруціў галавою.

— О, шкада.

Малер выбраў лыжачкай рэшткі панакоты і папрасіў яшчэ кавы. Калі афіцыянтка прынесла эспрэса, ён запатрабаваў рахунак і, трымаючы ў руцэ філіжанку, паказаў у бок вуліцы.

— Гэта адно з самых прыгожых месцаў у горадзе. Адсюль бачны гатэль „Дэ Гёрн“ і бухта. Тут выхад у Балтыйскае мора. Бачны верфі, прычалы паромаў, „Збройная кузня“. Усё, што вызначае Кіль. Усё, што ён можа прапанаваць. Акрамя „Кузні“.

— „Кузні“?

— Мая маленькая штаб-кватэра. Вы яе яшчэ ўбачыце. Туды калі-небудзь заходзіць кожны, хто мае тут вагу.

Малер сам сабе ўсміхнуўся, дапіў сваю каву і прамакнуў рот мяккай ільняной сурвэткай.

— Вы мне падабаецеся. Я прачытаў ваш артыкул пра словы, *якія сапраўды застаюцца ў памяці*. Задзірліва напісана! І свежа. А як называлася ваша другое эсэ, якое вы таксама ўключылі ў кнігу? *Loaded Speech?** Я ведаю пра вашы дасягненні. У выбарчай кампаніі Абамы і ўвогуле. Вы павінны зрабіць з мяне асобу, міма якой у палітычным сэнсе ніхто ўжо не пройдзе. Олаф Шольц выдатны чалавек, але для дзяржаўнага ўзроўню занадта сухі. Нам патрэбны брэнд, мы павінны стаць пазнавальнымі, сексуальнымі — „антыістэблішментам" для моладзі і людзей з вуліцы, але пры гэтым дастаткова надзейнымі для банкаў. І, вядома, для партыйнага істэблішменту. Але не палохайцеся, у мяне ж ёсць...

— Ваш бацька.

Малер паціснуў плячыма.

— Мусіць жа ён быць прыдатным для нечага. Нам патрабуюцца новыя, свежыя твары — і вы знойдзеце іх для мяне! Рыхтаваць і праводзіць адбор! Але ў доўгатэрміновым плане нам як партыі ў цэлым спатрэбіцца новы профіль, мы павінны адмовіцца ад панібрацкай рамантыкі з Дуйсбурга і прапаноўваць не толькі салідарнасць з рабочымі Кільскіх верфяў, у нас сёння зусім іншыя праблемы. Гэта ж карцінкі з часоў заснавання СДПГ, гэта ўжо ў мінулым. Але быць дарэшты аўтсайдарамі, як здаецца, робіць зараз Макрон, — не для нас, мне патрэбны чалавек, які правядзе мяне па ўсіх інстытуцыях. Твітары, прамовы, формы — усё гэта ваша сфера.

Малер паклаў лыжачку на талерку.

— Вы карыстаецеся ўсеагульнай папулярнасцю. Кажуць, вашы заняткі проста выдатныя.

— Ах, гэта...

— Не, дайце мне дагаварыць. Камплименты таксама не лішняе. Інакш усе дасягненні нічога не дадуць. Асабліва захапляецца вамі адна ваша слухачка, будучы пракурор...

Анэлі? Яны знаёмыя? Ну вядома. Малер падміргнуў яму.

— Так, яна...

Паркер не паспеў скончыць сказ.

* „Напружаная прамова" (англ.).

69

— Прыгожая, маладая і надзвычай таленавітая. Больш і інакш таленавітая, чым мяркуюць звычайна тыя, хто з ёю сустракаецца. Анэлі ўжо расказвала вам пра Афрыку? Яна жыла там некалькі гадоў, працавала, спачатку ў Паўднёва-Афрыканскім Саюзе як незалежны назіральнік ад ЕС у складзе камісіі па ўсталяванні праўды і прымірэнні, а потым у Конга. — Малер змоўк. Па ягоным твары прамільгнуў дзіўны цень натхнення, захаплення і — так, магчыма, і пажады. Ці, можа, гэта была рэўнасць? Паркер не мог растлумачыць позірк, які кінуў на яго Малер, калі гаварыў пра Анэлі. Потым з ягонага твару знікла напружанне, быццам цела працяў нейкі штуршок.

— Ну яна вам, напэўна, яшчэ раскажа. На жаль, я мушу ісці. Пасяджэнне. Але мне хацелася б неўзабаве зноў сустрэцца з вамі. Скажыце мне, калі ў вас будзе час. Я б, зразумела, не хацеў занадта насядаць на вас, але заўсёды лічыў, што трэба прыслухоўвацца да сваіх адчуванняў.

— „Зорныя войны“?

Малер уцягнуў паветра, скруціў ільняную сурвэтку і пачаў размахваць ёю ў розныя бакі, быццам гэта светлавы меч, а потым глуха выдыхнуў: „Я адчуваю ўзрушэнне сілы“. Паркер засмяяўся. А потым паспрабаваў сабрацца з думкамі.

— Вашы ідэі добрыя. Мне трэба заглыбіцца ў справу, ну і ўбачыць вашу каманду.

Малер кіўнуў.

— З некаторымі я магу пазнаёміць вас ужо заўтра ці паслязаўтра, калі вы зазірняце да мяне ў ландтаг. У такі ж час, у ваш абедзенны перапынак; я прышлю вам эсэмэску. А двое з маёй каманды наведваюць ваш семінар.

Паркер хацеў спытаць, хто, але Малер адмахнуўся.

— Самі даведаецеся, а калі яшчэ каго захочаце ўзяць, не бянтэжцеся, акурат для гэтага мы сюды вас і запрасілі.

— Калі ваша каманда настолькі ж беззаганная, як вось гэта, — Паркер паказаў на рэстаран і на від з акна, — тады...

— Тады? А я хіба недастаткова добры? Я не ваш чалавек? — Малер тэатральна надзьмуў губы.

— Вы напрошваецеся на камплілменты. — Паркер перайшоў на сур'ёзны тон.

Малер збянтэжана ўсміхнуўся і паклаў на стол сурвэтку.

— А вы манерыцеся. Наўмысна.

— Я ведаю. Але дзякуй за ваша запрашэнне. І... І я радуюся таму, што чакае мяне ў Кілі.

Хто яны, тыя двое з каманды Малера, што наведваюць семінар? Анэлі? І? Ці не могуць яны сапсаваць яму ўсё?

Паркер і Малер прыязна развіталіся, амаль як старыя знаёмыя, Паркер на хвілінку задумаўся, ці належыць да хітрыкаў Малера ягоная манера з самага пачатку абыходзіцца з кожным як з самым блізкім сябрам або партнёрам. Але няхай сабе, усё выглядае цалкам натуральна. З гэтым ён мог працаваць. Сацыяльная кампетэнтнасць. Прапанова сяброўства. І не гульня ў падвышэнне цаны прымусіла Паркера пад канец стаць зноў больш стрыманым. Ён баяўся. Усё атрымлівалася надта добра. Ён прывык да супраціву, да таго, што партнёр не адразу прымае яго. Сэрца калацілася. Яны мусяць цяпер абмеркаваць дэталі дамовы, як мага хутчэй.

На развітанне Малер абняў яго і запрасіў на вечар у суботу ў маленькую штаб-кватэру партыі („калі можна сказаць, што я ёсць партыя ў партыі ці прынамсі яе штаб-кватэра"), у іх ёсць нагода святкаваць, прыйдуць яшчэ некалькі іншых асоб, тыя, што будуць суправаджаць яго на ягоным шляху. Ён, Паркер, здзівіцца. У Малеравым пачуцці ўласнай годнасці было штосьці ад бравады, але яно не здавалася ненатуральным.

— Вам на гэтым тыдні недахопу ў маёй кампаніі не будзе!

Паркер прыняў запрашэнне.

Калі Паркер, даволі ўзрушаны, вярнуўся ў школу, там яшчэ нікога не было. У гатэлі ён ужо не клаўся спаць, абед прывёў яго ў самы ўзнёслы настрой. Яму перадаўся душэўны ўздым Малера. Няхай містар Хванг пацалуе яго ў... Дый спадарства з Нью-Ёркскага ўніверсітэта таксама. У пазасталыя хвіліны перапынку ён з прадчуваннем радасці маляваў у думках свой пераезд у Кіль. Адразу пасля развітання Малер прыслаў яму эсэмэску, у якой паведамляў, што, магчыма, знойдзе яму кватэру, светлую і без мэблі. Ад яго ўвагі не схавалася, як цешыў Паркера выгляд рэстарана. Малер пісаў, што яму, можа, пашчасціць нават дамовіцца наконт лофта ў тым самым будынку, дзе яны абедалі, калі Паркер не супраць. Ён патэлефанаваў аднаму сябру, маклеру, але, вядома, „толькі, калі…". Паркер уявіў, як ён кожнай раніцы прачынаецца ў шырокім ложку ў акуратнай, не загрувашчанай мэбляю кватэры са шклянымі сценамі, сонечныя промні казычуць твар, кнігаўкі крычаць, перад вачыма вада, блізка-блізка, ледзь не рукою дакрануцца можна, адчуванне мора, вецер і гарызонт. Магчыма, ягоная стрыманасць пад канец была толькі спробай не вельмі радавацца заўчасна. Але ж хіба цяпер усё не залежыць толькі ад яго самога? Ці Малер яшчэ чакае заключных справаздач ад засланых на семінар слухачоў? Кантроль поспеху? Паркер прагнаў гэтую думку. Зараз пачнуцца заняткі. „Хорст" не паказваўся, калі Паркер крочыў па школьным калідоры. Водгулле ад ягоных абцасаў разносілася пад скляпеннем старога будынка часоў грундэрства. У нішах стаялі перасохлыя фантаны са статуямі німфаў. На лесвічных пляцоўках высока на сценах віселі вялізныя алейныя партрэты кайзера і Жалезнага канцлера. З сутарэння чуліся народныя мелодыі, дзверы класа былі разнасцежаныя, Паркеру нават не спатрэбілася самому адмыкаць іх, і ён зноў паклаў у кішэню дарагі ключ, атрыманы ад швейцара. Яшчэ на хвілінку прылёг на мату для ёгі, якую знайшоў за шафай у лабаранцкім пакоі, выцягнуўся, прымусіў сябе адчуць унутры пустату, паставіў таймер мабільніка на шаснаццаць хвілін і заплюшчыў вочы. У думках ён засяродзіўся на агеньчыку ўяўнай свечкі. Роўна а трэцяй у клас увайшлі ўдзельнікі семінара, і Паркер пачаў з практыкаванняў на пастаноўку голасу, спачатку стоячы, а потым, каб лепш пазнаёміцца з памяшканнем, ходзячы.

— Як знайсці правільнае слова, правільна пабудаваць адпаведны сказ, не пустую фразу? Гэта зусім не проста. Выбераш нешта празмерна арыгінальнае — і ты ўжо занадта наблізіўся да паэзіі ці да маны.

Паркер увесь надвячорак намагаўся здагадацца, хто з ягоных слухачоў належыць да каманды Малера.

Вечарам ён сядзеў перад тэлевізарам у сваім нумары і пераключаў каналы. На адной навуковай перадачы ён затрымаўся. Правай рукою скамечыў паперку з назвай гатэля, якую нехта падсунуў пад дзверы нумара. Яму ветліва нагадвалі пра крэдытную картку. У перадачы гаворка ішла пра нейронныя сувязі падчас таго стану, які на Захадзе ўжо шмат стагоддзяў называюць каханнем. Пры такім стане актывізуецца міндалепадобнае цела — уласна кажучы, орган уцёкаў. Гэта ведалі ўжо паэты Сярэднявечча, калі стваралі свае песні пра паляванне і каханне. Паркер сканцэнтраваў увагу на дыктары. Прыемны нізкі голас, тэмбр амаль такі, як у Малера. Выкід аксітацыну пасля аргазму ператварае нас у істот, якім патрабуюцца гармоны, якімі кіруюць гармоны, у істот, гатовых будаваць гнязд-зечка і лашчыцца. З гледзішча эвалюцыі каханне — гэта так бы моўіць хімічна кіраваная ў арганізме праграма размнажэння, якая рэалізуецца аўтаматычна. Паркер шпурнуў папяровы камячок ў кошык для смецця пад сталом і выключыў тэлевізар.

Анэлі не патэлефанавала. Выходзячы з класа пасля семінара, Паркер сунуў ёй у руку цэтлік з нумарамі сваіх тэлефонаў. Нязграбна атрымалася, але ён не знаходзіў нагоды проста загаварыць з ёю; яна пайшла дамоў адной з першых, з падручнікам пад пахай, разам з Вільфрыдам і Хельгай, судовай асэсаркай з Кіля. Выгляд у яе быў здзіўлены, калі яна разгарнула паперку. З нумарам ягонага мабільнага тэлефона і тэлефона ў гатэлі. Гэта было занадта? У інтэрнэце Паркер знайшоў не так шмат звестак пра яе. Яе акаўнта не было ні ў „Фэйсбуку“, ні ў „Скайпе“, ні ў „Твітэры“. Акрамя інфармацыі пра даволі доўгае знаходжанне ў Афрыцы, ён знайшоў пералік навучальных устаноў, якія яна наведвала, і старую анкету супрацоўніка адміністрацыі ЕС — вось і ўсё. Відаць, Анэлі не надта актыўнічала ў сацыяльных сетках. Не было звестак і пра тое, замужам яна ці не. І Паркер пачаў ужо сумнявацца, што іхнія гутаркі на перапынках сапраўды былі зародкамі флірту ці прынамсі сведчылі пра зацікаўленасць. Упершыню за доўгі час ён зноў нерваваўся. Яму падабалася Анэлі, ён адчуваў, што пры думцы пра яе ягонае сэрца пачынае біцца хутчэй. І Малер, відавочна,

73

быў высокай думкі пра яе. Паркер праверыў у люстры, ці добра сядзіць гарнітур. Не так даўно ён стаў заўважаць, што пачынае таўсцець у жываце. Адзенне стала цеснаватым. Кашулі, цішоткі. Пэўна, пару кілаграмаў лішніх. Ён правёў рукою па сіняй „Прада“ і ўцягнуў жывот. Так, вось так нядрэнна. Гальштук апусціў трохі ніжэй, і лішняе ўжо не кідалася ў вочы.

Нілу ён кахаў. Яны пазнаёміліся на другім годзе ягонай працы ў якасці запрошанага прафесара ў Бардзе, праз год пасля падзей адзінаццатага верасня. Яна была магістранткаю далучанага да Метраполітэн-музея аддзялення захавальнікаў фондаў, якое мела высокі аўтарытэт нават у самім Нью-Ёрку. Будучымі арганізатарамі выстаў, свецкай элітай, што атрымлівала адукацыю ў Бард-каледжы, захапляліся. Яны былі старэйшыя за навучэнцаў іншых факультэтаў, іх не датычыліся дзіцячыя дробязі агульнай акадэмічнай адукацыі — не, яны распрацоўвалі ўласныя канцэпцыі, стратэгіі кансервацыі, заводзілі ўласныя кантакты і, вядома, весяліліся. З Нілай яго пазнаёміў адзін з ягоных студэнтаў, Давід, таленавіты круцель, які заўсёды рабіў толькі тое, што ад яго патрабавалі. Рабіў выдатна, але ані не болей. Аднойчы студэнты зацягнулі Паркера ў Культурны цэнтр кампуса на канцэрт нямецкага дуэта „Маўз он Марс“ — такая дрыгатлівая электронная музыка, вельмі крутая, часам пад яе можна нават танцаваць. Пасля канцэрта ён разам з музыкамі і хеўрай іншых студэнтаў Барда, што фарсілі ў неахайных джынсавых спадніцах і каўбойскіх ботах, фланелевых кашулях у вялізную клетку, „фядорах“ і кедах без шнуроўкі, адцягваўся ў старой спартыўнай зале. Гэтая зала служыла базай для эксперыментаў музычных калектываў каледжа, па пятніцах і суботах тут бывалі канцэрты, і хоць ужываць спіртное на тэрыторыі кампуса забаранялася, ніхто на гэта не зважаў, патрульная каманда кампуса заўсёды старалася абмінуць будынак, напалову схаваны ў лесе за полем для рэгбі, які, уласна кажучы, пара ўжо было зносіць. Студэнты ладзілі тут танцы, лесбійскія вечарыны, гендарныя гульні, вечары знаёмства з субкультурай садамазахізму і гадзіны флагеляцыі. Тут праводзіліся дні хрысціянскай містыкі і дні памяці Джэка Керуака і яшчэ больш дзіўныя эксперыментальныя святы ініцыяцыі, якія пад канец заўсёды пераходзілі ў вакханалію. Гэта было рытуальнае месца па-за межамі свету навучання, яно выдатна інтэгравалася ў круты імідж Барда — танцы-шманцы, эксцэсы, да якіх ставіліся памяркоўна і нават заахвочвальна. Адназначна па той бок законнасці.

Выкладчыкаў тут не любілі бачыць — акрамя маладых і тых, каго можна збаламуціць. У пэўным сэнсе выкладчык не мог прыходзіць сюды ў якасці „настаўніка", таму што тут ён і не быў настаўнікам, інакш вечарына забуксавала б. Ён быў проста целам. Так атрымлівалася. Паркеру гэта вельмі падабалася.

— Дазвольце прадставіць — Ніла, — сказаў Дэвід. Сказаў па-нямецку, са сваім нейкім драўляным вымаўленнем. Нямецкую мову дзяўчына з карымі вачыма, чорнымі валасамі і вельмі светлым, прынамсі ў цёмна-аранжавым асвятленні старой спартыўнай залы, колерам твару, відавочна, не разумела. — Яна тут самая прыгожая.

Яны яшчэ нейкі час весяліліся разам з музыкамі з „Маўз он Марс", выпілі піва, патанцавалі — спачатку ў кампаніі, а потым адны. Дзіўна, што гэтай ноччу галоўным было не звычайнае тут бессаромнае абціскáнне партнёраў. Не пад'юджваў ніякі вядоўца, не распраналіся пад прымусам групы, не абапіваліся півам. Музыканты, напэўна, трохі расчаравáліся, ці, можа, проста больш стаміліся ад туру, чым напачатку казалі. Паркер даведаўся ад іхняга вакаліста, што яны выступалі ў Чыкага, Мэдзісане, Сент-Луісе, Атланце і Бостане, перш чым „пад радарам", не прыцягваючы ўвагі, наважыцца на гэты хутчэй незвычайны выступ, — адзін студэнт Барда запрасіў іх проста па электроннай пошце, і яны, параіўшыся паміж сабою, вырашылі: калі ў нас там ёсць фанаты, а нам усё роўна ляцець праз Нью-Ёрк — дык why not?* Як многія немцы, яны ў амерыканскім асяроддзі пераходзілі на англійскую мову, нават калі паблізу не было ніводнага носьбіта гэтай мовы. Паркер зноў і зноў касіў вачыма ў бок Нілы. У танцы яна нагадвала кветку, якая яшчэ

* Чаму б і не? (англ.).

не распусцілася. Павярнуўшы твар да столі, яна кружылася, павольна рухаючы рукамі, пульхныя вусны далікатна растульваліся, калі на яе падала святло. У той вечар яны пайшлі праз лес да ракі. Выставіўшы руку, Ніла цягнула яго з сабою. Месяц заліваў начную асенюю лістоту бляклым святлом. Паркеру здалося, што яна хоча пагаварыць з ім, сам ён не ведаў, што сказаць; з таго часу як яны выйшлі ў ноч з музыкі і з шамрэння цел, што луналі ў танцы, іх аб'ядноўвала нейкае таемнае пагадненне. Яны пачалі ціха перамаўляцца, пад іх крокамі шамацела лісце. Зноў і зноў яны спатыкаліся аб карані дрэў, нябачныя нават у святле поўні, ды іх гэта не турбавала. Калі падышлі да Гудзона, залюбаваліся зіхаценнем вады — цёмная медзь са срэбнай пенай. Па наносным грунце праз балота ля заліва Цівалі праходзіла чыгуначнае палатно, і яны пачулі набліжэнне цягніка, які яшчэ здалёк падаваў папераджальны сігнал. Было без некалькіх хвілін тры. „Начны з Манрэаля, — сказала Ніла. — А палове шостай ён прыбывае ў Нью-Ёрк". Яны моўчкі назіралі, як срабрысты „Амтрэк" імчаў па насыпе. Потым яна зайшла ў ваду. Было мелка, трохі за костачкі. „Ідзі сюды", — паклікала яна і працягнула яму руку. Вада была цёплая, цяплейшая, чым ён думаў. Ніла была ў палатняных туфлях, а ён у сваіх старых англійскіх брогах з камісійнай крамы ў Райнбеку, але яго гэта не турбавала. Яму хацелася адно ісці з ёю далей у гэтую бліскучую цёмную ваду пад бязмежным небам. „Тут неглыбока, — сказала яна. — Зараз адліў".

А мы — прыліў, падумаў ён. Потым насцярожана агледзеўся. Ён чытаў пра кайманавых чарапах, якія сваёю каршуноваю дзюбай лёгка могуць пракусіць скураны абутак, але ўбачыў, што Ніла за некалькі крокаў перад ім спакойна брыдзе па плыткай вадзе заліва, углядаючыся ўвесь час у нейкую кропку наперадзе, сваю мэту, азірнулася яна толькі адзін раз, каб паглядзець, ці ён яшчэ ідзе за ёю. Пераканаўшыся, што ідзе, яна ўсміхнулася. Паркер адчуў незвычайны прыток цеплыні. Яны ж знаходзіліся не дзесьці ў апраметнай, а набліжаліся да яе процілегласці. Чыгуначны насып праходзіў па пэўнага кшталту востраве. Ніла падцягнулася наверх па брусах, што замацоўвалі насып, шчыльна абкруціўшы мокрую сукенку вакол сцёгнаў. Майткі ярка бялелі над цёмнымі нагамі, з якіх перлінкамі сцякалі кроплі вады. Яна падала яму руку, дапамагла падняцца наверх. Селі на рэйкі. „Да паловы пятай тут не праязджае ніякі цягнік“, — сказала яна. Потым абое скінулі абутак, збеглі з насыпу і па другім баку пайшлі ўглыб вострава. Прайшлі праз рэдкі сасновы лясок і апынуліся на пляжы. Яна села ў пясок, пасярод сасновых шышак, ад якіх ішоў смалісты пах лесу, і знізу ўверх зірнула на яго. „Давай, садзіся. Ісці далей мы не можам“. Па той бок ракі, далёка ад берага і ўсё ж настолькі блізка, што, здавалася, можна дакрануцца, узвышаліся Кэтскільскія горы, яшчэ ахутаныя цемрай велічныя сінія выцінанкі. Ніла прыцягнула яго да сябе, і першы пацалунак быў нават яшчэ не самае лепшае.

З Нілай ён мог быць целам, мог цалкам растварыцца ў тым, што яго ў той момант узбуджала, мог дакранацца да яе, цалаваць яе, браць яе, аддавацца ёй, адчуваць сябе, казаць ёй пра гэта. Гэта было больш чым секс, гэта азначала спакваля выштукоўваць целам аповед, толькі дзеля таго, каб забыць усё астатняе. Быць толькі тут, быць цалкам. Але потым на яго адчуванні пачалі крадучыся накладвацца вобразы іншых. Ён злавіў сябе на тым, што жэсты і словы, якія ён чуў, калі спаў з ёю, ужо не былі для яго толькі яе жэстамі і словамі.

Паркер сцепануўся. Зашпіліў пінжак „Прада“ на сярэдні гузік. Заўтра трэба будзе заняцца спортам. Ён пазбегне пачварнага відзежу пра монстра, што сядзіць у кватэры і ўсмоктвае ў сябе фільмы, піва і паўфабрыкаты, быццам гэта справядлівае пакаранне за прафуканае жыццё. Свой гардэроб ён ужо не раз перашываў за апошнія гады, з таго часу як пачалося ягонае вандроўнае жыццё. У гарнітуры дзевяноста восьмага памеру, якія дзесяць гадоў таму былі яму якраз, ён ужо ўвогуле не ўлазіў; можа, зноў трэба насіць сто другі. Магчыма, яму трэба толькі знайсці месца, дзе можна зрабіць перадышку, аднавіцца. Здаецца, у „Скандынавіі“ ёсць трэнажорная зала.

Ён адышоўся ад люстра і набраў нумар Эберхарда. Два гады таму яны разам ляцелі ў Франкфурт і сядзелі побач у бізнес-класе. Янсен быў цалкам паглыблены ў кнігу. У ягоную кнігу, прысвечаную сучаснай намадалогіі, — гэта была, так бы мовіць, тэорыя качэўніцтва дваццаць першага стагоддзя. Яна выйшла спачатку ў невялікім папулярным нью-ёркскім выдавецтве, праз нейкі час была перавыдадзена, са зменамі і дапаўненнямі, адным буйным выдавецкім домам, потым выйшла ў Францыі, у Кітаі, а неўзабаве і ў Германіі, у падрыхтаванай ім самім нямецкамоўнай версіі. Кніга пра шлях да дасягнення мэты з культуралагічнымі экскурсамі. Глабальны качэўнік сённяшняга дня — так гучаў адзін з тэзісаў Паркера — павінен аддаваць сябе цалкам. Для ведаў неабходна знайсці дынамічнае азначэнне, гэта фізічная і духоўная сеткавая структура. Такое не ўзнікае з нічога. Ужо другая вялікая хваля глабалізацыі ў васямнаццатым стагоддзі неверагодна пашырыла прастору. Гердэр у сваёй „Гісторыі развіцця чалавецтва“ пісаў пра філасофскі шал, з якім мы збіраем „матэрыялы з усяго свету“. Але сапраўдным героем гісторыі экспансіі ведаў быў Ёган Георг Форстэр. Яшчэ да таго як ён у 1777 годзе, у вельмі маладым узросце, выправіўся з капітанам Кукам у плаванне вакол свету, Форстэр напісаў вялікае крытычнае, нават разгромнае эсэ пра пісьменнікаў і філосафаў, якія, седзячы ў фатэлях ці стоячы за кафедрамі, пнуцца выносіць прысуд свету, хваляць дарожныя дзённікі або крычаць пра іх непраўдзівасць, выдумляюць найскладанейшыя сістэмы з літар і пры гэтым на ўвесь голас патрабуюць фактаў. І атрымліваюць іх — факты, факты, факты! Кучу перамешаных, не злучаных паміж сабою звёнаў — так называў гэта Форстэр, — з якіх пры ўсім жаданні ніяк не атрымліваецца цэлае. А яшчэ горшымі ён лічыў мікролагаў: тыя ўсё жыццё займаюцца даследаваннем анатоміі камара, якая не дае аніякіх высноў датычна чалавека ці жывёлы.

А што патрабуецца замест гэтага? Веды, што грунтуюцца на досведзе. Жыццё ў руху, збіранне, мысленне, дзеянне — духам і целам. Патрабуецца пункт гледжання, які б дазваляў высвятляць вышэйшыя ўзаемасувязі не проста нейкіх шэрагаў назіранняў, а назіранняў, зробленых на адпаведным месцы. Мабільныя веды, вандроўныя веды. Веды з руху, у руху. Як пісаў больш чым праз сто семдзесят год пасля Форстэра нью-ёркскі паэт Фрэнк О'Хара? „Усё, чаго хачу, — любоў без межаў“. Ці ж гэта не тое, што патрэбна глабальна аб'яднанаму ў агульную сетку сённяшняму свету: бязмежная любоў да кожнай невядомай краіны?

Для перавыдання кнігі Паркер сфатаграфаваўся з музыкамі групы „Бісці бойз“, якія самі некалі вучыліся ў Бардзе і таму дарылі кожнаму новаму крутому выкладчыку Барда адзін дзень свайго жыцця — ездзілі з ім на ўласным скутары „Монстр II“ па порце, па Гудзоне ад Хобакена да пірсаў у Чэлсі; потым Паркер — пры пасрэдніцтве Нілы — выступіў з дакладам на адкрыцці шоу Дональда Джада ў галерэі эксперыментальнага мастацтва, пасля чаго выправіўся разам з гасцямі ў колішні культавы начны музычны клуб на Баўэры, дзе якраз адкрываўся магазін Варватаса і ягонае выдавецтва, пад панкаўскую музыку пасярод псеўдарокерскага адзення па накручаных цэнах, арганізавала першую прэзентацыю пашыранага выдання кнігі Паркера. Абсалютны поспех. Куплялі яго — і кнігу. Кароткачасовы вір, які даваў яму асалоду; акрамя таго, цяпер ён мог патрабаваць больш высокіх ганарараў за свае даклады. Вядома, ягоная сціплая роля падчас першай выбарчай кампаніі Абамы дапамагла яму заняць сваё месца ў ліберальнай літаратурнай сферы Нью-Ёрка, агентка не стамлялася нагадваць пра тую ролю, але падчас другога тэрміну знаходжання Абамы на пасадзе прэзідэнта абамаманія зусім сціхла, саступіўшы месца ледзь не ўсеагульнаму скепсісу. Так што прычынай поспеху было не ягонае дачыненне да выбараў Абамы. Можа, намадаманія? З асалодаю зашыцца дома ў ложак, у фатэль, у ванну і разглядаць адтуль рызыкоўныя падарожжы іншых — Марка Пола, Ібн Батуты, выдумляць уласныя прыгоды?

„Прадуктыўнае мае не аселы характар, а вандроўны“. Пасля поспеху на прэзентацыі ягоныя курсы праходзілі так класна, у яго з'явілася столькі кантактаў у розных краінах, што ён мог жыць ужо з адных лекцый і семінараў. Яму нават аплачвалі пералёты ў бізнес-класе. У хуткім часе ён зарабляў правядзеннем курсаў для розных арганізацый і прыватных прадпрыемстваў у пяць разоў больш, чым выкладаннем у каледжы, а добрыя стасункі з Бардам і Нью-Ёркскім універсітэтам, якія яшчэ раз прапанавалі яму сталыя пасады, захоўваў правядзеннем блокаў семінараў. Вандроўным чынам, так.

Усе — рэдактар, чытачы, прэса, агентка — зноў і зноў пыталіся ў яго, як рухаецца праца над новай кнігай, але трава не расце хутчэй ад таго, што яе цягнуць угору. Нічога не атрымлівалася. Нічога новага, нічога цэлага. Толькі безліч кароткіх тэкстаў, аднамомантных здымкаў, зробленых пад настрой апісанняў мяккасці дываноў, формы аблокаў, узораў гальштукаў і іх дачынення да іерархіі на фірмах. І шмат пра ежу. Ён вёў блогі, „Хафінгтан Пост" плаціла добра, але з усяго гэтага не вылушчвалася ніякая цэнтральная тэма. Ніякая кніга. Часам яму здавалася, што ён ужо вычарпаўся дарэшты. Ва ўсялякім разе ён стаміўся і ў Нью-Ёрку даўно ўжо перастаў быць падзеяй. Адна з „жорсткіх" журналістак „Таймс" пасля іхняй гутаркі на нейкім канале кабельнага тэлебачання адвяла яго ўбок і off the record* параіла яму канчаць гульню і знайсці сталы занятак. „Наступным разам, міленькі, ты або ўзляціш яшчэ вышэй, або абрынешся. І больш верагодна, што абрынешся. Бо хто саштурхне Golden Boy** з трона, мой мілы, той і пераможа". Журналістка падміргнула яму, і потым ён часта бачыў яе перад сабою ў сненнях: яна калола яго сваёю вучнёўскаю асадкай, якою праславілася, таму што сапраўды яшчэ карысталася ёю, наколвала яго на асадку, як Кім Бейсінгер свае ахвяры на ледзяшы. Калі нічога не аддаеш, не аддаешся і сам.

На хвалі поспеху з ягоных рук у нейкі момант выслізнула Ніла.

Эберхарду ва ўсялякім разе кніга спадабалася. Ён ведаў яе, як пераканаўся Паркер падчас доўгага пералёту ў Франкфурт. Дзякуючы галоўнай сцюардэсе яны выпілі безліч порцый сінгл-молту, шатландскага соладавага віскі. Сядзелі даволі адасоблена ад іншых пасажыраў — самалёт не быў запоўнены

---

* Неафіцыйна, канфідэнцыяльна (англ.).
** Залаты хлопчык (англ.).

нават напалову. Эберхард ведаў кнігу нават вельмі добра, ён чытаў і першае выданне. А пашыраную версію, як ён падкрэсліў, чытае ўжо другі раз. Ён чытаў з захапленнем, але задаў Паркеру шэраг вельмі крытычных пытанняў, і „малады“, з гледзішча Эберхарда, аўтар на дзіва адкрыта і ахвотна адказваў яму на ўсе. „Твой тэзіс, што грэхападзенне чалавецтва было задачай існавання грамадства паляўнічых і збіральнікаў, — гэта ўжо занадта“. Паркер спасылаўся на антрапалагічныя даследаванні, на Джарэда Даймонда, на працы ван Шайка і Кая Міхеля датычна эвалюцыйна-герменеўтычнага прачытання Бібліі, на Русо — „з уласнасці пачынаецца гвалт“. Качэўнікам, сказаў Паркер, грамадзе паляўнічых і збіральнікаў, якія вандравалі з месца на месца, былі невядомыя „маё“ і „тваё“, яны цалкам залежалі ад сумесных высілкаў. Ад павагі, у тым ліку і ў стасунках паміж мужчынамі і жанчынамі, а ў стасунках з іншымі суполкамі — ад абмену. „Ну тады давайце і мы абмяняемся — нашымі кантактнымі данымі“, — прапанаваў Эберхард Янсен на заканчэнне, незадоўга да пасадкі, пад апошні „прозіт“ і спантанна запрасіў Паркера на наступны месяц правесці пакуль яшчэ не запланаваны семінар. „Эксклюзіўны!“ Для адвакатаў, суддзяў-пачаткоўцаў і пракурораў — усе яны людзі яшчэ маладога веку, але, падкрэсліў Янсен, „цяжкага калібру“. Выкрутас кшталту „негра Кале“. Той першы семінар у Кілі прайшоў настолькі паспяхова, што цяпер, праз год, яму прызначылі за тыднёвы семінар удвая большы ганарар. Але не той курс быў сапраўднай прычынай новага запрашэння. Прычынай быў сам Янсен.

Эберхард адказаў пасля трэцяга гудка.

— Як маешся, даражэнькі? Добра? Так, я ўжо чуў. Калі не прыйдзеш да нас, будзеш адразу забраніраваны на наступны год! Гэта я так жартую. Але, калі ласка, не пасяляйся больш у „Асторы“. Чаго ты не бачыў у той паршывай халупе? Ну так, бар там выдатны. Праўда, да таго часу ты, спадзяюся, даўно ўжо ўладкуешся тут як след на сталае жыццё.

Значыць, і ён ужо ведаў. Можа, пагаварыць з Янсенам пра дамовы?

— Ты бачыўся з Малерам?

Паркер расказаў пра іх сумесны абед. Эберхад зарагатаў.

— Так, той ведае, як цябе займець! Лофт у „Скандынавіі“! Шырачэзнае сядзенне на ўнітазе! Няблага, няблага мець такое жытло.

Яны дамовіліся на заўтрашні вечар, калі семінар „пойдзе з горкі“, як сказаў Эберхард. Жонка прыгатуе вячэру, і яны спакойна ўсё абмяркуюць. Паркера раптам ахапіла радасць ад уяўлення, як яны вып’юць прыхаваную для гэтай нагоды бутэльку бургундскага, а пад шатландскае віскі на заканчэнне выкураць па „гаване“, з тых, што Паркер прывёз яму ў мінулым годзе. Гайдрун, жонка Янсена, будзе смяяцца і падносіць з кухні чарговыя порцыі цудоўнага рагу з дзічыны ці ўласнаручна прыгатаваныя галушкі, якія ён у мінулым годзе так хваліў. Ды што б яны ні рабілі... Яму дадуць адчуванне, што ён дома, у сяброў. *Mi casa e su casa* — „мой дом — твой дом“, — хітравата працытуе Янсен выслоўе з чацвёртага фільма серыяла „Чужы“, а Паркеру пачуюцца ў гэтых словах і гарэзлівасць, і пагроза.

Калі яны з Нілай пераехалі ў іх агульную кватэру і яна сказала родным, што больш не дазволіць адгаворваць сябе ад сумеснага жыцця з Мэцью — нікому, ні маці, ні сястры, для якой выбар спадарожніка вызначаўся ўзроўнем „не ніжэй за Лігу плюшчу“, ні тым больш бацьку, славутаму неўролагу, — іх запрасілі на выходныя ў вялікі дом Нілінай сям’і ва Уэстчэстары. Яны спецыяльна ўзялі машыну напракат, таму што стары „мерседэс“ Паркера зноў паламаўся і трэба было аддаваць яго ў рамонт. Калі яны ехалі па Дзявятай аўтамагістралі ўздоўж Гудзона і Ніла дзясяты раз тлумачыла яму, які добры знак яна бачыць у тым, што зараз ён нарэшце пазнаёміцца з яе сямейнікамі, бо бацькі яшчэ ніколі не запрашалі яе хлопцаў, Паркер заўважыў, наколькі яна нервуецца.

Дом стаяў у атачэнні дрэў у канцы дарожкі, пасыпанай белым гравіем, пасярэдзіне ці то конскага выгану, ці то пляцоўкі для гольфа. Пясок, бездакорна насыпаныя пагоркі, ад якіх сядзіба здавалася яшчэ большай, чым была, парачка бар’ераў адмыслова для Пэці, сястры, — прыехаўшы дадому, тая любіла паганяць з перашкодамі на адным з трох коней. Прыслужнік забраў чамаданы, аднёс іх у дом для гасцей побач са стайняй, а потым загнаў „кіа" на стаянку за домам для прыслугі. Доктар Пэйтл кіраваў уласнай клінікай, меў шэраг каштоўных медыцынскіх патэнтаў, ягонай вузкай спецыяльнасцю была рэканструкцыйная хірургія вертэбральных сінапсаў і прафілактыка хваробы Альцгеймера, а яшчэ ён выкладаў на кафедры фармацэўтыкі ў Калумбійскім універсітэце.

Ужо падчас першага сумеснага абеду ў Паркера было такое ўражанне, што Пэйтл глядзіць скрозь яго, і ў выбраным для першай сустрэчы сінім гарнітуры ад Армані, занадта бліскучым у яркім святле сталовага пакою з вокнамі на поўдзень, ён адчуваў сябе нейкім экспанатам, разрэзанай жывёлінай з інсталяцыі Дэм'ена Хёрста. Размовы круціліся вакол вечарынак Пэці ў Хэмптане і новых святлафораў на тых вуліцах, што вядуць з горада на аўтамагістралі, дзе заўсёды даводзіцца страшэнна доўга чакаць, толькі таму што ў мінулым годзе машына збіла там пару вучняў нямецкай школы; проста жах.

— А вы хіба не немец, містар Паркер? — спытала маці Нілы, сухарлявая, уся ўвешаная рубінамі ўраджэнка Нью-Ёрка, якая некалі, напэўна, была вельмі прыгожая, але аднойчы зрабіла памылку, паспадзяваўшыся, што ёй дапаможа не загар ад тэніса, а чарговы ўкол ботаксу.

— Напалову.

— А-а. Яўрэй?

— Не, мама, бацька Мэцью англічанін.

— О! Разумею.

Доктар Пэйтл прыглядаўся да сваёй талеркі, потым накінуўся на стэйк з страусавага мяса, які маці Нілы расхвальвала Паркеру ва ўсіх падрабязнасцях, не забыўшыся падкрэсліць, што мяса абсалютна свежае, толькі перад абедам прывезлі з фермы Вільсанаў, за тры мілі адсюль.

— Яны бегаюць там свабодна па полі, заўтра вам абавязкова трэба з'ездзіць туды.

Нілін бацька не рэагаваў на спробы Паркера загаварыць з ім — пра працу, пра тое, як у іх тут хораша, пра апошнія навіны з Ірака і пра магчымых агульных знаёмых з універсітэта; ён стараўся есці як мага хутчэй, драпаў парцэляну відэльцам і нажом, раздзіраў на шматкі птушынае мяса. Устаўшы яшчэ да дэсерту, стукнуў кулаком па стале і нешта гартанна буркнуў на урду.

Запала цішыня. Ніла плакала, пакуль маці не падала Паркеру пірог з лаймам і малінай, „абавязкова паспытайце, нябесны смак, лайм з фермы Эплаў".

Назаўтра вечарам яны вярталіся дамоў.

— Я кахаю цябе, Мэцью, — сказала Ніла, калі яны ехалі здаваць машыну. А ў сваёй кватэры яны нарэшце зноў абняліся і пацалаваліся, чаго не рабілі на працягу дваццаці шасці гадзін ва Уэстчэстары. Але штосьці паміж імі тады зламалася. Паркер не мог вытрываць, што нехта так выразна паказаў яму, што ён не належыць да гэтага кола беззаганных, багатых, адмысловых. Пэйтл ясна даў зразумець: Паркер ніколі не будзе дастаткова вартым ягонай дачкі. Да іх ён не мог дараўняцца ні сваім маленькім каледжам, ні міні-трыумфам кнігі, ні працай на прэзідэнта. Ён быў занадта малаважны. Занадта нязначны. І ён мардаваў, паласаваў сябе, выкручваў сабе душу.

Пасля выходных ва Уэстчэстары яму зноў і зноў чуўся здзекліва голас уласнага бацькі. Калі той быў п'яны, то ў прыпадку расізму раз'юшана лаяў пакістанцаў, індыйцаў, кітайцаў. Як гэта ён іх называў? Дзярмовыя падонкі? Індыйцы і пакістанцы і ўсе такія былі для яго карычневым збродам, паглынальнікамі вострых прыпраў. Хіба ягоны полк, Шасцідзясяты стралковы пад камандаваннем Мэткалфа і Кэмпбела, — дакументальна засведчана! — сваімі новымі вінтоўкамі „энфілд" не прыструніў тады ў Дэлі гэтых падонкаў, гэтых раджаў і магулаў, фанатыкаў каставай прыналежнасці, якія сёння так ганарыста ўхмыляюцца на ўсю сваю дзярмовую спакойную морду і толькі сутыкаючыся з прыстойнымі брытанцамі перастаюць дэманстраваць сваімі спеўнымі тырадамі і камп'ютарнымі насамі, што яны нешта лепшае. Але яны б нічога не мелі без Альбіёна, без нас, тых, хто прынёс цывілізацыю з вострава! Камп'ютары! Гэта не Гандзі, гэта Алан Цьюрынг! Ад імперыі яны мелі выгаду, ад імперыі! З самага пачатку! А полк, у якім ён служыў, цяпер Дзявяты нартумберлендскі, пераемнік Шасцідзясятага, — яны ж былі настолькі змардаваныя, яны прыйшлі, каб зноў усталяваць спакой і мір, праўда; а хапіла тых некалькіх ладных мужчын з ружжамі, дваццаць стрэлаў за хвіліну, з „энфілдаў". Та-тах! Та-тах! *Rule Britannia!* Рулюй, Брытанія! Супраць праклятай карычневай плоймы! Адназначна! Сталінград — напэўна, магулы тады менавіта так уяўлялі сабе гэта. За кожным паваротам у горадзе падонак з кап'ём, крамянёвым ружом ці нажом, але не, з намі, брытанцамі, так не выйдзе, мы прабіліся, прасекліся, стрэламі з ружжаў расчысцілі сабе дарогу, так-так, гэта зрабілі мы, вастрыё кап'я цывілізацыі, — а мой сын хоча з такой вось спаць?

Паркеру вельмі хацелася заглушыць у сабе бацькаў голас, але ён зноў і зноў прарываўся. Быццам доктар Пэйтл зноў выдабыў з яго гэты голас. Быццам ён, Мэцью, зноў сын свайго бацькі. Паркера гэта глыбока ўзрушыла. Відавочнае непрыняцце да болю абразіла яго. Ніла запэўнівала, што бацькава рэакцыя не мае значэння, што зараз яна ягоная сям'я, але гэтага было недастаткова. І ўсё ж яны заставаліся разам.

Ён падбіў нагою мяч, што ляжаў на падлозе ля ложка. „Ратэйра" стукнуўся аб кант пісьмовага стала, падскочыў угору і наляцеў на шыбу. На нейкі момант на фоне кільскага высокага начнога неба закруцілася поўня.

У бары сядзелі прафесійныя п'янтосы, звычайнае ў гадзіны скідак змешанае скопішча. Былі тут студэнты-перастаркі, замаркочаныя жонкі ды бізнесоўцы, якія паслаблялі гальштукі ад Армані і Боса, радуючыся, што перажылі яшчэ адзін дзень з перспектывай кантрактаў. Афіцыянт з цікаўнасцю агледзеў Паркера, калі той сеў за столік у кутку, адкуль былі бачныя партовыя пабудовы, і папрасіў марціні, адразу дзве порцыі. Побач з ім таўсматы паляк піў папераменна гарэлку і пльзенскае піва, пасля кожнага глытка ён уздыхаў і хапаўся за шырынку, быццам на штосьці злаваў. Паркер параўнаў уласны сілуэт у люстры побач з барам з сілуэтам свайго суседа. Лепш. Нашмат лепш. Пакуль што ўсё яшчэ нядрэнна размяркоўваецца на ягоныя метр дзевяноста. Бацька Паркера таксама быў высокі, але постаць меў хутчэй шырокую, аб'ёмістую, а з цягам часу яна ад разгулаў азызла, як і твар. Цётка Мэгі сцвярджала, што прычынай бацькавых разгулаў, ягонай, як яна казала, распусты, была толькі роспач: у самых горшых выпадках цётка, што тая хуткая дапамога, прыязджала да іх і суцяшала маці выдатнай парадай — проста прыцярпецца, бо брат такім чынам кампенсуе безвыходнасць. У дзяцінстве ж ім таксама даводзілася нялёгка. Мэцью, якому тады было гадоў пяць ці шэсць, ляжаў у пакоі, часцей за ўсё схаваўшыся за канапай, пад джунглямі з барвенку, архідэй і кактусаў, якія ягоная маці разводзіла на шырачэзным падаконні, і прыслухоўваўся да гутаркі жанчын.

З кожным годам ён усё лепш разумеў, што прыезды цёці Мэгі з Ньюпарта ў Дэваншыр былі хутчэй акцыямі ратавання яе брата, а не праявамі спачування да пляменніка ці ягонай маці. Яна ратавала брата, паскудзь, прапойнага Казанову, тым, што тлумачыла ягоныя паводзіны, абзывала, лаяла, разносіла яго, і маці ўжо не трэба было рабіць гэта самой, чужая лаянка не давала ёй дайсці ў сваёй нянавісці да таго, каб кінуць мужа, афіцэра, які забаўляў радыёслухачоў, хоць ён увесь час здраджваў ёй, напіваўся, курыў марыхуану і нюхаў какаін. Кароткіх успышак лютасці, паездак з маленькім сынам на пару дзён на мора ці ў пансіянат у гарах, далей ад мужа, для рашучага кроку было недастаткова. Яны заўсёды вярталіся назад, верылі слязлівым зарокам гэтага чалавека, бо ён запэўніваў, што любіць іх, гладзіў Мэцью па галаве, абдымаў яго сваімі дужымі рукамі, абяцаў выправіцца. Маці зноў хацелася бачыць у ім прыгожае і добрае, далікатныя жэсты. Патрэбу ў прыхільнасці, ягоны амаль жывёльны імпэт. І аднойчы маці проста далучылася да яго. Да ягонага п'янства. Да гульні з блізкасцю і збавеннем. І шлюб пратрымаўся даўжэй, чым можна было чакаць. Толькі вынік п'янства быў для абаіх неаднолькавы.

Паркер добра памятаў раскошнае свята, зладжанае для ягоных бацькоў з нагоды іх драўлянага вяселля супрацоўнікамі бацькавага канала ў будынку службы вяшчання брытанскіх узброеных сіл на Куінз-авеню, у размяшчэнні палка ў Люнэбургскай пустцы. Настрой у памяшканні, застаўленым старымі танкамі і бронетранспарцёрамі, дзе калегі дэманстравалі ўсё сваё ўмельства, пераягаючы адзін аднаго, быў весела-неўтаймаваны. Спаборніцтва дыджэяў, якога яшчэ свет не бачыў, прынамсі свет па-за межамі Мунстэра. Танцавалі, пілі, падпявалі сонгам, абдымаліся. Нават хлопчыку далі выпіць крушону. Ну і, зразумела, тут можна было ўбачыць, што іншых захапляе ў ягоным бацьку. Колін Джэзоўскі, які часта прывозіў старэйшага Паркера дамоў на сваім хуткасным „датсане“ або заязджаў па яго, калі часы іх службы перасякаліся, адвёў Мэцью ўбок.

„Ведаеш, сынок, твой бацька — адзін з самых крутых. Разумееш?“ Мэцью спрабаваў вызваліцца з абдымкаў шчуплага лейтэнанта, але той, размахваючы бутэлькай віскі ў правай руцэ, быццам адчэпленым мікрафонам, павёў яго да дзвярэй і паказаў адну з нізкіх казармаў роты паміж соснамі.

„Тут гэта было“. — „Што было?“ — „Тут твой бацька, дружа, выратаваў жыццё Бэні Івэнсу і, можа, яшчэ некалькім хлопцам. Ён табе ніколі пра гэта не расказваў?“ Хлопчык пахітаў галавою. Лейтэнант адпіў яшчэ глыток са сваёй бутэлькі. „Што гэта была за ноч! Мы ўсе думалі, што Івэнс прыкончыць сябе. Яго кінула дзяўчына, разумееш? Ён гібее тут у *Фалінгбостэлі*, — лейтэнант Джэзоўскі зрабіў націск на назве, быццам лічыў той ніжнесаксонскі куток чымсьці накшталт бубоннай чумы, якая перадаецца паветраным шляхам, — а ягоная дзяўчына зацяжарыла ад ягонага ж найлепшага сябра. Чыстая праўда! Ніхто не чуў, як яна патэлефанавала. А Івэнс якраз нёс каравульную службу. Ты разумееш, што гэта значыць? Стаіш ноччу, на такой халадэчы, калі па табе паўзе туман, ты адзін, усе навокал спяць, ужо толькі ад гэтага свет для цябе можа абрынуцца. Ты лунаеш над безданню. А калі табе яшчэ нешта дадае меланхалічнага настрою, калі блюзніцца пахавальная музыка, яна прыцягвае цябе, а ў цябе ёсць зброя, тады ты пытаеш сябе, навошта ўвогуле доўжыць такое“. Джэзоўскі зноў прыклаў бутэльку да вуснаў і страсянуў галавою. „Ва ўсялякім разе, твой бацька і праўда круты д’ябал. Пасля таго як капітан і начальнік медыцынскай службы марна прастаялі пад дзвярыма, упрошваючы Івэнса, твой бацька заходзіць да яго ў каравульнае памяшканне. Бэні кажа, што калі б увайшлі тыя два, то ён застрэліў бы іх, а пасля і сябе прыкончыў, сябе ён прыкончыў бы ў любым выпадку.

А Паркера ён пажадаў убачыць, у таго акурат ішла начная перадача, „Рокала“, нейкі з ягоных вар’яцкіх спецыяльных выпускаў, якія старанна запісваюць саплякі ў сваіх сутарэннях па ўсёй паўночнай Германіі, ад Цэле да Альтоны, бо ўсё, што ён перадае, надта клёвае. Хлопча, твой бацька тут такі славуты, як мала хто. А Бэні тады, памятаю, размаўляў з ім, патрабаваў, каб ён паставіў нейкія песні і перадаў прывітанне той цяжарнай сучцы на радзіме. Мы нават падумалі, што ён хоча зладзіць сабе сапраўды меланхалічны адыход, баяліся толькі, каб ён і Паркі, ну бацьку твайго, не прыхапіў з сабою. Дык мы снайпе-раў расставілі, але ён, Бэні, адразу расшалопаў, што да чаго, ён жа з Саўтгемптана паходзіць, ведаеш, а там яны ўсе гэткія. Да акна не набліжаўся. Ну дык вось, мы чакаем. Гадзіну за гадзі-най. Памятаю, прыйшоў камандзір, такі разнос нам зрабіў, што Паркера да Бэні пусцілі. Але справа была яшчэ куды горшая. Бэні займеў аднекуль гранату, мы так і не даведаліся, адкуль, хоць потым усё перавярнулі. Ён пра яе нічога не казаў, сядзіць сабе на паходным ложку ў кутку, а ў руцэ невялічкі зялёны ана-нас, з выцягнутай загваздкай. Калі б ён разагнуў пальцы — бах! Нам усім хана была б. Бах, *капут*“.

Апошняе слова лейтэнант так і сказаў, па-нямецку. Потым зноў страсянуў галавою. Паглядзеў доўгім позіркам на Мэцью, быццам хацеў пераканацца ў падабенстве паміж ім і бацькам. Хлопчык не зразумеў дакладна, які вынік мела гэтая праверка.

„Поўны пшык, аніякіх шанцаў. Мы ўсталявалі “жучка”, трэба ж было ведаць, што там адбываецца. Спадзяваліся, што ў нас ёсць шанц выбавіць твайго бацьку, калі Бэні зусім з глу-зду з’едзе. Мы ж яшчэ нічога не ведалі пра гранату. Але твой бацька, хлопча, так пераконваў Бэні, ну чысты святар. Якая, маўляў, цудоўная рэч жыццё, і каханне нікуды не падзенецца, яно будзе толькі вандраваць. А мы ўсе падслухоўвалі. І плака-лі. Потым ён узяў канцылярскую сашчэпку, разагнуў яе, забраў у Бэні з рукі гранату і мігам уваткнуў у яе сашчэпку. А потым яны разам выйшлі. Хлопча, камандзір падумаў, што ён сніць, калі ўбачыў, як Паркер выходзіць з гранатай. Твой бацька і праўда круты д’ябал. Так, круты. Ён выратаваў некалькі жыц-цяў. Разумееш? Не забывай гэтага“.

Джэзоўскі тым часам паспеў выпіць ужо значна больш за палову бутэлькі і сядзеў цяпер на бетонных прыступках ля ўвахода. Мэцью пастаяў яшчэ колькі часу, не замінаючы яму аддавацца роздуму, а потым накіраваўся ў будынак радыёстудыі, каб знайсці Мэрфі, гукатэхніка. Той абяцаў яму прывезці з водпуску, з Ёркшыра, набор для гульні ў крыкет. Ён падняўся па лесвіцы, аддаляючыся ад вечарыны. Мэрфі мусіў быць на начным дзяжурстве. Тое, што расказаў Джэзоўскі, не выходзіла ў хлопчыка з галавы, і раптам ён убачыў святло ў дыктарскай кабіне бацькі. Тут, ў калідорах наверсе, было ціха, лямцавы дыван праглынаў крокі. Мэцью ўбачыў уключаную лямпу ля дыктарскай стойкі, дзе яна звычайна асвятляла густа спісаныя цэтлікі для падводак, якімі бацька ніколі не карыстаўся. Ён звычайна імправізаваў, гаварыў адпаведна моманту, тое, што акурат прыйшло да галавы, яму папраўдзе патрабаваліся толькі ключавыя даныя, памяць у яго была феноменальная. Ён мог стварыць патрэбны настрой у цэлай залы, яму хапала пары сказаў. Верагодна, менавіта гэта і падабалася людзям, ён быў прыроджаны забаўнік, яго прывабнай рысай быў імпэт.

З калідора, дзе свяцілася лямпа, Мэцью зайшоў у цёмную гукавую камеру. Ён паглядзеў на бацьку праз тоўстую шыбу, якая не прапускала ў дыктарскую ніякіх знешніх гукаў. Паркер-старэйшы адкаркаваў бутэльку віскі і пачаў праглядаць стос цэтлікаў. Святло настольнай лямпы, пасунутай небяспечна блізка да краю стальніцы, дзяліла ягоны твар на дзве паловы. На лбе і над верхняй губою блішчэў пот, бацька выглядаў знясілена. Мэцью быў упэўнены, што такім знясіленым ён бацьку яшчэ ніколі не бачыў. Нават пальцы абвялі, калі ён паставіў шклянку з віскі побач са стосам нататак; рука саслізнула па канце стальніцы, і пальцы безжыццёва звіслі ў паўцемру пакоя.

Потым бацька падняў галаву. Ён павярнуў твар у бок акна гукавой камеры. Ягоныя вочы былі затуманеныя ад віскі. Нібы пасля бясконца доўгай мадэрацыі бацька ўздыхнуў, набраў у лёгкія паболей кіслароду праз рот, аблямаваны трохдзённай шчацінай. Ягоны позірк, здавалася, спыніўся проста на Мэцью, шукаючы пацвярджэння. Так, кіўком паведаміў бы яму гукатэхнік, ты ўсё зрабіў добра. Але ў гукавой камеры было цёмна, і адзіным, што мог бачыць бацька, быў ён сам, ягонае адлюстраванне ў шыбе. Стомлены чалавек, што спрабуе ўсміхнуцца, быццам адчуўшы прысутнасць сына. Але ўсмешка прызначалася не Мэцью. Дый была гэта не ўсмешка. а ўсяго толькі скрыўленыя вусны, неўсвядомлены рух з прычэпленай да яго істотай, якая ўжо не верыла ва ўсмешку.

Побач з Паркерам таўсматы паляк расказваў маладой прадпрымальніцы пра непамыслоты жыцця, нёс абсалютна нудную лухту, але не змаўкаў, а жанчына бясконца перапытвала, яна ж сама і падсела да яго. Бармен тактоўна памяняў дыск. Стэн Гетц ужывую ў кавярні „Манмартр“, ціхі джаз. Паркер паглядзеў на мабільнік — Анэлі не патэлефанавала. Ён падазваў бармена, падаў яму картку-ключ і сказаў, каб запісаў кошт на ягоны рахунак у гатэлі. Бармен увёў нумар у камп'ютарную касу, потым зрабіў тое ж яшчэ раз і заклапочана наморшчыў лоб.

— Даруйце, гер Паркер, але ў мяне тут адзначана, што ёсць праблемы з вашай крэдытнай карткай, мы не можам правесці разлік.

Паркер уздыхнуў, кульнуў яшчэ адну порцыю марціні і заплаціў гатоўкаю. Вярнуўшыся ў нумар, прагледзеў пошту. Настойлівая просьба звярнуцца ў домакіраўніцтва, некалькі рахункаў і чарговыя паведамленні пра грашовыя выйгрышы. Янсены напісалі, што пераносяць сваё запрашэнне на вячэру на чацвер. Паведамлення ад Хванга не было, затое адміністрацыя гатэля прыязна нагадвала, што яны, на жаль, марна спрабавалі застаць яго, але ён, напэўна, вельмі заняты, дый пытанне не занадта важнае, але ім патрабуецца пацвярджэнне крэдыту. Паркер раззлаваўся і хацеў ужо напісаць ім, што гэта не так, што ім нічога не патрабуецца, у іх жа ёсць пацвярджэнне пакрыцця выдаткаў, і што нельга так калоць вочы гасцям, але тут прыйшлі новыя мэйлы. Адзін быў ад Малера, ён яшчэ раз дзякаваў Паркеру і дасылаў праспект лофта.

А ў другім Паркеру прапаноўваўся цэлы пакет.

„Дарагі друг,

я ведаю, што маё пісьмо будзе для Вас нечаканкай, таму што мы з Вамі да гэтага часу не былі знаёмыя і не сустракаліся, але прашу паставіцца да яго як да здзелкі паміж крэўнымі братамі і адрэагаваць аператыўна і канфідэнцыяльна.

Мяне завуць містар Хасан Альван Алі, я належу да аўдытарскай каманды ЦБН (Цэнтральнага банка Нігеры).

Адзін кліент (імя не называю) памёр, не пазначыўшы спадкаемца ягонага ўкладу ў маім банку агульнай сумай $ 10,5 млн (дзесяць мільёнаў пяцьсот тысяч долараў). Паводле нігерыйскага банкаўскага рэгулявання я павінен па сканчэнні трох гадоў з моманту смерці кліента апавясціць пра гэта падаткова-бюджэтныя органы.

Вышэйназваныя факты з'яўляюцца абгрунтаваннем майго звароту да Вас з просьбай дазволіць мне разглядаць Вас як найбліжэйшага свайка памерлага.

Ягоны ўклад будзе пацверджаны і пераведзены Вам як найбліжэйшаму свайку толькі пры ўмове, што Вы выканаеце мае распараджэнні і будзеце дзейнічаць у згодзе са мною.

У мяне ёсць усе легальныя падрабязныя звесткі адносна памерлага кліента, якія дапамогуць нам прызначыць Вас першым з прэтэндэнтаў на ўклад і ўрэшце перавесці $ 10,5 млн плюс працэнты ў любы банк паводле Вашага выбару.

Я гатовы кампенсаваць вам 35 % удзелу ў агульнай суме ўкладу за Вашы высілкі. Канчатковыя падрабязнасці будуць паведамлены Вам пасля атрымання пацвярджэння Вашага жадання ўдзельнічаць у здзелцы.

Калі Вы зацікаўлены ў маёй прапанове, прашу неадкладна адказаць мне на адрас hassan_alwanali01@yahoo.com, каб я не распачаў пошук іншых замежных партнёраў.

З удзячнасцю,
містар Хасан Альван Алі"

З архіваў Паркера.
Рыторыка для пачаткоўцаў

Кожная сітуацыя прамовы складаецца з трох кампанентаў: прамоўца — тэма — слухачы. Слухачы або проста глядзяць прапанаванае відовішча, або павінны вынесці прысуд. Калі ад публікі патрабуецца вынесці прысуд будучаму дзеянню, гэта называецца абмеркаваннем. Калі акцыя ўжо адбылася, прамоўца знаходзіцца ў прынцыпе перад судом.

Раздзел 4

Серада, Кіль

— Уявіце сабе прусака. Вы гáдзіцеся? Вам хочацца забіць яго? Значыць, вы адчуваеце сябе гэтак сама, як і мільёны іншых людзей. Прусакі — шкодныя насякомыя. Іхні панцыр, іхняя начная актыўнасць, доўгія вусікі, вялікае сэрца і той факт, што ў выпадку атамнай вайны яны нават перажывуць нас, робяць іх у нашым уяўленні монстрамі паўсядзённага жыцця. Падобныя пачуцці выклікаюць, магчыма, толькі пацукі.

Вільфрыд абвёў позіркам слухачоў. Бейсболка ўжо стала нейкім галіёнам ягонага стала, на якім валяліся папера, тэрмас, два кардонныя кубачкі, упакоўка жуйкі, напалову выпітая бутэлька „колы лайт“. Выглядаў Вільфрыд знервавана, але ўжо не нагадваў сабачку Гуфі. Зараз у ім адчувалася нейкая рашучасць, вялікія круглыя вочы, якіх звычайна амаль не было відаць у ценю кепачкі, прамяніліся шэрым святлом. Ён моршчыў высокі лоб, рабіў паўзы і намагаўся ўсталяваць зрокавы кантакт з слухачамі. Наступны сказ ён прамовіў вольна, не губляючы прадугледжанай паслядоўнасці, кінуў кароткі позірк на кафедру, узяў каталожныя карткі з апорнымі словамі і загаварыў так, быццам збіраўся распачаць гутарку з усімі прысутнымі.

— А пры гэтым мы не надта і розныя. Прусакі, пацукі і мы. Вам даводзілася бачыць, як смяецца пацук? Калі паказытаць маладога пацучка па жываце, з ім адбываецца тое ж, што і з чалавекам: ён хіхікае — праўда, на звышвысокіх частотах.

Ён расцягвае губы, мышцы твару. У сваіх рэакцыях ён нічым не адрозніваецца ад маленькага дзіцяці, якое вішчыць ад задавальнення, калі яго казычуць. Спецыялісты па тэорыі эвалюцыі высветлілі, што размешчаныя глыбей філагенетычна старэйшыя аддзелы мозга ўва ўсіх хрыбетных жывёл маюць аднолькавую будову. — Вільфрыд глыбока ўдыхнуў паветра і трохі шырэй расставіў ногі, стаў у позу марака.

— Раздражняюцца аднолькавыя рэгулятыўныя контуры, выштурхоўваюцца аднолькавыя нейрамедыятары. Так, такія самыя генетычныя пераключальнікі, якія кіруюць развіццём нашага мозга, актывізуюцца нават у мух і ракаў. І калі мы мяркуем, што толькі ў чалавека галаўны мозг здольны спараджаць эмоцыі, то гэта прыкладна тое ж самае, калі б мы па-ранейшаму верылі, што зямля ўяўляе сабою дыск, а мы, людзі, знаходзімся ў цэнтры Сусвету.

Вільфрыд паглядзеў на аўдыторыю. Усе ўважліва слухалі.

— Такім чынам, калі ўсе млекакормячыя выяўляюць аднолькавыя паводзіны, то чаму яны не могуць і адчуваць падобна? Калі, напрыклад, стымуляваць электрычнасцю аддзел мозга, які называецца nucleus accumbens — прылеглае ядро, то прабанд-чалавек адрэагуе нястрымным рогатам, а малады пацук тыповым для яго радасным цвырканнем. Дык чым тады пачуцці пацука адрозніваюцца ад нашых уласных?

Вільфрыд зноў вельмі дарэчы зрабіў кароткую паўзу, прыцягваючы ўвагу да пытання. Паркер назіраў за слухачамі. Усе былі на кручку ў Вільфрыда.

— Традыцыйны адказ на гэтае пытанне такі: мовай. Пацук, інфузорыя-туфлік, прусак — усе яны не могуць гаварыць, не могуць паведаміць пра сябе. Яны не могуць растлумачыць суродзічам, што адчуваюць. Так? Вядома, можна запярэчыць, што ёсць і нямоўныя шляхі камунікацыі — напрыклад, з дапамогаю пахаў. Але, улічваючы будову цела, з дыскусіі пра камунікацыю і пачуцці можна выключыць такіх жывых істот, як, напрыклад, інфузорыя, бо хоць яна і ўспрымае сваімі валасковымі клеткамі аб'екты знешняга свету, але не здольная перадаць свае назіранні іншым інфузорыям. У нас, людзей, цяглічная маторыка… Наш паважаны выкладчык, — тут Віль-фрыд паказаў на Паркера, які адрэагаваў ледзь заўважным ківком, — акурат учора цудоўна растлумачыў будову органаў артыкуляцыі і тое, як з выціснутага паветра ўтвараюцца гукі мовы, — дык вось, у нас, людзей развіццё органаў артыкуляцыі прывяло ў выніку да здольнасці комплексна перадаваць гукі на пэўную адлегласць. Наш слых, дарэчы, пабудаваны з такіх самых простых валасковых клетак, якія мы знаходзім у інфу-зорый. Усім нам знаёмае пачуццё, якое выказвае сваім мяўкан-нем кот ці брэхам сабака, радуючыся, што гаспадар вярнуўся. Пра птушак вядома, што яны падаюць пэўныя перасцерагаль-ныя воклічы, калі набліжаецца вораг. Спектраграмы крыкаў малпаў не настолькі адрозніваюцца ад спектраграмы чалаве-чага „вітаю!“, як нам, магчыма, здаецца. Ёсць нават падставы для меркавання, што воклічы малпаў маюць пэўнага кшталту семантыку: назіралася, як статак малпаў, пачуўшы канкрэт-ныя перасцерагальныя крыкі, стаў дружна ўзірацца ў зямлю, быццам шукаў змяю. А пры воклічах іншага кшталту яны гля-дзелі ў неба. Шкада толькі, што тыя навукоўцы яшчэ не распра-цавалі праграм перакладу для штодзённа выміраючых відаў. Калі б такія праграмы існавалі, то апошні жоўты рачны дэль-фін, магчыма, зрабіў бы кітайскім уладам разнос за тое смецце, што спускаецца ў Хуанхэ, а нью-ёркскія сокалы-сапсаны даўно б гнеўна выказалі абурэнне забруджваннем паветра. Пачуцці існуюць да мовы. Мы таксама часта не знаходзім магчымасці адэкватна выразіць наша ўнутранае жыццё. А ці не азначае гэта, што жывёлы адчуваюць і фундаментальныя каштоўнасці існавання, а не толькі такія афекты, як голад, смага ці боль, і рэагуюць на іх? Калі мы сапраўды хочам зразумець, якія ма-тывы вызначаюць паводзіны жывёл і людзей, нам трэба зразу-мець іх пачуцці. І, убачыўшы першага пацука, — можа, засмя-яцца.

Паркер назіраў за Анэлі. Яе вочы ззялі ад радасці, здава-лася, яна ганарыцца Відьфрыдам. У Паркеру стрэмкай завару-шылася рэўнасць, маленькая, гарачая. Але ён зноў сканцэнтра-ваў увагу на сваім вучні.

— І перакласці нячутны крык наступнага віду, якому пагражае выміранне, на нашу мову. Бо нехта ж мусіць гэта зрабіць — гэта наш этычны абавязак. абавязак жывых істот. Калі вы зараз думаеце, што я збіраюся заклікаць вас да раздзельнага збору смецця, да спачування Боскаму стварэнню, да ўсеагульнага экатэрарызму ці, выбраўшы карацейшы шлях, буду раіць вам стаць чальцамі „Грынпісу", то вы памыляецеся. Усё пераліанае можна зрабіць, і многае са згаданага, безумоўна, — добрая рэч. Я разумею, мае словы гучаць наіўна, але думаю, што мы павінны выпрацаваць іншае стаўленне да жыцця — магчыма, больш рамантычнае. Жывёлы, краявіды, надвор'е. Усё гэта — не аўтаматы, не скалькуляваныя ў табліцах механізмы кшталту раздражненне — рэакцыя. Гэта жывая прастора цудаў, нават у самых дробных дэталях падобная на нас. І ўсім нам была б карысць, калі б мы пачалі грунтавацца на гэтым. Дзякую за ўвагу.

Нейкі момант яшчэ стаяла цішыня, потым усе запляскалі ў далоні. Міха, адвакат з Рэндсбурга, нават крыкнуў: „Брава!". Паркер не мог не прызнаць, што Вільфрыд тым, што ён сказаў і як ён гэта сказаў, узрушыў і яго. Значны крок наперад пасля толькі двух дзён працы. Вільфрыд нават не зрабіў сваёй звычайнай памылкі — не ўхмыляўся падчас прамовы. Было такое ўражанне, што яны першы раз убачылі перад сабою гэтага хлопца як чалавека, а не карыкатуру. Ён спакойна стаяў на месцы, быццам капітан, што бяспечна прывёў свой карабель у порт.

У „Паленке" нічога асаблівага не адбывалася.

Дзень прайшоў добра. Анэлі і ён з цікаўнасцю паглядалі адно на аднаго, але да гутаркі справа не дайшла. Адразу пасля заканчэння семінара, у чвэрць на пятую, Паркер пайшоў прагуляцца.

Яму захацелася выпіць піва. Ён пайшоў уверх па Хольтэнаўэр-штрасэ. Калі ён быў ужо ля піўной „Вубке", яму здалося, што туды якраз зайшоў адзін з удзельнікаў ягонага семінара, Генінг, супрацоўнік патэнтнага ведамства. З кампаніяй. Паркеру ні з кім не хацелася размаўляць. Таму ён пакрочыў далей. У сутонні снег нарэшце перастаў падаць. Але стала яшчэ халадней, таму не дзіўна, што людзей на вуліцы амаль не было.

Калі ён штуршком адчыніў заклееныя канцэртнымі афішамі дзверы „Паленке", то падумаў спачатку, што зрабіў памылку. За гульнявым аўтаматам сядзеў тоўсты мужчына ў кароткай скураной куртцы з цыгарэтай у роце, школьная музычная група расстаўляла сваю апаратуру на эстрадзе, за столікамі амаль нікога, толькі дзве маладыя жанчыны хіхікалі над сваімі фужэрамі з колай. Гаспадар акурат выходзіў з кухні, развязваючы перапэцканы соусам чылі фартух.

Тут у кавярню ўваліўся мужчына ў пуховай парцы, з нізка насунутым на твар капюшонам. Абстукаў снег з ботаў. Раздвоенай казлінай барадой ён нагадваў нейкі гібрыд Салмана Рушдзі з д'яблам. За ім клыгаў другі, у вялізнай кепцы, здаравенны, ну проста брат Хагрыда. Ён ледзь праціснуўся праз дзверы. Рыжае валоссе падала яму на плечы, доўгая барада закрывала грудзі. Гара, а не чалавек, але паводзіў сябе так, быццам не ўсведамляў, што ён асілак. Паркер нават за некалькі метраў ад яго, седзячы за сваім столікам, адчуў сябе ледзь не расплюшчаным.

Чалавек у парцы скінуў тоўстыя матацыклетныя рукавіцы, якія сягалі яму амаль да локця, і пастукаў правай рукой з мноствам пярсцёнкаў па стойцы.

— У такой халадэчы ў чалавека дзірка для лайна лёдам пакрыцца можа, хоць вош пускай на азадак пакоўзацца! А ну, зрабі нам кавы, гаспадар! Давай! — Ягоны напарнік зняў кепку, сеў на барны зэдлік, які пагрозліва зарыпеў пад ім, і падняў угору два таўшчэзныя пальцы, падобныя на гіганцкія крабавыя палачкі.

Гаспадар кавярні наліў з вялікага тэрмаса кавы ў два кубкі, паставіў адзін перад асілкам, паклаўшы на сподак дзве капсулы вяршкоў і цукар, а другі перад чалавекам з пярсцёнкамі. Той падняў кубак, другой рукою адкінуў капюшон на спіну і не адрываючыся выпіў каву.

— K.I.Z.* будуць?

* Хіп-хоп-група з Берліна, на той час з чатырох выканаўцаў.

97

— Надвор'е… — Гаспадар пахітаў галавою, паказаў на афі-шу за сабою, на якой паўзверх абвяшчэння канцэрта на сённяш-ні вечар тлустым маркерам было напісана: „Адмяняецца!", і ўзяўся выціраць фужэр. Чалавек з пярсцёнкамі вылаяўся — Паркеру пачулася нешта падобнае на „стары вораг пастараўся, халера на яго" — і кінуўся ў бок туалета. Подых халоднага па-ветра яшчэ трымаўся ў парцьеры. Карчмар засмучана зірнуў на асілка.

Той паціснуў плячыма:

— Ён* кнігу пра Лютэра піша, вось і размаўляе такой мо-вай. — Голас асілка быў мяккі і пяшчотны, быццам ён гаварыў з дзіцём, а не з барадатым мажным карчмаром у татуіроўках. Брат Хагрыда падзьмуў на сваю каву, ад якой ішоў пар, і спытаў:

— Не будуць іграць?

— Ва ўсялякім разе, не тут.

— Ферыдуну не спадабаецца.

Карчмар уздыхнуў:

— І нам не падабаецца.

— А гэта хто такія? — Асілак паказаў на юнакоў, якія на эстрадзе распакоўвалі інструменты.

— „Дайэр стрэч".

— Школьнікі?

— Так. Не здолеў нічога лепшага знайсці за такі кароткі час.

Яны памаўчалі. Чалавек з пярсцёнкамі ўсё яшчэ не вяртаў-ся з туалета.

Паркер дапіў сваё еверскае, заплаціў і выйшаў.

Брунсвік яму спадабаўся, цікавая мясцовасць. Праз Замка-вы сад ён дугою зноў выйшаў на Дацкую вуліцу. Цёплае аран-жавае святло падала з вітрын элегантных буцікоў, салона капе-люшоў, атэлье мужчынскага адзення, ювелірнага салона. Каб толькі хутчэй грошы атрымаць…

---

* Маецца на ўвазе Ферыдун Займаглу, нямецкі пісьменнік турэцкага паходжання, які жыве ў Кілі.

Ля Кіліі, багіні-ахоўніцы, скульптура якой упрыгожвала гарадскі фантан, Паркер ненадоўга прыпыніўся. Смешная жанчына, падумаў ён. Ваяўнічая, чамусьці незадаволена ўтаропілася на лаўровы вянок у выстаўленай уперад левай руцэ, быццам ніяк не можа вырашыць, што гэта — яшчэ адна ўзнагарода за дасягненні ў мастацтве, якую яна павінна камусьці ўручыць, ці нейкае ашмоцце, і яго трэба проста выкінуць. Ды яшчэ ў правай руцэ вясло, падобнае на рыдлёўку, а галава ўкаранавана замкам з чатырма вежамі.

А шостай Паркер сядзеў у кавярні на плошчы Еўропы, непадалёку ад гатэля, у кутку для курцоў. Ён стаміўся. Удыхнуў серны пах запалкі, якою збіраўся прыкурыць сваю вячэрнюю цыгарылу. Ён недзе чытаў, што пах серы, калі ты стомлены, нейтралізуе на кароткі час цяжар цела. Запаліў сярнічку і дыхнуў на ўсе грудзі. Глыбока зацягнуўся „рамэа і джульетай“. Аміяк ударыў па насавой перагародцы. Паркер адчуў гарачы пухір дыму ў роце. Здалося, аж галава залунала.

Прамінулым днём ён быў задаволены. Ён пракручваў на планшэце артыкулы, пересланыя яму разам з прывітаннямі з офіса Малера. Першыя планшэты, напэўна, былі не меншыя за шумерска-акадскія гліняныя таблічкі, на якіх захаваліся самыя раннія пісьмовыя сведчанні цывілізацыі. Разумнікі яны, гэтыя распрацоўшчыкі з Сіліконавай даліны. Маленькая драпінка — клінапіс, вялікі клік — электронная рэвалюцыя. Прагледзеў лічбавы матэрыял, статыстычныя выкладкі, планы рэфармавання, стратэгіі развіцця і інфармацыю пра палітычныя махінацыі апошніх гадоў, усё, што падабралі для яго, дасье пра значэнне федэральнай зямлі Шлезвіг-Гольштэйн і яе рэлевантнасць у сэнсе скандалаў. Шмат што з дасланага яму ўжо было вядома. Энгхальм, Сімоніс, смерць Баршэля ў ванне. Але тое, што яны назбіралі пра СДПГ у Кілі, збянтэжыла Паркера. Наприклад, пра колішняга мэра. Два гады таму спадарыня мэр выпусціла кнігу, у якой чыніла расправу са сваімі праціўнікамі. Інтрыгі, узаемныя абвінавачванні, блакіроўка закона аб рэфармаванні выбараў, папрокі ў саўдзельніцтве ва ўсе бакі, ухіленне ад аплаты падаткаў, падатковыя льготы — усё гэта чыталася як сапраўдны палітычны дэтэктыў. Яшчэ цікавейшымі здаліся Паркеру прамовы, з якімі выступала тая самая дама незадоўга да сваёй адстаўкі, і яе ўчынкі. Аднаго кільскага доктара яна вызваліла ад мільённай запазычанасці па падатках, не праінфармаваўшы папярэдне падатковую інспекцыю і не абмеркаваўшы пытанне з муніцыпальным сходам. Магчыма, гэта ўсяго толькі тэхнічная памылка, да якой можна паставіцца з паразуменнем, — спачувальна гаварылася ў адным з апублікаваных неўзабаве артыкулаў. Але тое, што яна заўсёды і, мабыць, не зусім іранічна называла сябе і свайго мужа, таксама дэпутата, Клінтанамі з берагоў Кільскай бухты, вярталася да яе бумерангам. Спадарыня мэр нападала на сваіх крытыкаў: гэта, маўляў, сімптом ажарсцвення публічных дэбатаў, гэта робяць палітыкі і прадстаўнікі сродкаў масавай інфармацыі, якімі кіруе тэстастэрон, яна рашуча пратэстуе супраць ганебных „разносаў“, супраць прычынення ёй грамадскай і асабістай шкоды, так, у поўным сэнсе слова асабістай шкоды пад знакам перадвыбарнай барацьбы, усё гэта мае „самы прымітыўны партыйна-палітычны характар“, гэта брыдка і ўвогуле „да немагчымасці подла“. Яна ж, маўляў, старалася заваяваць давер, была супраць „акопнай ментальнасці“, жадала толькі самага лепшага для людзей, для горада — і як грамадзянка, якая займаецца палітыкай, і як чалавек. Пацярпела крах? Не! Не пацярпела. Яе выгналі. Так, выгналі. А спецыялісты ж гадамі займаліся гэтым выпадкам, спецыялісты падатковай справы! І што знайшлі ў яе дзеяннях? Нічога не знайшлі! І ХДС, мэр ад ХДС, на яе месцы прыняў бы такое самае рашэнне, так-так, і ўвогуле яшчэ невядома, ці сапраўды яна зрабіла нейкую памылку, але калі і зрабіла, тады... ну так, тады яна, натуральна, „папросіць прабачэння“. Рашэнне прымалася на падставе дакументаў. Дакументаў! Яна што — павінна не давяраць фінансістам і калегам? Рашэнне па галоўным пытанні, магчыма, было памылкай, так, але ў адстаўку яна сыходзіць цяпер не таму, што, можа, зрабіла нешта няправільна, а з прычыны асабістых нападкаў на яе і гэтак далей, і гэтак далей. Зразумела. Непразрыста. І Паркер падумаў: асцярожна! Здаецца, Кіль — гэта басейн з акуламі.

Калі Паркер дапіў трэцюю філіжанку капучына і кінуў у попельніцу другую цыгарылу, дакладней, яе рэштку, не даўжэйшую за пазногаць, ён знакам паклікаў афіцыянтку. Заплаціў, узяў са спінкі крэсла паліто і тут убачыў праз акно Анэлі. Яна ішла паўз кавярню ў кірунку эскалатара на плошчы Гольстэнплац, збіраючыся, відаць, падняцца ў „Зафіенгоф“, буйны гандлёвы цэнтр насупраць аўтобуснага і чыгуначнага вакзалаў. Ён таропка накінуў паліто і пайшоў следам за ёю. Рабіў ён гэта імпульсіўна, не прадумваючы сваіх дзеянняў. Шырокімі крокамі падняўшыся па эскалатары на першы ўзровень, ён праз падвойныя дзверы забег у пасаж і зноў убачыў Анэлі: яна выходзіла з кнігарні і кіравалася ва ўнівермаг. Паркер паспеў заўважыць, як яна паклала ў сваю вялікую скураную сумку кнігу. Яму нават здалося, што гэта ягоная кніга. Ён зайшоў у чайную краму, каб Анэлі, праходзячы па пасажы, не ўбачыла яго.

— Калі ласка, што б вы хацелі? — спытала яго жанчына ў бэзавым шарсцяным пуловеры за прылаўкам.

Не адказаўшы, ён выбег з крамы і, следам за Анэлі, зайшоў у музычны аддзел на трэцім паверсе. Яна брала з паліц кампакт-дыскі і падносіла іх штрыхкодам да сканера. Потым дастала з сумкі папяровую насоўку, працерла пластыкавыя слухаўкі і надзела іх на галаву. Паркер стаяў у секцыі класікі, ад Анэлі яго аддзялялі два шэрагі стэлажоў, і ён па-над стэлажамі назіраў за ёю. Яна хутка праслухала на плэеры першы кампакт-дыск, музыка ёй, відаць, не спадабалася, і паднесла да сканера другі. З трох праслуханых дыскаў яна выбрала адзін; Паркер счакаў, пакуль яна заплаціць, і падышоў да касы.

— Скажыце, калі ласка, якія запісы толькі што купіла ў вас вунь тая дзяўчына?

Прадавец, якога, паводле крыва прышпіленага да камізэлькі бэйджа, звалі гер Нойман, з падазронасцю зірнуў на Паркера.

— Новы альбом dEUS*, а што?

— У вас яшчэ ёсць такі?

* Рок-група з Антверпена, створаная ў 1989, па іншых звестках — у 1991 г.

— Не, толькі ранейшы. Магу замовіць вам новы, але стары лепшы.

Прадавец грувастка выбраўся з-за касы і мэтанакіравана пакрочыў уздоўж стэлажоў. Вярнуўся з кампакт-дыскам і хацеў ужо зноў зайсці за касу, але Паркер затрымаў яго.

— Спачатку я хачу паслухаць.

Гер Нойман уздыхнуў. Паркер схапіў кампакт-дыск і пайшоў да плэера, ля якога толькі што стаяла Анэлі. Гер Нойман назіраў за ім, няўхвальна, як здалося Паркеру. Геру Нойману было гадоў дваццаць, можа нават менш. Ягоныя зачасаныя ўверх валасы былі склееныя гелем у нейкае падабенства кароны статуі свабоды, вугры на скронях ён замазаў кансілерам, і крыху святлейшыя за мазь кропачкі надавалі яму выгляд рэптыліі з аднаго навукова-фантастычнага фільма. Музыка dEUS аказалася іранічным, лунаючым над басовай лініяй гітарным рокам з элементамі глэм-рока. Бельгійская група спявала на англійскай мове.

Паркер купіў альбом, а заадно і плэер са слухаўкамі і батарэйкі. Потым праз пасаж гандлёвага цэнтра выйшаў назад у пешаходную зону, яшчэ на эскалатары разарваў упакоўку, уставіў у „Соні" батарэйкі і кампакт-дыск, надзеў слухаўкі, што ззялі зялёнай камуфляжнай афарбоўкай, і аддаўся музыцы. Яна падабалася яму, не была прадказальнай. Бацька, напэўна, любіў у музыцы, якую ставіў, акурат гэта: стымуляванне, ап'яненне, цалкам пад ягоным кантролем, уладаранне над дыскам прайгравальніка, уладаранне над пачуццямі. Дрыжанне валаскоў на скуры, той рух, што праходзіў па ўсім целе, проста як допінг ці дэпрэсант, стваральнік настрою, лепшы за любую таблетку. Магчыма, Анэлі апошнім часам слухала гэтыя сонгі, гэтыя меланхалічныя мелодыі, калі яшчэ раз ставіла стары кампакт-дыск з запісам групы dEUS.

Лежачы ў ванне, Паркер выкурыў яшчэ адну цыгарылу. Ён згадаў час першых прэзентацый сваёй кнігі ў Еўропе, у Азіі, у буйных амерыканскіх гарадах. Поспех. Няхай цяпер тыя Пэйтлы ўбачаць, з кім жыла іхняя старэйшая дачка. А вось новая кніга поспеху не мела.

Паркер даліў гарачай вады і заплюшчыў вочы. Яму ўспомніўся Шанхай, Лін, той момант, калі яму ўпершыню стала па-сапраўднаму вусцішна — падарожжы, поспех, імкненне выдумляць сябе нанова. Колькі часу прайшло з той пары? Шэсць, не, восем гадоў. Божа мой! Магчыма, якраз у той момант ён павінен быў упершыню заўважыць, што ў яго ёсць пачуцці, якія не паддаюцца кантролю. Ён зноў убачыў перад сабою далёкую раніцу, калі ўпершыню прачнуўся на чужыне, цалкам праглынуты часам, тою парою дня, якая на ўсім свеце ўяўляе сабою нешта накшталт вечнага пачатку.

Было горача, праз акно пранікала шэрае драблёнае святло. Прастора вакол Паркера яшчэ не паспела зноў скласціся ў пакой, паасобныя малекулы паветра кружлялі адна вакол адной, з густога ценю марудна выпаўзалі прадметы — шафа, лямпа, крэсла, стол, камод. Рэчы, якія яшчэ не набылі выразных контураў і неяк на малекулярным узроўні яшчэ падпарадкоўваліся неабдымнай чорнай масе ночы. Яму не ўдалося заснуць, на досвітку ён зрабіў сабе кавы і цяпер еў рэшткі сандвіча, купленага два дні таму ў нью-ёркскім аэрапорце, — мыш перашкодзіла з'есці яго раней.

У нейкі момант у гэтай бязладнай часавай прасторы паміж чацвёртай і пятай гадзінамі раніцы, у прасторы сну, калі той, хто не заснуў, моўчкі таропіцца ў неба, у столь, у люстра і не бачыць нічога, акрамя пустэчы, знутры аб накрыўку чэрапа пачынаюць біцца камары. Чуецца шолах іхняга кружляння. Пляскат, быццам яйкі разбіваюцца, упаўшы на падлогу, раптоўная страта верху і нізу. Бясформна цёмная энергія.

Паркер зноў павярнуўся. Да гісторыі бяссонных належаць і іхнія намаганні абавязкова заснуць, а раніцай падымацца ў шэрую вату дня, праводзіць рукою па твары, ад чаго скура пачынае гнеўна шамацець, быццам за яшчэ адну бяссонную ноч стала папяровай. Чалавек вымушана апранаецца, доўгі час (цэлыя гадзіны!) правёўшы ў спробах усё ж яшчэ знайсці спакой. Большасць людзей знаходзяцца ў такім стане неспакойных змен нядрэмнасці адну-дзве гадзіны, матрос адзінаццаць, дзве склянкі, матрос восем, тры склянкі, нейкія склянкі, усе на брасы. Набат. Чалавек не хоча ўспрымаць гэтыя фазы неспакойнага паўсну, які бывае ў дэльфінаў, — тыя выключаюць толькі адну палову мозга і ноччу слізгаюць сабе па бясконцых прасторах акіянаў са сваімі неспасцігальнымі адчуваннямі і загадкавымі органамі, толькі трохі знізіўшы нагрузку. Дэльфіны сапраўды незвычайныя жывёлы. Напрыклад, дзякуючы падскурнай тлушчавай тканцы, вялізнай масе тлушчу ў чэрапе, якая пры з’яўленні ўжо найменшых гукавых хваляў мяняе форму, у іх ёсць, так бы мовіць, эхалотнае пачуццё, і вось гэтае пачуццё дае ім магчымасць паляваць на касякі рыб на такой глыбіні і на такой адлегласці, якія і ўявіць немагчыма. А спакутаваны бяссоннем чалавек проста выходзіць на вуліцу. Пакідае пакой, сведку сваёй чарговай паразы, зварыўшы перад гэтым кавы, хоць і ведае, што стомленасць ад яе толькі нарастае, але водар і смак кавы спараджаюць настальгію, якая ў паныласці раніцы становіцца чымсьці накшталт выратавальнага якара. Ягоная жонка, сяброўка, сябар, каханак, сексуальны раб, цацачны мядзведзік, акуляры для сну, ляжыць яшчэ ў ложку не пачутым папрокам за страту супольнасці, быццам вы ў агульнай пасцелі падзялялі сном нешта такое, чаго цяпер вашым стасункам не хапае.

Паркер уздыхнуў. Ён незлічоную колькасць разоў спрабаваў апісаць усё гэта ў сваім блогу, але нават тая палова свету, якая з прафесійных прычын або з прычыны ўнутранай напружанасці рэгулярна знаходзілася ў такім самым стане, як і ён, не хацела бачыць уласныя пакуты яшчэ і ўзноўленымі ці падвоенымі праз спробу дакладнага апісання.

Ён закруціў корак на бутэльцы „колы лайт“, не выпіўшы і глытка. Электрачайнік з вадой для кавы, растваральнай кавы, ён уключыць пасля. Прымаць душ не хацелася.

Сонца яшчэ не ўзышло, месяц яшчэ не зайшоў, адзначыў ён, кінуўшы кароткі позірк на дахавую тэрасу. Прынамсі, дождж перастаў. Рэчы ён напярэдадні распакаваў. Лін, прызначаная яму асістэнтка, якая няблага гаварыла па-нямецку і выдатна па-англійску, правяла яго па блытаных завулках па-за мурам з будачкай вартаўніка, адкуль на Паркера з цікаўнасцю, але не занадта доўга пазіраў стары ў пластмасавых сандалях, адамкнула старую, закратаваную каваным жалезам брамку, яны выйшлі ў маленькі, дарэшты занядбаны гародчык, амаль нябачны пад раскіданымі паўсюль шуфлямі, шлангам, пластыкавымі вёдрамі, апынуліся ў вялікім пабеленым доме (дваццатыя гады, падумаў Паркер), прайшлі па доўгім калідоры, насустрач ім з дзвярэй, што выходзілі ў яго справа і злева, шыбануў лямант спартыўных перадач, бязладны хор галасоў, пах нейкіх страў, потым падняліся па рыпучай цёмнай драўлянай лесвіцы, Лін адчыніла дзверы нізкай, але, як для Шанхая, вялізнай кватэры-студыі, сунула яму ў рукі папку з інфармацыйнымі матэрыяламі, мабільны тэлефон з мясцовай тэлефоннай карткай, сваю бізнес-карту і ключ ад кватэры, сказала: „Тут вы будзеце жыць, тэлефануйце мне, калі вам што-небудзь спатрэбіцца“, лёгкім жэстам кранула яго за рукаў і, усміхнуўшыся, выйшла. У абсалютнай адзіноце Паркер нейкі час стаяў, наскрозь прапацелы, разгарачаны, прыслухоўваючыся да гукаў са студэнцкіх кватэр унізе. Так, тут ён будзе жыць наступныя тыдні. Няблага. Усё ж такі Кітай — краіна Алімпіяды. Яны паклапаціліся пра ўсё: халадзільнік поўны, павешаны купальныя ручнікі, на стале пакецікі з чаем, трохі садавіны і цукерак. Пах цвілі ад сырой старой драўніны перакрываўся водарам ад кветак і сподачкаў з духмянымі палачкамі, расстаўленых з пэўным сэнсам. Паркер уявіў сабе, як Лін рыхтуе для яго гэты пакой, сваімі тоненькімі пальчыкамі з манікюрам правярае пасцель на пастаўленых побач ложках, падбівае падушку, расстаўляе сподачкі і кветкі. Атрымалася прыгожа, сапраўды прыгожа. Вялікі кантраст у параўнанні з бетонным светам пад’язной дарогі. А мыш ён заўважыў толькі праз пару гадзін.

Колу Паркер паставіў у халадзільнік. Цяпер стала ўжо нясцерпна спякотна. Пластык тут чамусьці быў танчэйшы, проста неяк шалясцеў пад кончыкамі пальцаў. Ён потым спытае Лін, ці ўспрымае яна гэта такім самым чынам. Яна расказвала, што вучылася ў Стэнфардзе, два гады. Можа, у Кітаі ўсе бутэлькі для высокагатунковай прадукцыі выпускаюцца на нейкай гіганцкай фабрыцы ў вясковай мясцовасці — „Чырвоны Сцяг

II" або неяк настолькі ж бязглузда, і ці не таму яны камечацца. Можа, іншыя змякчальнікі, адмысловы ланцуг палімераў? Лін, напэўна, ведае, яна ведае ўсё. Гэта ён ужо заўважыў.

З таго часу як ён два дні таму прыляцеў з Нью-Ёрка праз Франкфурт — адна доўгая прамежная пасадка, адзін дзелавы абед і кароткія перамовы з намеснікам загадчыка аддзела персаналу вялікага агенцтва, вынікам чаго стала выгаднае запрашэнне на наступную восень, — Паркер яшчэ не спаў. Прынамсі, як след не спаў. Ён пазяхнуў. Стомлены, быццам цела толькі праз тое, што ён устаў, усвядоміла цяжар зямлі, ён сеў у фатэль ля акна. Кватэра ў колішняй французскай канцэсіі была для шанхайскіх умоў проста раскошнай.

Лін сустракала яго ў аэрапорце. У горад яны паехалі на „маглеве", сканструяваным нямецкімі інжынерамі цягніку на магнітнай падушцы, які курсіраваў паміж аэрапортам Пудун і горадам. „Увогуле ён называецца магнітнай левітацыяй, але мы называем яго мёртвым монстрам".

Цягнік выглядаў чароўна. Ён нагадваў шэра-белую канцылярскую сашчэпку, якая ўтрымліваецца над рэйкамі, не датыкаючыся да іх, элегантная тэхноідная версія навуковай фантастыкі сямідзясятых. І Лін з яе зграбнай пставай і заўсёднай лёгкай усмешкай у куточках вуснаў неяк пасавала да яе.

„Але ж і хуткасць у гэта монстра! Амаль чатырыста кіламетраў у гадзіну!"

Лін паціснула плячыма. Напэўна, плячыма паціснулі і нямецкія інвестары, калі мусілі прызнаць, што ўсе перавагі, спакой, хуткасць цягніка кампаніі „Трансрапід" — нішто ў параўнанні з больш выгаднымі распрацоўкамі, такімі як сінкансэн* і TGV**. Кітайцы прынялі рашэнне не на карысць тэўтонскага варыянта. Цяпер цягнік на магнітнай падушцы павінен задаволіцца трыццаццю кіламетрамі трасы, пытанне канцавой станцыі свядома пакінулі адкрытым, спадзеючыся, што можна будзе падоўжыць участак прынамсі да Нанкіна. Кошт — мільярд

---

* Высакахуткасная сетка чыгуначных ліній у Японіі.
** Французская сетка высакахуткасных цягнікоў.

еўра. Таксама сродкі нямецкіх падаткаплацельшчыкаў. Хто не рызыкуе... Паркеру гэта было вядома па Нью-Ёрку, ад знаёмых са сферы кіно. „Stupid German Money"* — так яны называлі дзяржаўныя датацыі, хедж-фонды для дробных інвестараў, што пампаваліся ў міжнародныя кінапраекты, фільмы, многія з якіх, калі не лічыць удзелу адной нямецкай зоркі ў другараднай ролі і некалькіх лакацый у Бамбергу, Гамбургу ці Дрэздэне, не мелі ніякага, проста аніякага дачынення да Германіі і ў большасці выпадкаў атрымліваліся правальнымі. „Мюнхаўзен", „Тры мушкецёры", „Турыст". Апошні фільм хоць рэжысёр нямецкі здымаў, ды дзея адбывалася, апроч Нью-Ёрка, у другім па значнасці горадзе нямецкай мары — Венецыі. Можа, лепш было б інвеставаць у Шанхай. У кінафільмы, не ў цягнікі.

Міма Паркера пралятаў горад з грандыёзнымі аўтамагістралямі, іх перасячэннямі, жылымі кварталамі, лямпамі, далікатнымі міні-паркамі, падобнымі на сады. Індыкатар хуткасці паказваў, што складае яна ўсяго толькі нейкія трыста кіламетраў у гадзіну.

„Расчараваліся?" — Лін кінула на яго насмешлівы позірк. „Кампанія ашчаджае электрычнасць. Цягнік проста не рэнтабельны".

На Пудунскім вакзале яны ўзялі таксі. Выходзячы з амаль пустога тэрмінала з мноствам крамаў і буфетаў, Паркер адчуў, што, нягледзячы на кандыцыянеры, жудасна спацеў. Багажу ў яго было мала — тэчка з ноўтбукам ды вялікая скураная дарожная сумка, у якой ляжалі два гарнітуры, кашулі, рэмень, бялізна, прылады для галення і запасная пара абутку. У французскай канцэсіі знойдзецца ўсё, што яму яшчэ спатрэбіцца.

Як высветлілася, інтэрнэт працаваў у будынку зусім не стабільна. Але не бяда. Яны з Нілай дамовіліся, што гэтым разам не будуць тэлефанаваць адно аднаму. Падчас ягоных апошніх паездак — спачатку ён быў у Еўропе, потым у Капштаце — іх размовы па „Скайпе" часта былі настолькі цягучыя, настолькі вязкія, поўныя стандартных зваротаў і пустых фраз,

---

* Дурныя нямецкія грошы (англ.).

што ў Паркера ўсё часцей узнікала пачуццё, быццам ён не працаваць прыехаў, а ўцёк, кінуў яе, хоць ён, як і кожны чалавек, мусіў працаваць, адно што ягоная праца прымушала ехаць за паўсвету. Дык што? Гэта здзіўляла яго самога. Даклады, семінары, ганарары за кансультацыі, быццам ён раптам стаў экспертам ва ўсіх сферах. Яго запрашалі фірмы, саюзы прадпрымальнікаў, культурніцкія ўстановы. І плацілі добра. Толькі тэлефанаваць з аднаго часавага пояса ў іншы было цяжка. І Ніла ставілася да гэтага з паразуменнем. Магчыма, яны проста не створаны для адносін на адлегласці, сказаў ёй аднойчы Паркер. Ах, крыкнула яна, раптам узлаваўшыся, быццам наносячы ўдар, быццам гадзюка, якая, успудзіўшыся ад набліжэння ворага, спяшаецца напасці сама, — а ў нас цяпер што, адносіны на адлегласці? Тады, пасля няўдалага сямейнага гасцявання ў Пэйтлаў, яны ў сваёй невялічкай кватэры на Другой вуліцы паміж авеню А і Першай авеню часта грызліся. Ніла ігнаравала яго, не раз хадзіла без яго на канцэрт ці ў рэстаран, быццам ён вінаваты ў іх сямейнай ізаляцыі. І засыналі яны часцей за ўсё не дакрануўшыся адно да аднаго. Некалькі разоў Ніла не начавала дома. Аднойчы, калі яна тлумачыла, што вось зайшла ў рэстаран насупраць па рагаліку, перабегшы Хаўстон-стрыт, і пачала дэманстратыўна жаваць, ён сказаў нешта накшталт таго, што яму пара ехаць і што ў іх зараз штосьці не атрымліваецца быць разам. Але ён яшчэ абмяркуе гэта з ёю. Абавязкова. І тады яна проста зляцела з катушак.

Пасля яны абмяркоўвалі гэта. Зноў і зноў. Два гады. Яшчэ і яшчэ раз абмяркоўвалі ўсё. Чаго яна жадае, чаго ён жадае. Калі ён бывае ў ад'ездзе (вельмі часта), калі яна (хутчэй рэдка). Можа, ёй варта калі-небудзь паехаць з ім (не надта хочацца). У гэтых гутарках, як здавалася Паркеру, іх жаданні паступова згубіліся. Дакладней было б сказаць задыхнуліся. Гэтым разам, калі ён ехаў у Шанхай, яны дамовіліся, што ён кожны дзень будзе нагадваць ёй пра сябе па электроннай пошце, тады яна пераканаецца, што ён думае пра яе, а ён, як яму здавалася, зможа такім чынам зафіксаваць сёе-тое пра сваю паездку, пра ўбачанае. Ілюзіяй прысутнасці размовы па тэлефоне, маўляў, толькі павялічваюць прасторавую і часавую аддаленасць. Так, згадзілася Ніла. Пазней, шмат пазней, пасля таго як выкрылася гісторыя з Лін і процьма фліртаў з іншымі, Ніла пачала шукаць сляды, прачытала ягоны блог з таго часу, і гэта было наступствам ягонай памылкі, бо яна не павінна была заўважыць, што Паркер проста пасылаў ёй копіі частак свайго блога, дапісваючы: „Кахаю цябе, мне так цябе не хапае". Калі ён паспрабаваў запэўніць яе, што ўсё было зусім не так, у яе ўжо не засталося ніякага давету да яго.

У першы вечар Лін толькі павяла яго вячэраць. Яны блукалі па квартале колішняй французскай канцэсіі — тут у Шанхаі было яшчэ штосьці задуменна-ўтульнае, праходзілі міма мноства маленькіх садкоў, паркаў, крамаў з падробкамі адзення „ад Гучы" і такімі ж дамскімі сумачкамі, прыпыніліся ў адным чайным доміку, і Лін паказала яму старую імпазантную вілу Саюза пісьменнікаў, дзе ён у канцы тыдня павінен быў прачытаць два даклады.

Наступным вечарам Лін прыйшла ў рэстаран на набярэжнай Вайтань, куды іх запрасіў дырэктар Інстытута імя Гётэ, у нацыянальнай сукенцы цыпаа. Яна расказала, што маці заўсёды забараняла ёй апранаць цыпаа; з гледзішча сталай жанчыны такая сукенка з'яўляецца праявай сексізму. Маці называла цыпаа каланіяльным адзеннем, у ім некалі хадзілі дзяўчаты ў Шанхаі, Кантоне, Ганконгу. Паркер не адводзіў вачэй ад Лін, дый усе за сталом глядзелі на яе. Яе зялёная шаўковая сукенка была зашпілена на шыі да самага падбародка, а вузкі крой падкрэсліваў грудзі. Праўда, высокія бакавыя разрэзы зноў і зноў адкрывалі яе доўгія, незвычайна прыгожыя ногі — нягледзячы на спёку, у танюткіх панчохах. Калі яны садзіліся, Лін побач з Паркерам, разрэз рассунуўся яшчэ вышэй, і ён убачыў, што панчохі прымацаваныя ліпучкай да чагосьці падобнага на падвязку.

На Паркераў даклад у Інстытуце імя Гётэ прыйшлі не толькі звычайныя пры такіх нагодах былыя суайчыннікі, не толькі высокааплатныя нямецкія гаспадарнікі і дыпламаты, накіраваныя ў Кітай на два-тры гады на працу, ды кітайскія студэнты, якія цікавіліся нямецкай культурай, — не, у зале аніводнага месца вольнага не засталося. Адзін канал паказваў імпрэзу па тэлебачанні: прыезд Паркера быў падзеяй, гэта тлумачылася запозненым эфектам ягонай кнігі, што даўно ўжо прадавалася ў пірацкім перакладзе на кітайскую мову. Задаволены гаспадар імпрэзы прамовіў тост, кітайска-нямецкія дзелавыя сябры, якія і запрасілі Паркера ў Кітай, каб падмуштраваць свой персанал, прыязна адказалі, і атрымаўся невялікі ўрачысты банкет. Кітайцы наперабой замаўлялі далікатэсы. Лін сядзела побач з Паркерам, перакладала, тлумачыла, штó ў гэты момант падаюць, кітайцы ўхвальна ківалі, калі Паркер каштаваў усё, нават змяю і рыбу „са смярдзючым сырам тофу“. Змяя была смачная, не спадабалася яму толькі тэкстура скуры, на якой яе падсмажвалі, дый рыба была б смачнейшая без смярдзючай соі. Паркер піў зашмат, вельмі шмат пілі таксама кітайцы і немцы, убачыўшы нарэшце нагоду ўганараваць саміх сябе і свайго зорнага госця (чаго толькі не можа спрычыніць адзіная тэлекамера з перасоўнай перадатачнай установкай!), і з кожнай чарговай стравай банкет у занадта цесным кабінеце, адкуль бачныя былі рака, набярэжная, вежы ды асвятляльныя ракеты, падобныя ноччу на нейкія іншапланетныя канструкцыі, і амаль нерэальнае ў насычаным паветры свячэнне небакраю, усё больш выходзіў за межы карэктнасці.

— Гутарка — гэта ўсяго толькі гульня, як і любая іншая. Тут ідзецца пра мары, жаданні, сустрэчы, рух. Вы гэтак сама можаце адразу пачаць танцаваць адно з адным, разам нешта рабіць, разам... Але ж секс тут ні пры чым, як вы лічыце? — спытаў ён.

— Не, ён заўсёды пры чым, — адказаў жылісты мужчына гадоў трыццаці пяці з круглай лысінкай, немец, які выкладаў у Фуданскім універсітэце міжнароднае фірменнае права і ўжо чацвёрты раз падоўжыў сваю дамову; ён расказваў Паркеру, што хварэе, як і многія тут, на азіяцкую ліхаманку. Паркер запытаўся, ці гэта вельмі цяжкая хвароба і ці не належыць яна да невылечных. Лін, нага якой у панчосе ўсё бліжэй падсоўвалася ў застольнай цеснаце да ягонай, паклала яму руку на сцягно,

110

нахілілася ўперад і прашаптала ў вуха: „Ён мае на ўвазе, што ў яго ёсць адна ці некалькі каханак-кітаянак". Паркер адчуў, што чырванее, але гучна зарагатаў, як і ўсе астатнія — кітайцы, замежныя госці, жанчыны і мужчыны, якія зацікаўлена прыслухоўваліся. І калі чарговы раз пайшло па крузе рысавае віно, сустрэтае дзынканнем сподачкаў і бакалаў, распачаліся новыя двухсэнсоўныя жарты, якіх назаўтра ўсё роўна большасць удзельнікаў банкету не ўспомніць. Рана пакінуў кампанію толькі адзін з гасцей, начальнік аддзела збыту буйной нямецкай фірмы па вытворчасці кухняў, — ён прыйшоў без жанчыны; астатнія доўга яшчэ смяяліся, пілі, вялі блытаныя прыватныя гутаркі або цішком больш ці менш бессаромна ціскаліся і незаўважна лапалі адно аднаго пад сталом. Паркер распавядаў Лін і тым, хто сядзеў паблізу, пра свой першы вечар у Шанхаі два гады таму. Ён тады прагаладаўся дый вымотаўся за дзень. Ішоў ён адзін і, не разабраўшыся, трапіў, знясілены, як і цяпер, у рэстаран хо-го, там тыцнуў пальцам у пластыкавае меню, не ведаючы, што выбірае, і потым, пад зацікаўленымі позіркамі афіцыянтаў у неахайных белых кашулях са шматлікімі плямамі ад соусу чылі і ад донцаў каструль, якія яны разносілі, намагаўся вылавіць з чылі хоць трошкі мяса і гародніны, якія б не апякалі яму рот. Марна. Некалькі лыжак ён мужна праглынуў, потым палачкамі сабраў, як здолеў, драбочкі курынага мяса. Яму хацелася есці, але ён не жадаў паміраць ад агню ў роце. Афіцыянты назіралі за ім з непранікальнымі тварамі. У той час, у дождж, на другім паверсе не было ніводнага іншага наведвальніка.

— Нядобры знак, — зазначыла Лін, калі ён скончыў аповед.

— Уласна кажучы, грыб — гэта дакладны адбітак чалавечага мозга. Блытаны ўзор перапляценняў, які выдатна функцыянуе. Можа, менавіта таму вегетарыянцы ва ўсе часы адчувалі нейкую цягу да гэтых маленькіх жывых істот з вялікімі галовамі? У іх яны адчуваюць смак лесу. І зямлі. Памяць прыроды. Бо грыбы ядуць усё, засвойваюць усё, а потым іх бляклыя целы стаяць у лесе і чакаюць, каб іх нехта забраў. Увогуле, можна падумаць, што грыбы — гэта пасланцы далёкай зоркі, якіх нехта

111

адправіў сюды збіраць інфармацыю. Ну а што наконт іх маленькіх памераў? Не, яны не маленькія. У амерыканскім штаце Мічыган ёсць грыб, апенька таўстаногая, клетачныя валокны якога цягнуцца на такую адлегласць і так злучаюцца паміж сабою, што ягоная грыбніца ахоплівае сто пяцьдзясят тысяч квадратных метраў. Неафіцыйна ён лічыцца найбольшай жывой істотай на зямлі. Важыць сто тон, займае плошчу не меншую, чым тысяча шэсцьсот шэсцьдзесят пяць футбольных палёў, а ўзрост ягоны — тысяча пяцьсот гадоў. Такім чынам... Калі высветліцца, што мая ўфалагічная тэорыя памылковая, верце ў грыб. На сёння ўсё. Сустрэнемся заўтра.

У дзвярах стаяла Лін, яна прыйшла па яго. Паркер закончыў семінар на тры хвіліны пазней, чым належала. Ён злавіў позірк Лін. Яна чула канец аповеду пра грыбы. Увогуле, незвычайны заключны акорд для другой гадзіны заняткаў пасля абеду, але ўсё прайшло добра. Ён заўважыў у выразе твару Лін нешта падобнае на гонар — ці, можа, захапленне? Яны ўжо даволі зблізіліся, нашмат больш, чым ён мог падумаць раней. З таго часу, як пераспалі разам. Мова целаў — таксама ўсяго толькі мова. Таксама толькі абмен эмоцыямі, маланкамі, народжанымі электрычнасцю, і некалі ён стане бляклым прыгожым успамінам. Ва ўсялякім разе, Паркер на гэта спадзяваўся. Ён быў рады, што яны з Нілай дамовіліся не размаўляць па „Скайпе".

У наступны дзень, пасля жудаснай залевы, Лін ужо апоўдні далучылася да слухачоў семінара. Палова групы, тым разам будучыя менеджары сярэдняга ўзроўню, для якіх ён праводзіў на англійскай мове заняткі па рыторыцы, азірнулася на яе. Ён паглядзеў на Лін, яна ўсміхнулася.

— Ману заўважаеш па твары. Трымценне скуры вакол вачэй, засяроджаны позірк ці напружаная, але падкрэслена спакойная несфакусіраванасць у прасторы. Падрыгванне вуснаў, імкненне ўнікнуць увагі. Нават калі ты шмат гадоў верыў той мане, якую расказваеш сабе і іншым. Ты ўсё роўна ведаеш, што кажаш няпраўду. Цела адчувае сябе ад такога аповеду няёмка.

Тым не менш гэта адзінае, чаго яно хоча, гісторыя, абароненасць, нешта, што падтрымлівае ягонае жыццё.

Паркер крыху счакаў. Потым паглядзеў на кожнага па чарзе. Ён здагадаўся, што слухачам раптам стала ніякавата за іхнімі, здавалася б, такімі надзейнымі гальштукамі і манішкамі, сукенкамі, памадамі, фанабэрыстымі аправамі акуляраў, дарагімі фрызурамі, за ўсімі іхнімі фасадамі поспеху. Яны адчувалі, што сказанае адрасуецца ім. І Паркер адчуваў, што сказанае тычыцца яго самога. Яны ўсе былі зняволеныя, замкнёныя ў сваіх целах, у сваіх гісторыях, якія яны лічылі жыццём. Але ці гэта сапраўды жыццё? Перад Паркерам таксама нечакана пачала расхінацца бездань. Вір, які пасярэдзіне старога, ашаляванага каштоўнай драўнінай памяшкання пачаў зацягваць яго. Нічога прадметна акрэсленага, проста нейкае адчуванне, і гэта было нашмат горш. У аўдыторыі ўмомант стала зусім ціха, Паркер мог бы прысягнуць, што перад імі ўсімі раптам расчыніўся той люк, тое Нішто, якое падцікоўвае пад паверхняю нашых дзён і нашых летуценняў, што паказаўся той лагодны распад, які пачынае тузаць нас і зрывае з нас спачатку адзенне, потым словы і нарэшце плоць, пакуль не застануцца адны косці, немеладычны, глухі ляскат. Так адчуваў сябе і ён. І яны заўважылі гэта. Ён не выносіў прысуд, ён толькі падвёў іх да краю. І там ён сам адчуў сябе блага. Несамавіта. Вось тое слова, якое яму здалося найбольш адэкватным, менавіта так цяпер яны ўсе сябе адчувалі. Усе разам. Як група. І ў гэтым палягала іх сіла. У гэтым была прычына, чаму пры ўсім тым аднак было важна менавіта гаварыць. Разуменне, што можна стварыць нешта сумеснае, спарадзіць перажыванне. Пачуццё, якое, нягледзячы на ўсе адрозненні паміж імі, па сваёй сутнасці ўва ўсіх іх аднолькавае. Нешта такое, што ўсіх іх аб'ядноўвае. Калі ён зірнуў на Лін, яна пачырванела. Чырвань трымалася трохі задоўга. Тады ён адвёў позірк, нязмушаным жартам працягнуў свае разважанні. Неўзабаве зрабілі перапынак.

„Пра што я не сказаў ім, — думаў Паркер у туалеце, падстаўляючы твар пад струмень халоднай вады перад памутнелым металічным люстрам, — дык гэта пра тое, што ману можна пазнаць не толькі па міжвольнай, у рэшце рэшт непадкантрольнай гульні мускулаў, якая выяўляе сутнасць чалавека, як струны музычнага інструмента выяўляюць гучанне непрадуманай мелодыі. Настае час, калі сам твар становіцца манаю".

Калі Паркер пад вечар прыехаў дадому, уціснуў таксісту ў руку грошы, кіўнуў старому, які сядзеў у будачцы вартаўніка і па-ранейшаму гучна смактаў нешта падобнае на люльку з уваткнутай у яе цыгарэтай, ён зноў здзівіўся, што ў яго менавіта такое адчуванне: прыехаў дадому. Як хутка яму ўдавалася зрабіць „сваімі" кватэру ў чужым горадзе і квартал, у якім яна знаходзілася.

Спачатку ён праверыў тры пасткі, што прынесла яму Лін, класічныя амерыканскія спружынныя пасткі — кітайскія, сказала яна, горшыя. Ніводнай мышы. Добра. Ці нядобра. Лін зойдзе па яго праз пару гадзін, і яны пойдуць павячэраць, у рэстаран непадалёку ад набярэжнай Вайтань. Мышы. Кітайцы, як вядома, ядуць усё, што мае вочы.

Калі ў Шанхаі дождж пойдзе як мае быць, пачынаеш думаць пра сусветны патоп. Ужо праз некалькі імгненняў кашуля, пінжак, штаны, кепка прыліпаюць да цела, і ты больш не адчуваеш мяжы паміж скурай, тканінай і целам.

Паркер закрыў ноўтбук і пасярод шанхайскай ночы зноў пачаў пераключаць пультам каналы. Сённяшняя навальнічная ноч сапраўды ўразіла яго. Што расказала яму Лін? У другім стагоддзі да нараджэння Хрыста ўшанаваны паэт Сун Юй напісаў верш — гімн каханню імператара Чу Цяня і багіні гары Ву, — і адзін хвалюючы вобраз з гэтага верша адыгрывае ў кітайскай паэзіі прыкладна такую ж ролю, як сэрца ў еўрапейскай. Пры развітанні багіня паабяцала свайму каханаму-чалавеку прыйсці да яго ў выглядзе аблокаў і дажджу. З таго часу вобраз аблокаў і дажджу ў класічнай кітайскай літаратуры з'яўляецца вобразам сексуальнага здзяйснення, які пранізвае нават найсучаснейшую лірыку.

Я чую дождж.

Я дождж.

Яны смяяліся, калі, не паспеўшы ўцячы пад які-небудзь дах, у які-небудзь пад'езд, абое з прычыны спякоты ў лёгкім шаўковым адзенні, за некалькі імгненняў прамоклі наскрозь. Паркер бачыў яе грудзі — Лін была без станіка — і трохкутнік яе сораму. Ён пацягнуў яе за сабою пад выступ даху перад замкнёнымі дзвярыма банка, вокны якога пачыналіся ля самай зямлі, а за імі ярка-чырвоным святлом свяціліся банкаматы. Паркер і Лін доўга смяяліся, потым паглядзелі адно на аднаго. Лін скаланалася ад холаду. Паркер прыціснуў яе да сябе, яна тулілася да яго ўсім целам, і неўзабаве яны ўжо не ведалі, які кавалак мокрага шоўку быў ягоны, а які яе. Ён змахнуў кроплі дажджу з твару Лін, хацеў нешта сказаць, але забыў, што. Яна кранула пальцам ягоныя вусны. Потым яны пацалаваліся. Калі дождж крыху суняўся, Лін скінула туфлі, і яны пабеглі па лужынах, падобных на невялічкія сажалкі ці акенцы ў балоце, каб хутчэй апынуцца ў ягонай кватэры; дождж абрынуўся так імкліва, што ўкрытае бурбалкамі мора не паспявала сцячы ў каналізацыю. Паркер правёў дзяўчыну міма пакояў тэлевізійных алімпійцаў і іхняй раствaральнай локшыны ў сваю студыю; на другой лесвічнай пляцоўцы яна, быццам падпарадкоўваючыся імпульсу, кінулася ў ягоныя абдымкі, і ён на руках данёс яе да ложка, не апусціўшы нават, калі адмыкаў дзверы.

Я кранаю Тваю скуру.

Я Твой.

Пасля яна сказала: „Я не бачыла ніякіх аблокаў". А ён, зноў пранікаючы ў яе, падумаў: „Навальніца скараціла шлях".

„Характар — гэта тое, што ты ёсць, калі на цябе ніхто не глядзіць", — падумаў Паркер, скончыўшы наступным вечарам апошні семінар. Ён ужо спакаваў рэчы і збіраўся неўзабаве павячэраць з Лін, каб сам-насам развітацца з ёю. Магчыма, потым яна застанецца ў яго на ноч. Калі нехта спіць у цябе, гэта яшчэ раман?

„На шчасце, — падумаў ён тады, — я заўтра раніцай адлятаю". Любая таямніца паступова страчвае вастрыню. І гэтая блізкасць не мае ніякіх наступстваў. Ён распрануўся, гарнітуры, нават шаўковыя, у такую спякоту раздражнялі яго.

Потым зрабіў яшчэ некалькі практыкаванняў на выпростванне. Як гэта Ніла заўсёды называла іх? „Твае пантэрныя практыкаванні“. Заўтра, перад вылетам у Пекін, ён патэлефануе ёй з Інстытута імя Гётэ. Ці не, лепш папросіць Лін купіць яму картку для ягонага амерыканскага мабільніка, каб патэлефанаваць з аэрапорта. А можа, не трэба? Ці не палічыць Ніла дзіўным, калі ён скажа, што яму не хапае яе, і парушыць іхнюю дамоўленасць не размаўляць? „Не хапае“, — казала яна заўсёды, калі ён тэлефанаваў не адразу, а ён падчас гутарак па тэлефоне амаль заўсёды адчуваў дакоры сумлення, таму што сам звычайна цалкам канцэнтраваўся на „тут“ і „цяпер“. А цяпер наадварот? Ён мог абгрунтаваць свой званок тым, што ў аэрапорце нудна. Потым у яго яшчэ будуць чатыры дні ў Пекіне, два даклады, ніякай напругі. У яго будзе час выкінуць з галавы Лін. У яго будзе час радавацца сустрэчы з Нілай. Але калі ён, насуперак іх дамоўленасці, паспрабуе наладзіць нейкі псеўдакантакт цяпер, — ці не пакажа гэта, што ў яго і сапраўды нячыстае сумленне? І не без прычыны. У жанчын на такія рэчы адмысловы нюх.

Усё пачалося з Лін. Ах, ягонае імкненне проста пачынаць — у іншым месцы, з іншай жанчынай, іншае жыццё. Напэўна, яно было ў ім і раней, нібы закладзеная праграма, што ўвесь час размотваецца. Магчыма, падумаў Паркер, спаласнуўшы шампунь з валасоў, правільней было б сказаць: з Лін усё пачало канчацца. Пераставала выглядаць як гульня, недагляд, круцельства. Калі тое, у чым Паркер усё больш заблытаўся, увогуле было некалі круцельствам. Плеціўам, якое паводле сваёй формы даўно ўжо стала для яго неаглядным. Ён быў тады галодны, як звер, які проста не можа перастаць піць, спаць, есці. Паляваць. Выпрабоўваць сябе. І што тут няправільна? Нічога? Але што тады было з Нілай? Чым было тое, што яны называлі каханнем, што яны з гонарам лічылі чымсьці велічным, недатыкальным, сапраўдным, прынамсі на ўзроўні слоў і жэстаў. Калі Паркер ехаў у „маглеве“ назад у аэрапорт, яшчэ са смакам Лін у роце, з невыказна салодкім адчуваннем, што яны маглі б гэтак жа добра і надалей быць разам, тут ці ў іншым месцы, пражыць разам цэлае жыццё, займацца сексам, нарадзіць дзяцей, ён пачаў пераконваць сябе, што для яго мае значэнне якраз толькі той момант, калі гэтае пачуццё ўзнікае, пэўнага кшталту эксперымент над самім сабою: што ён можа, што ён мог бы мець зусім іншае жыццё з зусім іншай жанчынай; у іншых людзей ад такой магчымасці кружылася галава, а ў яго яна выклікала ўзвышаныя пачуцці — калі б у гэтым не было маны. Вось так. За акном з хуткасцю стралы праляталі бетонныя пачвары, што ўзвышаліся па абодва бакі аўтамагістраляў. На долю секунды яму здалося, што ён бачыць, як у паветра ўзлятае пластыкавы пакет. І не было ніводнага дрэва, якое магло б яго злавіць.

Аповед, які ты сам склаў пра сябе. Што было праўдай, што было сапраўдным? Можа, усё гэта — толькі абарона ад занадта вялікіх пачуццяў. Ехаць далей і далей, быццам так можна ўцячы ад самога сябе. Ці, можа, ён сапраўды, як сказала Лін, проста поскудзь. Паркер вылез з ванны, захутаўся ў пушысты гасцінічны купальны халат і лёг на ложак. Успамін — гэта пастка на моль. Прынада і клей з усіх трох бакоў. Чым больш яна цябе прыцягвае, чым глыбей ты апынаешся ў гэтай пірамідзе, тым хутчэй прыклейваешся. Як добра было б забыць, адчуваць нанова кожны дзень, браць з сабою толькі тое, што хочаш узяць. Мець пэўнага кшталту клавішу выдалення, так, такое патрэбна, інакш усё больш паглыбляешся ў думкі пра непражытыя жыцці, няздзейсненыя каханні. Уласнае шчасце, асечка.

Калі ён устаў, разважаючы, ці не схадзіць яму яшчэ раз у бар, гучнае пстрыканне смартфона нагадала, што прыйшлі новыя паведамленні.

З архіваў Паркера.
Дзевяць таямніц паспяховай прамовы
Трэці ўрок. Практыкавацца трэба не да той пары, калі пачняце выглядаць так, быццам самі верыце ў тое, што кажаце; практыкавацца трэба да той пары, пакуль самі ў гэта не паверыце. Адзін з маіх старых настаўнікаў заўсёды казаў:

„Don't fake it till you make it. Fake it until you believe it"*. Паводзьце сябе натуральна — вось найвышэйшая мэта. І самая цяжкая: ваша прамова гучыць найлепш, калі слухачу здаецца, што вы нязмушана гутарыце са сваім лепшым сябрам. Выступайце так, быццам гэта не прамова, а добрая гутарка.*

---

* Не прыкідвайцеся, пакуль не зробіце гэтага. Прыкідвайцеся да таго часу, пакуль не паверыце ў гэта *(англ.)*.

Раздзел 5

Чацвер, Кіль

— Мова рук — самая непасрэдная. Дакрануцца да каго-не-будзь, пакласці руку на яго ці на яе плячо — адна з самых важ-ных рэчаў, якія ты можаш зрабіць як чалавек.

Інтрыжка з Лін стала неадчэпным успамінам. Яму не ха-пала Лін больш, чым ён думаў, асабліва з таго часу, калі яна прызналася, што адчувае тое ж самае. Ужо ў самалёце ён адчуў, як нешта цягне ў жываце, быццам голад ці штосьці падобнае на абстыненцыю. Ён не мог зразумець, што гэта такое. Ён і Лін пісалі адно аднаму па „Уотсапе" ці па электроннай пошце, яна прысылала яму свае фотаздымкі — на танцах, на пляжы, вы-ступленні ў якасці манекеншчыцы на паказе вясельных суке-нак. І ён адказваў. Раніцай ішоў з ноўтбукам у адну са сваіх улюбёных кавярняў, па „Скайпе" жадаў Лін добрай ночы; з кож-най паездкі пасылаў ёй свае здымкі, тыя ж самыя, што і Ніле, а пасля таго як Лін пачала гульню, стаў высылаць іншыя, пры-значаныя толькі ёй. Потым дадаліся дотыкі перад маніторам у гасцінічным нумары, ва ўласнай лазенцы, калі не было Нілы, ну а пасля паўстала напружанасць, бо Лін заўважыла, што ён на працягу двух тыдняў двойчы знаходзіўся ў той самай лазенцы, ляжаў у той самай ванне, — што, у яго ёсць любімы гатэль? І калі ён зноў прыедзе да яе? Яна ж ужо расказала пра яго сваёй маці, расказала, які ён прыгожы і славуты. І яму стала сорамна.

119

Ніла папракала яго, што ён раптам так аддаліўся, казала, што яны ўсё ж здолелі ўзнавіць гутаркі паміж сабою, і Паркер выкручваўся, спасылаючыся на перагружанасць працай, а потым перанёс тэрмін курсаў і купіў білет на самалёт. У Шанхай.

Аднак, калі ён прыехаў туды не дзеля даклада ці семінара, без бляску, толькі дзеля Лін, склалася бязрадная сітуацыя. Яны яшчэ нейкі час чапляліся адно за аднаго, спрабавалі ажывіць той першы сумесны час, а потым, калі ён чакаў яе ў гасцінічным нумары, прыйшоў канец. Напярэдадні ён упершыню ўбачыў яе жытло, маленькі ўбогі пакойчык у бетонным блоку на ўскраіне, ехаць да якога амаль гадзіну на таксі, амаль дзве трамваем. Лін святочна ўпрыгожыла пакой гірляндамі з рознакаляровых электрычных лямпачак. Прыгатавала вячэру. Стравы былі смачныя, гуандунская кухня, па рэцэптах яе маці, як яна з гордасцю паведаміла. Яны цалаваліся, строілі планы, не, планы строіла яна, распытвала пра ягоную маёмасць, ягоныя магчымасці, ёй жа хутка трыццаць, пара ўжо. Яе бацька, расказвала яна, кінуў маці, калі дачка была яшчэ дзіцём, і зноў ажаніўся, для яе стала эмацыйным шокам тое, што нехта цалкам адмовіўся ад яе, ад гэтага цяжару яна не пазбавілася і па сённяшні дзень; яна мусіць фінансава падтрымліваць маці, у той жа нічога няма. І калі яна, Лін, зараз наважыцца на сувязь з мужчынам, то толькі на сапраўдную, яна хоча, каб праз тры гады ў яе былі дзеці. Так. Паркер здолеў яшчэ і падтрымаць яе ўяўленні, яму нават удалося амаль уцешна адчуваць сябе пры гэтым, уяўляць, калі яны ў той вечар спалі разам, у яе ложку, што так яно яшчэ і лепш, з думкамі пра дзяцей. Але яна заўважыла ягоныя сумневы, ягоную напружанасць. І нават ноччу зноў і зноў спрабавала выведаць, чаму ў яго няма дома, кватэры, машыны. І вось прыслала ліст па электроннай пошце. Жорсткі. Жорсткі і адназначны. Ён адразу выдаліў яе адрас. Усе здымкі. Усе мэйлы. Ва ўсіх акаўнтах. Такое з ім больш ніколі не здарыцца. Настолькі заблытацца ў марах. Ва ўласных і ў чужых. Яны, Лін і ён, на развітанне нават не падалі адно аднаму рукі.

— Мова рук можа супакойваць, абвінавачваць, заклінаць, знішчаць. У рухах рук і жэстах хаваецца ісціна, у іх выяўляецца мана. Калі сто маладых, прагных да жыцця людзей стаяць перад вамі і вы кажаце ім: „Абяцаю, што дам вам усё, чаго захочаце“, — месію? рок-зорку? Не — вам не павераць, калі вы зробіце памылку, якую зрабіў некалі, яшчэ ў шасцідзясятым годзе, Рычард Ніксан. Хоць ён і паказаў сябе на дэбатах з другім кандыдатам у прэзідэнты, Джонам Ф. Кенэдзі, — вырашальных, да таго ж увогуле першых, што перадаваліся па тэлебачанні, — добра падрыхтаваным, але выглядаў пры гэтым як зомбі з пячоры. Радыёслухачы ўжо думалі, што Кенэдзі адназначна прайграў дэбаты. Але тыя, што сачылі за двубоем па тэлевізары, аддалі ўсе ачкі развянволенаму загарэламу маладому палітыку — ілюзія пабівае сапраўднасць, нават калі ў апошняй, здавалася б, найлепшыя шанцы.

Паркер зрабіў паўзу. Ён стаміўся, мінулай ноччу ён мала спаў.

— Але выгляд — яшчэ не ўсё. Адносіны — вось што галоўнае. Калі афіцыянтка, накрываючы на стол ці прыбіраючы са стала, крыху дакранаецца да свайго кліента, не настырна, не сексуальна, а проста добразычліва кранае локаць ці плячо, то звычайна ёй даюць больш чаявых, пра што сведчаць вынікі нядаўняга даследавання ўніверсітэта ў Таронта. А сімвалічныя чаявыя, увага! — гэта капітал дваццаць першага стагоддзя.

Паркер даў слухачам новае заданне і сфатаграфаваў іх сваёю камерай. Яны падыскутавалі пра асобныя жэсты — напрыклад, пра выстаўлены кулак, яго ўздзеянне, а потым паселі маленькімі групкамі перад ноўтбукамі, якія расставіў Паркер, і пачалі абмяркоўваць, калі нешта некаму пасуе, калі не.

— Надта цяжка, — сказаў Вільфрыд. — Няўжо няма проста парачкі сродкаў, якімі можна скарыстацца, каб выглядаць упэўнена? Нейкага набору стандартных жэстаў для прамоўцы? Памятаю, наш выкладчык рыторыкі ва ўніверсітэце заўсёды рабіў... — Ён падняў далоні на ўзровень грудзей і склаў іх дашкам. — Такі вось ромб. Яго і Меркель заўсёды робіць.

Большасць слухачоў засмяяліся. Ромб Меркель. Праўда, фрау канцлер звычайна трымае так рукі перад жыватом. Ромб стаў ужо настолькі вядомы, што яго наўрад ці варта яшчэ выкарыстоўваць.

— Так, ёсць пэўныя прыёмы. Узмах, быццам разразаеш паветра, сціснуты кулак — ды вам, уласна кажучы, усё гэта вядома. Але будзьце асцярожныя! Вам хочацца рэшту свайго жыцця трымаць спісы такіх прыёмаў у галаве і высвятляць кожны, нават самы нязначны сэнс мімікі, жэстыкуляцыі і позы?

Вільфрыд паціснуў плячыма. Ягоныя далоні ўсё яшчэ былі складзеныя ромбам.

— Калі ты не ўвасабляеш жэсты ўсім целам, калі за імі не стаіць уся твая асоба, то лепш і не спрабаваць карыстацца імі. Тады яны выглядаюць недарэчна. Правільная жэстыкуляцыя выпрацоўваецца як працэс, вы шмат што міжвольна робіце правільна. Спачатку важна ўзмацніць тое, што вы можаце і хто вы ёсць, а потым знайсці, штó, як у акцёра, пашырае вашы ўласныя эмацыйныя магчымасці як выступоўца ці ў размове. Але толькі такім чынам, каб гэта пасавала — каб гэта пасавала да тыпу, каб гэта пасавала да вас.

Паркер паглядзеў на Вільфрыда, і той толькі цяпер усвядоміў, што ўсё яшчэ паказвае жэст Меркель, і, пачырванеўшы, хутка апусціў рукі.

— Нават тыя жэсты, якія вы звычайна робіце, будуць здавацца вам наўмыснымі і штучнымі — так бывае, калі робіш нешта свядома. Важна выпрацаваць аўтаматызм. У камандным спорце гэта былі б трэніровачныя прабежкі. Тактычныя працэсы, якім можна слепа давярацца. Калі б я зараз прапанаваў вам спісы канкрэтных відаў мімікі і жэстаў і мы пераспрабавалі іх, гэта было б смешна. Такія прыёмы ёсць, я маю з сабою іх прыклады — і пасля мы можам паглядзець некаторыя. Але ніколі не забывайце: галоўнае — узаемасувязь, а ўсё, што вы робіце тварам і целам, а найперш рукамі, нават праз нейкі час павінна выглядаць, як і напачатку, цалкам натуральна, толькі больш дасканала, дзякуючы ўсвядомленаму досведу пільнейшага назірання за сабою.

Большасць слухачоў кіўнулі. Толькі ў Вільфрыда быў раз'юшаны выгляд.

— Сапраўдны моўны панос. Нейкі нурувірус ці штосьці накшталт яго...

Вільфрыд сказаў гэта, звяртаючыся да Анэлі, ціха, але недастаткова ціха, і, відавочна, наўмысна даволі чутна, таму што некаторыя стрымана ўхмыльнуліся. Анэлі злавіла позірк Паркера. Усе напружана чакалі ягонай рэакцыі.

— *Нóравірус. Нуру* — гэта масаж...

Паркер вырашыў трохі змякчыць з'едлівы жарт.

— А я — той, з арфай, поўнаю забойчых фраз...

Паркер сам склаў далоні ромбам і сур'ёзным позіркам зверху ўніз агледзеў сваіх ягнятак, удаючы, быццам у яго двайное падбароддзе Пітэра Усцінава і глядзіць ён на палаючы Рым.

— ...Нерон, падпальшчык.

Амаль ніхто не засмяяўся, не кажучы пра Вільфрыда. Паркер адпусціў слухачоў на перапынак.

— Вы павінны часцей хваліць яго.

Паркер застаўся ў класе, слухачы пілі ў калідорах прынесеную з сабою каву або курылі на школьным двары. Ён спалохана адарваў позірк ад ноўтбука, які спрабаваў быў вызваліць ад блытаніны кабеляў sdi і scat. Ён збіраўся прыбраць праектар і іншыя прылады, каб не перашкаджалі рабіць чарговыя практыкаванні. У дзвярах стаяла Анэлі. На двары ў гэты момант парвалася завеса аблокаў, і плынь яркага святла заліла яе постаць.

— Вільфрыда?

Яна кіўнула і падышла бліжэй. Паркер выпрастаўся. Цяпер яны сталі зусім блізка адно да аднаго.

— Ён захапляецца вамі, вы гэта ведаеце? І таму правакуе вас. Ён хоча вашай увагі.

— Я заўважыў.

— Акрамя таго... — Яе ўказальны палец намаляваў смайлік на складзеным ноўтбуку. Галава Паркера паварочвалася за смайлікам. Анэлі памкнулася была дакрануцца да ягонай рукі, але адвяла палец і паглядзела Паркеру ў вочы. — Ён кахае мяне.

— Што?

— Ужо даўно. Са школы. Мы з Вільфрыдам усюды хадзілі разам. А пасля паступлення ва ўніверсітэт нейкі час нават і жылі разам як пара.

— А потым што здарылася?

— Я паехала ў Афрыку.

Анэлі паглядзела ў акно, потым падышла да радыятара, у якім булькатала вада, і пакратала рукамі перагрэтыя трубы.

— Але ён не меў да гэтага ніякага дачынення.

Яна павярнулася, прыхілілася да падаконня, не датыкаючыся нагамі да труб ацяплення.

— Усё гэта было даўно. Ён захапляецца вамі, таму што...

Тут у клас пачалі вяртацца ўдзельнікі семінара. Анэлі адштурхнулася ад падаконня і, не зірнуўшы на Паркера, пайшла міма яго на сваё месца.

У тры пятнаццаць на школьным двары яго чакала машына — дакладна, як дамаўляліся. Яна, напэўна, прастаяла там ужо нейкі час, бо дробны снег паспеў зноў напалову зацерушыць паваротны круг вакол спрэс абледзянелай пясчанікавай фігуры гарбатага катá. Паркер развітаўся са слухачамі, якія з цікаўнасцю таропіліся на чорную A8 з зацемненымі шыбамі. Кіроўца Малера, ужо знаёмы Паркеру, выйшаў з машыны і адчыніў яму заднія дзверцы. Калі Паркер садзіўся, яму карцела азірнуцца, каб убачыць Анэлі. Малер нецярпліва павітаўся з ім.

— Паехалі! Нам нельга спазняцца ў кампус, інакш Альберых сам збярэ вяршкі. Што за паскуднае надвор'е, каб яго!

— Альберых? — Паркер няспешна скінуў паліто. Крышталікі льду раставалі ў цяпле „аўдзі".

— Альбіг! Гэты паганец спачатку прымусіў мяне выканаць усю падрыхтоўчую працу, усю гэтую лабісцкую бязглуздзіцу з прадстаўнікамі эканомікі, а скачок за акіян, у Каліфорнію, зрабіў потым сам — як кіраўнік „місіі" пад назвай стратэгічны саюз. Ён і Хабэк. Прымусіў нас зрабіць усё, скарыстаўся нашай экспертызай, нашымі ідэямі і ў якасці кіраўніка дэлегацыі махнуў з мэрам і прадстаўнікамі некаторых галін у Сан-Францыска. Ён хапнуў усю ўвагу, а скарыстаўся для гэтага маімі кантактамі ды Хабэкавымі і маімі стратэгічнымі дакументамі.

Ніхто і не заўважыў, як гэта пачыналася. Альбіг заўсёды рабіў выгляд, быццам зусім не цікавіцца Сіліконавай далінай і партнёрствам з рэгіёнам заліва Сан-Францыска. Прайдоха. І мяне ён здолеў сапхнуць. Хабэка не змог, бо той ужо быў міністрам. Я раблю ўсю працу, а прэса дастаецца гэтаму гному.

Малер падаў Паркеру тоўстую папку.

— Паглядзіце, каб быць у курсе. Праект айцішнага кампуса. Шлезвіг-Гольштэйнская Сіліконавая даліна — будучыня, якой мы чакаем, а Альбіг ужо трымае рыдлёўку напагатове. Даруйце, мне трэба яшчэ сяму-таму патэлефанаваць.

Цягам наступных дзесяці хвілін Паркер знаёміўся з матэрыялам. Машына паўзла па горадзе. Паміж сняжынкамі нешта падазрона паблісквала. Ледзяныя крышталікі і рэдкія кроплі дажджу, падаючы на снежнае покрыва, прабівалі ў снежнай белі ямкі, што толькі ўяўна паляпшала дарожныя ўмовы. Ямкі адразу замярзалі зноў, і машыны не ехалі, а слізгалі, бы санкі. Нават абагрэў шыбаў у Малеравай A8 не мог даць рады ледзяному дажджу; перад самым выездам на аўтабан кіроўца спыніў машыну і скрабалкаю прадрапаў акенцы на лабавой і задняй шыбах.

— На аўтабане будзе лепш, — спрабаваў кіроўца супакоіць Малера.

Аднак лепш не стала: усім хацелася вырвацца з сабачага надвор’я. Агеньчыкі асвятлення па краях дарогі, насычаная жаўцень і зіхоткія белыя дзіды — прамяні лімузінаў і грузавікоў — сталі ад свежага снегу і ледзяных крышталікаў, што прамяніліся навокал, настолькі яркімі, што здавалася, быццам ты не едзеш, а даследуеш знутры пячору ў глетчары. Нырае ш у бясконца доўгі шланг, праз які прапіхваюцца наперад бляшаныя жывёліны са сваімі паразітамі, кіроўцамі за бездапаможнымі „дворнікамі“. Быццам усе разам апынуліся на доўгім, зырка асветленым транспарцёры сярод хмар.

Злосна прасігналіў грузавы аўтапоезд; „форд эскорт“, што ехаў перад імі, збочыў з паласы і ледзь не пайшоў юзам. Грузавік небяспечна завіхляў, пераехаў на іхнюю паласу, кіроўца — Бернд ці Берт, неяк так, помнілася Паркеру, — затармазіў, машына тарганулася і прыўзнялася на заднія колы, але ў апошнюю хвіліну ўсё ж удалося пазбегнуць сутыкнення з грузавіком. Малера і Паркера штурханула наперад.

— Чорт вазьмі! — вылаяўся Малер. — За што я табе плачу?! Будзь ласкавы, сачы за дарогай!

Кіроўца маўчаў.

Поўнапрыводны чорны „лінкор" незакранута праплыў па левай паласе міма напалову забеленых аўтамабіляў, што паўзлі па аўтабане. Снежныя сумёты, гурбы снегу па краях дарогі. На палях вецер пакінуў хвалістыя ўзоры. Малер трымаў у руцэ тэлефон, Паркер глядзеў у акно са свайго боку. Пустэча вялікага па плошчы, але слаба заселенага краю. Незадоўга да выезду на Мельсдорф Паркер закрыў папку і пракашляўся.

— Робіць уражанне.

Малер паглядзеў на яго.

— Праўда? Вы так лічыце?

Паркер кіўнуў.

— Якая слабіна ёсць у Альбіга?

— Ягоная жонка.

— Ён кахае яе?

— У тым і справа, што не.

— Баюся, што гэта нікога не цікавіць. Каханка ёсць?

— Няма. Ён збіраецца падаваць на развод, адразу пасля выбараў. Ён лічыць жонку тупагаловай.

— Цяжка будзе размаляваць гэта камусьці такім чынам, каб атрымалася цікавая гісторыя.

— Разумею. — Малер уздыхнуў. — Але таму я і хачу ўзяць вас, прычым за страшэнна вялікія бабкі, ці ж не так? Адна гаварыльня нічога не дасць.

Хачу ўзяць, не ўзяў.

— Паспрабую.

Малер наморшчыў лоб.

Яны ўехалі ў прамысловы раён. За паліцэйскім ачапленнем пачыналася вялікая яшчэ не забудаваная тэрыторыя. Паліцэйскі махнуў рукою, прапускаючы „аўдзі". Кіроўца прыпаркаваў машыну побач з іншымі цёмнымі лімузінамі — антрацытава-чорнымі БМВ, чорнымі „мерседэсамі" класа S, цёмна-сінім „вольва". Малер і Паркер выйшлі. Перасоўная тэлевізійная станцыя канала НДР*. Перад пустым полем нацягнута чырвоная стужка і пастаўлена рыдлёўка. Удалечыні два жоўтыя экскаватары. Снег церушыў ужо лагодней.

Малер дастаў з багажніка гумавыя боты і надзеў іх проста на чаравікі, халявамі паўзверх штанін.

— Канцлеры любяць гумавыя боты. — Па ім было бачна, што ён усё яшчэ не ў гуморы.

Паркер падышоў да тэлевізійнай пересоўкі, прадставіўся вядучай і адміністратару і пажартаваў наконт надвор'я.

Малер пачапаў у бок будаўнічай пляцоўкі і там далучыўся да Хабэка, які прыязна павітаўся з ім. Нягледзячы на гумавыя боты, Малер выглядаў занадта шыкоўна побач з высокім Хабэкам у світары і штармоўцы, які прыветна ўсміхаўся фатографу. Па снезе дробненькімі крокамі нервова прабегла маладая жанчына з папкай-планшэтам. Яна падышла спачатку да абодвух палітыкаў, потым да адміністратара з тэлебачання.

— Мы ніяк не можам дазваніцца да гера Альбіга, ведаем толькі, што па дарозе сюды ён трапіў у аварыю. Што рабіць?

Паркер пазнаёміўся з ёю. Гэта была прэс-сакратарка прэм'ер-міністра. Па-ранейшаму занепакоеная, яна пакрочыла назад, асцярожна ставячы на лёд ногі ў высокіх чаравіках. Тэлевядучая пераступала з нагі на нагу, яна дрыжала ад холаду.

— Мы не можам чакаць бясконца. Я сабе тут нешта адмарожу.

— Здымайце пакуль што Хабэка і Малера, яны ж архітэктары ініцыятывы Сіліконавай даліны.

Тэлевізіёншчыкі знялі, як абодва палітыкі дружна ўвагналі палатно рыдлёўкі ў зямлю.

Пасля Паркер дамовіўся яшчэ і пра асобнае інтэрв'ю з Малерам для перадачы „Шлезвіг-Гольштэйн-Магацын".

— Сёння тут, на Паўночным Усходзе федэральнай зямлі, перад варотамі яе сталіцы, вядучыя палітыкі з Кіля, разам капнуўшы рыдлёўкай, абвясцілі адкрытай тэрыторыю будучага Ай-ці-кампуса. Тут павінна ўзнікнуць новая Сіліконавая даліна.

* Паўночна-Германскае радыё.

У ажыццяўленні гэтага праекта будзе ўдзельнічаць і ўніверсітэт імя Альбрэхта. Наш госць — намеснік старшыні фракцыі СДПГ Ганс-Крысціян Малер. Гер Малер, чаго чакае палітыка ад такога кроку?

— Вядома ж, рабочых месцаў, але, што яшчэ важней, інавацый. Гэта яшчэ адзін крок у будучыню. Мы будзем цесна супрацоўнічаць з Гамбургам і Ніжняй Саксоніяй, мы робім Поўнач прыдатнай для лічбавай рэвалюцыі, але не забываем і нашы галоўныя задачы: развіццё і абарону клімату праз узнаўляльныя энергіі.

— Але ж хіба гэта мае нейкае значэнне ў часы, калі простыя людзі баяцца, што іх адолее міграцыйны крызіс? Калі кожная партыя, у тым ліку і ваша, страчвае выбаршчыкаў на карысць „Альтэрнатывы для Германіі“? — распытвала журналістка.

— Нельга дапускаць, каб праблемай нацыянальнага займаліся такія людзі, як Гёкэ*, — пачаў Малер, — нельга дазваляць ім займацца і паняццем „радзіма“ ці ўвогуле разважаць пра тое, што значыць сёння быць немцам. Нейкай „нямецкай існасці“ няма, гэта глупства. „Нямецкасць“ заўсёды азначала нешта іншае, яна азначала крытычны падыход, безупынны пошук. Ведаеце, што сказаў Вагнер?

Журналістка пахітала галавою. За аператарам узвышаўся Хабэк, ён моршчыў лоб і задуменна кратаў падбародак — уважліва ўслухоўваўся.

— Ён сказаў: „Быць немцам азначае рабіць справу дзеля яе самой“. Гэта значыць: ты павінен гарэць жарсцю да таго, што робіш. І мы з жарсцю аддаёмся сваёй ідэі — супрацоўніцтву з Сіліконавай далінай, развіццю новых галін — напрыклад, тэхналогіі нейроннага інтэрфейсу ці аб'яднання інтэгральных схем і марскога транспарту розных краін у адзіную сетку. Тут нас чакае нешта важнае; мы, людзі, набываем пры абмене данымі ўсё большую мабільнасць. І тут мы збіраемся ўзяць на сябе адну з вядучых роляў. А яшчэ ў распрацоўцы назапашвання відаў узнаўляльнай энергіі. Без Кіля ніхто не абыдзецца.

* Б'ёрн Гёкэ — адзін з лідараў фракцыі „Альтэрнатывы для Германіі“ ў ландтагу Цюрынгіі.

Вядучая задаволена кіўнула.

У гатэлі Паркер вырашыў пераапрануцца: за дзень у перагрэтым семінарскім пакоі, а потым у Малеравай машыне шэры „скабаль" зусім пакамячыўся. Ён ужо збіраўся патэлефанаваць у рэцэпцыю і папрасіць, каб гарнітур і кашулю хутчэй забралі ў чыстку, але ўбачыў на пісьмовым стале напісаную ад рукі ўчарашнюю цыдулку з напамінам пра крэдытную картку, што гучаў як пагроза. Заўтра яму проста неабходна вырашыць з Малерам нарэшце пытанне дамовы. Тут, на поўначы, дастаткова і „ўдарыць па руках". Ён апаласнуўся пад душам, павесіў скінутую адзежу ў лазенцы і апрануўся ў свежае. Ягоны чорны „карнэліяні" ціснуў, хоць ён купіў гэты гарнітур зусім нядаўна, сто дзясяты памер. Праўда, італьянскія памеры былі яму звычайна на пару нумароў малаватымі. Але калі не зашпільваць пінжак, то абыдзецца. Паркер спусціўся на ліфце ў самы ніз, у падземную паркоўку, выйшаў з гатэля праз праезд для машын і знакам спыніў таксі. Ён папрасіў кіроўцу прыпыніцца перад вакзалам і купіў для Эберхардавай жонкі букет руж з доўгімі сцёбламі. Таксіст, чарнаскуры афрыканец, развярнуў машыну і па мосце пераехаў на той бок бухты. Паркер папрасіў ехаць паўз „Скандынавію", каб як мага даўжэй заставацца ля вады. Убачыўшы перад сабою пакрыты лёдам Гёрн, канцавы выступ бухты ў горад, ён міжволі падумаў пра свой чэрвепадобны адростак. Гёрн — апендыкс Кіля. Калі ён атрымае ўсё, што прапануе Малер, у тым ліку кватэру, то неўзабаве і ён, хірург слова, будзе жыць тут, над водамі. Крыгі, нагнаныя ветрам у лодачную прыстань, грувасціліся, быццам на карціне Каспара Давіда Фрыдрыха. Паркер усміхнуўся. Ці не называлася часам тая карціна „Страчаная надзея"? Зашмат рамантыкі. Але цяпер ён здолее нешта зрабіць са свайго жыцця.

Апоўдні, яшчэ да наведвання прамысловай зоны, Паркер сустрэўся з маклерам, каб паглядзець кватэру. З маклерам дамаўляўся Малер. На сайце кватэра характарызавалася як сучасны сталічны лофт з неабсяжным небам над ім. І сапраўды, яна была прыгожая, прасторная, высокая, светлая і пустая — кватэра для новага пачатку. З яе адкрываўся захапляючы від на ваду, на Гёрн, а з спальні можна глядзець уніз, на бухту. Позірк у адкрытасць. Толькі азначэнне „сталічны" здалося Паркеру перабольшаннем. Характарыстыка „правінцыя", мабыць, больш адпавядае Кілю. Але гэта горад з крэатыўным патэнцыялам, горад, які дае магчымасць марыць пра прарыў. Ключ Паркер пакінуў сабе. Малер патэлефанаваў яму, калі маклер паведамляў сваёй фірме, што яны „апцыяніруюць" кліенту кватэру.

— Я ведаў, што від з акна ўразіць вас! — Малер засмяяўся, нібы маленькі хлопчык, якому ўдалося нейкае адмысловае штукарства. — Давайце хутчэй прымаць рашэнне. І будзьце, калі ласка, дакладна ў тры пятнаццаць у двары.

Малер сказаў яшчэ нешта незразумелае — мабыць, на імгненне адвярнуўся, каб перамовіцца з кімсьці ў пакоі.

Маклер выйшаў, Паркер замкнуў за ім дзверы. У кухні, дзе ўсё зіхацела хромам, падышоў да стойкі і пераклаў мабільнік да левага вуха. Потым правёў рукою па бліскучай рабочай паверхні і зноў абвёў позіркам водны прастор за шкляной сцяною.

— Паслухайце, — працягваў Малер, — у вас знойдзецца заўтра апоўдні трохі часу? Можаце прыйсці да мяне ў ландтаг? У пятніцу пасля абеду адбудзецца пасяджэнне маёй камісіі, а потым збярэцца мая каманда, і я б хацеў пазнаёміць вас з імі. Ад гасцініцы ўсяго толькі дзесяць хвілін.

Паркер замкнуў кватэру, спусціўся на ліфце ўніз. У яго было такое адчуванне, быццам ён ужо атрымаў сталую працу. Перад самым будынкам знаходзілася стаянка таксі.

За час гэтай вячэрняй паездкі — спачатку па Верф-штрасэ, потым па шашы, што вяла з горада, — ён даведаўся ад Н'Гомы, таксіста, што той вучыцца ва ўніверсітэце і збіраецца пасля працаваць тут у Інстытуце сусветнай эканомікі. Паркер пажадаў яму шчасця. Пах Балтыйскага мора, здавалася, пранікае ў таксі, зімовы вецер заносіў у вентыляцыю пырскі прыбою, імгла студзеньскага мора хавала пад сабою бязлюдныя партовыя вуліцы, старыя жылыя кварталы і докавыя збудаванні.

У смужнай заслоне ўзнікалі кантэйнерныя краны, быццам нейкія дапатопныя жывёліны, і ад гэтага таямнічага відовішча Паркер глыбока ўздыхнуў на сваім сядзенні са штучнай скуры. Цяпер стала менш прамысловых пабудоў, пабольшала жылых дамоў, потым пайшлі асабнякі з садамі, у некаторых садах уздымаліся ў неба карабельныя мачты і флагштокі, часам з вымпеламі, значэння якіх Паркер не ведаў. Хвілін праз пятнаццаць наперадзе паказалася вежа мемарыяла ў Лабё — вялізны прыгнуты ў бок мора палец, а ўнутры яго — маўзалей з выставай, прысвечанай гісторыі нямецкага ваенна-марскога флоту, сцягі і ў адным памяшканні выява бітвы пры Скагераку, адзінай за Першую сусветную вайну, у якой нямецкі флот перамог. Паркеру здавалася, што яны зрабілі падарожжа ў часе. Мемарыял Лабё і падводную лодку ён памятаў па школьнай экскурсіі, тады ён у гэтай лодцы перажыў сапраўдны прыступ панікі. Трохі не даехаўшы да помніка, Н'Гома павярнуў направа. На трэцяй папярэчнай вуліцы знаходзіўся дом Эберхарда, вялікае бунгала з чарацяным дахам, тэрасамі, высокай жывой агароджай і ярка асветленымі шклянымі рассоўнымі дзвярыма, якія займалі палову плошчы сцен.

Паркер заплаціў па лічыльніку, дадаў шчодрыя чаявыя і пакінуў афрыканцу сваю візітную картку, на ўсялякі выпадак. Н'Гома дзякаваў яму празмерна палка, і Паркер ужо ледзь не пашкадаваў, што з добрай ахвоты даў свой кантактны адрас чалавеку, які нават і не прасіў яго аб гэтым. На нейкае імгненне яму ўявілася, што цяпер пачне прыходзіць яшчэ больш тых дзіўных пасланняў па электроннай пошце: „*Mr Soto wants to speak to U! Urgent, a well known Family from Uganda needs your help. Good business proposal, do not delete!*"*. Але ён адразу падумаў, што стаў занадта фанабэрыстым. Магчыма, Н'Гома і сапраўды будзе некалі працаваць у сферы сусветнай эканомікі, Паркеру хацелася верыць у гэта.

---

* Містар Сота жадае гаварыць з Вамі! Неадкладна! Знакамітай сям'і з Уганды патрабуецца Ваша дапамога, прапануем выгадны бізнес, не выдаляйце! (*англ.*)

Апынуўшыся перад упрыгожанымі вітражом дзвярыма з боку, процілегламу мору, ён пачуў праз адчыненае акно побач з імі гукі Другога Брандэнбургскага канцэрта Баха. У носе заказытала ад паху смажанага мяса з цёмным соусам. Ці не чулася тут і ціхае скварчэнне з кухні, што знаходзілася, як ён, здавалася, яшчэ памятаў па мінулым годзе, упрытык да вітальні?

Ён пазваніў, і Бруна, хатні сабака, эрдэльтэр'ер, азваўся невыносна гучна. Пасля наведвання Пэйтлаў Паркер заўсёды пачуваўся блага, калі прыходзіў у госці. Але ж гэта бязглуздзіца, Эберхард і ягоная жонка любяць яго. Прыватныя памяшканні нечым нагадваюць прымерачныя кабінкі. Людзей тут бачна голымі, бачацца іхнія схільнасці, іхнія мары — або процілегласць іхніх схільнасцей і мар. Такое вось зазіранне ў душу. І ты як госць заўсёды мусіш нешта дэманстраваць. Прадметам увагі будзе ён, Мэцью, не толькі як кіраўнік семінара, але і як прыватная асоба.

Дзверы адчыніліся, і сардэчныя абдымкі, што прымусілі Паркера падняць левую руку ўгору, каб выратаваць прынесеныя кветкі, ды прывітальнае „Ах ты, валацуга!" знялі ўсе ягоныя сумневы, усю стрыманасць. Абяззброілі, можна сказаць.

— Заходзь, заходзь. — Гаспадар падвёў госця да гардэроба і забраў у яго занадта доўгае паліто „Дольчэ & Габана". Перш чым павесіць яго пад палічкай для капелюшоў і правесці Паркера ў гасцёўню, Эберхард абедзвюма рукамі патрымаў паліто на святле і ўважліва агледзеў яго.

— Шыкоўна! — сказаў ён. — Кашамір?

Паркер кіўнуў.

Сабака збольшага абнюхаў госця, потым задаволена памахаў хвастом, выйшаў праз прычыненыя дзверы ў бок кухні. Эберхард адчыніў рассоўныя дзверы ў сталовую і крыкнуў жонцы:

— Гайдрун! Мэцью прыйшоў!

— Іду, — адгукнулася яна з кухні.

Нервуючыся, Паркер разгарнуў букет; ягоны выгляд, здавалася, весяліў Эберхарда. Калі Гайдрун увайшла ў пакой, Паркеру ўявілася, што ён апынуўся ў іншым часе. На гаспадыні дома была чорная сукенка, якая падкрэслівала яе зграбную постаць. У левай руцэ Гайдрун трымала фартух, правай, перш чым падаць руку Паркеру, перабірала нітку перлаў.

— Цуд! Адкуль вы ведалі, што я люблю ружы? Ды яшчэ гэты сорт — „каралева Сафі"!

— У мінулым годзе мы з вамі размаўлялі пра кветкі. І ў мяне ў пакоі таксама стаялі кветкі, тыя, што вы перадалі. Лі-ліі. Шчыра дзякую.

— Так, мы тады размаўлялі пра кветкі і пра нацюрморты. І вы гэта яшчэ памятаеце?

Гайдрун зірнула на яго паўзверх букета. Яе шчокі трохі расчырванеліся.

— Цудоўна, што вы зноў у нас. Вячэра амаль гатовая. Сма-жаная казуля. Вы ж любіце дзічыну, праўда?

— Вельмі.

Эберхард прымусіў яго сесці ў грувасткі скураны фатэль і прапанаваў выпіць марціні.

Паркер адмоўна пакруціў галавою.

— Тады марго? — Эберхард з радасным выглядам узяў з серванта ўжо адкаркаваную бутэльку і наліў з яе Паркеру. Ка-лісьці, пазнаёміўшыся ў самалёце, яны гутарылі спачатку пра віны з берагоў Роны, потым пра новазеландскі савіньён. Гэта было нешта большае, чым пустая гамонка падчас пералёту: калі Паркер пасля прыехаў на свой першы тыднёвы семінар у Кіль і пад канец прыйшоў у госці да Эберхарда, той адкарка-ваў для яго шато лафіт 74-га года. Паркер адчуваў сябе ўганара-ваным. Не з прычыны злачынна высокага кошту віна. І не таму, што віно было нечым адмысловым. Эберхард абудзіў у Парке-ру адчуванне, што віно *стала* нечым адмысловым менавіта таму, што яны пілі яго разам. А ў гэты вечар напагатове стаялі дзве бутэлькі.

— Віно крызісных часоў! — Эберхард глыбока зазірнуў яму ў вочы і падняў свой бакал.

— Крызісных часоў? — Паркер быў ашаломлены.

— Ну, гісторыя з Нілай моцна зачапіла цябе, так?

Паркер на нейкае імгненне пашкадаваў, што ўчора расказ-аў пра гэта Эберхарду па тэлефоне. Янсен паказаў на пяр-сцёнак на мезенцы Паркера, срэбны пярсцёнак з пячаткай, на якім былі выгравіраваныя літары M i N. Паркер заўважыў яго на блышыным рынку ля Праспект-Парка, куды яны з Нілай пайшлі аднойчы разам у іх першы сумесны год, — пярсцёнак з іхнімі ініцыяламі. І ўбачыў у гэтым знак. „Ар-дэко, — сказала Ніла. — Прыгожы". Пярсцёнак, які ён пасля ўпотайкі купіў для Нілы ў Тыфані, надзвычай пасаваў да таго, з ініцыяламі, і з'еў усе ягоныя ашчаджаныя грошы. А ён так і не надзеў той пярсцёнак Ніле.

— Не, усё мінулася.

— Рады чуць гэта. — Эберхард паглядзеў на яго пранікнёна, трохі скептычна, як здалося Паркеру, а потым перавёў размову на іншую тэму.

— Дзе ты цяпер жывеш?

— У „Срэбных вежах". У мяне часовая пасада прафесара ў Нью-Ёркскім універсітэце.

Эберхард паглядзеў на яго і стукнуў па калене, падбадзёрваючы.

— Ну вось, бачыш. Ты ўсім нам патрэбны. Бачыў маю новую мадэль?

Паркер паглядзеў на вялізную шхуну на серванце, пярэдняя мачта была меншая за тую, што стаяла пасярэдзіне, амаль метр вышынёю.

— Ты сам яе пабудаваў?

— Не, але рэканструяваў. Ёй амаль сто гадоў, гэта „Афіна".

Эберхард устаў, стаў побач з караблём і паказаў на пярэднюю мачту.

— Фок-мачта была паламаная, а штаг-парус згніў. Я памяняў кліверы ды яшчэ сёе-тое ўдасканаліў. Бачыш?

Эберхард паказаў на трохкутны парус, нацягнуты паміж вяршынямі абедзвюх мачтаў.

— Рыбалоўная. Цяпер яна можа плыць супраць ветру.

Ён зноў сеў.

— Фу, як горача! Твае „Вежы" табе больш не спатрэбяцца. Нам неабходна ў бліжэйшы час адрэгуляваць усё дамовай, — сказаў Янсен. — Мы ж адзінай думкі! Малер захоча цябе наняць!

Значыць, атрымалася! Паркер намагаўся хоць збольшага прыхаваць сваю радасць. Так, ён адразу ж скончыць свае справы ў Нью-Ёрку і астаплюецца тут, у Кілі; значыць, можна яшчэ трохі пачакаць з рэштай аплаты за кватэру.

— За дом! — Эберхард апаражніў свой бакал і ўстаў, каб наліць зноў. Ён паказаў на пярсцёнак, які Паркер круціў на пальцы.

— Ведаеш, што ў такіх выпадках кажуць? Мы нічога не можам кінуць, мы можам толькі замяніць нешта чымсьці іншым.

— Хто сказаў такую лухту? Фрэнк Сінатра?

— Не. Зігмунд Фрэйд. Ведаеш, мінулае змяніць ужо немагчыма, змяніць можна толькі будучыню. Хадзем у сталовую.

Гайдрун раскошна накрыла на стол, у святле старых кандэлябраў зіхацеў срэбны посуд, ад пюрэ з каштанаў з перцавым соусам падымалася пара, ногі казулі гаспадыня падала з капытамі.

— Гайдрун любіць французскую кухню, — шапнуў Эберхард.

— А каму прызначаецца чацвёрты прыбор?

Гаспадар ухмыльнуўся.

Толькі яны селі, як пачуўся званок у дзверы. Эберхард і Гайдрун усміхнуліся і адначасова падняліся са сваіх месцаў.

— Сядзі, я адчыню. Спазняецца. Але прыйшла. — Гаспадар рушыў да дзвярэй, а ягоная жонка па-над сталом паляпала збянтэжанага Паркера па руцэ.

— А чым пазнейшы вечар, тым... — сказала яна і падміргнула Паркеру. З вітальні пачуўся вясёлы смех, і Янсен лёгенька падштурхнуў у сталовы пакой Анэлі.

Вячэра была на дзіва смачная. Янсен памяняў музыку.

— Моцарт! Для Бога анёлы іграюць Баха, але ў сваёй кампаніі больш любяць Моцарта.

Паркер вырашыў не браць ніякай дабаўкі, але пры гасціннай натуры Гайдрун адмовіцца было проста немагчыма.

— Я ж бачу, што вам хочацца яшчэ, Мэцью, прашу вас. Заўтра ўсё гэта дастанецца сабаку.

Паркер усміхнуўся, убачыўшы спалоханы твар Эберхарда і хітраватую ўхмылку Гайдрун.

— Вайна псоце!

Гайдрун і Эберхард пажаніліся ў шасцідзясятым годзе. Яны пазнаёміліся ў Кільскім зямельным судзе, у год асэсарства Эберхарда, на той час пракурора-пачаткоўца.

— Ведаеце, ён тады ўжо быў такі, — сказала Гайдрун.

— Жорсткі, як кныр, — Эберхард церaz стол падміргнуў Анэлі. Гайдрун жартоўна ўдарыла яго па руцэ. І сказала:

— Старая чынавенская сям'я, паперамення: адно пакаленне — вясковыя святары, наступнае — суддзі.

— Ну а ты? — перабіў яе Эберхард і дадаў, павярнуўшыся да Паркера: — Яна — народжаная Ранцаў. Але з заблытанага боку.

— Заблытанага? — Паркер не зразумеў, што меў на ўвазе Эберхард, а Гайдрун паглядзела на мужа так, быццам прасіла яго не паглыбляцца далей у гэтую тэму.

— Ну ва ўсялякім разе, гатуеце вы выдатна! — сказала Анэлі. Гайдрун засмяялася, і гаворка перайшла на іншае.

Яны ўжо выпілі напалову другую бутэльку марго, калі Гайдрун падала дэсерт. Мяняючы посуд, яна не дазволіла дапамагаць ні Паркеру, ні Анэлі, ні свайму мужу. Дэсертныя сподачкі з надзвычай далікатным крэмам мока яна прынесла на трохі запацелым срэбным падносе.

— Гэта ж сапраўдны твор мастацтва! — сказала Анэлі.

— Ах, што там, — адмахнулася Гайдрун і паставіла перад імі крыштальныя сподачкі з крэмам і далікатнай аздобай з пены і шакаладных цукерак.

— Гэта вам не нямецкі хлебны пудынг!

— Эберхард, ну перастань!

І яны запрацавалі лыжачкамі.

— Усё такое смачнае, але лепш было б абысціся без дэсерту, — сказаў Паркер і падзякаваў Гайдрун за яе высілкі.

— Так-так! „У нас няма мастацтва, — кажа баліец, — мы робім усё так добра, як можам". Ведаеш, — звярнуўся Эберхард да Паркера, — у нашым Гістарычным музеі праходзіць якраз выстава пра стан харчавання ў Рэйху і пра ўсю датычную ежы прапаганду таго часу, ад „Ешце больш рыбы" да „Гарматы замест масла". І зноў сёе-тое ўсплыло наверх. Ранняе дзяцінства было...

— Карычневае.

Эберхард з жонкай папрасілі Анэлі і Паркера перайсці ў гасцёўню. Эберхард наліў усім каньяку, а Гайдрун прынесла каталог выставы.

Іх развесяліў бульбяны каляндар: „Кожны дзень двойчы страва з бульбы і тым не менш за трыццаць адзін дзень ні разу адно і тое ж" — бульбяны паштэт з ласосем, тварожны крэм на абед, бульбяныя галушкі з начынкай, да іх салат з кіслай капусты на вячэру, бульбяны паштэт з агароднінай, „яблычны жабрак", бульбяныя пляцкі да кавы, піўны суп, падсмажаная бульбяная каша, ячны суп, „сілезскі рай", шпінат і бульбяныя аладкі з начынкай, бульбяны штрудзель з садавінай, бульбяныя ракавінкі з рэшткамі рыбы.

— Добра гатаваць з таго, што маеш, — так заўсёды казала мая маці.

— Гучыць як рэкламны слоган.

— Гэта і быў рэкламны слоган, — ухмыльнуўся Эберхард — для адной даволі талковай брашуры.

Эберхард і Гайдрун падсунулі свае фатэлі бліжэй да канапы і падалі Анэлі кнігу буйнога фармату. Перагартаўшы рэпрадукцыі здымкаў матросаў у гумавых ботах, зюйдвестках, барадатых, з вудамі, сеткамі і люлькамі, Анэлі і Гайдрун пачалі паказваць мужчынам здымкі плакатаў з прапагандай нядзельнага айнтопфа*.

— Па сутнасці, айнтопф — гэта нацыянал-сацыялісцкая прыдумка, — сказаў Эберхард.

— Як і хлеб з мукі грубага помолу з вотруб'ем, — сказала Гайдрун.

— Так, хлеб, слаўнае нямецкае жыта, спрадвечная моц нямецкага народа, у ім адчуваецца смак роднага кавалка зямлі. — Эберхард стаў у імітаваную Чаплінам позу Гітлера і загаўкаў, як фюрар па радыё: — Калі вы не маеце на талерцы

* Вельмі густы суп з гародніны, аднагачасова першая і другая страва.

137

мяса нямецкай казулі з нямецкім капытам, з нямецкімі галуш-камі і нямецкімі ягадамі, таму што бог лесу не ахвяруе вам сваіх дзяцей, то не ўпадайце ў роспач; не ўпадай у роспач, мой народзе, гадуй трусоў, яны таксама смачныя. Пах хлява — вось што патрэбна народу, фольксгеносэн не марнатравяць рыбу. Адна каструля, адзін народ, адна яечня!*

— Жах! — закрычалі ўсе трое ў адзін голас і зарагаталі.

Іх гутарка доўжылася далёка за поўнач. Гайдрун зноў не пажадала, каб Анэлі ці Паркер дапамаглі ёй прыбраць посуд, яна зачыніла рассоўныя дзверы ў сталовы пакой, а Эберхард, які кідаў задаволеныя позіркі на сваіх гасцей, што сядзеў на канапе, у нейкі момант кіўнуў ім і развітаўся, сказаўшы, што хоча паглядзець, як там справы ў жонкі, ды паставіць эспрэса, а потым яны могуць ісці — не, не, ён не выганяе іх, проста чала-веку ягонага ўзросту патрабуецца больш сну, чым моладзі, „ма-ладым бульбінкам“, — хоць пасля размоў пра стравы з бульбы яму, мабыць, лепш было б гэтага не казаць. Яны зноў парага-талі, усе былі добра нападнітку; Эберхард падняўся з фатэля, вохкаючы і ўдаючы барацьбу старога чалавека з нямогласцю ў выглядзе бачных праяў падагры, і выйшаў. З суседняга па-коя чуўся перастук талерак. Гайдрун прывітала мужа словамі: „Ну што, мой маленькі адмірал?“ Эберхард прамармытаў неш-та ў адказ. Потым ён зачыніў рассоўныя дзверы. Упершыню за гэты вечар Анэлі і Паркер апынуліся сам-насам. Яны абмянялі-ся позіркамі, і пасля хвіліннага збянтэжанага маўчання гутар-ка ўзнавілася.

— Эберхард расказваў мне, што вы выкладаеце ў нейкім каледжы?

— Так, я выкладаў у Бард-каледжы, але цяпер толькі пра-воджу блокі семінараў, у каледжы і ў Нью-Ёркскім універсітэце. У абедзвюх установах мне прапаноўвалі сталыя пасады, але я проста занадта...

— Паспяховы, — скончыла яна.

* Алюзія на лозунг „Адзін народ, адна дзяржава, адзін правадыр“, пад якім нямецкія нацысты ў 1933 г. прыйшлі да ўлады.

138

— Занадта шмат езджу. — Паркер вымушана ўсміхнуўся.

— Можа, у хуткім часе ўсё зменіцца? — Анэлі паглядзела на яго. У прыгожым пакоі, напалову асветленым лямпай у стылі „баўхаўза“, яе вочы слаба блішчэлі, нібы шэрыя грыфельныя пласцінкі ў сонечны дзень.

— Адкуль вы ведаеце Малера?

— Ганса-Крысціяна я ведаю ўжо вельмі даўно. І вось гэтых вашых сяброў, — яна паказала ў бок сталовай. — Праўда, да нядаўняга часу знаёмства было не прыватным. Ганс сёе-тое заўдзячае Янсену. Калі Янсен нешта кажа, ягоныя словы маюць вагу. І не толькі ў нас у партыі.

„Значыць, яе меў на ўвазе Малер, калі тады, на абедзе, казаў, што я ведаю ўжо двух ягоных супрацоўнікаў“, — раптам падумалася Паркеру.

— Ён у захапленні ад вас. Тое, што вы сёння зрабілі, было выдатна. Столькі ён ад вас зусім не чакаў. Не, праўда, не круціце галавою. Я ведаю яго, ён вельмі цэніць вас!

— Але ж і вас! Ён расказаў мне, што вы былі з місіяй ААН па справе Міжнароднага трыбунала ў Конга.

— Ва Усходнім Конга, так, але давайце пакуль не будзем пра гэта. — Анэлі абарвала зрокавы кантакт.

Замаўчаўшы, яны ўсвядомілі, што са сталовай ужо даволі даўно нічога не чутна і ніхто не нясе каву.

— Напэўна, нам трэба патроху... — сказала яна.

— Так, — згадзіўся Паркер.

Яны падняліся і па калідоры выйшлі ў кухню, дзе Гайдрун акурат уключала пасудамыечную машыну. Яна павярнулася да іх і ціха сказала:

— Мне вельмі шкада, але Эберхард пачуваецца не надта добра. Напэўна, для яго было трохі зашмат. Ён ужо пайшоў наверх. Нічога страшнага, проста яму трэба паляжаць.

Паркер зірнуў на яе.

— Даруйце, Гайдрун, мы, напэўна, занадта заседзеліся ў вас. Я зараз выклічу таксі.

Яна пахітала галавою.

— У яго што-небудзь сур’ёзнае? — спытаў Паркер.

— Не-не. Занадта высокі крывяны ціск, часам галава кружыцца, вось і ўсё. Столькі людзей, якіх ён імкнецца пераканаць. — Яна паглядзела на Паркера і Анэлі. — Усе гэтыя пасяджэнні і кансультацыі, што ён праводзіць... А ён не такі ўжо малады.

— Пажадайце яму ад нашага імя хутчэй паправіцца. Вечар быў цудоўны, — сказала Анэлі. — Мэцью, вядома, паедзе са мной.

Паркер прынёс іхнія паліто, і ля дзвярэй яны ціха развіталіся з гаспадыняй.

У Анэлі быў стары цёмна-зялёны „Сааб 900“. Прайшло некалькі хвілін, перш чым сядзенні нагрэліся. Край яе сукенкі задраўся. Яна ўсміхнулася, заўважыўшы позірк Паркера.

— Даўно не бачылі жаночых ног?

— Даўно не бачыў такіх прыгожых.

— Таго, хто спадзяецца на цуды, заўсёды чакае расчараванне.

— Спадзяюся, што не!

Калі яна ўключыла задні ход і азірнулася, каб праехаць паўз высокія пірамідальна падстрыжаныя кусты ядлоўцу, Паркер таксама азірнуўся і ўбачыў у асветленым прастакутніку ўваходных дзвярэй Гайдрун. За ёю з цемры выйшаў Эберхард у тоўстым халаце з бліскучага аксаміту. Ён даставаў з кішэні насоўку. Гайдрун заўважыла яго і, відаць, насварылася, але потым засмяялася. Машына тым часам выехала з двара і заслізгала па дарозе. Паркер паказаў Анэлі на гаспадароў дома. Эберхард і Гайдрун стаялі абняўшыся і махалі ім рукамі. Так аднадушна. У такой згодзе састарэцца разам. Калі „Сааб“ павярнуў на дарогу па ўзбярэжжы і наперадзе паказаўся амаль дзевяностаметровы помнік ваенна-марскому флоту, Паркер упершыню ўбачыў у ім не перасцерагальны палец і не непамерны намагільны камень з назіральнай платформай, ён бачыў перад сабою горда выстаўлены наперад нос карабля.

Калі яны пад'ехалі да рампы гатэля, Анэлі таксама выйшла з машыны, каб развітацца з Паркерам.

— Цудоўна было, — сказала яна.

Матор „Сааба“ ціха вуркатаў на марозе.

— Так, — сказаў Паркер. — Ён заўсёды так вые? — І паказаў на аўтамабіль.

— Толькі на халастым хаду. — Яна паглядзела на яго і нахілілася бліжэй. Іх твары апынуліся зусім побач.

— Бывайце! — шапнула яна. Клубы ад іх дыхання перамяшаліся.

— Да сустрэчы! — сказаў ён.

— Да заўтра! — удакладніла яна.

У сваім нумары Паркер уздыхаючы распрануўся. Ён кінуў позірк у люстра, узяў з міні-бара бляшанку колы, сказаў свайму адбітку ў люстры: „Будзь здароў!" — і дастаў з тумбачкі нататнік. Неўзабаве прыйшло паведамленне ад Анэлі. Паркер дастаў з сумкі планшэт і, падклаўшы пад спіну падушку, уладкаваўся ў ложку. Прыняў запыт Анэлі спачатку ў „Фэйстайме", а потым і ў „Скайпе".

З архіваў Паркера

Чацвёрты ўрок. Кожная прамова мае дваісты характар — змаганне і гутарка.

Бернар Ламі кажа ў сваім „Мастацтве гутаркі": плённасць чалавечай душы настолькі вялікая, што самыя няплённыя мовы становяцца самымі плённымі. Што гэта азначае? Квінтыліян расказаў у адной прыпавесці, што недасведчаны прамоўца нагадвае фехтавальшчыка, які змагаецца толькі за кошт запалу. І толькі дасведчаны ў красамоўстве валодае ўсімі фінтамі. А Ламі, наадварот, сцвярджае: пры смяротнай неабходнасці фехтавальшчык аўтаматычна пускае ў ход усе фінты, якія яго выратуюць.

Раздзел 6

Паркер прыйшоў на бераг і стаў праходжвацца ўздоўж бухты. Святло лядовых ліхтарыкаў абвалакло наваколле серабрыста-блакітным малочным зіхаценнем. Зазваніў тэлефон. Малер. Раніцай яны дамовіліся наконт кароткай гутаркі па тэлефоне апоўдні, і Паркер вырашыў, што паспрабуе скіраваць яе канкрэтна на дамову. Ён зняў левую пальчатку, каб адказаць на званок. Зноў пахаладала. Занадта марозна для снегу.

— Як прайшлі заняткі? Усіх утаймаваў? Прыгажуню — і пачвару ў кепцы?

— Хто разам грашыць — разам адказ...

Малер засмяяўся.

— Заўтра вечарам убачыш, хто сапраўды любіць адказваць.

— Ты што маеш на ўвазе?

— Няхай гэта будзе для цябе неспадзяванка. У мяне толькі што былі непрыемныя дэбаты ў ландтагу. Гаворка ішла пра тое, колькі бежанцаў мы прымем і што з імі будзем рабіць. Кантынгент занадта вялікі, усе сварацца, незалежна ад партыйнай прыналежнасці, Меркель губляе галасы. А тут, у Кілі, гэта становіцца яшчэ і палітычным фактарам.

— А ў цябе якая пазіцыя?

— У мяне? Дапамагаць, дзе можна. Гэта чалавечны падыход, гэта абавязак хрысціяніна, гэта добра ўспрымаюць лiберальныя пратэстанты. Нам трэба пастарацца, каб людзi пазбавiлiся ад сваiх страхаў, перасталi баяцца чужога, iншага. Дэбаты былi прасякнуты стрыманай агрэсiяй.

— Але ж ты так не казаў.

Малер фыркнуў у трубку.

— Не, але думаў. I пакрыху тлумачу людзям. Наша грамадства касцянее, усе баяцца, што глабалiзацыя зжарэ iх, зробiць iх непатрэбшчынай, i замест таго каб маршыраваць у невядомае i радасна, з цiкаўнасцю выпрабоўваць, якi гэты свет на дотык, калi аддаешся яму цалкам, яны ўсе ментальна хаваюцца ў сваiх маленькiх гарадскiх домiках цi ў садочках за горадам, мараць пра далячынь, гартаючы каталогi цi паехаўшы ў адпачынак, i лiчаць, што гэтага дастаткова.

— А ў цябе ёсць iдэя?

— Iдэi ёсць даўно. Нам трэба быць пiльнымi, каб сiтуацыя не стала згубнай з абодвух бакоў. Не абмежаваная нiякiмi ўмовамi iнтэграцыя i раскiнутыя для абдымкаў рукi, пры адсутнасцi пэўнага плана, з боку левых i нязрушная заклапочанасць унутранай бяспекай з ладным дамешкам расiзму — з правага боку; пачакай трохi, вось адбудзецца першы вялiкi тэракт у нас у Германii, вядома, не ў Кiлi, павер мне, тады ў нас — у краiне — пачнецца масавае кровапралiцце. Ускраiнныя гарады для тэрарыстаў нецiкавыя, гэта магчыма хутчэй у Франкфурце або ў Берлiне.

Паркер выкiнуў рэшту даўно ўжо халоднай пiцы ў кантэйнер i пакрочыў па зашэрхлым снезе ў кiрунку цэнтра горада. Малер працягваў:

— Не, я выступаю за прагматычны падыход, старымi казармамi можна скарыстацца адразу, гэта абыдзецца не дорага, толькi пасцельная бялiзна i ацяпленне. Кухнi ёсць таксама, а потым размеркаваць сем'i па навакольных вёсках i па некаторых раёнах горада. Гэта, можна сказаць, iдэя рымскага папы: ён казаў, што калi кожная царкоўная абшчына з хрысцiянскай любовi да блiжняга прыме толькi адну сям'ю i будзе па-сапраўднаму, па-суседску клапацiцца пра яе, тады мы як еўрапейцы пакажам, хто мы ёсць на самай справе. Гэта зрабiла на мяне ўражанне.

— А як твае калегі?

— Ну, да мяне выступаў адзін такі дубалом з кансерватыўнага лагера, ён гаварыў пра плынь бежанцаў, пра тое, што яе трэба абмежаваць, няхай вяртаюцца туды, адкуль прыехалі. Еўропа, маўляў, пачынае паддавацца шантажу, іслам нішчыць каштоўнасці цывілізацыі, на нас коціцца вялізная хваля, і мы мусім, мы павіны і гэтак далей. А тады выступіў я і гаварыў пра прагматызм, пра чалавека ў фуражцы.

— Гельмута Шміта?

— Так, пра яго. Што б ён сказаў сёння? Пачаў бы, потым задумаўся б, пакурыў. Ён бы ўнёс больш яснасці ў нашы дэбаты — і я таксама паспрабаваў зрабіць гэта. Той дубалом, Гармс, ты яго не ведаеш, страшэнна раз'юшыўся. Я казаў, што і мы мусім яшчэ падумаць наконт таго, што трэба зрабіць для бежанцаў акрамя неадкладнай дапамогі на першым часе. Заняткі па нямецкай мове, школы, падтрымка ў набыцці прафесіі, незалежна ад таго, збіраюцца яны заставацца тут ці вернуцца назад. Людзі без працы і без перспектывы — самае журботнае, што толькі можа быць. Яны гібеюць.

Паркер за гэты час зрабіў шырокую дугу па парку на Лебядзінай дарозе і зноў падышоў да школьнага двара. Спыніўся перад брамай і ўзяў мабільнік у правую руку.

— Значыць, ты хочаш разыграць карту будучага.

— Так. Людзі павінны тут адразу пачаць працаваць, яны павінны вучыцца, браць удзел у жыцці, ужывацца ў іншую культуру, абвастраць сваё ўспрыманне свету, а тыя, што потым вернуцца дамоў, змогуць адбудоўваць сваю краіну, дакладней свае краіны, ты ж ведаеш, тут не толькі сірыйцы.

— Амбіцыйны план, ён шмат чаго патрабуе ад усіх. — Паркер трохі падумаў, потым паспрабаваў сфармуляваць слоган: — Салідарнасць мае сексуальны характар.

— Яшчэ не зусім, мой дарагі. „Стаць лепшым — значыць змяніцца, дасканаласць азначае..."

— „...здольнасць мяняцца часцей". Уінстан Чэрчыль. А ў цябе ёсць грошы і працоўныя месцы? Хто цябе падтрымлівае?

— Спачатку мы прыдумаем рабочыя месцы для тых, хто ўсім гэтым будзе займацца, — настаўнікаў, памочнікаў па інтэграцыі, каардынатараў. Насельніцтва будзе дапамагаць прадуктамі і адзежай, многія будуць працаваць на грамадскіх пачатках, але ўсё гэта трэба будзе паставіць на прафесійныя рэйкі. І ў мяне маецца козыр, калі ўсё атрымаецца.

Паркер з цікавасцю чакаў.

— Ты памятаеш Фоса? Немаладога мужчыну на навагоднім прыёме?

— У яхт-клубе? Таго, з туркам?

— Дакладна. Халяльнае мяса, гатовыя прадукты, упакоўка мяса, усё гэта буйнамаштабна. Ён зусім нядаўна купіў адну старую мясцовую фірму, вядомую ў гэтай галіне не адно дзесяцігоддзе. А вытворчасць халяльнага мяса набывае размах. Учора я размаўляў з Фосам па тэлефоне. Яму не абавязкова чапляцца за Брандэнбург, мы будзем падтрымліваць яго тут, месца хапае, ён можа пашырацца, а мы шмат бежанцаў, якіх прымем, адразу накіруем на ягонае прадпрыемства. Простая праца, але ж праца.

— Прытым з мусульманскай афарбоўкай.

— Менавіта.

— Павінна атрымацца. А што ты будзеш мець з гэтага? Уплыў? Грошы на выбарчыя кампаніі? Кантакты?

— Мы, мой дарагі, мы. Абмяркуем заўтра вечарам, ды мы ж і сёння сустракаемся менш чым праз гадзіну. Альберых проста вар'яцеў, шкада, што ты не бачыў. „Здрада! Вы павінны былі дачакацца мяне", — і ўсё такое.

— Ты супакоіў яго?

— Вядома! Сказаў, што не мог дазваніцца і нават ягоная прэс-сакратарка не ведала, што здарылася, чула толькі, што ён трапіў у аварыю, я так і сказаў па тэлевізары, менавіта так, як ты мне параіў.

— А ён што?

— Супакоіўся. Нават пахваліў мяне, што я не даў зрабіць усё аднаму Хабэку. „СДПГ упэўнена стаіць за стырном", — і ўсё такое.

— Добра. А я пасля твайго інтэрв'ю шапнуў пад сакрэтам адміністратарцы і вядучай, што ў яго, відаць, была звадка з жонкай, таму ён выехаў са спазненнем. І кінуў між іншым, нібыта ён сказаў, што „бландзіначкі з надвячэрняй праграмы спакойна могуць і пачакаць" яго.

Малер трохі памаўчаў, а потым ціха засмяяўся.

— Подла. Дасканала. Бернд заедзе па цябе з чорнага хода.

Кіроўца Малера, які праз сорак пяць хвілін чакаў Паркера ля ахоўнага тамбура, падаў яму руку.

— Добра, што вы прыехалі да нас.

Будынак з чырвонай клінкернай цэглы выглядаў унутры больш прыветна, чым звонку. На ліфце яны падняліся на трэці паверх, высокія калідоры былі афарбаваны ў светлыя колеры, прыбудова спераду, у бок бухты, да якой вялі калідоры, выглядала прыемна дзякуючы матавым стальным апорам і шклу. Яны павярнулі налева, і кіроўца адчыніў двухстворкавыя дзверы ў канферэнц-залу.

Малер і яшчэ шэсць чалавек стаялі вакол вялікага стала.

— А! Мой новы чалавек за стырном! Праходзьце, Мэцью, праходзьце, я вас зараз пазнаёмлю.

— Хельга Хольм, Б'ёрн Асмусен і Анке Герэндонк — чальцы ландтага ад Саюза выбаршчыкаў Паўднёвага Шлезвіга, вы ж ведаеце гэтую нашу адметнасць! Палітычныя саюзнікі!

Высокая светлавалосая жанчына ў цёмна-сінім касцюме, Анке Герэндонк, падышла да Паркера і паціснула яму руку.

— У большасці выпадкаў! Калі спадарства ад сацыял-дэмакратыі, — яна з пакеплівай усмешкай кіўнула ў бок Малера, — таксама робіць тое, што павінна.

— Яна мае на ўвазе: тое, што гэтыя трое хочуць!

— Сустрэнемся на пасяджэнні камісіі — і з вамі таксама. — Герэндонк кіўнула спачатку Малеру, потым перавяла позірк на Паркера. Яму спадабаліся яе светлыя, ясныя вочы.

— А потым пасядзім разам даўжэй у кабінеце нашай фракцыі за кавай, добра? Хельга пячэ смачныя пернікі.

Трое датчан выйшлі з канферэнц-залы. Хельга Хольм і Б'ёрн Асмусен крыкнулі Паркеру прыязнае *„Velkommen“* і *„Нej, Нej“*, і кіроўца Малера зачыніў за імі дзверы.

Тыя трое, што засталіся ля стала, неяк ажывіліся, потым усе глыбока ўздыхнулі — чулася гэта так, быццам з паветранага шарыка выпусцілі паветра. Малер ухмыльнуўся.

— Датчане! Маленькія, але ўдаленькія.

Ён падвёў Паркера ў канец стала, дзе стаялі двое маладых мужчын у серабрыста-шэрых гарнітурах, што гладка аблягалі постаці, і жанчына ў сукенцы без рукавоў, занадта лёгкай, на думку Паркера, для гэтай пары года.

— Тэа, мая правая рука, другі кіраўнік фракцыі.

Тэа не падала Паркеру рукі, а падцягнулася, быццам намагаючыся стаць упоравень з ім, і паслала паветраныя пацалункі налева і направа.

— Мартэн і Торбен. Мартэн займаецца прэсай і менеджментам кампаніі, Торбен — кіраўнік майго офіса. З імі абодвума ты будзеш цесна супрацоўнічаць. Я ім ужо шмат расказаў пра цябе.

Пераход на „ты“, здаецца, быў цяпер для Малера вырашанай справай. Усё роўна, якое гэта „ты“ — таварышаў па партыі ці сяброўскае, — Паркеру падабалася, што яны зблізіліся. У Торбена і Мартэна быў моцны поціск рукі, але магчымасць вызначаць працягласць поціскаў яны аддалі Паркеру, паказваючы, што будуць падпарадкоўвацца. Пад канец Малер махнуў рукою кіроўцу, каб той ад дзвярэй падышоў да іх.

— З Берндам ты ўжо знаёмы. Ён — мой „хлопчык на ўсё“: кіроўца, целаахоўнік, асабісты сакратар.

Бернд яшчэ раз энергічна, з прыязнай сілай барца пасля выйгранага матча паціснуў Паркеру руку:

— Сардэчна запрашаем!

— Апошнім часам тут здарылася столькі брыдоты. У ход ідуць не толькі пратухлыя яйкі. Часам ляцяць ужо і камяні. Пасля таго замаху на Шойбле ўсе сталі асцярожныя, тым больш апошнім часам, з цяперашнім станам бяспекі і з народным гневам, які падаграецца „Альтэрнатывай для Германіі“. І Бернд...

Малер узяў не вельмі высокага, але дужага хлопца за плячо.

— Бернд не кліча ахову, уваходзячы ў якое-небудзь памяшканне.

Пра гэта можна было паспрачацца. Паркер зірнуў на паперы на стале.

— Так, камісія па саюзных сувязях паміж Шлезвіг-Гольштэйнам і Гамбургам неўзабаве зноў збярэцца.

— А датчане?

— Яны супраць, таму што баяцца страціць свой асаблівы статус. Натуральна. Ты ж ведаеш, на іх не распаўсюджваецца пяціадсоткавы бар'ер. А для Гамбурга гэта праблема. У нас гэта таксама было праблемай, чатыры гады таму апазіцыя нават падавала афіцыйны запыт, ці адпавядае гэта канстытуцыі, таму што яны раптам апынуліся ў нас ва ўрадзе. Анке была...

— ...і з'яўляецца міністрам юстыцыі, культуры і па агульнаеўрапейскіх пытаннях, да таго ж другім намеснікам прэм'ер-міністра.

— Маё шанаванне, — сказаў Торбен, які быў усё ж на пару гадоў старэйшы, чым здаваўся на першы погляд. Паркер даў бы яму пад шэсцьдзесят, сетка зморшчынак вакол вачэй і глыбокія складкі ля жорсткіх вуснаў выкрывалі ўзрост.

— Вы, — Паркер павярнуўся да Мартэна, які здаваўся копіяй Торбена, толькі быў гадоў на дваццаць маладзейшы, стройны, жылісты, дынамічны, узор спрынтара, — добра забяспечылі мяне матэрыялам.

— Ведаеце, такога ўплыву дацкая меншасць яшчэ ніколі не мела. Тры тысячы пяцьсот чальцоў партыі, фрызы і датчане, і яны маюць вырашальнае значэнне ў кааліцыі СДПГ — лібералы — зялёныя — дацкая меншасць. Анке прадстаўляе нас яшчэ і ў Бундэсраце. Калі сапраўды калі-небудзь стане рэальнасцю аб'яднанне з Гамбургам... — пачаў тлумачыць Мартэн, але яго перапыніў Малер.

— Або ўтапічная Паўночная дзяржава... Але давай падыскутуем пра гэта іншым разам.

Торбен і Мартэн кіўнулі і адразу ўзяліся парадкаваць дакументы і класці іх у свае партфелі.

— Ты бачыш, Мэцью, як мы падтрымліваем складаныя кааліцыі, дапамагаем людзям захоўваць вернасць уласным пераканнанням, выпрабоўваем часам незвычайнае — і гэта не на шкоду нашаму краю.

Малер узяў Паркера за руку і падвёў яго да акна. Паркер залюбаваўся відам яшчэ тады, калі ўваходзіў у залу. Цяпер яны разам глядзелі на бухту. Будынак ландтага Шлезвіг-Гольштэйна стаяў на ўзвышэнні, і адсюль, з трэцяга паверха, адкрываўся цудоўны від на ваду і на процілеглы бераг. У панараме на тым баку дамінавалі вялізныя докі верфі.

— Праз тыдзень да нас прыязджае міністр абароны.

— Я ў панядзелак ад'язджаю.

— Адмоўся, перанясі, прыдумай што-небудзь. Застанься толькі на пару дзён. Вядома, шанц будзе і потым, але фрау міністр прыедзе з вялікай світай — і я хачу паглядзець, да чаго нам, магчыма, трэба будзе прыстраляцца ў Берліне; гэта заўсёды павучальна, калі набліжаешся да міністэрскага ўзроўню. „Абарона" як сфера дзейнасці можа з пэўнасцю застацца ў тых самых руках і пасля наступных выбараў. А пасля візіту мы і дамову з табою падпішам.

Паркер вырашыў перанесці падрыхтаваныя для Франкфурта заняткі на наступныя выходныя. Індывідуальны трэнінг для менеджараў-чыгуначнікаў па выступленнях на тэлебачанні. Зараз яму патрэбна была дамова, яна была важнейшая, чым пара тысяч. Тады ён зможа і кватэру абсталяваць. Да таго ж у іх з Анэлі будзе час. Можа, і тая група прыедзе ў джаз-клуб, які яна хацела яму паказаць? Вяртаючыся з ландтага на семінар, ён паслаў Анэлі эсэмэску.

Учора ноччу яна распаліла яго сваімі ўяўленнямі пра тое, што здарыцца, калі яны дакрануцца адно да аднаго.

Я хачу адчуць тваю руку на мне.

Я хачу тваіх вуснаў.

Я хачу адчуць цябе ўва мне.

Вечарам ён знайшоў у сваім нумары напісаную ад рукі цыдулку — адміністратар гатэля прасіў прыйсці нарэшце, каб высветліць праблему з крэдытнай карткай. „Нарэшце".

Цудоўнае слова. Заўтра ён папросіць Малера, каб той загадаў сакратарцы патэлефанаваць сюды і сказаць, што ў іх выклікае пэўнае здзіўленне тое, як тут абыходзяцца з гасцямі ўрада федэральнай зямлі. Магчыма, ён нават ужо ў нядзелю пераедзе ў сваю кватэру ля Гёрна. З дамовай жа ўсё ясна.

Паркер пераапрануўся ў вясёлым настроі. Ранішнія заняткі прайшлі ў надзвычайна хуткім тэмпе. Для размінкі ён прапанаваў некалькі практыкаванняў на пастаноўку голасу — пазяханне, зумканне праз паветраныя шарыкі (мом, мем, мім, мам, мум), ад вібрацыі гумка казытала вусны, і ўдзельнікі семінара хіхікалі, потым на класічны пераход глісанда ад груднога рэгістра да галаўнога (мі, ма, мо) і нарэшце яшчэ адно класічнае практыкаванне на артыкуляцыю — чытанне гётэўскага тэксту:

Калі б у каралеўстве ўсіх кавалераў ведалі кавалеры,
Усе кавалеры ўсіх кавалераў паважалі б у большай меры.
Але кавалеры ў каралеўстве не ведаюць кавалераў усіх,
Таму ў каралеўстве адны кавалеры не заўважаюць
іншых зусім.. *

Кароткі трэнінг-дыскусія ў групе на тэму „Наколькі важнай можа быць праца?" прайшоў проста выдатна, добра атрымаліся нават падключэнні. „Так, я бачу, на што вы цэліце, калі гаворыце пра небяспекі празмернай захопленасці працай, мы ўсе гэта ведаем: хто засяроджваецца выключна на рабоце, забывае пра сям'ю, сяброў, вольны час і цягам месяцаў перанапружвае свае сілы, той некалі адчуе сябе знемажаным і спрацаваным. Але сустракаюцца і такія людзі, на самачуванні якіх ні завалены пісьмовы стол, ні шаснаццацігадзінны рабочы дзень аніяк не адбіваюцца. Такім чынам, стрэс ёсць нешта ў вышэйшай ступені суб'ектыўнае... Я б хацеў асабліва падкрэсліць гэты пункт у дакладзе слухачкі, якая выступала да мяне... Перфекцыяністы асабліва паддаюцца стрэсу... Пачуццё ўласнай вартасці і вынік працы..." і г. д. і г. д. Тэма была асветлена ўсебакова ў тэмпе стаката.

---

* Пераклад Вольгі Гапеевай.

Анэлі перасела ад Вільфрыда, на што звярнулі ўвагу ўсе ўдзельнікі семінара.

Тэнгес, малады адвакат з Плёна, якога Паркер на перапынку адвёў убок і параіў прыходзіць на заняткі ў гэтай кампаніі без гальштука, таму што гальштук надае яму чапурысты выгляд, а ён жа на самай справе не такі, закрануў вельмі прынцыповае пытанне наконт ролі рыторыкі.

— Няўжо вы думаеце, што ў будучым гэта яшчэ сапраўды будзе мець нейкае значэнне? Як мы ставімся адно да аднаго, як глядзім адно на аднаго, як каардынуем сваю пазіцыю з пазіцыяй іншага чалавека? Я вось што маю на ўвазе: большасць нарад некалі будуць адбывацца ў віртуальнай прасторы, скажам на глабальных прадпрыемствах, кіраўніцтва якіх знаходзіцца ў Сінгапуры, Цюрыху, Гамбургу, Лондане, Нью-Ёрку. Даволі доўга яшчэ будуць захоўвацца маніторы, але настане час, калі нараду будуць праводзіць чатырнаццаць аватараў, зручна рассеўшыся ў віртуальных фатэлях. Яны будуць абмяркоўваць палітыку канцэрна, і адзінае, чаго камусьці, магчыма, не будзе хапаць, — гэта паскуднае надвор'е ў Гамбургу, фармальнай лакацыі галоўнага офіса канцэрна. Тут спатрэбяцца ўжо зусім іншыя здольнасці, чым уменне глядзець адно аднаму ў вочы.

Анэлі і яшчэ некалькі чалавек засмяяліся, уявіўшы сабе такую карціну будучага. Паркер усміхнуўся і паспрабаваў адказаць. Можа, Тэнгес — чалавек Малера?

— Вы маеце рацыю, нейронныя інтэрфейсы і ўдасканаленне *second life** і відэагульняў „сімс" даюць для продажу ведаў у сеткавай эканоміцы неацэнную часавую і коштавую перавагу. Нікому не трэба аплачваць дарагі пералёт у бізнес-класе. Гэта і больш экалагічна. Аднак я не думаю, што віртуальнасць цалкам заменіць асабістыя сустрэчы. І тым больш не заменіць нашых моўных здольнасцей і стратэгій пераканання. Поспех такой комплекснай гутаркі ў многім будзе залежаць і ад жэстыкуляцыі і мімікі электроннага Я ў сеткавым свеце. Сама ідэя, безумоўна, зачароўвае. Але пройдзе яшчэ шмат часу да яе ажыццяўлення.

* Другое, іншае жыццё (*англ.*).

Большасць слухачоў згодна кіўнулі. Тэнгес пахітаў галавою, быццам не прымаючы тэхнічнай адсталасці такіх аргументаў.

— Але ваша ўяўленне пра штучны друтасны свет закранае далейшыя вельмі цікавыя пытанні: ці можаце вы, напрыклад, уявіць сабе судовы працэс, які адбываецца віртуальна? Аватары — у зялёных даспехах ці яшчэ як там на грамадскім узроўні вырашыцца пытанне моды, ва ўсялякім разе аўтарытэтныя аватары ўводзяць абвінавачванага, усё гэта робіцца пампезна, у „Палацы Юстыцыі", або сціпла, з простай чынавенскай шэрасцю, у канцылярыі з адным сталом, адным крэслам і адным вазонам; я ўжо бачу, як тысячы індыйскіх хлапчукоў і дзяўчатак распрацоўваюць праграмы абсталявання такога офіса. Потым усе садзяцца: тры судзейскія фігуры, пракурор і абаронца, сакратар, які вядзе пратакол, і сорак аватараў прэсы рассаджваюцца па баках ад абвінавачванага, цэлае віртуальнае грамадства можа падключыцца да бабулі ў вязаным швэдры ці да быкападобнага стэроіднага тыпа ў трэцім радзе — гэта прадстаўнікі гледачоў, каб не страцілася публічная мэта слухання справы. Але як вы створыце ў віртуальным свеце атмасферу? І найперш: хто створыць яе?

Увага Паркера на нейкі момант адцягнулася, таму што на яго паглядзела Анэлі. Ён паспрабаваў зноў падхапіць думку.

— Усё гэта ўжо мае наступствы для нашай формы дэмакратыі, нашага ўдзелу ў тым, што адбываецца: мы ўсе ахоплены сецівам, праз „Твітэр" і „Фэйсбук" мы ўдзельнічаем у куды большай колькасці акцый, чым любое папярэдняе пакаленне, але ў эвалюцыйным і псіхасацыяльным аспекце мы, як і раней, застаёмся ў мазгах, целах і маралі, атрыманых намі ў выніку прамахаджэння паляўнічых і збіральнікаў і далейшага пераходу да аселасці. А цяпер у цывілізацыйным аспекце зноў надыходзіць новая ступень — жыццё ў віртуальнай сферы, фундаментальнае пашырэнне, да якога нам трэба будзе неяк прызвычаіцца, і гэта будзе мець яшчэ больш наступстваў, чым мы цяпер ужо бачым. Тэнгес мае рацыю: судовыя працэсы, прыняцце эканамічных ці палітычных рашэнняў даўно ўжо адбываюцца ў сацыяльных медыя. Мы мусім навучыцца разумець іх.

Яны дыскутавалі і пасля таго, як Паркер выказаў сваю пазіцыю. Абмяркоўвалі, з якімі прававымі наступствамі давядзецца сутыкнуцца ў такім іншым свеце, з якімі новымі відамі злачынстваў. Вільфрыд дадаў весялосці: ці зможа нехта ўварвацца на нараду, такі вось хакер-аватар, штучная асоба, якая пачынае разыгрываць сеціўнага тэрарыста і вынішчае глабальную нараду віртуальнымі кулямётнымі залпамі? Якое гэта правапарушэнне? Супрацьзаконнае пранікненне ў памяшканне? Замах на забойства? Парушэнне грамадскага спакою? Ці злоўжыванне данымі?

У „Карáле", піўной амаль побач з гатэлем, Паркер замовіў лёгкую вячэру: суп, невялікая порцыя рамштэкса з салатам, палова порцыі смажанай бульбы і бакал чырвонага віна. Усю другую палову дня ён адчуваў страшэнны голад. Няспешна паеў, расплаціўся і пайшоў у свой нумар, не звяртаючы ўвагі на парцье, які клікаў: „Гер Паркер! Гер Паркер!" Напалову распрануўся і стаў разглядаць сябе ў люстры ў лазенцы. Потым паглядзеў на дысплэй мабільніка. Анэлі не патэлефанавала. Сеў за камп'ютар. Прайшоў нейкі час, перш чым ён разабраўся з поштай. Адказы пісаў кароткія, у большасці выпадкаў дадаваў некалькі слоў пра надвор'е ў Кілі: срэбны зімні туман. Адміністрацыю Нью-Ёркскага ўніверсітэта папрасіў яшчэ пачакаць з канчатковым высяленнем яго са „Срэбных вежаў", бо ён цяпер знаходзіцца за мяжою, і запэўніў, што паслаў у свой банк запыт, чаму яны не перавялі грошы на аплату кватэры, гэта ж сапраўды дзіўна. Акол Пол Кордыт, намеснік міністра інфармацыі і камунікацыі Паўднёвага Судана, зноў прыслаў *Official Tender Invitation** са спісам абсталявання, землеўладанняў і яшчэ не да канца адбудаваных нафтаперагонных заводаў, уладальніцай/-кам якіх *Dear Madame/Sir* можа стаць, пасля таго як вышле па электроннай пошце заяву аб намерах і, само сабою, пасля добразычлівага высвятлення маёмаснай сітуацыі

---

* Афіцыйнае запрашэнне да ўдзелу ў тэндары (*англ.*).

паважанай/-ага мадам/сэра. Паркер выдаліў гэта. Потым прачытаў паведамленне сваёй агенткі. Толькі два сказы, прывітанне і адзін лінк:

Ты бачыў гэта? Сардэчнае прывітанне, К.

P.S. Мне вельмі шкада.

Звычайна яна дасылала яму рэзка крытычныя артыкулы ці адмены запрашэнняў прачытаць даклад або правесці семінар, арганізатары якіх прымалі рашэнне не на яго карысць. Яго раптам ахапіла непрыемнае прадчуванне.

Тэлефон у нумары званіў ужо, відаць, даволі доўга, калі ён нарэшце зняў слухаўку.

— А, дык ты ўсё ж такі ў сябе. Табе ў нас спадабалася?

Эберхард. Трэба было патэлефанаваць яму яшчэ ўранку, падзякаваць. Гэта найменшае, што ён павінен быў зрабіць. Ён спехам накрэмзаў на стыкеры напамін: заўтра яшчэ да семінара паслаць Гайдрун кветкі і картку са словамі падзякі.

З таго часу як Ніла выставіла яго за дзверы, ён амаль нікому не тэлефанаваў. Яна паведаміла яму эсэмэскай, калі ён павінен забраць свае рэчы з кватэры і колькі грошай вінен яшчэ ёй за электрычнасць і тэлефон. Ён чакаў усяго — лаянкі, выбухаў шаленства, істэрычнага плачу, чагосьці, што б прынамсі сведчыла, што яна абражана, але яшчэ, магчыма, думае пра яго. Але яна быццам акамянела, спытала толькі, калі ён скасуе даручэнне банку на аплату кватэры і куды перасылаць ягоную пошту. У той дзень, калі ён па дамоўленасці з Нілай павінен быў забраць свае рэчы з кватэры, ён купіў лілеі. Магчыма, якраз водар кветак і перашкодзіў яму адразу ўчуць мыш. Ён дастаў з шафы вазу, наліў вады і паставіў лілеі на столік ля канапы. Ніла любіла кветкі. Употай Паркер спадзяваўся, што яна будзе дома, што яны трохі паспрачаюцца, разам паплачуць, пацалуюцца, паб'юцца, памірацца. Але яна толькі пакінула падпісаныя карткі. Карткі на чамаданах: „мой"/„твой", карткі з распараджэннямі. Скрынкі з кнігамі і кампакт-дыскамі стаялі штабелем адразу за дзвярыма, ягоныя гарнітуры, кашулі,

154

гальштукі ляжалі, акуратна складзеныя, у спальні на ложку, на якім ужо не было другой падушкі.

Па цесным калідоры ён прайшоў у кухню. Кветак перад тварам цяпер не было, і ў твар яму ўдарыў смурод гніення. Не пранізлівы, хутчэй такі, нібы ў халадзільніку разлілося малако і гніласныя газы лактозы аб'ядналіся з пушыстым налётам плесні на неапырсканых лімонах у нейкім палявым доследзе па азеляненні горада. Але халадзільнік быў пусты, там стаяла толькі пачатая бутэлька новазеландскага савіньёна-блан. Быццам Ніла даўно ўжо не заходзіла ў кватэру. Гэта было дзіўна. У лазенцы, на паліцах, на ложку, у шафах не засталося аніякіх слядоў ягонага знаходжання. Ніводнага фотаздымка, ніводнага прадмета, які б нагадваў пра іх абаіх. Кватэра была чужая, нібы падрыхтаваная да агляду.

Ён успамінаў, як яны некалі разам абсталёўвалі яе, як Ніла ў паніцы тэлефанавала яму, калі неўзабаве пасля пераезду сюды абрынуўся суседні дом, а ў іх абвалілася столь у кухні і пасыпалася старая набівачная маса з гнілой саломай, што заставалася яшчэ з таго часу, калі ў Ніжнім Іст-Сайдзе і Віліджы ў жылых дамах размяшчалі маленькія сямейныя фабрыкі ў якасці, так бы мовіць, субпадрадчыкаў буйных тэкстыльных прадпрыемстваў. У большасці выпадкаў гэта быў адзіны шанц для запалоханых рахітычных імігрантаў з Шварцвальда, Памераніі, Украіны і Усходняй Польшчы хоць як наладзіць тут новае жыццё. Пірог быў ужо падзелены, ірландскія, італьянскія, мясцовыя, нават кітайскія банды дакладна пазначылі свае дзялянкі ў Ніжнім горадзе, нямецкая, польская, яўрэйская кліентура мусіла неяк даваць сабе рады ў гэтай сітуацыі, то-бок прыстасоўвацца. Ніла крычала, што гісторыя яе не цікавіць, што ён павінен неадкладна прыехаць і ўратаваць яе з хаосу, утворанага тынкам, каменнем і паразітамі, што іх прыгожая мэбля забруджана, а ёй нечым параніла галаву, не, не страшна, толькі невялікая ранка, на лбе, пад лініяй валасоў, але ад яе можа застацца рубец. Паркер, вядома, прыехаў. Ён заўважыў, як моцна Ніла напужалася. Але калі ён праз нейкі час ад'язджаў і даваў ёй інструкцыі наконт таго, як яна павінна паводзіць сябе пры сустрэчы з домаўладальнікам, каб той зразумеў, што

155

Паркер не жартуе, патрабуючы неадкладнага рамонту з выдаткамі не толькі на пластыкавую абшыўку і малярную стужку, ды каб знайшоў для Нілы на гэты час адпаведнае жытло, яна ў роспачы спытала: „А ты хіба не застанешся?" Ён толькі пахітаў галавою. „Застанься, калі ласка!"

Ён мусіў ехаць у Бостан. Тады ягоныя паездкі з дакладамі акурат толькі пачыналіся. Ён мусіў браць усё, што мог атрымаць; семінары, якія прынеслі яму потым так шмат грошай, былі яшчэ ў далёкай будучыні. Але ўжо і тады для яго справа была не толькі ў грошах, хоць кватэра і частыя выхады з Нілай і яе сябрамі сягалі далёка за межы ягоных фінансавых магчымасцей. Ён мусіў ездзіць па свеце, каб паказаць, на што ён здатны. Тады яму не ўдалося растлумачыць гэта Ніле.

Паркер падумаў, што ўсе гэтыя гісторыі сталі цяпер усяго толькі ўспамінамі, якія яны, Ніла і ён, ужо не будуць дзяліць паміж сабою. А тады яны сядзелі на прыступках украінскай царквы непадалёку ад сваёй кватэры, Ніла плакала, ён абдымаў яе і не мог суцешыць. Для мінакоў яны, мабыць, выглядалі парай перад расстаннем. Магчыма, рашэнне ехаць у Бостан было памылкай. Першай у доўгай чарадзе памылак, якія незваротна аддалялі яго ад яе. Але цяпер ужо нічога не зменіш.

Па спіне прабеглі дрыжыкі. Ідучы ў спальню паўз лазенку, ён кінуў кароткі позірк у люстра і спалохаўся. За ягонай спінай, на падлозе перад прачыненымі дзвярыма лазенкі ляжала мыш. Дакладней, дзве паловы мышы. Ён павярнуўся. Мыш была шэрая, ужо амаль муміфікаваная, абедзве паловы ссохліся, і яму здалося, што ён бачыць косці яе грудной клеткі. Вантробы віселі вонкі, парваныя кішкі вылезлі з абалонкі і былі сухія, як выкінутыя на бераг марскія водарасці. Ніла расклеіла паперу-пастку на мышэй. Верагодна, мыш прыбегла праз вентыляцыйную шахту ці каналізацыйную трубу, праслізнула праз шчыліну пад дзвярыма ў лазенку, а потым трапіла ў гэтую пастку. У адчаі яна, напэўна, спрабавала вырвацца, выцягвала лапкі, намагалася лезці наперад, расцягвала тулава, а потым, змардаваная, прыклейвалася новымі і новымі месцамі — жыватом, спінаю, галавой, да паперы прыліплі кавалкі поўсці, суставы лапак. Найперш адарваліся, відаць, вусікі, а потым тулава раздралася пасярэдзіне. На дзве часткі. Пярэдняя частка амаль вызвалілася ад паперы, але якой цаною! Разрыванне тулава было ў Сярэднявеччы самым жорсткім пакараннем, бо лічылася, што парванае на кавалкі цела ў дзень Страшнага суда не зможа паўстаць. Пакаранне, якое сягае за межы „таго свету“. Амерыканская папера-пастка знішчае мышэй на ўсе часы.

Паркер кінуўся ў лазенку. Нейкае імгненне ягоны раздзьмуты твар, здавалася, рухаецца ў люстры, быццам шар, без тулава, потым ён скурчыўся над ракавінай. Ён дрыжаў усім целам, у роце адчувалася горыч. Ён сплюнуў.

Потым узяў у шафе пад мыйкай венік і шуфлік і асцярожна вымеў пярэднюю частку мышы з падлогі і з краю клейкай паперы. Мыш была зусім лёгкая. Ён занёс яе ў спальню, адчыніў вялікую ўбудаваную ў сцяну шафу, у якой вісела ўжо толькі Ніліна адзенне, і паклаў палову мышы ў бэжавы туфель „Прада“. У дзвярах шафы ён пакінуў шчыліну. Наступныя паўгадзіны ён зносіў уніз свае рэчы, потым выклікаў грузавое таксі і паклаў ключы, як патрабавала ў сваёй запісцы Ніла, на кухонны стол. Яшчэ раз агледзеўся. Потым зачыніў за сабою ўваходныя дзверы.

Рэакцыі на мыш таксама не было ніякай. І ўсё ж ён зрабіў яшчэ адну спробу. Тыдні праз тры, прачытаўшы ў адным артыкуле ў „Нью-Ёрк таймс“, што Ніла выстаўляй пра матэрыял у мастацтве Ісаму Нагучы распачынае працу ў якасці кураткі Музея сучаснага мастацтва ў Бікане, Паркер наважыўся скарыстацца апошнім шанцам.

Ён надзеў карычневы гарнітур ад Этра, вузкі гальштук „Дольчэ & Габана“, боты „Варватас“ і новае паліто з сэканд-хэнда. Дзірачкі, прагрызеныя моллю, ён заўважыў толькі тады, калі паварочваўся перад люстрам. Ну і няхай сабе. Панк. Панк у кашаміравым паліто. З пярсцёнкам з Лас-Вегаса ў кішэні.

Няўклюдны „додж чарджэр“ вуркатаў па Хаўстан Стрыт у кірунку Іст- Рывер. Паркер выехаў на магістраль імя Франкліна Рузвельта. Да адкрыцця выставы заставалася тры гадзіны. Часу дастаткова, каб даехаць, магчыма, нават па Дзявятай праз

Осінінг і Сліпі-Холаў. Калі Паркер афармляў пракат машыны, яго намаўлялі ўзяць апгрэйд, але яму было ўсё роўна. Зараз ён націскаў кнопкі на радыёпрыёмніку. На буйных каналах перадавалі лаціна-джаз або праганялі спераду назад і ззаду наперад хіт-парады, абвяшчалі стаўкі па бейсбольных матчах, устаўляючы звычайную рэкламу. Ён амаль прапусціў на Эн-Пі-Ар верш дня, які дэкламаваў і інтэрпрэтаваў сваім прыемным сакаўным голасам Карл Гас, а потым адразу ў эфір пайшоў замаскіраваны пад агітацыю за ўступленне ў нейкае аб'яднанне заклік рабіць ахвяраванні; збор іх, казала дыктарка, будзе доўжыцца яшчэ цэлы тыдзень, пакуль не будзе дасягнута высока пастаўленая мэта — дзвесце пяцьдзясят тысяч долараў за бягучы квартал. На гэты момант сабрана сорак восем тысяч.

Паркер не вельмі любіў лічбавыя радыёпрыёмнікі. Са старымі аналагавымі можна было прынамсі асцярожным пакручваннем кнопкі хоць часам злавіць які-небудзь універсітэцкі канал, па якім перадавалі ўласную дзікую музычную сумесь, а калі пашанцуе, то і пачуць сапраўды добры каментарый. Новыя скарбы электроннай музыкі, нанова адкрытыя класічныя рэчы, дыскусіі пра блюграс і палітычную рэлевантнасць музыкі для Амерыкі. Ён спачуваў апантаным нердам. Калі б ягонае дзяцінства было трохі шчаслівейшым, ён і сам стаў бы такім. Паркер паспрабаваў перахітрыць настройку магутнасці перадатчыка, хутка націскаючы і зноў адпускаючы клавішы пошуку станцыі, ненадоўга злавіў студэнцкі канал Фордхемскага ўніверсітэта ў Бронксе, потым гук сплыў, як летні снег, што падаў з ліп і таполяў на лабавую шыбу.

„Чарджэр“ мужна імчаў наперад. За чыгуначным мостам цераз Спайтэн-Дайвіл-Крык Паркер паехаў следам за грузавіком, які перавозіў шчэбень; дробны пясок шалахцеў па рашотцы ягонага радыятара, быццам тысячы маленькіх каменьчыкаў. Ён хацеў адразу з'ехаць з Дзявятай-А на Дзявятую, праз Ёнкерс. Мігценне рознакаляровай лістоты на кронах, якія скляпеннем выгіналіся над дарогай, нагадала яму колер лісця ў той дзень, калі ён заехаў па Нілу ў „Метраполітэн“, іх другі, спачатку нясмелы, потым больш разняволены шпацыр, які пачаўся ў Батанічным садзе, а скончыўся ў яе кватэры. Паркер адчуў хвалю цеплыні. Ён растлумачыць Ніле, як атрымалася, што ён зманіў ёй, ён папросіць прабачэння.

На ўездзе ў Осінінг вісеў вялізны кардонны плакат з рэкламай *Каменнага Дома, Дома Джона Чывера з Найсмачнейшымі Блінамі ў свеце*. Паркер ведаў, што Чывер нарадзіўся не ў Осінінгу і што ў Злучаных Штатах не менш за трыста населеных пунктаў, якія называюць сябе месцам, дзе выпякаюцца найсмачнейшыя бліны, але дзея ў многія аповесцях Чывера адбываецца тут або ў падобных іншых маленькіх гарадках штатаў Нью-Ёрк ці Канектыкут, адкуль можна ездзіць на Манхэтэн прыгарадным трамваем. Ён прыпыніў машыну каля старой гасцініцы, каб выпіць кавы. Ідучы ў рэстаран, адчуў, як бурчыць у яго ў жываце.

У думках Паркер паўтарыў усё, што збіраўся сказаць.

Калі з Бікане ён заязджаў на паркоўку перад будынкам Музея сучаснага мастацтва, сэрца яго шалёна стукацела. Ён прыпаркаваў „чарджэр" у другім шэрагу, побач з „астан-мартэнам". Людзі, якія выходзілі з вялікіх лімузінаў, глядзелі на яго так, быццам хацелі сказаць, што яму тут не месца. Паркер зірнуў на сваё адлюстраванне ў шкляных дзверцах, паправіў гальштук і задаволена кіўнуў.

На ўваходзе яго не папрасілі паказаць запрашэнне. Некаторыя пары былі ў вячэрнім убранні, і ягоны карычневы гарнітур здаваўся ледзь не занадта сціплым. Паркер папрасіў шампанскага.

Ніла прыйшла ў сукенцы з адкрытымі плячыма. Яна выглядала файна, хоць і нервавалася, таму што павінна была адразу на пачатку выступаць з дакладам. Паркеру хацелася абняць яе. Але яна была ў атачэнні супрацоўнікаў музея, а непадалёку стаяў і бацька, доктар Пэйтл. Неўролаг, які прызнаваў толькі старыя грошы, старыя абскрэбеныя грошы, высахлыя грошы, мясныя грошы, грошы эксплуататара, грошы пурытаніна, грошы, якія ў Амерыцы смярдзелі ўжо ад імёнаў уладальнікаў. Доктар Пэйтл падышоў да дачкі і паклаў ёй руку на плячо, каб трохі супакоіць. Маці Нілы, добрая карэнная жыхарка Нью-Ёрка, папрасіла афіцыянта падаць яшчэ адзін бакал белага віна. Імпрэзу пачаў дырэктар музея, ён прадставіў Нілу як новую куратарку, прывітаў важных гасцей. Тут былі Рычард Сера, Трэйсі Гарыс, удава Дэна Флавіна, Ай Вэйвэй. Госці задаволена ківалі. Паркер стаў на ніжнюю прыступку лесвіцы, каб лепей бачыць. Ніла пачала даклад.

„Амерыка, табе лепш, у цябе няма старых базальтаў...“

Яна цытавала Гётэ па-нямецку, без памылак, гэтаму ён усё ж здолеў навучыць яе. Потым перайшла да новай эстэтыкі матэрыялу: матэрыял, фізічны змест мастацтва, гаварыла яна, усё больш знікаў пад прыматам формы заходняй традыцыі. І толькі цяпер, толькі некалькі апошніх гадоў з матэрыялам зноў абыходзяцца больш усвядомлена, прынамсі калі мець на ўвазе шырокія рамкі гісторыі мастацтва. Ісаму Нагучы, напалову японец, напалову амерыканец, набыў вядомасць не толькі афармленнем плошчаў, напрыклад для „Чэйз Манхэтэн Банк“, не толькі сваімі буйнафарматнымі скульптурамі і сучаснымі цукубаі і карэ-сансуі, каменнымі садамі — намёкам на ўзоры з перыяду Мурамаці, а найперш агульнай транспазіцыяй японскай эстэтыкі вабі-сабі, у якой важнае значэнне маюць працэсы старэння, зломы і напластаванні часу ў матэрыяле; Нагучы — адна з самых значных постацей у сучасным мастацтве, творца-каталізатар, цяпер яму нарэшце прысвячаецца выстава і па-за межамі Малога музея ў Батанічным садзе ў Куінсе. Ніла падзякавала Рычарду Сера, які сваёй іржою і слядамі выветрывання на жалезе яшчэ больш адмыслова прадоўжыў традыцыю Нагучы, падзякавала ўдаве Дэна Флавіна за перададзеную музею светлавую інсталяцыю і Ай Вэйвэю за твор пад назвай „Тысяча лямпаў падпальваюць неба“, для якога ён дэфармаваў славутыя дарагія анімэ „Акары“ Нагучы з выробленай ручным спосабам паперы, зрабіўшы з іх дзіўныя чарвячныя аб'екты, незвычайны сад з зіхатлівых дажджавых чарвякоў. Філарманічны аркестр зайграў Гайдна, імпрэза была распачата.

Ніла добра зрабіла сваю справу. Паркер апусціў руку ў кішэню пінжака, дзе ляжаў пярсцёнак. Ён хацеў неяк прабіцца да яе паміж гасцямі, якія ўжо напоўнілі свае талеркі смакоц-цем са сталоў, але раптам убачыў побач з ёю нейкага мужчы-ну. Мужчыну, які проста ззяў, які цалаваў Нілу. Доктар Пэйтл таксама ззяў. Маці Нілы ўсміхалася і піла віно. Паркер не за-ўважыў, што нехта стаіць побач і назірае за ім. „Вам блага?" Немаладая жанчына са службы выязнога рэстараннага абслу-гоўвання, светлавалосая, з сеткаю зморшчынак ля вачэй.

Паркер пахітаў галавою. „Не, дзякуй, я пачуваюся выдат-на".

Двое мужчын у цёмных гарнітурах і з затычкамі ў ву-шах, якіх ён уяўляў сабе не такімі, пэўнага кшталту „супергер-рой Халк" і невысокі афіцэр спецкаманды, спынілі яго, калі ён хацеў прайсці праз другі ланцуг ачаплення за Нілай і яе мастакоўскай світай.

— Сэр, — шэптам сказаў меншы, мужчына гадоў трыццаці пяці, у якога валасы на галаве павыпадалі няроўнымі вяночка-мі, — пакажыце, калі ласка, ваша запрашэнне.

Другі, здаравяк з носам-бульбінай, перагарадзіў Паркеру дарогу.

— Прашу прабачэння, я спазняўся, толькі што прыехаў з Нью-Ёрка, запрашэнне забыў у машыне. — Паркер паглядзеў „Халку" проста ў вочы.

— Пакажыце, калі ласка, ваша запрашэнне, — паўтарыў невысокі.

— Яна мяне запрасіла, — сказаў Паркер і паказаў на Нілу. Яна яшчэ не заўважыла яго, але на яго звярнуў увагу мужчына, які пацалаваў яе. Гэта толькі здалося Паркеру ці той сапраўды з'едліва ўсміхаўся?

Цяпер у бок Паркера глядзелі ўжо і маці і сястра Нілы.

— Мне вельмі шкада, але без запрашэння я не магу вас прапусціць.

Ніла, якая акурат ажыўлена размаўляла з Ай Вэйвэем, зірнула ў ягоны бок. Паркер памахаў ёй рукою. Яна паправі-ла сваю сукенку ад Веры Вонг — ці, можа, ад Версачэ, і твар яе азмрочыўся. Потым яна папрасіла ў кітайца прабачэння і падышла да здаравяка і Паркера.

— Мэцью, — сказала яна.

— Ніла.

— Ідзі адсюль, калі ласка.

— Але ж я...

Да іх кінуўся бацька Нілы. Доктар Пэйтл памахваў указальным пальцам. Як дзіцяці. Ці непаслухмянай хатняй жывёліне. Ніла глядзела на Паркера.

Ён хацеў расказаць ёй, як яму шкада, што ўсё так атрымалася, як ён хоча яе, прызнацца, што́ ён увесь гэты час хацеў сказаць ёй, яшчэ з Лас-Вегаса. Але Ніла глядзела на яго, а ў позірку яе не было нічога. І ён вымавіў толькі: „Жадаю шчасця", павярнуўся і выйшаў.

Паркер зірнуў на гадзіннік. Ён і не заўважыў, што ўжо надышла ноч. Сеўшы ў „чарджэр", ён так рызыкоўна завёў матор, што машына заслізгала. На паркоўцы нікога не было. Потым ён пераставіў аўтаматыку на самы маленькі перадатачны лік, даў газ, і колы пракруціліся. Магістраль поўнач — поўдзень была амаль пустая. Толькі ён і святло.

Ён заўсёды быў добрым кіроўцам, упэўненасць дапасоўваць хуткасць да дарожных умоў ён набыў у незлічоных паездках па ўсёй Германіі, тады, калі нейкі час зарабляў грошы кур'ерскімі паслугамі, дастаўляў кантэйнеры з дэкаратыўнымі рыбкамі з Гамбурга ў Мюнхен, перавозіў новыя аўтамабілі ці на студэнцкіх канікулах працаваў начамі шафёрам на хуткай дапамозе. Але цяпер гэта не мела ніякага значэння.

У святле фар танцавалі матылькі. „Чарджэр" з вуркатаннем ехаў па шашы. На нейкі момант Паркеру здалося, што манатоннасць руху і маркотны рытм колаў наркатызуюць яго. Ён ні пра што больш не думаў, ні пра Нілу, ні пра таго мужчыну, які цалаваў яе, адчуваў толькі, што вельмі стаміўся. Раптам перад ім узнікла сцяна поўсці, статак казуль, проста перад сабою ён убачыў касцістую прадаўгаватую морду з двума вялізнымі вачыма. Ён націснуў на тормаз, машыну крутанула, цёмна-бурачковы асвяжальнік паветра на люстэрку задняга віду шалёна загайдаўся. І тут аб машыну ўдарылася іншая казуля, у твар яму задушліва і горача прыснула кроў. Напэўна, ён закрычаў, але машына спынілася толькі тады, калі ягонае „Не!" даўно адгучала.

Калі ён выйшаў з машыны, то ўбачыў памятыя дзверцы з боку кіроўцы і рэшткі поўсці на бамперы. Ён падышоў да казулі, яна яшчэ спрабавала падвесціся. Яе морда была ў крыві. Потым жывёліна апусціла галаву на дарогу. Паркер падышоў да яе і пагладзіў па шыі. Яшчэ некалькі секунд ён адчуваў свісцячае дыханне па-над пульсам, потым пярэднія лапы здрыганулся яшчэ раз, і з рота высалапіўся язык. Яе вочы, падумаў Паркер, вялізныя чорныя вочы. Яны глядзелі на яго. Не, яны ўжо толькі блішчэлі. І ўбачыў ён у іх самога сябе, сваё адлюстраванне.

Ён пазначыў месца аварыі і патэлефанаваў у службу эвакуацыі аварыйных машын і ў паліцыю. На пытанне, ці паранены ён, ці прыслаць хуткую дапамогу, ён адказаў адмоўна.

Ірыс, даўняя найлепшая сяброўка Нілы, расказала яму, калі ён патэлефанаваў ёй, што мужчына, якога ён бачыў на адкрыцці выставы, Нілін новы кавалер. Неўзабаве Паркер ужо ведаў, што гэты кавалер — Джонатан Сэндфорт-Уэйнрайт III, сын фабрыканта, нашчадак старой арыстакратыі Новай Англіі, прафесар кафедры культуралогіі Браўнаўскага ўніверсітэта, чэмпіён па парусным спорце, шматбаковы талент, ужо доўгі час некаранаваны кароль вечарынак у Бостане, але жыве з карысцю для грамадства і працуе ў Провідэнсе. Сама дасканаласць!

Ірыс нядаўна пераехала ў Лондан і працавала ў аўкцыённым доме Саатчы.

„Яна кахае яго, Паркер, тут нічога не зробіш. Ты ўсё сапсаваў. А мы з табою маглі б разам схадзіць куды-небудзь... Калі будзеш у Лондане, патэлефануй". Ён не патэлефанаваў.

— У вас было цудоўна. Шчыра дзякую табе. Праўда. — Паркер стараўся ўкласці ў свой голас усю тую цеплыню да Эберхарда, якую адчуваў.

— Часам чалавеку бывае проста неабходна з некім пагутарыць. У цябе стомлены голас.

— Так, я і праўда стаміўся. — Паркер паспрабаваў надаць голасу больш засяроджанасці і ўважлівасці, прыязнасці. Удзячнасці.

— Я толькі хацеў перасцерагчы цябе, — працягваў Эберхард.

— Перасцерагчы? Ад чаго?

— Каб нешта не ўцякло ад цябе: Анэлі. Мы абое адразу падумалі, што вы цудоўная пара. Яна — нешта асаблівае, Мэцью. Ну ты сам, напэўна, яшчэ лепш ведаеш. Але я думаю, што ты зрабіў на яе ўражанне. Толькі не сапсуй усё залішнім роздумам. — Паркер пачуў, як Эберхард уздыхнуў. — Жыццё не вельмі ахвотна дае другі шанц.

Да бязмежнай сімпатыі, якую Паркер адчуваў, дадалося раптам пачуццё расчуленасці. Можа, варта цалкам давярыцца Эберхарду, вызваліцца нарэшце ад гісторыі з Нілай, ад свайго правалу, мешаніны з віны, пачуцця страты, болю і здрады. Гэта можа дапамагчы яму. Але Эберхард ужо зноў гаварыў.

— Разумееш, я кажу табе гэта і таму, каб ты не бавіў свой вольны час самотна ў нас, старых людзей, калі пераедзеш сюды. У вас жа добры густ. Малер сказаў мне, што ты ўжо агледзеў кватэру?

— Так. Проста фантастыка!

— „Шаптун па-над бухтай“ у дзеянні! Пакажы кватэру Анэлі! Яна заўтра заедзе па цябе на вечарыну? Я яшчэ не ведаю, ці змагу прыйсці, на такіх гулянках бывае зашмат галасу, а ў мяне здароўе не найлепшае, ты ж сам учора заўважыў. Нічога страшнага. Але я хацеў пажадаць табе шчасця, яна сапраўды цудоўная жанчына. Ну, калі заўтра не ўбачымся, прыязджай у нядзелю зноў да нас! Перад ад’ездам.

Эберхард адключыўся, перш чым Паркер паспеў сказаць яму, што ў любым выпадку яшчэ застанецца ў Кілі да сярэдзіны ці да канца наступнага тыдня. Ён паглядзеў на камод побач з адзежнай шафай. Там ляжалі ключы. Побач з ключамі бронзавага колеру ад ягонай студыі і сутарэння ў „Срэбных вежах“ паблісквалі серабрыстыя ад лофта ў доме на беразе бухты. Цяпер застаецца толькі дачакацца дамовы. Ён сціскаў у руцэ слухаўку, быццам нейкую непрывычную прыладу. Кінуў кароткі позірк на сябе ў люстры адзежнай шафы. Лёгкі цень — намёк на бараду, два расшпіленыя верхнія гузікі. Выгляд чалавека, які выконвае місію. Ён адчуў, як у ім цеплынёю расплываецца адчуванне шчасця, яно паднялося аж да куточкаў вуснаў. Паркер не стрымаў усмешкі і кіўнуў свайму адлюстраванню. Калі клаў трубку ў зараднае прыстасаванне, тэлефон зноў зазваніў.

— Я не перашкодзіла? Гэта Анэлі.

Людзі, што танцавалі ў бары, рухаліся з бязважкай элегантнасцю самнамбул. Застылыя твары лунали над аксамітавымі сукенкамі, шыкоўнымі гарнітурамі, як уладары нябачных імперый.

Анэлі прапанавала пайсці ў стары партовы бар: недалёка ад гатэля, там сёння будзе вечар аргенцінскага танга, і яна хоча натанцавацца ўволю. Паркер меў толькі прыблізнае ўяўленне пра такія вечары. Ён хацеў убачыць яе, таму прымусіў сябе забыць пра стомленасць, прыняў душ, зноў апрануў цёмна-сіні гарнітур „Прада“ і кашулю ад Місоні, дакладна дапасаваную па колеры. Кантраст паміж стракатым меандравым узорам і шаўкавістым бляскам пінжака яму падабаўся. Потым ён выпіў таматнага соку з міні-бара, закрыў ноўтбук, накінуў шалік, надзеў шапку і паліто і выправіўся ў кірунку порта, падняўшы каўнер, каб абараніцца ад чарговай ледзяной імжы, у якую ператварыўся лагодна-мяккі туман. Анэлі сказала праўду. Бар знаходзіўся недалёка ад гатэля. Гэта была ярка асветленая кавярня на рагу ў стылі французскага бістро з чаканкай на вокнах.

Першым, што ён, увайшоўшы ў бар, заўважыў у Анэлі, былі пакрытыя чырвоным лакам пазногці на пальцах ног у белых замшавых туфлях на коркавай платформе. Вішнёвыя ногі ў туфлях какоткі. Як у Нілы. На імгненне Паркеру здалося, што ў галаве закружыліся часы, вобразы, гарады і жанчыны, нібы ў танцы, потым ягоны позірк слізгануў па постаці Анэлі знізу ўверх. На ёй была спадніца з разрэзамі і ўсеяны паеткамі топ. Калі Анэлі ўстала з барнага зэдліка, ён упершыню ўсвядоміў, якая яна высокая і зграбная. Вусны падмаляваны ў тон чырвані лаку на пазногцях і топа, бялявыя коратка падстрыжаныя валасы зачасаны назад — сапраўдная жанчына-вамп дваццатых гадоў. З упрыгожаннямі яна абыходзілася ашчадна. Паркеру кінулася ў вочы толькі затуманеная срэбная брошка ў выглядзе яблыка.

Калі Анэлі саслізнула з барнага зэдліка і запрасіла яго на танец, Паркер адмоўна пахітаў галавою. Спачатку ён хацеў толькі глядзець на яе.

Анэлі паціснула плячыма і далучылася да танцораў. Яе запрасіў на танга прысадзісты мужчына з зачасанымі назад і замацаванымі гелем валасамі. Яе нага рухалася за ягонай; калі ён падштурхоўваў яе ступню вонкавым бокам сваёй, Анэлі паварочвалася і ставіла модны туфель з вострым наском побач з нагой партнёра.

— На вечары аргенцінскага танга мужчына можа рабіць з жанчынай, што хоча, яна мусіць падпарадкоўвацца, — выдыхнула яму ў вуха моцна размаляваная худая брунетка, што стаяла побач з ім, прыхінуўшыся да сцяны. На яе твары блішчэлі перлінкі поту. Яна глядзела на Паркера позіркам, поўным надзеі. Дыханне яе патыхала джынам.

— Пастараюся навучыцца.

Брунетка засмяялася.

— На гэта патрабуюцца гады. — Яна паклала руку на ягонае плячо і не здымала яе даўжэй, чым належала.

— Жанчына спрабуе сваім целам ставіць яму пасткі, бачыце? — Яна паказала на адну пару — элегантна абняўшыся, яны рухаліся без усялякага напружання, амаль лунаючы ў прасторы. Паркер заўважыў, што жанчына не прыціскаецца да партнёра, а абвівае сваімі нагамі ягоныя, ставіць свае ступні так, што ён пачынае спатыкацца, не, пачаў бы спатыкацца, калі б не ведаў, як можна адвесці яе ўбок.

— Танга такое ж, як і каханне, разумееце? Парушаецца твая бяспека. А потым пачынаецца гульня ў блізкасць і дыстанцыю, і кожны крок робіцца толькі дзеля таго, каб ствараць новыя бар'еры, якія трэба пераадольваць, а ў канцы — анічога.

Яна адпіла вялікі глыток джын-тоніку. Вочы яе зіхацелі.

— Вы збліжаецеся, вы ўсё больш збліжаецеся, а ў канцы мусіце прызнаць, што зусім не ведаеце адно аднаго.

Яна адставіла бакал і выпрасталася.

— Танец — гэта спроба настолькі адцягнуць канец, наколькі можна.

— Тады мне, відаць, трэба навучыцца танцаваць.

Маладая жанчына паглядзела на яго і яшчэ раз сказала:

— На гэта патрабуецца час.

— Тады сустрэнемся тут у наступным годзе. — Паркер адышоўся на крок. Рука жанчыны спаўзла па цаглянай сцяне ўніз.

Анэлі скончыла свой танец і падышла да яго, прывабна пагойдваючы спадніцай. Пры кожным другім кроку было бачна, як у разрэзе з правага боку паблісквае верх сцягна ў панчосе-сетачцы.

— Цікавая гутарка тут у вас? — спытала Анэлі, спыняючыся побач.

Нядаўняя суразмоўца з усмешкай адвярнулася ад Паркера і накіравалася да бара.

— Хочаш чаго-небудзь выпіць? — спытаў Паркер.

Анэлі пахітала галавою.

— Мне б хацелася патанцаваць.

— Ты фантастычна выглядаеш у танцы.

— Толькі ў танцы?

— Не-не, вядома... але... ты такая... іншая.

— Якая ж?

— Нейкая... Не магу сказаць. Такая, як...

Яна падышла бліжэй і ўзяла яго за руку.

Пасля, у гатэлі, калі яны абое ляжалі, утаропіўшыся ў столь, Паркер спытаў, чаму яна не прыходзіла да яго раней.

— Люблю, калі мужчыны чакаюць мяне, — сказала яна.

З архіваў Паркера

Пяты ўрок. Не давайце слухачам толькі тое, чаго яны чакаюць, выпрабоўвайце нечаканае, здзіўляйце сябе і іншых. Калі вы хочаце зрабіць сваю прамову чымсьці адмысловым, вы павінны стварыць, так бы мовіць, момант „Чорт вазьмі!", як у добрым кінатрэйлеры, які разварушвае гледачоў і прымушае іх пасунуцца на край сядзення. У кожнага сківіца павінна адвіснуць. Тады вы дасягнулі мэты. Вы памятаеце яшчэ, што зрабіў Біл Гейтс? У 2009 годзе ён выступаў з прамовай пра дзіцячую смяротнасць і глабальную галечу. Факты, факты, факты. Але цікавай і незабыўнай прамова зрабілася тады, калі Гейтс на сцэне адкрыў шкляны слоік і выпусціў з яго ў залу сотні маскітаў. Ён сказаў: „Малярыю пераносяць маскіты. Я тут прынёс нейкую колькасць. Няхай заражаюцца не толькі беднякі". Гэтага не забыў ніхто з прысутных.

Раздзел 7

Субота, Кіль

Раніцай Паркер устаў толькі тады, калі ягоны мабільнік за-званіў другі раз. Анэлі пайшла а пятай, сказаўшы, што ёй трэба пераапрануцца. Яны доўга цалаваліся, а потым ён узяў ноўтбук і зноў лёг у пасцель. Малер натхнёна адказваў на прапанаваны Паркерам праект заявы па пытаннях унутранай бяспекі.

— „Тэрарызм — гэта спектакль, а спектакль заўсёды ста-віцца для публікі. Пры асіметрычным вядзенні вайны важна не толькі прычыніць шкоду, першая задача тэрарыстаў — вы-клікаць рэакцыю. Такім чынам, наша задача — не толькі аба-рона людзей і будынкаў, але і захаванне нашай здольнасці дзейнічаць. Мы не прымаем палітыку страху, пра якую ўвесь час гавораць новыя правыя нават у вялікіх партыях. Мы не хочам, у адрозненне ад многіх іншых, атаясамліваць іслам з тэрорам, чужое з жудасцямі, а тых, што шукаюць абароны, з пагрозай. Мы выступаем, па-за межамі партыі, за актыўную дзейнасць. Дзейнасць на карысць усіх. І бачым нашу свабоду, наша грамадства, нашу бяспеку не за ахоўнымі парканамі, мы разумеем яе як пазіцыю, якою мы паказваем сябе як немцы, грамадзяне, носьбіты нашых каштоўнасцей, як дэмакраты і са-праўдныя еўрапейцы“. Выдатна, Мэцью! Тваім тэкстам я ўрэжу ім, правым! І гэта тое, што дазволіць мне заняць ачкі ў нашай фрау міністра абароны. Хоць нам яшчэ трэба будзе падумаць, як мы абгрунтуем нашу інвестыцыйную дапамогу для верфяў і прадпрыемстваў — пастаўшчыкоў ваенна-марскога флоту. Калі будзеш працаваць над новым варыянтам, памятай: мы ў Кілі! Было б цудоўна, калі б у цябе знайшоўся час падрыхтаваць мяне да сустрэчы. Давай у панядзелак, пасля нашай гутаркі з карэспандэнтам „Кільскіх навін“?

Паркер засвістаў рытм танга, пачутага ўчора вечарам, і па лесвіцы падняўся на два паверхі ў рэстаран. Сімпатычная афіцыянтка ля стойкі сказала, што з рэцэпцыі яе прасілі перадаць, каб ён адразу пасля снедання зайшоў да іх. Паркер праігнараваў напамін. А потым успомніў, што яшчэ нават не прачытаў учарашні мэйл ад сваёй агенткі. Ён вывеў планшэт са спячага рэжыму і адкрыў перасланыя ёю лінкі. Абвесткі аб шлюбе ў „Нью-Ёрк таймс“, „Сэсайаці“, „Пост“, „Род-Айленд Эскуайр“. Значыць, Ніла гэта зрабіла. Гарачыня працяла страўнік. Рэзка, хоць і ненадоўга, запякло ўнутры. На хвіліну яму ўспомніўся Лас-Вегас. Ён выпіў сваю каву, недаедзены амлет пакінуў на стале.

Было яшчэ рана, ён пайшоў на семінар пешшу, зрабіў крук і накіраваўся па амаль не расчышчанай сцежцы праз Замкавы сад і па насціле з бярвення выйшаў на адхон, каб паглядзець на бухту. Цемра марудна саступала месца драблёнай шэрасці, потым на небакраі паказаліся першыя світальныя палосы. Сцежкі ля вады таксама былі яшчэ не расчышчаныя, ён павольна ішоў міма яшчэ амаль нераспазнавальных дыспенсераў з пакетамі для сабачых „дарункаў“. У гэты час на праходку выходзяць толькі людзі з сабакамі. Ён пайшоў па набярэжнай, ля Інстытута акіяналогіі павярнуў на Лебядзіную дарогу. Стары Батанічны сад ляжаў перад ім у сваёй некранутасці, дарожак пад вычварнымі ледзянымі скульптурамі вербаў, арабін і ядлоўцу амаль не было бачна. Пакручасты заснежаны краявід з ваты, холаду, цукровай глазуры. Сляды на ім пакінулі толькі адзін сабака і адзін заяц. Азнакі палявання. Паркеру не хацелася ад’язджаць, хацелася яшчэ пабыць тут; ён у Кілі, ён паспяхова праводзіць добры семінар, ён можа ганарыцца, наперадзе яшчэ два дні, а потым ён стане стваральнікам караля, ці ж не так? У яго ёсць ключы ад кватэры, ягонай кватэры, а яшчэ тут ёсць Анэлі. Часовасць скончыцца, ён не можа не прызнаць, што

Ніла — ужо мінулае. Яму неабходна вызваліць галаву ад непатрэбнага. Ён уключыў бесправоднае стэрэа, адрэгуляваў гучнасць айфона. „Чыба Мата" зашапталі яму ў вуха „Марожанае з белым перцам". Паркер ішоў, падпарадкоўваючыся манатонна астароненаму рытму радкоў, і заўважаў, як ягоная хада ператвараецца ў тупое крочанне, як ягонае дыханне ганяе перад тварам рытмічныя ледзяныя аблокі, ён аддаўся гэтаму рытму, дыхаў, два-тры-чатыры, адчуваў, як ягоныя крокі расціскаюць свежы снег, апусташаў сябе. Ягонае дыханне замярзала, веяла яму марозным ашмоццем у твар, усё падганялася незразумела-таямнічым, нейкім недавараным рэчытатывам.

It's like a line drawing
It snipped my heart
White Pepper Ice Cream*.

Ён бачыў спявачак, дзвюх сясцёр-японак, якія не ўмелі нічога — ні спяваць, ні граць, ні танцаваць — у адным бары ў Нью-Ёрку разам з Нілай, гэта быў першы канцэрт, які яны наведалі па-за межамі Бард-каледжа; пасля выставы Аракі, японскага фатографа, яны разам з некалькімі калегамі ўзялі два таксі і паехалі з Чэлсі ў Грынвіч. Аракі быў п'яны і фліртаваў з усімі жанчынамі, у тым ліку з Нілай, але яны абое бачылі ў яго заляцаннях хутчэй нагоду пасмяяцца. У таксі яны зноў і зноў цалаваліся, а японец ухвальна паляпваў сябе па сцёгнах і казаў нешта сваёй асістэнтцы, што гучала як згода і захапленне.

Sweet or spicy?**

Калі яны з Аракі ўляцелі ў бар, японцы, што былі сярод публікі, завішчэлі, як пры з'яўленні поп-зоркі, і сёстры на маленькай эстрадзе пакрыўдзіліся.

Ça m'est égal
Ça m'est égal
It's all the same to me***.

---

* Яно падобнае на накрэсленую лінію / Яно кроіць мне сэрца / Марожанае з белым перцам (*англ.*).
** Салодкае ці вострае? (*англ.*)
*** Мне ўсё роўна / Мне ўсё роўна (*франц.*) / Мне ўсё роўна (*англ.*).

А яму цяпер было зусім не ўсё роўна. Не хапала іх з Нілай супольнасці. Ён занадта доўга жыў у паветраным пухіры, думаў, што здольны ўсяму ў жыцці даць рады. Вялікае каханне, поспех у прафесіі. Думаў, што ніколі больш не будзе жыць так, як жыў з маці, ніколі больш не будзе баяцца і ніколі больш не трапіць у залежнасць ад іншых людзей. Магчыма, усё атрымалася б інакш, калі б тады, у Вегасе, ён надаў іхнім адносінам новую форму. Яму трэба было толькі спытаць Нілу, толькі прыняць рашэнне. У Невадзе было спякотна, паветра пустыні проста ўдарыла іх кулаком пад дых.

Паветра мігцела над асфальтам. Пешаходы былі тут не да месца. Лімузіны і таксі везлі гасцей з аэрапорта — штодзень вылятала і прылятала дзве сотні самалётаў — наўпрост у халодную зону перад вялікімі гатэлямі, што вытыркаліся ў неба пустыні скрынямі, кубамі, стройнымі вежамі, намёкам на хвалі або піраміды. Нумары з лазенкай, нумары з модульнымі канапамі, нумары з плавальным басейнам. Высоканапорныя соплы выпырсквалі ў паветра дробненькія кроплі, адрэгуляваны на мяккія кругавыя рухі ветрадуй разганяў гэты тонкі вэлюм, і кропелькі нябачным туманам кладзіся на зону прыезду перад холам гатэля. Пераходная зона была паслугай, якую гатэль рабіў госцю, каб яго не спляжыла спёка, калі ён выйдзе з таксі, каб яго не забіў холад, калі перад ім з ледзь чутным чмяканнем адчыняцца аўтаматычныя ўваходныя дзверы, перш чым яго нага ступіць на мармур; гэтая паслуга, здавалася, больш надаецца для трупярні. Высокія абцасы Нілы пацоквалі, нагадваючы пра кубікі льду ў бакале, калі яна побач з імі афармлялася ў гатэлі ля грувасткай стойкі рэцэпцыі з паліраванага чорнага дрэва.

Ён зноў і зноў пакепліваў з яе, казаў, што ёй трэба было ўзяць з сабою іншыя туфлі, калі яны збіраюцца на доўгі час на прыроду. А яна, як заўсёды, не паслухалася і абула ў дарогу светлыя замшавыя туфлі на высокай платформе, па модзе пачатку сямнаццатага стагоддзя, „туфлі какоткі", казала яна пра іх, а ён, як заўсёды, мусіў прызнацца, што радуецца, што ў яго такая прыгожая дзяўчына.

Яна забраніравала палёт у горад гульцоў дзеля аднаго даследавання: у наступным нумары часопіса „Арт Форум" планавалася публікацыя яе артыкула пра афармленне паверхні і матэрыял будынкаў казіно ў Лас-Вегасе. Ён прапанаваў ёй суправаджаць яе і разам правесці там тыдзень, яе гэта ўзрадавала. Пасля Шанхая прайшло яшчэ мала часу. У першы вечар яны не спалі разам, былі занадта знясіленыя ад доўгага пералёту, ад шматгадзіннай праверкі багажу, калі яна мусіла аддаць свой манікюрны набор і ёй не дазволілі нават узяць з сабою ў ручным багажы штопар. Ніліна наіўнасць — ці, можа, абыякавасць, няведанне таго, што можна перавозіць пры сабе, а што не, — напачатку раздражняла яго. А потым яго стаўленне да гэтага памянялася.

Вячэрняе сонца другога дня хілілася да далягляду. Фіялетавыя цені вышынных дамоў загасілі на момант рознакаляровае мігценне светлавых рэклам. Яны з Нілай знаходзіліся ў квартале шлюбаў. Яна з захапленнем фатаграфавала. Кліенты, якія ўжо купілі ў дзяржаўнай канторы ліцэнзію, то-бок дазвол на шлюб, выбіралі цяпер у залежнасці ад кошту — танна, па сярэдняй цане або раскошна — колькасны склад аркестра, музычнае афармленне, колькасць фотаздымкаў, якія атрымаюць ад арганізатара цырымоніі, час, узровень выдзеленай ім прыязнасці. Танна азначала: маленькі аркестр, святар, рускі фатограф, кволыя пластыкавыя гірлянды перад банкам, без вясельнага букета, дзесяць хвілін на ўсю цырымонію, кароткі пацалунак, найстражэйшыя загады ад святара і фатографа, куды і як ім стаць, як зашпіліцца, куды глядзець, потым фатаграфаванне, бласлаўленне і ўсё.

Пасля ён зноў і зноў вяртаўся ў думках у той дзень. Магчыма, ёй гэта не спадабалася б. Не, не, напэўна, яна б гэтага не зрабіла. Не зрабіла б з ім, не зрабіла б у тую ноч. Але што, калі б ён спытаў яе, калі б ён проста зацягнуў яе ў шлюбную кантору? З танным пярсцёнкам з блышынага рынку на пальцы і з дарагім, які ён купіў для яе, у кішэні? Ці сказала б яна „не"?

Гэтага ён ужо ніколі не даведаецца.

Пасля ён часта хацеў сказаць ёй, штó збіраўся зрабіць тады ў Лас-Вегасе. Часта, калі ляжаў ноччу без сну, асабліва калі ляжаў адзін у чужым горадзе, у гатэлі, калі адчуваў побач з сабою пустату. Свежанакрухмаленыя прасціны, некранутыя падушкі, салодкі падарунак ад гатэля перад сном — дарагая шакаладная цукерка ці маленькі пакуначак гумавых мядзведзікаў, штó праслізнуў у шчыліну.

Успамін пра яе і пра шанц, якім ён не скарыстаўся. Часам Паркеру здавалася, штó ён нават ужо палюбіў боль, які ўсё яшчэ спрычынялі яму ўспаміны пра Нілу, быццам атрута, выпушчаная павуком-самотнікам, — яна памалу і бесперапынна раз'ядае ягоную клятчатку, пакуль з раны не пацячэ павольна слізістая маса, як у спецэфектах у старых фільмах пра зомбі. Атрутныя зубы павука-самотніка са страшэннай сілай вывяргаюць таксін у плоць сваёй ахвяры, клеткі якой адразу пачынаюць нястрымна распадацца. Калі такі павук уджаліць у руку, то праз дзесяць дзён кісць агаліцца. Гэта балюча, але толькі ў вельмі рэдкіх выпадках смяротна. Тканка адмірае. Рука гніе. Калі пашанцуе, застанецца рубец. Калі не пашанцуе, застанецца адзнака на ўсё жыццё. Трэба будзе насіць пальчаткі. А штó здараецца пры ўкусе ў сэрца?

Паркеру ўспомнілася Анэлі. Ён павярнуў на Палявую вуліцу, пакрочыў па ледзь расчышчанай ад снегу паласе на тратуары; вулічны рух побач паступова ажываў. Снег на вуліцы намаганнямі службы пасыпкі быў ператвораны ў шэра-карычневую масу, халодную і неапетытную ранішнюю гарадскую кашу, якую падвойныя шыны дальнабойных фур адкідвалі ў бок рэдкіх мінакоў. Паркер перайшоў скрыжаванне з Брунсвікскай вуліцай у бок Блоксбергскай, якая тут рабіла круты паварот, а потым падняўся па Блоксбергскай лесвіцы на Лорэнцэндам. Ад хуткай хады ён спацеў пад сваім кашаміравым паліто. Перад ім ляжала замерзлая Кільская бухта. Недзе далей, у апошніх выступах Балтыйскага мора, калыхалася вада, утвараючы пад снегам і рэзкім ветрам вычварныя белыя дзюны-хвалі, рэбры расплюшчанага гіганцкага шкілета, а тут было пуста, нават слядоў не было. Толькі цямнела вялікая расчышчаная пляцоўка бліжэй да краю: відаць, учора тут пастараліся дзеці. Яна мела памеры невялікага хакейнага поля.

Калі ён увайшоў у школу, швейцар запытаўся:

— Ну, скора канец?

Паркер кіўнуў і накіраваўся ў лабаранцкі пакой.

У абедзенны перапынак Паркеру двойчы патэлефанавалі. Малер напамінаў пра вечарыну ў галоўным офісе ягонай партыі і пытаўся, ці прыслаць па яго машыну, ці ўсё атрымліваецца з Анэлі і ці не сарвецца ў панядзелак коўчынг. Потым тэлефон зазваніў зноў.

— Чаму ты не сказаў мне, што ты ў Германіі? Фрау Шульцэ заўчора вечарам бачыла цябе па тэлевізары, ты ўжо перайшоў на палітыку? Калі ты заедзеш да мяне? — Ягоная маці. Ён паспрабаваў адчапіцца ад яе, сказаў, што спазняецца на семінар, мусіць працаваць, але на наступным тыдні абавязкова патэлефануе.

— Ты заўсёды так кажаш.

У яе голасе чуліся панічна-плаксівыя ноткі, якія заўсёды гучалі для яго папрокам. Быццам ён можа ўратаваць яе сваім клопатам, сваёй прыхільнасцю, любоўю. Гэта яшчэ ні разу не ўдалося. Паркер успрымаў яе скаргі як пастку. У цябе няма нармальнага стаўлення да мяне, іншыя дзеці клапоцяцца пра сваіх маці, казала яна.

Нармальнай яна бывала рэдка, але калі такое здаралася, для яго гэта быў цуд. Такое бывала ў раннім дзяцінстве, калі ён яшчэ нават не вучыўся ў гімназіі. Ён памятаў, як яны ішлі ад Кіца* ў кірунку Альтоны па Отэнзенскай Галоўнай вуліцы. Туркі ў той час то адкрывалі, то зноў закрывалі крамы, гандляры гароднінай і ўладальнікі недарагіх крамаў адзення бясконца мяняліся, увішныя гаспадары нейкіх мышыных нор неўтаймавана гандлявалі пацёробкамі электратэхнічнай і электроннай прадукцыі, там можна было танна набыць стэрэаапаратуру,

---

* Мясцовасць у Гамбургу, у раёне Санкт-Паўлі, з мноствам рэстаранаў, кавярняў і рознага кшталту забягайлавак; там знаходзіцца і Рэпербан, вуліца чырвоных ліхтароў.

штабелямі складзеную ў вітрынах. „Крадзеная", — мармытала маці і цягнула яго далей да чырвоных і залацістых выкладак з дарагімі аздобамі, але не дзеля іх яна ішла сюды. Звычайна яна хадзіла з ім купляць каву ў старую бакалейную краму Крэгера, дзе прадаваліся пернікі, традыцыйныя гамбургскія пірагі для старых дам з Вялікай Фантаннай вуліцы, каштаны, глазураваныя коржыкі або пціфуры для яе і для яго. Яны часта гутарылі з гаспадаром, які разам са сваёю крамаю, так бы мовіць, выпаў з часу. На ім паўзверх англійскага гарнітура заўсёды быў фартух, але гандляр здымаў яго, калі падсаджваўся да іх з маці куды-небудзь у куток, каб пагаварыць з імі. Ужо дзяды Крэгера самі пра́жылі сваю каву тут, у стайні з вялізнай жалезнай машынай у заднім двары, Крэгер паказваў яе Мэцью. Пахла падгарэлым, але прыемна.

— Ведаеш, як вынайшлі каву? — спытаў Крэгер хлопчыка. Мэцью было тады восем. Ён пахітаў галавою. — Нейкі казапас у Эфіопіі падымаўся са сваім статкам на пагорак, на якім раслі невядомыя яму кусты з ягадамі. Пастух прылёг адпачнуць, але праз нейкі час прачнуўся ад гучнага мэкання сваіх коз. А тыя раздурэліся без меры — скакалі, як гумавыя мячыкі, і мэкалі, як шаўцы ці матросы, — распавядаў гаспадар крамы. — Козы наеліся ягад з кустоў. Пастух пачухаў патыліцу і сам нарваў жменю. Козы тым часам ужо супакоіліся. Ноччу, калі стала холадна, казапас вырашыў паесці ягад. Яны былі страшэнна горкія, і ён выкінуў іх у цяпельца, якое яшчэ трохі тлела. Калі ён раніцай прачнуўся, козы зноў былі ў надзвычай гарэзлівым настроі, бо зноў наеліся ягад. Пастух дастаў з амаль астылага попелу ягады, якія ноччу кінуў у агонь, яны былі ўжо карычневыя і прыемна пахлі. Ён з'еў некалькі штук, але і цяпер ягады яму не надта смакавалі. Яны лёгка крышыліся. Як пастух да гэтага дадумаўся, дакладна невядома, але ён узяў два камені і расцёр паміж імі пражаныя ягады. Атрыманы парашок высыпаў у пасудзіну з вадою, патрымаў яе над нанова распаленым вогнішчам, і — вуаля! — Крэгер паказаў Мэцью спачатку зялёную ягаду, потым светла-карычневую пражаную, потым змолатую на парашок і нарэшце кубачак з кавай, ад якой ішла пара.

Гэта былі вясёлыя надвячоркі, яны хадзілі да Крэгера раз на тыдзень, летам стары гандляр ставіў перад крамай складаны столік і крэслы. Калі маці аднойчы са смехам сказала Крэгеру, што яму варта было б купіць суседні дом і абсталяваць там кавярню, ён ухмыльнуўся, зірнуўшы на яе жывот, які тады толькі пачынаў расці. Было гэта незадоўга да вялікіх калатнечаў, і бацькі толькі пару дзён таму сказалі хлопчыку, што ў яго будзе сястрычка. Праз шмат гадоў, калі Мэцью ўжо вучыўся ва ўніверсітэце, ён аднойчы зноў прыехаў сюды, каб купіць у краме Чырвонага Крыжа, у якой адзежа прадавалася на кілаграмы, некалькі пінжакоў. Гер Крэгер сапраўды адкрыў побач са сваёю крамай кавярню. І называлася яна „Маленькая сястрычка".

Дзіця ягоная маці страціла падчас аднаго з першых запояў, а піла яна „кактэйлі", джын з перкаданам. Мэцью быў якраз на ўроку фізкультуры, калі па яго прыехаў заплаканы бацька, і яны паехалі ў лякарню. Ён перажыў сапраўдны шок — маці ляжала ў сляпучай бальнічнай белі, бледная, з глыбокім адчуваннем віны, але гэта не ішло ні ў якое параўнанне з тым, што было потым. Маці больш ніколі не хадзіла з ім да Крэгера. А Мэцью з гэтага часу ўжо не мог запрасіць да сябе сяброў, ды і не трываў ужо ніякага сяброўства. Ён нікому не хацеў нічога тлумачыць. Для яго пачаўся час догляду. І вытрымкі, калі яна паміж двума глыткамі шнапсу з бутэлькі паказвала яму ўльтрагукавыя здымкі мёртвага дзіцяці. Толькі калі яна была ў школе, дзе, уласна кажучы, мусіў быць і ён, ці нарэшце засынала моцным сном, ён меў час для сябе. Або калі рабілася зусім нясцерпна, і маці на некалькі дзён забіралі ў лякарню. Тады пра яе клапаціліся іншыя, але яна імкнулася выйсці адтуль як мага хутчэй, — настаўніца з мілым сынам і з мужам, які заўсёды пакідаў яе адну. Тады яна старалася падтрымаць дэкорум, хоць перад сынам ці ягоным бацькам ёй, здавалася, больш не было патрэбы рупіцца пра знешні выгляд.

Ён проста ўцёк, прыняўшы запрашэнне ў гарадок на поўначы штата Нью-Ёрк. Маці ўжо немаведама каторы раз была ў абстыненцыі, суд зноў прызнаў яе недзеяздольнай, і Паркера зноў запыталі, ці не возьме ён апеку над ёю. Незадоўга да гэтага яна выправілася з зацемненым розумам на пошукі мужа, які ўжо некалькі гадоў таму пайшоў ад яе, агалілася пасярод Рэпербана, бушавала і крычала, што яе каханы не можа вось так кінуць яе, яна ж яшчэ прыгожая. Яна шукала скандалу, патрабавала, каб хто-небудзь нарэшце абняў яе, у ёй жа столькі кахання — да яго, да ўсіх. Яна стаяла босая на засмечаным бруку і дрыжала, падышоў нейкі п'яніца і аблапіў яе, яна адштурхнула яго; што за неверагодную сілу мае гэтая маленькая жанчына, дзівіўся тады натоўп, і як гучна яна можа крычаць. Яна сцягнула з пальца заручальны пярсцёнак і шпурнула яго ў бок сына, якога паліцэйскія ўжо ведалі, яны ж і патэлефанавалі яму і прывезлі сюды на паліцэйскай машыне, каб супакоіць жанчыну. Куды той пярсцёнак упаў і хто яго падабраў, высветліць пасля не ўдалося, для настаўніцы гэта нішто, вырашыў суддзя, пасля таго як паліцэйскія з дапамогай Мэцью закруцілі шаляніцу ў коўдру, запісалі яе асабістыя даныя і выклікалі хуткую дапамогу, таму што яна ўрэшце зусім знясілела; сасудзісты калапс, сказаў доктар. Санітары запакавалі маці ў машыну, яна зноў пачала біць рукамі і нагамі, кінула коўдру на санітараў і раз'юшаным віскатам запатрабавала, каб яе адфакалі. Паркер разам з санітарамі і ўжо без паліцэйскіх, седзячы побач з насілкамі і трымаючы маці за руку, паехаў у лякарню хуткай дапамогі. Такі вось маленькі спектакль на Рэпербане. Яму заўсёды паведамлялі, калі адбывалася падобнае. Юнаму Паркеру. Сыну. І ён прыязджаў. І ўсё бясконца паўтаралася, спачатку раз на месяц, потым, пасля таго як яму споўнілася чатырнаццаць, амаль кожны тыдзень. І вось ён зноў, каторы раз, згараючы ад сораму, сядзеў у пафарбаваным у сапліва-зялёны колер калідоры псіхіятрычнага аддзялення, дзе стаяў яе ложак. Яна схапіла яго за руку і зноў пачала ўпрошваць, каб ён не пакідаў яе, клапаціўся пра яе, быў яе апекуном, бо ў іх жа няма грошай на апекуна, прызначанага судом, ды і ўвогуле няма чым заплаціць ведамству сацыяльнага забеспячэння за ўсё іншае, гэта ж не ўпершыню. Але тым разам ён не адрэагаваў. Ён застаўся жорсткі.

Паркер прыляцеў вечарам у Ньюарк, потым аўтобусам паехаў у горад, перасеў на аўтавакзале ў Партовым упраўленні ў аўтобус „Грэйхаўнда" ў кірунку свайго прызначэння. Міма праляталі дрэвы, дарожныя ўказальнікі на Дзявятай магістралі, ён запамінаў прыемныя для слыху назвы. Кротан Гарман, Сліпі Холаў, Пафкіпсі, Райнбек, Анандэйл-на-Гудзоне. Каля дванаццатай апоўначы грузны кіроўца начнога аўтобуса, якому ледзь-ледзь удавалася ўціснуць свой жывот за руль „Мака", выпусціў яго ў ціхай узгорыстай мясцовасці непадалёку ад славутай помпы, якую нібыта ўкапаў там Боб Дзілан, калі быў яшчэ маладым службоўцам упраўлення „Будынкі і Зямля", адказнага за захаванне пабудоў і догляд за ландшафтамі. Пнеўматычныя дзверы аўтобуса чмякнулі, і спагадлівы кіроўца дапамог яму вывалачы з багажніка загвэзданы салдацкі рэчавы мяшок, набіты шмоткамі з сэканд-хэнда, і, заўважыўшы, што пасажыр не ведае, ці знойдзе тут хоць кагосьці, хто не спіць, асцярожна вывеў яго з ягоным багажом на палоску травы перад будкай вартаўніка на ўзбочыне Дзявятай. І праўда: было цёмна, нідзе ніякага следу прыёмнай камісіі, толькі стракатанне цвыркуноў у свежым чыстым паветры, прыкмета надыходу „індзейскага" — бабінага — лета. Дый чаго яшчэ яму было чакаць? Але патруль, што рабіў абход кампуса, падабраў позняга госця, Паркера прывялі ў офіс, дзе яго сапраўды чакаў канверт са старамоднай, надрукаванай на машынцы прывітальнай карткай і ключом. Гэта быў ключ ад гасцявога доміка.

З маці за прамінулыя з таго часу гады ён амаль не размаўляў, было толькі пару спроб перамовіцца па тэлефоне, яна гаварыла блытана, скрозь слёзы, і два разы ён заходзіў да яе ненадоўга, на чай. Пры адной думцы пра яе ў яго пачынаў балець жывот. І вось ён зноў тут, па гэты бок Атлантычнага акіяна, але не для таго, каб служыць ёй выратавальнай саломінкай, не, ён прыехаў сюды дзеля сябе самога, каб стаць стваральнікам караля — так назваў гэта Малер. Прыехаў як чалавек, які мае задачу — і жаданне — перамагчы.

Паркер акурат збіраўся напускаць ваду ў ванну, калі зазваніў мабільнік.
— Алё, — сказала яна. — Я не занадта позна?
— Не-не. — Паркер змоўк.

Анэлі засмяялася. — Ты ж не збіраешся ўцякаць? — Яму здалося, што на заднім фоне пачуўся нейкі шорах, ён паспрабаваў уявіць сабе яе кватэру. Яна яшчэ не запрашала яго да сябе.

— Ты сябе не надта добра адчуваеш, так? Давай я заеду па цябе і мы куды-небудзь пойдзем, павячэраем. І ты раскажаш мне, што здарылася.

Ён памкнуўся растлумачыць, што яму нікуды ісці не хочацца, але быў ужо ў яе ўладзе.

— Вядома, толькі калі ты сам пажадаеш. Мне нічога не трэба ведаць. Але ты можаш сказаць мне ўсё, што цябе турбуе. Табе не трэба прыкідвацца. А захаванне сакрэтаў няхай цябе не трывожыць.

Яны дамовіліся сустрэцца ў „Луве", рэстаране на беразе бухты, непадалёку ад гатэля, з сардынскай, як потым высветлілася, кухняй.

Яны не пацалаваліся. Калі яны сустрэліся пад дашкам зашклёнага ўвахода ў рэстаран, Анэлі паклала яму руку на плячо і пагладзіла па патыліцы. Гутарка спачатку не наладжвалася. Паркер адчуваў сябе так, быццам непаразуменне на семінары выбіла ў яго глебу з-пад ног, ён нерваваўся і спрабаваў рознымі кампліментамі паправіць тое, што здарылася. На першае ён замовіў пэна з соусам пэста з рукалы, пасту хатняга прыгатавання, колер якой цудоўна пасаваў да колеру палосак тамата і мяса рачных ракаў — трыкалор Гарыбальдзі. Але Паркер толькі вазіў відэльцам па сваёй талерцы, пакуль пэна не пачало нагадваць выкінутыя на бераг вымачаныя вязкія водарасці.

— Даруй, — пачаў ён. — У Манрэалі я еў найсмачнейшую ў сваім жыцці рыбу. Гэты быў буры ніткапёры снэпер. Яго спачатку прыводзяць у спакойны стан акупунктурнымі іголкамі, а потым ён спакойна канае. Павольнае, мяккае забойства, яно, кажуць, уздзейнічае на гармоны ў мяса рыбы, і рыба засынае шчаслівай. Я магу толькі пацвердзіць, у рыбы быў смак шчасця.

Ён скрывіў твар і закруціў вачыма, паказваючы, якой ён уяўляе сабе рыбу ў экстазе. Анэлі захіхікала.

— Мне сёння паведамілі, што мая экс-сяброўка выходзіць замуж.

— І гэта зусім збіла цябе з тропу?

Паркер кіўнуў.

— Але ж гэта звычайная рэч. — Яна паглядзела на яго, дакранулася рукою да ягонай шчакі і паглядзела падбадзёрвальным позіркам. Гутарка пайшла гладчэй. Анэлі расказала, што час ад часу куды-небудзь на пару гадоў з'язджае з Кіля, свайго роднага горада, „з асабістых прычын", ён у адказ на яе словы кіўнуў, каб паказаць, што зразумеў зашыфраванае.

Анэлі працавала ў складзе місіі ААН ва Усходнім Конга ў статусе радцы, яна павінна была дапамагаць у стварэнні такой, як у Паўднёвай Афрыцы, камісіі па выяўленні праўды і прымірэнні, каб там нарэшце залячыліся раны паўзучай вайны. Паколькі раней яна нейкі час працавала на Міжнародны трыбунал, у тым ліку і ў Капштаце, то лічылася, што яна ідэальна прыдаецца для гэтай працы.

Анэлі адклала відэлец. Яе позірк быў пусты, потым яна зірнула на Паркера.

— І вось я прабыла там дзесяць дзён. Усе гэтыя дзесяць дзён спадзявалася, што мы будзем размаўляць з прадстаўнікамі ўрада і няўрадавых арганізацый, з прадстаўнікамі кангалезскіх праваабаронцаў пра магчымасці стварэння трыбунала, каб выкрыць нарэшце ваенныя злачынствы ва Усходнім Конга, каб потым расказаць пра непамыслоты, якія напаткалі краіну, можа нават знайсці магчымасці прымірэння. У канфліктах загінулі шэсць мільёнаў чалавек. Больш чым у любой іншай вайне за час пасля Другой сусветнай. Гэта была і ёсць паўзучая вайна. Мы гэта ведалі. Мы ведалі таксама, наколькі пагана характар мае дачыннасць інтарэсаў замежных фірмаў, якія за хабар выманьваюць у губернатараў правінцый або ў цэнтральных урадавых органаў па стратным кошце правы на разведку карысных выкапняў, на шахты. Золата, медзь і калтан.

— Калтан выкарыстоўваецца ў мабільніках, так?

Анэлі кіўнула.

— Конга ніколі не шанцавала, краіна спрадвеку мела ўсё, што патрабавалася Еўропе і Амерыцы, спачатку гэта быў каўчук, потым рабы, а цяпер сыравіна. Амаль дзевяноста адсоткаў усіх радовішчаў калтану знаходзяцца ва Усходнім Конга. Мой шэф расследаваў якраз дзіўную акцыю па перасяленні цэлай вёскі, якая праводзілася па ініцыятыве адной канадскай горна-прамысловай фірмы. І тут яму патэлефанавалі і расказалі, што ходзяць чуткі пра запланаваныя напады на вёскі ў рэгіёне Кінгала.

Анэлі выпіла вады. Яе рука дрыжала.

— І мы паляцелі туды, каб агледзецца на месцы. Нас прыняў губернатар правінцыі. Ён пажартаваў: хоць мы, маўляў, і ад ААН, але мусім трохі пачакаць, можа, мы спачатку паабедаем з ім. Мой шэф, напэўна, адчуў, што тут штосьці нячыста, мы развіталіся і паехалі на двух лэндроверах у кірунку вёсак з шахтамі. Гэта быў жах.

Анэлі памаўчала. Праз хвіліну, цягам якой цішыню парушаў толькі постук нажоў і відэльцаў над суседнімі сталамі, яна зноў загаварыла.

— Табе даводзілася чуваць пах мерцвякоў?

Паркер пахітаў галавою.

— У вёсцы, куды нас прывёз кіроўца, які аднекуль ведаў, што там два дні таму адбылася крывавая разня, не было ні стужак ачаплення, ні санітарных машын ці катафалкаў, ні арміі, ні паліцыі. Трупы ляжалі шэрагамі на вуліцы ва ўласнай высахлай крыві. Іх абляпілі мухі. У глыбокіх ранах, нанесеных нажамі ці мачэтэ, поўзалі насякомыя. Смурод быў зверскі, вельмі салодка пахла гнілым мясам. Але я не магла званітаваць. Вяскоўцы ўсхвалявана падышлі да нас і пацягнулі шэфа і мяне да трупаў. Каб мы паглядзелі на іх. Позіркі вяскоўцаў я ніколі не забуду. Гэтыя белыя вочы, у якіх не было ўжо нічога, акрамя страху і нямога крыку. І ўсё ж яны хрыпла загаварылі з намі, на мове іх племені, а адзін гаварыў па-французску.

Забойцы прыйшлі ноччу, з паходнямі і яркімі ліхтарыкамі. Усіх павыганялі з жытла. Людзі спрабавалі размаўляць з імі, упрошвалі нічога благога не рабіць, пашкадаваць прынамсі жанчын і дзяцей. Але гэта прыхадняў не спыніла. І тады пачалося. Секлі і калолі, адсякалі і рэзалі.

Анэлі зноў утаропілася некуды пустым позіркам.

— Адзін мужчына паказаў нам жаночы труп з распалавіненай да запясця далонню. Быццам жанчына ўмольвала забойцаў ці малілася. „*Ç'est ma femme; ç'est ma petite femme*"*, — сказаў мужчына і залямантаваў. І тут наехалі салдаты ў джыпах. Напэўна, губернатар прыслаў іх следам за намі. Яны адгарадзілі трупы. Мы не змаглі нават сфатаграфаваць, настолькі хутка яны выкапалі за вёскай канаву, загарнулі трыццаць трупаў у кавалкі пластыку і закапалі іх. Гэта было на дзясяты дзень майго знаходжання там. А потым здаралася і іншае.

Паркер уражана кіўнуў. Але яна нібыта зусім не заўважала яго.

— Усе казалі мне, што жанчыне не варта ехаць у Конга. Згвалтаванні ноччу там амаль звычайная рэч. Але са мною нічога не здарылася.

Голас Анэлі сарваўся. Яна раптам быццам скамянела. Паркер узяў яе за руку. Левай рукою пагладзіў па шчацэ.

Яна запытальна паглядзела на яго.

— Уставай. Пойдзем.

— Дзякуй, што выслухаў мяне. Як і табе, мне цяжка пачынаць стасункі з іншымі людзьмі, разумееш?

Яна паглядзела яму ў вочы.

— Дзякуй, што ты мне гэта расказала.

— Як добра, што мы сустрэліся.

Калі яны выходзілі з „Лува", гаспадар рэстарана спецыяльна дзеля іх выйшаў са сваёй кухні, каб папярэдзіць, што на дварэ галалёд.

— Страшна слізка! Асцярожны! Хутка заходзяць зноў, так? — казаў ён, з цікаўнасцю разглядаючы Паркера. І дадаў, павярнуўшыся да Анэлі: — Мы доўга не бачылі.

Яна дазволіла Паркеру дапамагчы ёй надзець паліто, ён сказаў гаспадару пару ўдзячных слоў пра рэстаран і патрос яму руку. Калі ён адчыняў перад Анэлі дзверы, яна пацягнула яго да сябе і прыціснула ягоную руку да сваёй талii.

Яны пацалаваліся, ідучы да машыны. Пасля пацалунка заслізгалі далей. Анэлі завяла „Сааб", націснула на кнопкі абагрэву лабавой і задняй шыбы і ўключыла ацяпленне.

---

* Гэта мая жонка, гэта мая жоначка (*франц.*).

183

— Зойдзем яшчэ ў бар? Для „Кузні“ пакуль ранавата.

— Да мяне, у „Астор“?

— Так, туды ходзяць у бар усе, хто мае дачыненне да палітыкі. Кажуць, што там апошнім часам падаюць добрыя кактэйлі. Я была б не супраць выпіць.

— Так, — сказаў Паркер. — Здольныя бармены.

Яна ўсміхнулася.

— Ва ўсялякім разе, так мне расказвала сястра.

Яны паехалі.

Паркер усвядоміў, як мала ён ведае пра яе сям’ю, яе сяброў, яе сувязі, яе прафесію і пра ўсё астатняе. Гэтак жа мала, як і яна пра яго. Пакуль што яны гулялі ў гульню „тут і цяпер“, прыглядаліся адно да аднаго, падабаліся адно аднаму і паводзілі сябе адпаведна.

Паркер зірнуў на ўсеянае сняжынкамі неба. Якія яны прыгожыя, гэтыя мяккія, бясконца складаныя структуры, што злятаюць уніз. На зямлі ўсё перамешваецца, і мы бачым перад сабою прыгожае таямнічае белае поле ці расціснутую пад шынамі кашу. Пункт погляду на рэчы можна выбіраць.

— Я люблю цябе, — сказаў ён.

Яна коратка ўсміхнулася яму ў люстэрку задняга віду. „Я ведаю, кажа Хан Сола*“.

Яны паўзлі за машынай, што пасыпа́ла дарогу, у кірунку цэнтра горада. „Сааб 900“ даверліва вуркатаў. Прыгожая старая мадэль, выпушчаная яшчэ да таго, як фірму забраў „Форд“ і зрабіў банальную машыну з адмысловага шведскага аўтамабіля каплепадобнай формы, які парадаксальным чынам паходзіў з ваеннага завода. Старая была больш прывабная ці — як сказаў бы таксіст-пакістанец? Класічная, прывычная да шведскіх зім і любімая машына індывідуалістаў з добрым заробкам?

— Галалёд. Гэта часта тут бывае?

Яна не адрэагавала на пытанне, а ўключыла радыё. *Take me out tonight / where there's music and there's people / who are young and alive / driving in your car / I never want to go home /*

---

* Персанаж „Зорных войнаў“ Джорджа Лукаса.

because I haven't got one / anyone"*. Песня рок-групы „Сміт", любімай групы ягонага бацькі. Анэлі прыспеўвала. Здавалася, яна цалкам засяродзілася на дарозе.

У Штатах ён прывык за рулём цалкам адмаўляцца ад музыкі. Ягоны першы год у каледжы быў вызваленнем. Ён выкладаў, абсталёўваў сваю маленькую кватэру, набываў танныя рэчы, клапаціўся пра простыя жыццёвыя патрэбы — пакуль думкі пра маці не насунуліся зноў і ён незадоўга да Калядаў патэлефанаваў ёй. Яна была п'яная, упрошвала яго прыехаць на святочныя дні дадому. Ён тлумачыў, што зарабляе як запрошаны выкладчык недастаткова для таго, каб дазволіць сабе білет на самалёт. Ён маніў. Тым больш што кіраўніцтва факультэта нядаўна запэўніла, што яго прапануюць на сталую пасаду і аплату павялічаць. Але ён хацеў скарыстацца дадатковым заробакам, каб набыць новую машыну. Пяшчотна-блакітны „мерседэс", які яму ў пэўным сэнсе падараваў муж адной калегі, Паркер ненавідзеў. Ён атрымаў машыну з умовай, што праз год аддасць яе назад, калі не зможа за гэты час выкупіць; яе ўладальніку, неўролагу нямецкага паходжання, „шарабан", як той называў машыну, быў патрэбен зрэшты толькі для таго, каб перацягваць свае лодкі па адхоне ад дома да прыстані на Гудзоне, а потым, праз год-другі, можа, для першых спроб дзяцей вадзіць машыну. Такая вось дамова — і рэдка калі раней Паркера так радавала страта якой-небудзь рэчы, расстанне з набыткам, як аддача гэтай машыны гаспадару. А яму ж напачатку такая прапанова здавалася выратаваннем.

Ён тады прыехаў у Амерыку без грошай, у яго не было нават крэдытнай карткі. Званок ад дэкана каледжа быў для яго абсалютнай нечаканкай. У першы год ён павінен быў замяняць прафесара, які захварэў на рак скуры, і яму прызначылі аплату ў памеры сарака васьмі тысяч долараў. Няблагі заробак. Вядома, ён згадзіўся і ўжо праз дзень вылецеў у Нью-Ёрк. Але пра

---

* Выведзі мяне сёння вечарам / туды дзе музыка і людзі / маладыя і жывыя / паедзем у тваёй машыне / мне ніколі не хацелася дамоў / таму што ў мяне няма дома (*англ.*).

тое, што яму адразу спатрэбіцца аванс, прамаўчаў. Грошы на самалёт пазычыў у сяброў.

Ніла збянтэжылася, заўважыўшы, як няўпэўнена ён абыходзіцца з грашыма. Аднойчы ён замест „Пара аднесці мае чаравікі шаўцу" ляпнуў: „Пара аддаць мае чаравікі разніку". Так, ён успрымаў неабходнасць выдаткаў як забойства, як пазбаўленне жыцця, што ўчыняецца над ягонымі рэчамі і ягонымі грашыма. Гадамі ўвогуле не мог купляць сабе новых рэчаў, не мог пераступіць парог дарагіх буцікоў і атэлье мужчынскага адзення, а апранаўся ў камісійных магазінах і крамах ношанага адзення, якія ўтрымлівала Армія выратавання. Дзіўна, але яму часта рабілі камплементы датычна ягоных гарнітураў, якія нехта ўжо насіў да яго, крыху пацёртых „Армані" з камісійнага магазіна ды цвідавых пінжакоў і вельветавых або фланелевых цёмных штаноў, трохі пацёртых, трохі занадта традыцыйных, але Паркер, відавочна, умеў надаваць адзенню такі вось нядбайна-элегантны выгляд.

Упэўнена ён адчуваў сябе толькі ў адзенні з сэканд-хэнда. Не толькі таму, што мог дазволіць сабе такое адзенне, — ён даўно ўжо мог апранацца больш адпаведна статусу. Але танна купляць дарагое і прыгожае было чымсьці накшталт здольнасці перахітрыць смерць і канфармізм.

Урэшце ён стаў баяцца позіркаў прадаўцоў у буціках. Здавалася, яны вывучаюць яго, правяраюць на крэдытаздольнасць, паходжанне, прафесію, нават увогуле на праўдападобнасць яго як чалавека. Яму самому пачало здавацца, што ўжо па ягоным адлюстраванні ў шыбе вітрыны здалёк бачна, што ён гэтую праверку не пройдзе. Тут чыталіся сацыяльныя, фінансавыя і ментальныя праблемы, ён яшчэ нават не „асоба, якая пераходзіць у вышэйшы клас". Проста ў яго занадта доўга не было грошай. Супрацоўнікі Арміі выратавання звычайна ўсміхаліся яму.

„Мерседэс" быў, як і „Армані" з камісійнай крамы, жаданым рашэннем праблемы.

Аднак аўтамабіль з самага пачатку аказаўся ненадзейным. Ён ніяк не пацвярджаў міфы пра „мерседэс", асабліва казку пра неразбуральнасць трохсотай дызельнай мадэлі гэтай серыі з сярэдзіны сямідзясятых гадоў. Яны — пяшчотна-блакітная пачвара і Паркер — былі прыкладна аднаго ўзросту; магчыма, менавіта таму ён успрымаў хібы сваёй машыны асабіста. Даходзіла нават да таго, што ў неабходнасці рамантаваць кожную дэталь ён бачыў прадвесце. Ён, Паркер, таксама неўзабаве страціць сілы і здароўе, яму таксама неўзабаве трэба будзе ўстаўляць шлангі, поршні, спружыны і новыя каўпакі размеркавальніка запальвання. Ён нават ужо здзіўляўся, што ягоная плоць у спаборніцтве з гэтай бляшанкай аказалася больш трывалай. Хіба ж старэнне ў мужчын пачынаецца не адразу пасля дваццаці пяці? Аднак стаўленне Паркера да „падарунка данайцаў“ было даведзена да крайнасці тым фактам, што матор перастаў выключацца звычайным паварочваннем ключа на рулі. Неўролаг не ўтойваў ад яго праблему, якой не здолелі даць рады механікі наваколля, — штосьці там з вакуумнай помпай, але ж матор, сказаў ён, праз нейкі час выключаецца сам. І паказаў Паркеру, як у скрайнім выпадку, калі не хочаш пасядзець у машыне і счакаць хвіліну-другую, можна пад капотам схапіць пальцамі кабель і перакрыць прыток паліва, пакуль матор не спыніцца.

Але ўжо ў першыя зімовыя дні, пры тэмпературы шмат ніжэйшай за кропку замярзання, гэты метад не спрацоўваў. Аднойчы, калі Паркера запрасіў да сябе на вячэру адзін старэйшы калега, лінгвіст, у „мерседэсе“ паламаўся пластыкавы рычаг, які звычайна высоўваўся з рашоткі радыятара, калі кіроўца педаллю злева нагамі адчыняў капот, і Паркер ужо не мог дацягнуцца да гака, які б даў яму магчымасць прыўзняць капот. Дызель скавытаў і скавытаў. Вячэра, на якую былі запрошаны таксама дэкан ягонага факультэта і адзін славуты паэт, таксама на пасадзе прафесара, стала для Паркера ганебным фіяска. Калі „пані дому“ — гэтая назва пасавала да шляхетнай пяцідзесяцігадовай жонкі ягонага калегі, як даўно забыты і нарэшце зноў знойдзены капялюш, — падавала галоўны далікатэс, паэт папрасіў цішыні.

— Чуеце?

Усе прыслухаліся. Сквытанне Паркеравага „мерседэса" пранікала ў цеплыню стагадовага цаглянага дома ў стылі Цюдораў глухім стукатам механічнага сэрца. Паркеру стала горача.

— Нейкі ідыёт забыў выключыць матор. — Паэт аж заходзіўся ад смеху. Уяўленне, што нейкі разява-сусед, можа нават калега, бо квартал віл у маленькім гарадку Райнбеку быў жаданым месцам жыхарства для навакольных навукоўцаў са стажам, у марозную ноч проста выйшаў з машыны, пакінуўшы яе ў цемры, і вось яна гудзе, галосіць, раве, як забытая верхавая жывёліна, у якой адмярзае нешта важнае, было для кампаніі звышфацэтным. Падчас вячэры бясконца сыпаліся жарты пра гэтага асла і ягоную забыўлівасць.

— Ён, напэўна, забыў сваю слыхавую трубку!

Калі ж гук матора нарэшце змоўк — яны ўжо елі дэсерт, — плынь досціпаў пра „прафесара Фэйта і яго верны кабрыялет", як паэт назваў целяпня з машынай, пацякла нанова, да таго ж паэт паабяцаў напісаць верш пра бедалагу і прыслаць яго ім усім на ўспамін пра гэты цудоўны вечар. Паркер прыкінуўся, што яго нудзіць.

— Але ж ва ўсялякім разе не ад незраўнанага смакоцця, згатаванага маёй жонкай, — з папрокам сказаў лінгвіст. Паркер з усяе сілы стараўся запэўніць, што нудзіць яго, напэўна, таму, што ў абед ён еў пасту ў факультэцкай сталоўцы. Паэт ашчаслівіў яго мноствам добрых парад наконт таго, як дапамагчы неспакойнаму страўніку, — віскі, спакой, джын, а гаспадыня дала загорнуты ў фольгу кавалак свежага яблычнага пірага, „на заўтра", і разам з мужам правяла яго да дзвярэй.

Ён выйшаў у марозную снежную ноч. Дробненькія ледзяныя крышталікі павольна апускаліся з неба. „Мерседэс" не заводзіўся, матор круціўся, пакуль не выгарала рэшта дызелю. Паркер пайшоў пешшу. У яго было такое адчуванне, быццам ён аддадзены на волю цэлай арміі мікраскапічных дэсантнікаў і яны колюць яго сваімі штыкамі. Да каледжа было далёка — і нікога больш на шашы. Ён перайшоў Дзявятую магістраль па адгалінаванні на мост у бок Кінгстана. Англічане ўтрымлівалі гэты горад у час вайны з французамі. Пазней, у вызваленчую вайну, Вашынгтон сустракаўся па гэты бок ракі, у акрузе Датчэс, са сваімі камандзірамі. Сустрэча адбывалася ў каміннай зале гасцініцы „Бікмэн і зброя“. Гасцініца існавала яшчэ і цяпер, ён чытаў таблічку над камінам, калі святкаваў з Нілай свой дзень нараджэння. Як і заўсёды, ён адчуваў сябе ніякавата ад празмернай ветлівасці афіцыянтаў, за яе ж давядзецца аддаць даволі значную суму „на чай“, думаў ён пасля чарговай паслугі. Тады ён яшчэ не ведаў, што менавіта гэта ў падобных сітуацыях належыць да задавальнення: ты не рупішся пра грошы, калі ідзеш святкаваць, нават калі грошай у цябе няма.

На хвіліну ён задумаўся, ці не лепш было б пераначаваць у гасцініцы, — але тады давялося б вяртацца па той самай дарозе. Нейкія вайсковыя манеўры.

Калі праз паўтары гадзіны Паркер дабрыў ужо амаль да вадзяной помпы ля шашы, паўз яго прамчаў на сваім „карвеце“ паэт. Ён кінуўся ў канаву і ад злосці замалаціў кулакамі па лёдзе.

Той „мерседэс“ быў усяго толькі аўтамашынай. Праўда, ён не дапамог Паркеру стаць больш мабільным, а зрабіў яго панікёрам. Матор „мерседэса“ круціўся не спыняючыся, выключыць яго было немагчыма. Бесталковая машына. Старая машына пяшчотна-блакітнага колеру, як цяпер ён, Мэцью Паркер. Чалавек, які круціцца не спыняючыся.

— Прыехалі. — Анэлі выключыла матор. Яна прыпаркавала свой „Сааб“ забароненым чынам, напалову паміж бетоннымі абмежавальнымі тумбамі, а калі Паркер запытальна зірнуў на яе, паціснула плячыма.

— У паліцыі сёння ноччу, напэўна, будзе лепшы занятак, чым запісваць парушальнікаў правілаў паркоўкі.

Ліфт у „Асторы“ смярдзеў застарэлым дымам. Пад канец давялося ісці пешшу. Дарагія заплеснелыя ходнікі былі прымацаваны да прыступак масянжовымі прутамі, падцемненыя шурпатыя шпалеры нагадвалі стары фільтр, праз які налівалі чай. Паркер толькі цяпер заўважыў, што будынак пяцідзясятых гадоў з першага па дзясяты паверх, дзе знаходзіцца бар, выпраменьвае старасвецкую грунтоўнасць. Яму захацелася папрасіць прабачэння ў Анэлі за тое, што жыве ў такім безаблічным гатэлі.

Увайшоўшы ў бар, ён адразу жэстам падазваў афіцыянта, і той паказаў ім прыцемненае месца ў кутку ля акна з відам на партовыя пабудовы.

Яна замовіла „Дайкіры“, ён кактэйль „Сайдкар“.

— Ты такі сцішаны, — сказала Анэлі, выпіўшы адным глытком палову бакала.

— Я спрабую зразумець, штó ўсталявалася паміж намі, Анэлі.

Яна паціснула плячыма.

— Гэта мае нейкае значэнне?

— Так, гэта адзінае, што сапраўды мае нейкае значэнне: хто ты, хто я. Кім мы можам быць.

Яна нахілілася церах нізкі стол і пацалавала яго. Апошняе напружанне і рэшта ўзаемнага недаверу, што ў „Луве“ напачатку яшчэ аддалялі іх адно ад аднаго, зніклі. У яе вуснаў быў смак „Дайкіры“, ён заплюшчыў вочы, даў ёй магчымасць уразіць яго, першы зрабіў з гэтага пацалунка нешта большае, даў яе рукам слізгануць па сваіх плячах і пусціў у ход язык.

— Кх-кхмм! — Гучнае пакашліванне прымусіла іх вярнуцца з далечыні, у якой яны луналі, назад у бар.

— Позна ж вы прыйшлі, — пракрахтаў Вільфрыд.

Ён выглядаў не так, як звычайна на семінары. На ім быў светлы бліскучы прыталены пінжак і элегантныя джынсы — і тое, і тое каштавала, без сумневу, дорага. Уражанне ён рабіў ваяўнічае, амаль дзікунскае.

— Што табе тут трэба? — накінулася на яго Анэлі. Прысутнасць Вільфрыда, відавочна, не была для яе такой нечаканай, як для Паркера.

— Бачна ж было, што ты ўчэпішся ў яго кіпцюрамі і некалі прывалачэш сюды. — Ён апусціўся ў нізкі, занадта малы для яго скураны фатэль, які сам перасунуў ад суседняга стала і паставіў паміж Анэлі і Мэцью. — Вы ведаеце, Паркер, што седзіце побач з маёю колішняй нарачонаю?

190

Мэцью збянтэжана зірнуў на Анэлі, твар якой заліўся чырванню, — Паркер не мог пры такім асвятленні вызначыць, ад злосці ці ад сораму,

— Перастань, Вільфрыд, ты п'яны.

— Яна расказала вам, як кінула мяне? Гісторыю з Конга? Спачатку гаворка была пра тое, што ёй трэба вырвацца адсюль, што яна хоча перамен. Гэта, маўляў, справа міжнароднага ўзроўню, нешта значнае, я ж павінен зразумець. А мы, гаварыла яна, можам і пасля калі-небудзь... Потым тры званкі з Афрыкі, а яшчэ праз нейкі час — анічога. Я пераспрабаваў усё, нават выехаў туды. Але мяне нават не пусцілі.

— Вільфрыд, перастань!

— ААН! Лухта! І ані слоўца, Паркер, аніякага тлумачэння. Проста прэч і кропка. І тут яна то з тым, то з гэтым. *Уно, дуэ, трэ* — і пырх, і зноў, і гэтак далей, нават з Малерам у яе нешта было. А цяпер яна зноў у пошуку. Ды як! А з табою?

Вільфрыд паглядзеў на Паркера бліскучымі вачыма.

— Афіцыянт! Яшчэ адзін „Зомбі".

Калі Вільфрыду прынеслі „Зомбі" і ён адным махам кульнуў кактэйль з тостам „Далучайся да тых!", Паркер вырашыў, што трэба нешта зрабіць, каб сітуацыя не выйшла цалкам з-пад кантролю, бармены ўжо паглядалі ў іх бок. У бары было поўна людзей, ён нават нібыта пазнаў аднаго з „носьбітаў гальштукаў", што сядзелі за сталом у кутку. Адзін з датчан, якіх ён бачыў у партыйным офісе Малера. Здавалася, увесь Кіль чакае, чым скончыцца вырашальнае выпрабаванне сіл у гэтай цікавай і занадта гучнай гутарцы. Калі ён хоча стаць тут нечым, нельга пачынаць са скандалу.

Паркер махнуў афіцыянту і папрасіў рахунак: ён разлічыцца за ўсіх. Калі рахунак прынеслі і ён заплаціў гатоўкай, то са здзіўленнем убачыў, што Вільфрыд паспеў ужо выпіць, напэўна, прынамсі чатыры кактэйлі. Твар хлопца запаў, рысы расплыліся, і цяпер, пасля ўспышкі, у яго зноў быў той бездапаможны выраз, які Паркер бачыў на семінары напачатку.

Пасля непрыемнага спуску ў ліфце, падчас якога Вільфрыд то лаяўся, то намагаўся абняць Анэлі, яны ўладкавалі яго на заднім сядзенні „Сааба". Анэлі ўткнула яму ў кулак пластыкавы пакет, прымацавала рэменем, і яны моўчкі паехалі ў ноч.

Яшчэ больш пахаладала. Тэрмометр на машыне паказваў мінус дванаццаць. Дарогі ператварыліся ў коўзанкі. Анэлі толькі адзін раз перавяла рычаг пераключэння на другую перадачу, за рулём яна сядзела неяк скурчана.

— Пакажы яму „Узбярэжжа", — патрабавальна прагугнеў ззаду Вільфрыд, страшэнна ікаючы. — Давай!

Паркер зірнуў на Анэлі. Яна паціснула плячыма. „Узбярэжжам" называўся квартал бардэляў ля порта, непадалёку ад прыстані Гётэборгскага парома, Мэцью яшчэ ў самы першы вечар прайшоўся па тым закутку.

Картаграфія гарадоў, якія ён ведаў, была аднастайная. Брудныя кварталы са складамі наркотыкаў і секс-шопамі месціліся вакол вакзалаў, а ў партовых гарадах і паблізу вады. Аэрапорты для гэтага чамусьці не прыдаваліся. Філіялы некаторых высакакласных фірмаў па збыце порнапрадукцыі ў выглядзе — адпаведна асартыменту — аптэкарскіх крамаў, буцікоў, дыскатэк і „пекла" гнездаваліся ў самых далёкіх кутках тэрміналаў. Хуценькі нумар у секс-відэакабіне перад вылетам. Цацка для каханай, вібратар у выглядзе губной памады „Лела" ў ручны багаж. Паркеру раптам захацелася таматнага соку.

— Вось, Паркер, глядзі!

Шэраг дамоў на Набярэжнай вуліцы перарываўся, і ён убачыў асветлены ружовымі неонавымі лямпамі задні двор. У волкім заснежаным паветры вакол кожнага ліхтара ўтвараўся мігатлівы арэол — гэта нагадвала Паркеру спосабы заманьвання глыбакаводных рыбак.

— Вось! — з апошніх сіл вымавіў Вільфрыд і паказаў на ўваход.

Неяк абмякшы, быццам цяпер ужо паказаў Паркеру ўсё, што было магчыма, каб выратаваць сябе, яго і Анэлі і дапамагчы ім пазбегнуць гэтай ночы, Вільфрыд праваліўся ў мяккае сядзенне.

Анэлі паглядзела на Паркера, нібы чакаючы ягонага рашэння.

— На жаль, — сказаў ён, павярнуўшыся назад, да Вільфры-
да, а потым зноў зірнуўшы на Анэлі, — я не надта вялікі ахвот-
нік наведваць бардэлі.

Яны двойчы мусілі прыпыніцца. Вільфрыд высоўваў гала-
ву з машыны, разяўляў рот, як кайманавая чарапаха, і вырыгваў
праглынутыя „Зомбі" на снег. Ад выгляду раёна, у якім жыў
Вільфрыд, у Паркера мурашкі па спіне пабеглі. Роўныя шэра-
гі цагляных муроў абапал дарогі, падобных на непамерныя
костачкі для гульні ў даміно, ператваралі вуліцы на выездзе
з горада ў прасекі паміж вялізнымі казармамі. Жылыя пабу-
довы пад зашэрхлым ад сажы снегам, мёртвы газон за плітамі
тратуара, адусюль бачныя вытыркнутыя наперад прыбудовы,
шарэнгі кантэйнераў для смецця з пазнакамі для кожнага па-
верха — бач, плынь смецця рэгулюецца, асобна для студэнтаў
з мансардаў на самай верхатуры, асобна для старэнькіх удавіц
з першага паверха, кантэйнеры якіх стаяць бліжэй да ўваходу
ў дом. Шэрагі дамоў, якія бясконцымі паралельнымі лініямі,
здавалася, утыкаюцца ў небакрай, як і ў многіх іншых гарадах,
як у прадмесцях Парыжа, Балтымары ці Чыкага або ў танных
кварталах Гамбурга. Паныласць. Усё гэта цалкам пасавала да
„Зомбі". Вільфрыд задаволена булькатаў. Усё можна вытрываць,
калі доза правільная. Чалавека яно не забівае — але не, забівае,
яшчэ як забівае. Рак, сардэчная недастатковасць, аўтамабіль-
ныя аварыі, маркота. Калі разглядаць сапраўдныя прычыны
смерці, падумаў Паркер, то на першае месца, напэўна, трэба
было б паставіць нежаданне падаўжаць усё гэта. І тыя, што тут
жывуць, ужо здаліся. Але, магчыма, убачанае проста занадта
нагадвала Паркеру ягонае ўласнае дзяцінства. Ён быў удзячны
свежаму снегу, які прыкрыў тое, што Вільфрыд ахвяраваў ба-
гам пасёлка.

Яны павярнулі на вуліцу Вільгельма Фогта і двойчы прае-
халі вакол квартала.

Магчыма, вясною суседнюю мёртвую зону за дрэўцамі туі
трохі ажыўлялі пасаджаныя сям-там крокусы ці браткі, але
цяпер яна выглядала як нешта таямніча-паўночнае, быццам

ты трапіў наўпрост у казку пра Снежную каралеву, з асколкам у сэрцы.

Дзве вялікія шыльды над брамай паведамлялі, што тут знаходзяцца кузня і аўтамайстэрня, „Майстэрня Лазаруса“. Паркер здзівіўся. Ён не думаў, што Вільфрыд жыве побач з галоўным офісам Малера. Да таго ж яшчэ ў Лазаруса. Вось дык навіна.

Унутраны двор уразіў Паркера. Ён чакаў, што там будзе пусты пляц з парай складоў, прэнтамі для выбіўкі дываноў і, можа, паветкамі для аўтамабіляў па баках. Не, двор быў выкладзены дарагімі глазураванымі тэракотавымі плітамі, як можна было заўважыць на невялічкай ачышчанай ад снегу пляцоўцы перад падвойнымі дзвярыма старой кузні, праз тоўстыя шыбы якіх бачна была слаба асветленая астатняя частка двара. Там стаяла мноства кадушак з прыкрытымі раслінамі; летам яны, напэўна, ствараюць у двары пэўнае падабенства міжземнаморскай атмасферы. Туя і лімоннае дрэва.

Паркер убачыў маладую гвардыю Малера з бакаламі ахалоджанага белага віна ў руках; у атачэнні раслін яны здаваліся ўдзельнікамі нейкага дывертысмента з „Тасканскай фракцыі“, дэбатаў пра стратэгію, дзікунскай гулянкі і дзейнасці раённага офіса. Маладыя людзі танцавалі ў мігатлівым святле. Прыглушанае гучанне басоў было чутна і тут. Паркер пазнаў сінтэтычны барабанны рытм групы „Дэпеш мод“. Ён падумаў, што многія з кааператыўных кватэр у суседніх дамах, напэўна, займае Малерава кліентура і тут, у задніх дварах цагляных шматкватэрных казармаў, пачынаецца маладая рэвалюцыя. За шыбамі „Кузні“ гучала неўтаймаваная весялосць, так бы мовіць, моладзевая дыскатэка і марш у будучыню.

Анэлі не адразу знайшла месца для паркоўкі і паставіла „Сааб“ ля будачкі для веласіпедаў з дахам у стылі пагады. Яны выйшлі. Яе спадніца мяккім парасонам крутанулася над ручкай рычага пераключэння перадач. Анэлі ўзяла руку Паркера, парывіста паціснула яе. Яны з цяжкасцю сцягнулі Вільфрыда з задняга сядзення. Язда, ці, дакладней, поўзанне на коўзкай дарозе паскорыла ўздзеянне алкаголю. Відавочна, апошні „Зомбі“

быў залішні. Ром і лікёры з садавіны, агідная сумесь, якая дае нейкае трапічнае ап'яненне. Падтрымліваючы Вільфрыда з абодвух бакоў, Анэлі і Паркер павалаклі яго, быццам мерцвяка, якога трэба зацягнуць як мага глыбей на тое месца перад уваходам у апраметную, дзе ўжо чакае паром. Хлопец у бейсболцы спаў салодкім шчасным сном. Паркер уяўляў сабе спуск у пекла такім: з кожным крокам, з кожным метрам ты нешта забываеш — сваё імя, свае ўчынкі, свае планы, пакуль у цябе не застанецца нічога. Вільфрыд быў цяжкі. Паркер падхапіў яго пад рукі выратавальным прыёмам Раўтэка. Яны не пайшлі да ўваходу ў галоўны офіс, а пацягнулі п'янюгу вакол двухпавярховага будынка да зялёных дзвярэй, заглыбленых у каменную кладку. І тут Анэлі адамкнула дзверы. Гэта непрыемна ўразіла Паркера. Значыць, у яе ёсць ключ. Анэлі і Вільфрыд жывуць разам? Яны ўсё яшчэ пара і таму Вільфрыд вар'яваўся?

Вільфрыд ціха мармытаў нешта. Паркер зноў падхапіў яго. Ногі хлопца са стукам перавалілся цераз парог. Хваля ягонага празмерна салодкага з кіслінкаю дыхання зноў ударыла Паркеру ў твар. Ён мусіў прыкласці намаганні, каб не званітаваць.

— Сюды, па лесвіцы, — скамандавала Анэлі, уключыўшы святло на лесвічнай клетцы. Пачуўся злавесны трэск, быццам нехта патрушчыў сухі кій ці пераламаў шыю невялікай жывёліны. Анэлі павяла іх па лесвіцы ўеп сутарэнне. Гулянкі, што адбывалася наверсе, тут зусім не было чутна. Паркер яшчэ не адолеў разгубленасці. Ён ушчэнт загваздаў пінжак на плячах аб сырую крохкую гіпсавую сцяну. Ногі Вільфрыда грукалі па прыступках. Смярдзела гнілым кардонам і едкай пацучынай мачою. Ад пылу Паркер закашляўся.

— Ужо хутка, — выдыхнула Анэлі праз шоргат Вільфрыдавых ног.

— Добра, — гучна адазваўся Паркер. Наверсе іх усё роўна ніхто не чуе.

Ён выразна чуў, як моль б'ецца крылцамі аб голую лямпачку, што асвятляла калідор сутарэння. Рэдкае „пах-пах", адчайны ціхі стукат аб крыніцу святла, быццам хтосьці просіцца, каб яго нарэшце пусцілі дамоў. Раптам іх абдало хваляй цяпла з бакавога памяшкання, спрэс застаўленага вялікімі бакамі, — там была кацельная.

У канцы калідора Анэлі пакінула яму абмяклае цела свайго экс-кавалера, паднялася па трох высокіх каменных прыступках і пацягнула на сябе цяжкія жалезныя дзверы. І адразу зноў пачулася музыка. Імклівы грукат, фальцэт. „Бронскі біт“.

— Чорт!

Яны апынуліся ў вузкім прахадным пакоі з зачыненымі дзярыма, яшчэ адна лесвіца вяла адсюль наверх. Вільфрыд мокрым мяшком пляснуўся на падлогу. З дапамогай Анэлі Паркер паволак абвіслы ком у бейсболцы па лесвіцы. Час ад часу яны знямоэана прысланялі Вільфрыда да сцяны. Абое спацелі. Лесвіца была вузкая. Падняўшыся яшчэ на адзін пралёт, яны апынуліся на другім паверсе, перад чарговымі дзярыма. Анэлі адамкнула, падхапіла Вільфрыда за ногі, і яны ўвайшлі ў кватэру.

Дзверы за імі зачыніліся. Яны пасадзілі Вільфрыда на ратангавае крэсла, якое мела форму распушчанага паўлінавага хваста. Ён нешта прабурчаў, быццам яму абрыдла, што яго ўвесь час штурхаюць, трасуць, некуды валочаць.

— Чаю? — спытала Анэлі і, пасля таго як Паркер, памарудзіўшы, кіўнуў, выйшла ў маленькую кухню, што, як і лазенка, без дзярэй адыходзіла ад тамбура. Паркер уладкаваў п'янага на крэсле і агледзеўся. За арачным праёмам, па краях якога стаялі дзве драўляныя скульптуры, размаляваныя выявы маленькіх мужчын на здаравенных груба абчасаных стваллах (няўжо арыгіналы Балькенхоля?), знаходзіўся жылы пакой. Гэта быў, уласна кажучы, не пакой — памяшканне займала цэлы паверх, яно было высокае, з непабеленымі цаглянымі сценамі, умацаванымі сталёвымі апорамі, плошча неабсяжная. Трыста, чатырыста квадратных метраў? Памяшканне нагадвала хутчэй цэх з выгарадкамі. Сапраўдны сталічны лофт. Пра падобнае жытло Паркер марыў у Нью-Ёрку. Вялікія вокны ў свінцовай асадцы выходзілі ў двор. Утульныя клубныя фатэлі, скураныя, са сталёвай акантоўкай канапы, тоўстыя дываны стваралі нейкую пазачасавую аўру. Анэлі, якая ўжо прынесла чай і цяпер марна спрабавала разбудзіць Вільфрыда, заўважыла здзіўленне Паркера.

— Так, ідэя са старой кузняй Вільфрыду асабліва спадабалася.

— Цудоўна. Вы тут жылі?

Анэлі паставіла чай на столік, што стаяў побач з бамбукавым крэслам, і зняла з Вільфрыда пінжак і чаравікі. Калі яна паспрабавала сцягнуць яшчэ і кепку з галавы, той адмоўна рохнуў. Пытанне Паркера засталося без адказу.

— Будынак значна старэйшы, чым жылая частка. Яе пабудавалі пазней вакол галоўнага будынка. Архітэктару гэта не падабалася. Але зямельны ўчастак належаў кавалю, і ён згадзіўся прадаць яго толькі пры ўмове, што яго кузня застанецца. Спачатку як склад для вугалю і начыння. А пасля вайны тут пасялілі бежанцаў. Калі Вільфрыд, скончыўшы ўніверсітэт, вырашыў застацца ў Кілі і наладзіць тут жыццё, ён убачыў у самой ідэі жыць у доме ў заднім двары нешта... натхняльнае

— А ты? — Паркер падышоў да Анэлі.

— Тады паміж намі ўжо, можна сказаць, не было ніякіх адносін. — Яна паціснула плячыма, калі Паркер дакрануўся да яе, разглядаючы здымак, на якім Вільфрыд стаяў на невялікай белай яхце ў стракатым флісавым пінжаку на фоне неба колеру марской хвалі.

— Ах, не так важна.

Яна выпіла глыток чаю, адставіла філіжанку і зноў падышла да Вільфрыда, які па-ранейшаму хроп на сваім крэсле.

— Давай перанясём яго на пасцель.

Яна рашуча схапіла хлопца за ногі і кіўком паказала Паркеру на самы далёкі закутак — нішу за некалькімі шэрагамі раслін і складаных шырмаў. Тут пахла далікатнай драўнінай, палісандрам. У нішы стаялі індыйскія крэслы, старыя кітайскія вясельныя шафы і лакіраваныя столікі. Ад астатняга памяшкання яе аддзялялі масіўныя мураваныя апоры, стальныя калоны і груба выкладзеная шахта каміна, якая пачыналася, верагодна, унізе, над старым комінам. Патыхала змазкай, жалезам і дымам. Гэты дух захаваўся, відаць, у старым коміне, таямніча, амаль прывідна, цягам столькіх дзесяцігоддзяў. Паркер локцем адсунуў убок пальму юку, лістота якой перашкаджала ісці, яму не хацелася яшчэ раз саджаць, а потым зноў падымаць Вільфрыда. Ад саладжавага паху рому з рота хлопца Паркера моцна нудзіла. Бейсболка Вільфрыда зачапілася за галіну пальмы і ўпала. Ні Паркер, ні Анэлі не парупіліся падняць яе. Ніша-спальня аказалася сапраўднай неспадзяванкай. Вялізны футон займаў увесь куток, вялікая папяровая лямпа засвяцілася, калі Паркер зачапіў, таксама локцем, выключальнік на калоне, якая падтрымлівала столь. У высокіх шкляных вазах на мураваных гзымсах стаялі бамбукавыя дрэўцы, сімвал доўгага жыцця. Дыванкі татамі, што ўсцілалі падлогу ў гэтай частцы памяшкання, спружыніліся пад крокамі. Паркер не чакаў, што ў Вільфрыда можа быць такая каларытная і эстэтычна прывабная кватэра. Яны асцярожна паклалі хлопца на футон, і Анэлі адразу пачала расшпільваць яму кашулю і рэмень.

— Дапамажы мне.

Яна зняла з Вільфрыда кашулю, цішотку пакінула на ім, потым расшпіліла джынсы. Джэйкаб Коэн. Так, хлопец меў густ, а без сваёй кепкі ён і ўвогуле выглядаў файна. Анэлі правяла рукою пад поясам джынсаў, паторгала верхні гузік. Вільфрыд задаволена рохнуў. Потым яна пачала павольна расшпільваць гузікі, гледзячы пры гэтым на Паркера. Паркер вырваўся з-пад яе позірку і адышоўся да ўзножжа спальнай маты, ён хацеў зняць з ног Вільфрыда шкарпэткі, а потым сцягнуць джынсы, але ўбачыў, што шкарпэтку з правай нагі хлопец ужо сам сцягнуў нейкім нядбалым рухам. Паркер сцягнуў і другую і скруціў абедзве шкарпэткі. Потым моцна пацягнуў штаніны, а Анэлі прыўзняла Вільфрыда за азадак. Серабрыстыя, надзвычай элегантныя трусы без цвікляў, відаць шаўковыя, зняліся разам з джынсамі, адкрыўшы напалову ягоны пеніс. Паркер не паспеў хутка адвесці вочы. Пеніс быў напяты, здаваўся вялікім, і Паркер з нянавісцю глядзеў, з якой дзіўнай прывычнасцю Анэлі падцягнула на Вільфрыдзе трусы і запакавала ягоную „гаспадарку" назад.

— Усё? Ці, можа, яшчэ спяём калыханку?

Анэлі бліснула на яго вачыма.

— Не. Толькі піжаму надзенем.

У прыцемненым святле яму здалося, што па яе твары расплываецца ўсмешка. Ёй гэта падабаецца? Тое, што ён увачавідкі раўнуе яе?

— А чаму б табе пакуль што не спусціцца ўніз? Дзверы побач з лесвіцай вядуць у вялікую кухню, ідзі проста на гоман. Паглядзі, ці не знойдзецца там у халадзільніку чаго-небудзь моцнага, я б зараз не адмовілася выпіць. Мы ўжо наскрозь прапахлі ім. — Анэлі паказала падбародкам на Вільфрыда. Паркер кіўнуў і выйшаў.

Унізе грукаценне басоў змянілася брынканнем. Калі ён адчыніў дзверы, то пачуў віскатлівы голас вакаліста рок-групы „Эл-сі-дзі саўндсістэм“, які нібыта спяваў „Паўночна-амерыканскую пену“, але папраўдзе больш скуголіў, чым спяваў. У дальняй частцы залы, паблізу вялікіх вокнаў, танцавалі. Паркер праслізнуў налева, у адчыненую кухню. Бліскучыя рабочыя паверхні, газавая пліта, што зіхцела хромам, з выцяжкаю ў форме звона, стаяла пасярэдзіне вялікага памяшкання, стол-панэль з тоўстага кавалка дрэва побач. На неатынкаванай сцяне, якая рдзела чырванню старой цэглы з-пад лесіровачнай фарбы, віселі каструлі з нержавеючай сталі, нажы, апалонікі, соуснікі, усё прафесійнай якасці. Побач з выцяжкай Паркер толькі цяпер заўважыў развешаныя пучкі сухіх зёлак, на калодзе для разбірання мяса ляжаў адзін нож, выкаваны ўручную, японскі, адзін з тых, якія нельга проста спаласкваць, інакш яны заржавеюць.

У кухні нічым не пахла. Або яна была дэкаратыўнай, або акурат сёння сюды па даручэнні партыйных таварышаў Малера прыходзіла ягоная прыбіральшчыца. Толькі скрынкі з бляшанкамі ад піва ды пустыя бутэлькі з-пад шампанскага і віна, акуратна расстаўленыя побач са стальным кантэйнерам для смецця, не пасавалі да агульнай карціны. Першы халадзільнік, пачварная скрыня, таксама з металічнымі дзверцамі, ледзь чутна гудзеў. Адкрыўся ён з ціхім чмяканнем. Халадзільнік быў амаль пусты. Паркер узяў у маразілцы бутэльку шведскай гарэлкі, панюхаў кардонны пачак апельсінавага соку і наліў дзве шклянкі, вылавіў з нядаўна загорнутай у паперу мясной нарэзкі скрылёк вяндліны і адразу з'еў яго, потым агледзеў шафы ў пошуках хлеба і маслін. Яму хацелася есці. У шафах для посуду — іх шчодра змазаныя алівай дзверцы адчыніліся лёгка — ён убачыў стосы талерак. Зачыніў дзверцы. Уражанне было такое, быццам ён неспадзявана апынуўся ў памяшканні прадпрыемства выязнога рэстараннага абслугоўвання. На шафе з вінамі на тры аддзяленні з розным тэмпературным рэжымам стаялі два дэкантары. Бутэлькі з дарагімі гатункамі воцату і алею, сумесі азіяцкіх прыпраў на серванце, усё без адзінай кропелькі, без адзінай свілі на шкле, нішто не ліпла, нават крошак не было на падлозе. Паркер паклаў пакет з нарэзкай на месца, узяў некалькі бутэлек з напоямі і, асцярожна балансуючы імі, выйшаў праз рассоўныя дзверы ў вялікую залу, з якой пачыналася прастора вечарыны. Усё яшчэ галасіла „Элсі-дзі саўндсістэм“. Гралі альбом „Гук срэбра“, і танцоры, якіх ён бачыў з двара праз шкляныя дзверы, у экстазе трапяталіся ва ўяўнай далечыні, быццам рыбы ў мігатлівых светлавых хвалях — іх ствар"ў маланкава-рытмічнай зменай святла і цемры асвятляльны генератар у дальняй, прызначанай для танцаў частцы ніжняй залы. Там, дзе апынуўся Паркер, было цёмна ці амаль цёмна. І пуста. Стол са шкляной стальніцай — ад Марселя Броера, падумаў Паркер, — перад скураной канапай, пастаўленай спінкаю да кухонных дзвярэй, вялізны дыван, два кансольныя крэслы і некалькі скураных атаманак, з якіх бачны быў стары комін, перароблены Вільфрыдам ці Малерам — каму ўвогуле належаць памяшканні на першым паверсе? — у пакаёвы камін. За другой, яшчэ большай канапай заставалася шмат вольнага месца. Ля асветленай збоку сцяны з неапрацаванай чырвонай цэглы, побач з дзіўнымі козламі, стаяла пагражальна вялікая фігура ў выглядзе літары X, андрэеўскі крыж. Апынуўшыся ў гэтай частцы залы, чалавек быў амаль цалкам абаронены ад позіркаў, як і наверсе, у нішы з дыванкамі татамі. Толькі ў іншым развароце. Усё гэта, без сумневу, каштавала даволі дорага. Старая кузня ў Кілі… Паркер не чакаў знайсці такія раскошныя апартаменты на пазадворках у квартале старога сацыяльнага жылля. Вычварэнства.

Паркер сеў на меншую канапу, паставіў напоі на шкляны столік і пачаў з цікаўнасцю разглядаць крыж, які стаяў ля сцяны трохі перакошана і адкідаў у кола святла цень, падобны на вітрувіянскага чалавека на малюнку да Вінчы. На верхніх перакладзінах былі бачныя скураныя путы; Паркер падумаў, што і на ніжняй частцы крыжа, якая хавалася за вялікай канапай, вісела, напэўна, штосьці падобнае.

Раптам нехта затуліў яму вочы. Паркер міжволі схапіў запясці, каб адвесці рукі, але яны былі такія вузкія, што ён затрымаў іх. Анэлі хрыпла шапнула яму ў вуха:

— Што ты бачыш? Толькі не кажы „нічога", гэта нудна.

— Нешта... невядомае мне.

— І гэта проста цуд, праўда?

Анэлі пераступіла церaz спінку канапы, ціха зашамацеўшы панчохамі, ён убачыў яе руку, чаравікі, якія разгойдваліся на язычках, правай рукою яна апіралася на ўзгалоўе канапы. Цяпер ён ужо адчуваў пах яе парфумы. Яна ненадоўга затрымалася над ім у такой позе, нагнулася і развязала яму гальштук.

— Я хачу цябе.

Яна падцягнула сукенку яшчэ вышэй і ўпала на яго. Паказала на крыж.

— Хораша адчуваць сябе бездапаможнай. Тады чалавек ужо ні за што не адказвае. Цела тады ўсяго толькі цела, падпарадкаванае не ўласнай волі, а волі іншага чалавека. Ці іншых людзей. Гэта той момант, калі я адчуваю сябе свабоднай. Цалкам, дарэшты вызваленай. Я ўжо не магу абараняцца. Мяне могуць схапіць, мяне могуць узяць. Кожны. Усе. І гэта мяне ўзбуджае. Уяўленне аддадзенасці на чыюсьці волю. Разумееш?

Паркер кіўнуў. Яна пацерлася аб яго.

— Некалі я і мой хлопец, яшчэ да Вільфрыда, часта гулялі з ягонымі сябрамі ў покер. Я памятаю, як мяне ўзбуджалі пройгрышы. Той, хто прайграваў, павінен быў скінуць з сябе адну адзежыну, а калі на ім больш нічога не заставалася, мусіў выйсці голы на двор і прабегчы вакол дома. Мне аднойчы давялося выконваць такую задачу. Гэта было ў Швейцарыі, а людзі там кансерватыўныя. Занадта строгія ў іх правілы. І я спяшалася. Кусты рэзалі мне скуру, трава была наскрозь мокрая, у мяне пасля ўсё цела ўсейвалі драпіны ад руж. І я добра памятаю, што мне здавалася, быццам усе сочаць за мною.

— А табе падабаецца, калі на цябе глядзяць? Калі твой хлопец раўнуе?

Анэлі растуліла ногі. Яе рука слізганула трохі вышэй па сцягне. У позірку з'явілася нешта адсутнае. Яна злёгку прыкусіла ніжнюю губу. Паркер адчуў трымценне паветра паміж імі, тыя пару сантыметраў, якія яшчэ раздзялялі іх, раптам запоўніліся электрычнасцю. Ён адчуў, як у яго натапырыліся валаскі на скуры.

— Я прайгравала наўмысна.

Яго працяў казытлівы штуршок. Магчымасць дакрануцца, момант як перад пацалункам, толькі больш узбуджальны, наўпростаны. Яна аддалася на ягоную волю. Ці ён на ейную?

— Рэўнасць — гэта дурны сацыяльны страх, які паказвае толькі адно: табе здаецца, быццам табе нечага не дадалі. Калі сапраўды бярэш сабе тое, што хочаш, трэба радавацца, калі гэта бяруць і іншыя.

Паркер заўважыў, як гэтая сітуацыя вызваляе яго ад унутранай сумятні. Пачуцці і целы, падзеленыя паміж дваімі, замест рэўнасці і страху.

Ён паварушыўся. Узбуджэнне было настолькі моцнае, што яно на імгненне заглушыла ўсё іншае. Наркоз і адначасова стымулятар. Як яна сказала? Вызваленне. Ці не ўзнікала ў яго падчас гутаркі ў „Луве", якая спачатку не хацела ісці гладка, адчуванне, што Анэлі — тая жанчына, якая разумее, што ў сваім жыцці чалавек можа заблытацца, можа шмат ці, магчыма, зашмат чаго хацець, але ў яго заўсёды ёсць магчымасць вярнуцца назад, калі ён сумленны з самім сабою? Прагнуць вызвалена.

— Рабі сябе тым, хто ты ёсць.

Падышоў Малер з бутэлькай „Удавы Кліко" і трыма бакаламі і асцярожна паставіў усё на шкляны столік. Анэлі ўсміхнулася Малеру, па-ранейшаму песцячыся на жываце ў Паркера.

— Вы тут ужо ўтульна ўладкаваліся, як я бачу. — Малер падміргнуў Паркеру і наліў шампанскага ў бакалы. На ім быў чорны смокінг. З левай кішэні выглядала белая венецыянская маска.

Анэлі абхапіла рукамі галаву Паркера і, не адводзячы вачэй ад Малера, пацалавала яго. Яе вусны шырока растуліліся, хрыплы тонкі стогн вырваўся, здавалася, з самых глыбінь яе цела. Паркер, як і Анэлі, глядзеў на Малера. Яна пацалавала яго ў шыю.

Малер падсеў усутыч да іх. Паркер адчуў ягоную нагу ля сваёй. Малер пачаў перабіраць пальцамі валасы Анэлмі, потым паклаў сваю руку ёй на плячо і мякка, але ўпэўнена спытаў:

— Ты хочаш мяне?

Анэлі кіўнула, павярнулася тварам да Малера, пацалавала яго, не перастаючы церціся сцёгнамі аб Паркера. У яго абмяклі ногі, ён глыбей апусціўся ў падушкі канапы. Малер пацалаваў Анэлі, пяшчотна правёў вуснамі, а потым і языком па яе вуснах, а калі яна больш рашуча пацалавала яго ў адказ і мацней уперлася языком у ягоны рот, Паркер быццам звар'яцеў пад ёю. Анэлі павярнулася да яго і моцна пацалавала, два языкі змагаліся, быццам два барцы ў загарадцы, яе зубы балюча драпалі ягоную скуру, яе сліна была халодная. Потым яна адхілілася і зірнула на Малера.

— Бярыце мяне, — сказала яна і расшпіліла кофтачку, надзетую паўзверх сукенкі. Малер сцягнуў кофтачку з яе плячэй. Анэлі дрыжала, але па ёй было бачна, што рабіла яна так ужо не раз, з Малерам, з іншымі. Паркер схапіў яе за запясце. Ён не разумеў, адштурхоўвае ці ўзбуджае яго гэтая гульня. Яны зноў пацалаваліся. Можа, і так, і так. Ён правёў рукою па яе валасах, яны былі такія тонкія, што ён не мог ухапіць пальцамі ніводнай пасмачкі. Ягоныя рукі гладзілі яе патыліцу. Яна пакручвалася, быццам загадваючы яму не спыняцца, з сілай штурхала клубамі ягоныя сцёгны. Ён павярнуўся да яе. Адчуў на сваім азадку яе руку. Ці Малераву. Сукенка Анэлі была без „маланкі". Паркер на імгненне задумаўся, як ссунуць яе, а потым проста падняў вышэй, не адрываючы рук ад цела дзяўчыны. Тонкі шоўк парваўся. Паркер стараўся распаліць яе яшчэ больш, злёгку павярнуўся, яшчэ глыбей уціснуўся ў канапу і зноў пацягнуў Анэлі на сябе; Малер стаяў за ёю і спрабаваў сцягнуць з яе сукенку цераз галаву. Паркер праслізнуў пальцамі па яе сцёгнах уніз. Не думаць, не разлічваць, усё абсалютна натуральна, даць ёй зрабіць гэта па сваёй волі. Ягоныя рукі спыніліся на яе сцёгнах. Малер пагладзіў Анэлі па спіне, яна застагнала. Ён падсунуў прыпол сукенкі яшчэ вышэй, і Паркер убачыў яе плоць, белую, як марцыпан. На ёй былі самаклейкія панчохі. Ён павольна, асцярожна падсоўваў шоўк усё вышэй, кратаў яе сцёгны, узяўся правай рукою паміж ног. На ёй былі карункавыя майткі. Ягоныя пальцы залезлі пад карункі. Яна выгнулася, заплюшчыла вочы, падвяла рукі, дапамагаючы ім распрануць сябе. Ён асцярожна сцягваў з яе сукенку цераз галаву. На хвілінку прыпыніўся, задумаўшыся, як зрабіць так, каб каўнер не зачапіўся за нос, і яе галава апынулася ў мяшку, быццам яе ўзялі ў палон. Левай рукой ён з сілай ссунуў сукенку, а правай моцна націснуў на яе грудзі. І тут ён убачыў, што Малер паклаў руку ёй на сцягно і пагладжвае паміж ног. Гэтым ён нібы падаваў сігнал да старту. Анэлі штурханула сцягном, рука Малера была блізка да ягонага пеніса, але ён не заўважаў гэтага, ён хацеў яе. Падраная сукенка паляцела на стол, адзін бакал перакуліўся і з глухім стукам упаў на дыван, прыгожы, з геаметрычным узорам — чырвоныя і цаглястыя клеткі чаргаваліся ў шахматным парадку. Берберскі дыван, вельмі стары. Малер стаў на калені ззаду ад Анэлі, паміж Паркеравымі нагамі, і пачаў лізаць яе.

— Вазьмі мяне, — прашаптала Анэлі так, быццам перад гэтым доўга думала, што сказаць. Калі Паркер разам з Малерам зноў дакрануўся да яе сцягна, вочы яе былі заплюшчаныя. Малер завёў ёй рукі за спіну, сціснуўшы запясці. Цяпер яна сядзела на ім выпрастаўшыся, напружана, цалкам валодаючы сабою, у адной бялізне. Яна дрыжала. Здавалася, што дастаткова найменшага дотыку, каб яна дасягнула аргазму. Паркер правёў рукою па яе шыі, потым пальцамі прайшоўся паміж грудзямі, па жываце, рэзка націснуў на похву, адчуў уздрыгванне. І ўвайшоў у яе. Яе губы пабялелі, зубы пакінулі на іх глыбокія адбіткі. Яна цяжка дыхала. На шчоках гарэлі чырвоныя плямы, быццам ад нейкай рэдкай алергіі. Яна выдыхнула: „О-о“. Здавалася, штосьці знікла з яе твару. Ён стаў нейкі чужы, быццам маска, быццам пыса ачмурэлай жывёліны. Ён адчуў, як Малер водзіць рукою па ім і Анэлі, а потым таксама ўваходзіць у яе — цяпер яны абодва былі ў ёй. Паркер упаў у забыццё.

Удар прыйшоў нечакана. Паркеру здалося, што яго абдало скразняком, а потым усё выбухнула. Анэлі закрычала.

Раз'юшанасць — дзіўнае пачуццё, яна падобная на агонь, які доўга не заўважаецца, а потым ад прытоку паветра праз адтуліну ў засланцы разгараецца з большай сілай і выходзіць на паверхню. Тут маюць значэнне і генетычная абумоўленасць, і нізкі ў людзей са схільнасцю да агрэсіі ўзровень сератаніну. Гэта пэўнага кшталту пераключэнне рычага, чыста фізічны, аўтаматычны пераскок са стану ў стан. Паркера ахапіў шал, калі Вільфрыд гахнуў кулаком яму ў вуха, а потым па патыліцы, ад удару ўзнік глухі шум, быццам у галаве нешта таўклі.

Ён інстынктыўна рухнуў наперад, саштурхнуўшы Анэлі, і адкаціўся. Вільфрыд перамахнуў цераз спінку канапы, кінуўся на яго і адразу зноў замалаціў кулакамі.

— Свіння! — рыкнуў ён.

— Вільфрыд, не трэба! — закрычала Анэлі і затуліла рукамі рот; яе грудзі раптам здаліся Паркеру дзіўна маленькімі, дзіўна ўзбуджанымі, яны быццам танцавалі. Ён адштурхнуў Вільфрыда, устаў, потым прыгнуўся і цяпер перахопліваў ягоныя ўдары найперш рукамі, адначасова прыкрываючы далонямі галаву. Удары ён адбіваў і верхняй паловай цела, так ён прымушаў Вільфрыда ўкладваць бескантрольную энергію ў мяккія, амаль прыемна рытмічныя ўзмахі. Боль Паркер адчуў пазней.

— Перастаньце! — крычаў Малер.

Вільфрыд перастаў біць. Ён адышоўся на крок, пасоп — відаць, дзеля перадышкі. А потым, апусціўшы галаву і разявіўшы рот, зноў кінуўся на Паркера; адзін, два імклівыя крокі, каб намацаць у дыване надзейную апору. У хлопца быў такі выгляд, быццам ён хоча ператварыцца ў снарад: вырачаныя вочы, постаць, падобная на стралу, гатовую ўпіцца ў ворага, нешта сярэдняе паміж змяёю і ракетай з дыстанцыйным кіраваннем. Але перш чым ён паспеў пратараніць Паркеру грудзі, паміж імі стаў Малер; адступіўшыся на крок, ён схапіў хлопца за сцягно і за правае плячо, правалок паўз сябе лёгкім, амаль лагодным рухам і шырокім узмахам шпурнуў на шкляны стол. Вільфрыд спачатку ўдарыўся каленам аб сталёвую акантоўку, закрычаў і паспрабаваў перавярнуцца. Удар збіў яго з ног. Ён

205

упаў на стол. Паркер бачыў, як разлятаецца на асколкі шкляная стальніца — аб яе гахнулася спіна Вільфрыда, падобная цяпер на горб велізарнага жука. Прынесеныя Малерам бакалы затанцавалі ў паветры, а потым разам з падсвечнікам і попельніцай паляцелі ў праломіну, прабітую ў стале Вільфрыдам, заснулым чалавекам, які выпаў са свету. Раструшчанае шкло зіхацела ў прыцемненым святле снежнымі крышталікамі ці дыяментамі, апошнія асколкі саштурхоўваліся, кружлялі ў паветры, марна спрабуючы падоўжыць крывую лінію ад падлогі, дзе ўжо ляжаў Вільфрыд. Бездапаможна, як лялька, ён размахваў рукамі над кантам стала, быццам імкнучыся ўзляцець.

І толькі тады, са зрухам у часе, Паркер пачуў гук. Здавалася, хруснуў ягоны мозг. Грукат моцнага ўдару раскалоўся на трэск і дзынканне асколкаў, якія падалі на большыя, вастрэйшыя кавалкі шкла; упаўшы на голыя грудзі Вільфрыда пад незашпіленай піжамнай курткай і на ягоны твар, асколкі суха цокалі. Потым Паркер нейкі час увогуле нічога не чуў. І не бачыў.

Апрытомнеўшы, ён найперш пачуў стогн Вільфрыда. Малер падышоў да Анэлі, сцягнуў яе з канапы і адвёў на некалькі крокаў ад асколкаў. Анэлі забарабаніла кулакамі па яго грудзях.

— Божа, што вы нарабілі! Божа, што вы нарабілі!

Малер мацней прыціснуў яе да сябе, цяпер яна малаціла па ягоных грудзях далонямі.

— Не! Не хачу, не!

Паркер падышоў да іх, вызваліў Анэлі з абдымкаў Малера, апусціўся на дыван і пацягнуў Анэлі за сабою. Яна ўсхліпвала, ён моцна трымаў яе, адводзіў рукою яе валасы з твару, ліпкага ад сліны, слёз і поту, спрабаваў супакоіць. А Вільфрыд ціха стагнаў пасярод рэшткаў браераўскага стала. Паркер адчуваў, як цягліцы Анэлі напружваюцца пад ягоным целам, і выпусціў яе; яна з неверагоднай сілай адштурхнула яго ад сябе.

— Вон! — крыкнула яна. — Прэч ад мяне! Вон!

Паркер устаў, кінуў позірк на Вільфрыда, які намагаўся ўхапіцца рукамі за край стала і ўстаць. Па ягоных руках цякла кроў, твар быў шэры, як попел, але здавалася, што ў яго нічога асабліва не пашкоджана. Ён паглядзеў на Паркера. Потым на

Малера. Пустым позіркам, быццам тых увогуле ўжо не было ў гэтай зале. Нешта ўдарыла Паркеру ў спіну.

— Ідзі, ідзі ж нарэшце!

Ён зноў павярнуўся да Анэлі — гэта яна шпурнула ў яго туфель, другі трымала напагатове. Ён зашпіліў штаны, аб яго стукнуўся і ўпаў другі туфель, потым падняў з падлогі пінжак, чаравікі, шкарпэткі і пайшоў. Зачыняючы дзверы кухні, пачуў яшчэ, як Анэлі ўсклікнула: „О, Вільфрыд!" І выйшаў з „Кузні" той самай дарогай, якой прыйшоў.

Частка II

ПАСТКА НА МЫШЭЙ

З архіваў Паркера

Пяты ўрок. Расслабляйце! Самы, здавалася б, неверагодны сродак адамкнуць дзверы для пачуццяў, дзверы ў галовы, у сэрцы і ў партманеты вашых слухачоў — гэта показка, дасціпны анекдот. Вы ведаеце гісторыю, якую часам расказваў сэр Кен Робінсан? Маленькая дзяўчынка, гадоў шасці, сядзіць на ўроку выяўленчага мастацтва. Яна зашылася ў самы далёкі куток. Настаўніку кінулася ў вочы, што дзяўчынка гэтым разам працуе над малюнкам не так засяроджана, як звычайна. Ён падыходзіць да яе і пытае: „Што ты малюеш?" Яна адказвае: „Бога". — „Але ж ніхто дакладна не ведае, як выглядае Бог", — пярэчыць настаўнік. А яна кажа: „Ну тады праз некалькі хвілін усе будуць ведаць".

Гумар разбурае апошні бар'ер, які яшчэ застаецца паміж вамі і вашымі слухачамі. Пасля показкі ўсе будуць слухаць ваш мэсэдж.

Раздзел 1

Нядзеля, Кіль

Якая колькасць кафеіну з'яўляецца смяротнай? Сорак два вялікія кубкі за чатыры гадзіны? Паркер успомніў, як ён аднойчы позна ноччу ў нейкім гатэлі па ўнутраным канале глядзеў перадачу пра каву, гаворка ішла і пра меру спажывання. Пяцьдзясят кубкаў за тры гадзіны? Гэтай раніцай ён дайшоў да чацвёртай філіжанкі за чвэрць гадзіны. Дзяжурны на рэцэпцыі не надта ўсцешыўся, калі Паркер у тры сорак пяць пазваніў у дзверы, прымусіўшы яго ўстаць з канапы, і папрасіў зварыць кавы. Паркер дрыжаў, ён прамёрз да касцей: выбег з „Кузні" без паліто, таксі адразу не трапілася, і ён пайшоў пехатою — дзякуй Богу, напрамак ведаў. Калі побач з ім спынілася паліцэйская патрульная машына, ён ужо быў ледзь не спруцянелы ад холаду. У гатэлі план быў такі: прыняць душ, спакаваць рэчы і прэч адсюль. Той гуфі ў бейсболцы ледзь не ўходзіў яго. Заспаны парцье — для гэтага дзядзькі на сёмым дзясятку, у якога кашуля вылазіла са штаноў, Паркер не мог прыдумаць лепшай характарыстыкі, чым „раскіданы", — упарта паўтараў, што ноччу пакаёвы сэрвіс не працуе, да таго ж ён, Паркер, як бачна на маніторы, сваю крэдытную картку яшчэ не... Паркер перапыніў яго і ўрэшце выкупіў за дваццатку той імбрык кавы, які парцье звычайна прыносіў з дому на начное дзяжурства. Паркер кінуўся з кавай наверх, папрасіўшы дзяжурнага знайсці для яго найранейшы цягнік на Гамбург. Анлайн ён перабраніруе

211

вылет, на першы магчымы ранішні рэйс. Яму хацелася толькі аднаго: прэч адсюль.

Ад праглынутай кавы і наступстваў кароткага начнога маршу па марозе рукі ў яго дрыжалі, галава трашчала. „Брытанскія авіялініі“ прапанавалі яму білет да Лондана ў рэжыме чакання. Паркер выпіў яшчэ кавы, пасля шостай філіжанкі затрапятала сэрца, і яму было цяжка пакаваць рэчы.

Пасля вылету з Фульбютэля прыліў энергіі ад спажытага кафеіну змяніўся сваёй процілегласцю, і адрэналін, які штуршкамі рухаўся па целе Паркера пасля барацьбы з Вільфрыдам і сексу ўтрох, цяпер зусім выветрыўся. Ён кулём упаў на сядзенне і заснуў кароткім, але глыбокім сном знясілення.

У туалеце аэрапорта Хітроў ён папырскаў твар вадою. Некалькі халодных кропель закаціліся пад расшпіленую кашулю, пакінуўшы плямы на пінжаку шэрага, „у елачку“ дарожнага гарнітура. Паркер страсянуўся. Правае вуха пачырванела і распухла, набыўшы памер ладнай галінкі квяцістай капусты. Куды цяпер? Прамільгнула думка: можа, патэлефанаваць Эберхарду? Выцер твар і шыю шэрай порыстай паперай з храміраванага дыспенсера. Яму было холадна. Ён зашпіліў кашулю і вырашыў купіць у дзьюці-фры прынамсі шалік і пуховую камізэльку.

Паркер прагаладаўся і адчуваў сябе хворым. Трэба было хутчэй дзе-небудзь пад’есці. Можа, яго прыме да сябе цётка Мэгі, але ён не ведаў нават, ці жывая яна яшчэ. Палічыў астатак грошай. Спачатку проста прабыць тут адзін дзень, адпачыць, пераначаваць можна ў Бромптане, дом 147, там знаходзіцца танная гасцініца „Bed and Breakfast“* — невялікі цесны таўнхаўс на чатыры паверхі з вузкімі, кішкай выцягнутымі ў бок саду пакоямі. Яна заўсёды абуджала ў Паркеру ўяўленне пра тое, якім магло б быць англійскае дзяцінства. Плаціць там можна і чэкамі. Ягоны бацька вырас у Бромптане, тады яшчэ зусім

* „Начлег і сняданкі“ (англ.).

не шыкоўным; цяпер там не прабіцца ад банкіраў і маладых кар'ерыстаў, што запаўняюць рэстараны, турысцкія пабы і кавярні і выглядаюць так, быццам толькі што саскочылі са старонак папулярных часопісаў моды, — адным словам, квартал аджэнтльменіўся. Але ноччу і ў туман на бакавых вуліцах усё яшчэ можна адчуць дзікенсаўскі дух — праўда, потым ад ранішняй латэ мак'ята, падвойнага эспрэса з малаком, латэ мак'ята з ваніллю, хатняй кавы з ручнога фільтра і іншых саступак трыццаць-каторай-там інтэрнацыяналізацыі пост-старбакскага пакалення гэты дух хутка раствараецца ва ўрбаністычнай задаволенасці. Беднасць — яна была ўчора ці ёсць недзе ў іншым месцы. Апроч таго, Паркеру падабалася дзіўная маленькая кніга, якую напісала пра дом 147 у Бромптане адна малавядомая пісьменніца. У дзяцінстве ён заўсёды стараўся ўявіць, як гэта — жыць у рамане. Але, магчыма, ён проста не прызнаваўся сабе, што ўпотайкі шкадуе, што сам не жыў тут у мінулым, каб паназіраць за сваім бацькам. Можа, тады ён лепш пазнаёміўся б з ім. Калі ты ведаеш, адкуль паходзіць іншы чалавек... Раманы! Так. Паркер правёў далонню па твары. Хітаючы галавою, ён згадваў гісторыю з Малерам, Анэлі і Вільфрыдам. Вар'яцтва! Куды ён уляпаўся?! Яны ж безгаловыя. Кіль? Так, Эберхарда шкада. Ён любіць Эберхарда. Малер і Анэлі яму таксама спадабаліся. І шанц самому кіраваць выбарчай кампаніяй, пачаць новае жыццё. Але гэтага больш няма, яму трэба было б... ён бы... Паркера раптам ахапіла паніка. Але яшчэ адных уцёкаў быць не можа. Куды ўцякаць? У яго няма шанцу, няма працы, няма кватэры, няма грошай.

Не, ён — Паркер. Яго запрашалі... Усюды. Ужо на наступным тыдні ён мог бы быць у Карэі, у містара Хванга! А калі гэты дзікун Вільфрыд зноў супакоіцца і Малер з Анэлі ўсё высветляць, то яшчэ, магчыма, ён паспрабуе агледзецца і там. Тое, што адбылося ў „Кузні", было сапраўднай пасткай.

Паркер памяняў свае апошнія долары на фунты, прайшоў міма стаянкі таксі на аўтобусны прыпынак. У доме 147 у Бромптане ніхто не спытаўся пра крэдытную картку. Ён падпісаў чэк, пакуль што на два дні. Зайшоўшы ў нумар, адразу стаў награваць ваду старамодным кіпяцільнікам і тут упершыню адчуў, як моцна стаміўся.

Ён мог бы патэлефанаваць Ірыс, найлепшай сяброўцы Нілы ў той час, калі яны абедзве працавалі ў галерэі *PS1*; Ірыс задавала правільным людзям няправільныя пытанні, і неўзабаве ёй, паўнагрудай, схільнай набівацца на запрашэнні і не даваць сябе доўга ўпрошваць, даручылі курыраваць новых мастакоў; капітал шарму яна, забяспечаная кантактамі аўкцыённага дома Саатчы і грашыма аднаго багатага француза, задзейнічала цяпер у Лондане, каб скупляць для сваёй уласнай галерэі крутое маладое мастацтва, — поп-арт у манеры „Аліса ў краіне цудаў" з варыяцыямі ад заганнага да далікатнага, фіктыўныя партрэты бельгійскай мастачкі, якая толькі набывала вядомасць, краявіды скуры такіх памераў, што поры, як у аповесці Свіфта, здаюцца кратарамі, і творы некаторых маладых расійскіх неаканцэптуалістаў, якім яна знаходзіць і аплачвае атэлье. Што ні кажы, а нюх на перліну ў кучы смецця ў яе ёсць, у тым ліку і датычна памяшканняў. Паркер быў у яе аднойчы на адкрыцці вернісажу, запрашэнні ён атрымлівае рэгулярна.

Ірыс нейкі час жыла ў іх, у яго з Нілай на Трэцяй вуліцы, паміж Першай авеню і авеню А, насупраць клуба Анёлаў пекла, дзе на ўзбочыне тратуара перад агніста-чырвоным цагляным будынкам клуба заўсёды стаялі на козлах аздобленыя аўтамабілі, а ля іх тоўстыя мужчыны з ускалмачанымі бародамі ва ўсім скураным жлукцілі сваё піва з карычневых рудаватых пакетаў, яны выглядалі застрашальна (і сапраўды застрашвалі) толькі тады, калі ты ішоў паўз іх першы раз. Суседства было прыемнае. Жылося спакойна, дні праходзілі аднастайна, можна было сядзець у кватэры з двух з паловай маленькіх пакояў і слухаць ля расчворанага акна горад, чытаць на пажарнай лесвіцы або залезці на дах — сапраўдны аазіс, дзе яны працавалі, адпачывалі, адкуль вечарам выходзілі развеяцца. Ніла і ён у сваёй малюсенькай ідыліі, якую яны набылі нягледзячы на тое, што Ніліны бацькі не захацелі прызнаць Мэцью магчымым зяцем Пэйтлаў. Іх кватэра на кароткі час стала родным домам і для Ірыс пасля яе ўцёкаў з нейкай наркатызаванай студыі.

Ёй шанцавала ў працы, але ніколі не шанцавала на мужчын. Мексіканскі мільянер, з якім яна жыла, аднойчы пакінуў яе на выходныя адну, каб у Альпах патрахацца з іншай маладой жанчынай. Ірыс даведалася пра гэта, знайшоўшы на барнай стойцы ў кухні два авіябілеты першага класа, і выставіла мільянера за дзверы (кватэра належала яму). Неўзабаве ёй спатрэбілася таннейшае жытло, яна пасялілася ў ветлівага бландзіна на адной з Усходніх Сотых вуліц і доўга нават не здагадвалася, што атрыманы ад яе заклад і плату за кватэру ён выдаткоўвае на забеспячэнне сябе какаінам. Гэта зусім не пасавала да яго, казала яна потым, да гэтага спартыўна-элегантнага хлопчыка, гэтага Ральфа Ларэна *on the rocks**, як яна не без зацікаўленасці называла яго напачатку. Нельга абысціся без пэўнага драйву, калі жывеш у такім горадзе, думала яна, а спартыўны юнак знік разам з яе грашыма, пасля таго як аднойчы вечарам на дзвярах з'явілася паперка з патрабаваннем вызваліць кватэру і паліцэйская пячатка. Тады Ірыс, сапраўдная котка Рубі з фільма з Кэры Грантам і Одры Хэпбёрн, якіх яна паважала, як і ўсё, што паходзіла з канца пяцідзясятых — пачатку шасцідзясятых гадоў, залезла, як і эксцэнтрычная Холі Голайтлі, па пажарнай лесвіцы ў свой пакой, каб выратаваць хоць тыя рэчы, што яшчэ заставаліся.

Два тыдні, якія яна мелася пражыць у іх, перараслі ў тры месяцы. Ірыс і Ніла заманьвалі Мэцью, які ў вольныя ад заняткаў дні быў звычайна даволі флегматычны, на блізкія пляжы — на Файр-Айленд, у Хэмптан ці прынамсі на Коні-Айленд. Яму падабалася бавіць час з імі. Яны, усе трое, у сваёй кампаніі былі дарэшты натуральныя, сапраўдныя, і Паркер пазбавіўся, не ў апошнюю чаргу дзякуючы яшчэ і абсурдным аповедам Ірыс, ад той лёгкай здранцвеласці, што часта ахоплівала яго, сына п'яніцы з Альтоны, які без анічога прыехаў у Амерыку і наладзіў тут сабе новае жыццё. Час ад часу яму яшчэ здавалася, што ён так і не дасягнуў нічога большага, чым няшчасны пацучок, які перабірае лапкамі ў коле толькі дзеля таго, каб на яго глядзела больш людзей. Яму не хапала лёгкасці багатых. Ніла, відаць,

---

* На парозе краху (*англ.*).

таксама разумела ягоныя перажыванні, хоць ён і не хацеў гэтага. А Ірыс надала іх жыццю новы імпульс. Нілу ўжо даводзіла да адчаю, што Паркер ані не захапляецца тымі вечарынкамі, якія яна любіць, яе нью-ёркскімі сябрамі, і таму амаль нікуды з ім больш не выходзіла. Яна скардзілася, што ў каледжы ёй гэта бачылася зусім іначай, такімі іх стасункі напачатку не былі. І яна мела рацыю. У нью-ёркскім істэблішменце Паркер пачуваўся настолькі ж выгодна, як бародаўка пад пырскамі замарожвальнага спрэю. Яму здавалася, што Ніла выслізгвае ад яго, калі бачыць яго здранцвелым, згубленым сярод тых тыпаў вышэйшага свету ды яшчэ вымушаным апраўдвацца перад ёю за частыя і доўгія паездкі. Ён жа не нейкая пластыкавая дэталь, не штучны чалавек, якога дастаткова адрэгуляваць, каб ён пасаваў да свайго штучнага гнязда. А новая дынаміка, якая стала вызначаць іх жыццё дзякуючы Ірыс, зрабіла абаіх зноў больш мужнымі, ён ужо пачаў успрымаць сацыяльную сферу не як сцэну, на якой павінен дэманстраваць нейкія дасягненні, а як гульню. З Нілай і Ірыс ён нават быў здольны смяяцца. Але ў ягоных стасунках з Нілай гэта ўжо нічога не магло змяніць надоўга. Ён занадта заблытаўся, збіўся з курсу, выйшаў на ўласную дарогу, убок ад яе.

Калі Ніла выкрыла ягоны падман, яна перавярнула ўсё, не пакінула без увагі ніводнай кнігі, ніводнай нататкі ў штодзённіку, ніводнага мэйла, ніводнага паведамлення па „Уотсапе", ніводнай эсэмэскі, ніводнага фота ў мабільніку. Яна разглядала, перакопвала, рвала і нішчыла, выкінула з шафаў усё ягонае адзенне, з такімі цяжкасцямі набытае ў камісійных і дабрачынных крамах, разбіла ўсе ягоныя сувенірныя статуэткі Буды, пакамячыла падзячныя пісьмы Дэмакратычнай партыі і саштурхнула з пісьмовага стала запасны камп'ютар. Пасля ягоных марных намаганняў растлумачыць ёй усё, Ніла моўчкі прынесла з кладоўкі два вялікія чамаданы, дала яму магчымасць уратаваць з кучы вопраткі найлепшыя гарнітуры, кашулі і гальштукі і выставіла яго за дзверы.

— Сэканд-хэнд, сэканд-хэнд! Усё тваё жыццё — сэканд-хэнд, ты гэта ведаеш? Не, ты гэтага нават ужо не адчуваеш. Ты жывеш з уяўленнем, што бесперапынна ўцякаеш. Хто ты, уласна кажучы? Да чаго ты імкнешся? Ты ўвесь час ухіляешся ад мяне, унікаеш, як вада. — Ніла не крычала, яна гаварыла халодна, амаль метадычна. І раптам змоўкла.

— Вада? — перапытаў Паркер.

— Ты проста ні ў чым не хочаш прымаць канчатковага рашэння. Нават у адносінах са мной.

Бясспрэчна, ён усё адмаўляў. Свае інтрыжкі. Зноў і зноў. Прызнаў толькі два-тры выпадкі, паспрабаваў сказаць ёй... Што? Цяпер ён здаваўся сабе яшчэ дурнейшым, чым тады. Вядома, ён не перабягаў так вось ад адной да другой, проста... Так атрымлівалася? А менавіта тады, пасля Ірыс, у яго было адчуванне, што ў іх з Нілай пачаліся новыя адносіны.

Ірыс не адказвала. Батарэйка была ўжо амаль пустая, а зараднага кабелю ён не мог знайсці. Можа, Ірыс паехала на Ніліна вяселле. Ён накінуў пуховую камізэльку і выйшаў на вуліцу.

„Чужынец" у выкананні „Дэпеш мод" малаціў сінтэтычнымі барабанамі ў краме на Стрэндзе, набатаванай таннымі кампакт-дыскамі, фільмамі і дарожнай электронікай. Злева ад уваходу стаяў чорны асілак — напэўна, растафарыянец з Ямайкі; тыя, хто ўваходзіў у краму, яго не цікавілі, за сваёй стойкай ён падскокваў пад імпэтную музыку, што біла проста пад дых. Калі песня скончылася, далікатна, чыста затухла пяшчотнай хваляй ля берага, Паркеру здалося, што ён сніць. Пачуўся самазадаволены басавіты голас, загучалі ўспаміны пра васьмідзясятыя гады і „дэпешы" ад гэтых хлопчыкаў з Манчэстэра: цудоўныя хлопцы, з імі я любіў калі-нікалі пакурыць траўку, гмм, я, зразумела, хацеў сказаць — выпіць парачку піва. Ва ўсялякім выпадку, людзі, зараз вы пачуеце яшчэ супердуэт таго часу „Софт чэл", добра прымацуйце рэменем сябе і свайго маленькага сябра, таму што эратычнае кабарэ апоўдні ў нядзелю пачынае рухаць сваімі неонавымі губкамі, йэа. „Hold on to your knob, here comes uncle Bob..."*

* „Зашпіліцеся мацней, сюды спяшаецца дзядзька Боб..." (англ.).

Ягоны бацька. Гэта быў ягоны бацька. Гэта быў ягоны голас, ягоная манера аб'яўляць нумары, ягоная перадача, ягоная музыка. Ялдон...

Паркер маланкай кінуўся наперад.

— Выключыце!

— Што? — спытаў асілак з-за сваёй адгароджанай плексігласам стойкі і наморшчыў лоб.

— Выключыць! — Паркер выхапіў дзесяціфунтавую банкноту і падштурхнуў яе праз аконца.

— Хто ты такі? — прамармытаў чорны, выключыў радыё і схапіў дзясятку.

Паркер паглядзеў на свае рукі: яны скурчыліся ў кіпцястыя лапы, быццам ён збіраецца задушыць бацьку, запхнуць яму ў горла ягоныя славутыя падкрэслена-пажадлівыя, поўныя замілавання банальнасці, запхнуць раз і назаўжды, каб яны там і засталіся. Паркер глыбока ўздыхнуў. Пастарайся засяродзіцца, не давай адцягваць тваю ўвагу ад знешняга свету. Гара не рухаецца. Бі толькі тады, калі ты ўпэўнены, што твой удар трапіць у цэль. Калі ты гатовы памерці, ты гатовы да ўсяго.

— У вас ёсць зарадны кабель для айфона 4S?

Шал трэба было выліць на яго, Паркера старэйшага, крычаць трэба было на яго. Не. Чорт з ім. Ён папросіць прабачэння ў растафарыянца, калі будзе плаціць, за тое, што накінуўся на яго. Гэта была перадача Бі-Бі-Сі? Няўжо ягоны бацька цяпер на Бі-Бі-Сі? Яго, гэтага вайсковага паяца, падпускаюць да мікрафона, не пазбаўляюць магчымасці гаварыць? Ён зноў можа распаўсюджваць сваё дзярмо, быццам ён сваім гідотным самазадаволеным круцельствам — прыкольнымі фразамі і музыкай — яшчэ недастаткова людзей падбухторыў кінуць каханых, трахацца да вар'яцтва, утыкаць, аблізваць, абсмоктваць? Йэа, вызваляйцеся, йэа, рыхтуйцеся да танца, йэа, падключайце свінг, паварот бядра і, йэа, трэцюю нагу, а калі вы аматар дубальтаў, то і чацвёртую, йэа, йэа, йэа! Ягоны бацька, тэхнафрык, ягоны бацька, знаўца Смітаў, ягоны бацька, пірат кайфу сямідзясятых, васьмідзясятых, дзевяностых гадоў і найлепшага сённяшняга кайфу? „*Welcome to the breakfast of champions, baste the tuna, guys and girls, come and taste the baby gravy*“*.

Паркер не стаў чакаць адказу асілка, дастаў упакоўку затычак для вушэй з стойкі-круцёлкі ля касы, заплаціў, кінуўся з крамы і грымнуў шклянымі дзвярыма, быццам труну зачыніў. Чорны, напэўна, адразу зноў уключыў радыё. З-за дзвярэй праз шыбу пачулася бумканне кантрабаса. Група „The XX“, „Дваццатыя“, ужо не „Дэпеш мод“.

Тое ж самае дзярмо! Нашпігоўваць людзей музыкай, быццам наркотыкам, маладых праз сеціва, праз мабільнікі і айподы, нарказалежным з белымі шлангамі ў вушах проста ў гіпофіз выкідваюцца гармоны, нейрамедыятары, слыхавая атрута, па поўнай праграме. Пад музыку можна танцаваць, пад музыку можна ісці ваяваць, націскаць на кнопкі, расціскаць гусеніцамі танкаў цэлыя вёскі, разбураць шлюбы, трушчыць галовы, пакуль не застанецца адна толькі мяккая пульсуючая плоць унутранага здзічэння, мозг без узаемасувязей, пачуццё без формы, сэрца без пэўнага стаўлення.

Паркер быў раз'юшаны. Яго кідала то ў жар, то ў холад. На другім баку вуліцы ў ледзяной лонданскай імжы запрашальна свяцілася шыльда *Three Lions Pub*“. Паб „Тры львы“. Выдатна, яму трэба выпіць.

Найперш ён замовіў фултан і падвойны віскі, макалан. Змыў адчуванне прыкрасці, так, запіў яшчэ півам, цмокнуў языком, стала лепш. Падняў абодва ўказальныя пальцы і пачакаў, пакуль падвязуць новую порцыю. Яму ўсміхнулася дзяўчына, не больш васямнаццаці, кароткая спаднічка, гольфы, прагульшчыца ўрокаў у школе, прафесіяналка ў паляванні на мужчын. Паркер праігнараваў яе. Лепш яшчэ выпіць.

Нішто ніколі больш не будзе як раней. Паркер спатыкаючыся валокся праз лонданскі дождж. Ён не памятаў, як прыйшоў

---

* „Прыходзьце на сняданак чэмпіёнаў, папырскайце рыбку сокам, хлопчыкі і дзяўчаткі, прыходзьце і паспытайце падліўкі“ (*англ.*).

у гасцініцу, у свой нумар, недзе па дарозе згубіў камізэльку — можа, у апошнім пабе, але ключ ад нумара быў, на шчасце, пры ім. У пакоі было холадна, патыхала дэзынфекцыйнымі сродкамі, пасцельная бялізна адсырэла. Ён упаў у гэтую цудоўную мяккую вільготную цеплыню пасцелі. Віскатлівыя спружыны. Усё роўна, чым тут смярдзіць. Не, здаецца, рыбай. Успомніліся Стэн і Олі. А потым ён вырубіўся.

Прачнуўшыся, Паркер адчуў здранцвеласць у роце. Яго нудзіла. Страшэнна нудзіла. Ён пашкандыбаў у лазенку, напіўся вады проста з-пад крана. Перад вачыма ўсё круцілася. Калі ён заплюшчыў вочы, закруцілася ў страўніку. І ў галаве таксама. Нясцерпна хацелася есці. Ён паспрабаваў трохі разгладзіць намочаным ручніком свой скамечаны гарнітур. Чаравікі і шкарпэткі ён усё ж ноччу некалі зняў, а вось гальштук не. Нагрэў кіпяцільнікам вады і спачатку выпіў кавы, адну порцыю з маленькага пакеціка, а потым чаю. Англійскі сняданак. Адразу зноў паблажэла. Ён уключыў тэлефон. Той замігцеў. Дзесяць новых паведамленняў. Ён заварыў яшчэ чаю і праслухаў запісы. Усе званкі былі з Германіі.

Частка III

ЦЕНЬ АСЛА

З архіваў Паркера. Прадмова

Красамоўства, паводле заўвагі Квінтыліяна, выдатны ін-струмент для дапамогі людзям. Яно служыць абмену дум-камі, перадачы думак. Здольнасці размаўляць паміж сабою мы заўдзячаем удасканаленне нашага мыслення. Мы пра-маўляем і гаворым нешта не дзеля воплескаў, мы гаворым для людзей, якія сапраўды разважаюць. Таму вам як пра-моўцу надоўга не дапаможа простая абліцоўка футара-ла ці ўпрыгожванне рэчаў, якія, уласна кажучы, нічога не азначаюць, касметыкай прыгожых слоў. Гэта больш чым безгустоўна, гэта неэтычна. Кожная каштоўная кампа-зіцыя, кожная прамова, кожная гутарка, у якіх ёсць пэўны змест, павінны фармавацца з ведаў, стаўлення і пачуцця, павінны мець субстанцыю, цела. Рыторыка — гэта не адна толькі палітура, а нават калі і так: бляск можна надаць толькі сапраўдным рэчам.

Раздзел 1

Аўторак, Кіль

— Гэта напісалі вы? — Доктар Юрэк трымаў перад вачыма Паркера плёнку. Паркер заўважыў, што пальцы пракурора потныя і пакідаюць адбіткі на празрыстым пластыку. Ці пакладзе ён яшчэ раз плёнку ў праектар, ці пакажа зноў амаль пустой зале літары, словы, сказы, якія Паркер напісаў неўзабаве пасля паспешлівага ад'езду з Кіля? Пакуль што ён яшчэ нічога не сказаў, ён жа знаходзіцца тут толькі ў якасці сведкі. Ці?..

Усе паведамленні на Паркеравым мабільніку былі з Кіля. Эберхард заклапочана пытаўся, што здарылася пасля: усё гэта страшна і ён цалкам разумее шок Паркера; потым зноў Эберхард: ён цяпер збіты з тропу, Паркер мусіць з'явіцца ў паліцыю. А потым паліцыя. У паліцыю Паркер патэлефанаваў. Спачатку ён не зразумеў, у чым справа. Нейкі гер Вільфрыд Штэнбок памёр, так, а ён, Паркер быў побач з ім, калі гэта здарылася, не ўсё тут зразумела, неабходна, каб Паркер сёе-тое патлумачыў. І ён паляцеў назад у Кіль.

А цяпер ён павінен расталкаваць ім адзін са сваіх тэкстаў?

Чаму доктар Юрэк увогуле запытаў яго пра гэта? Папярэдні допыт з праектарам, дапатопнай прыладай, — ці ён быў патрэбны? У вялікай зале было цёмна, і хоць у службовых памяшканнях не дазвалялася курыць, у Паркера было такое ўражанне, быццам перад рэзапалавым сталом, за якім сядзелі паліцэйскія, вісіць заслона з дыму. Халодная празрыстая завеса, а праз ае ледзь праглядаюцца ненатуральныя схемы чалавечых істот, якія тарапяцца на яго, Паркера, пільна ўзіраюцца, не зводзяць з яго вачэй. Яго і так ужо трымаюць тут занадта доўга, і калі яму не хопіць розуму, то зробяць аб'ектам судовага разгляду, патэнцыйным злачынцам, правапарушальнікам. Ужо адзін толькі пералік наганяе на яго страх, кожнае паняцце змяшчае ў сабе цэлую нізку гісторый, схему „раздражняльнік — рэакцыя“ са сцэн і эмоцый, а калі каму-небудзь прымацоўваюць этыкетку „злачынец“, няхай сабе толькі ў думках, то ён хоць яшчэ і не становіцца, але ўжо бачыцца злачынцам. Не, Паркер так лёгка не дапусціць, каб яны тут праз пакінутыя нататкі ці запісы ў блогах разбіралі яго на часткі.

— Гэта даследаванне. Я пішу кнігу пра тое, як канцэпцыя асобы мяняецца ў інтэрнэце і якое зваротнае ўздзеянне гэта мае на нас у рэальным жыцці. „Індзеец — службовы механізм свайго каноэ, чалавек — люстэрка сваіх слоў. А чалавек у сусветным сеціве? Увасобленае смецце для ўсіх“. Сімс сярод Сімсаў. Маклюэн сустракае Жыжэка, такая вось штука, гэта яшчэ не выспела, даруйце ўжо, калі ласка, я карыстаюся блогам як пробным шарам.

Доктар Юрэк здзекліва засмяяўся і прачытаў уголас яшчэ адзін загаловак: „Парадокс Віланда“.

Чытаў ён тэкст з „Гісторыі абдэрытаў“, яго Паркер раздаваў на семінары як прыклад перадачы думак мовай вобразаў. Адзін дантыст едзе з антычных Абдэраў у суседні пасёлак і наймае ў дарогу пагоншчыка з аслом. У паўдзённую спёку дантыст садзіцца ў цені асла. Пагоншчык патрабуе дадатковую плату за карыстанне ценем, усчынаецца спрэчка. Адвакат дантыста прыводзіць на судзе такія аргументы: ён наняў асла, а значыць, наняў і ягоны цень. Цень не прыстасаванне. Але другі бок хітрэйшы. Іхні абаронца мяняе пастаноўку пытання, кажа: пагоншчык асла пажартаваў, вядома ж, наняты цень на аплачаны час належыць наймальніку, ён можа ім карыстацца, але справа зусім не ў гэтым — праблема не ўзнікла б, калі б дантыст даў пагоншчыку асла бакшыш за страту часу праз запатрабаваны адпачынак у цені асла. Статус у юрыспрудэнцыі — усё. Пра што ідзе гаворка, пра цень ці пра час? І вось працэсуальнае пытанне і канфлікт нормаў высветлены, адвакат пагоншчыка выступае зноў: гэтае здарэнне ўсё роўна толькі вялікая камедыя, вінаватыя ўсе. Пасля ягоных слоў прысутныя ад шоку прыходзяць ў нейкі дыянісійскі экстаз і разрываюць асла на кавалкі.

— Бязглуздзіца!

Пракурор шпурнуў тэкст, якім ён нібы дырыжорскай палачкай размахваў перад тварам Паркера, на праектар.

Адбіткі пальцаў Юрэка і нават частак ягонай далоні цяпер выразна бачыліся па краях плёнкі. У Сярэднявеччы і раннім Новым часе, калі адбітак яшчэ лічыўся, разгадваўся і расшыфроўваўся не як бясспрэчны доказ прысутнасці асобы на месцы злачынства, а як сістэма знакаў ранейшага ці пазнейшага лёсу, па далоні тлумачылі характар і прадказвалі будучыню чалавека. Лінія жыцця Юрэка, дзіўна разгалінаваная і перакрыжаваная з лініяй кахання, разглядалася б як доказ таго, што ён чалавек кіпучы і не надта прыстойны.

— Вы ўжо цэлую гадзіну расказваеце нам адно і тое ж.

— Вы мяне і не пытаеце ні пра што іншае.

Юрэк выключыў праектар. Паднялі жалюзі. Яркае святло паўдзённага сонца асляпіла Паркера.

— Чаму вы не з'явіліся ў паліцыю раней?

— Я вам ужо казаў. Я быў у Лондане, на нейкі час выключаў свой мабільнік і не меў ніякага ўяўлення пра тое, што тут адбылося!

— Але вы ўжо зразумелі, што ад'езд адразу пасля здарэння выклікае падазрэнне?

— Няўжо вы думаеце, што я б не ведаў гэтага, калі б быў вінаваты? Гэта быў няшчасны выпадак. Гер Малер...

— ...расказваў нам пра здарэнне інакш.

Паркер змоўк.

— Білета на самалёт у вас не было. Вы ж збіраліся пасля семінара тут, у Кілі, ехаць у Франкфурт і нейкі час прабыць там. Хіба вы не планавалі семінар яшчэ і для кампаніі...

Тут умяшаўся галоўны камісар Вернер.

— „Летгал і..."

— „Летхэм і Уоткінс", так. Я яшчэ ў чацвер паслаў ім адмову.

— Чаму?

— Я стаміўся, мне трэба было адпачыць.

— І тады вы паляцелі ў Лондан?

— У мяне там сям’я. Акрамя таго, сюды павінна была прыляцець фрау міністр, і я абяцаў Малеру, што ў Кілі...

— Фрау міністр? — перапыніў Юрэк.

— І тады вы паляцелі ў Лондан? — зноў спытаўся Вернер.

Паркер уздыхнуў.

— Вы ведаеце Лондан?

Агульнае маўчанне задоўжылася на нейкую секунду больш, чым належала.

— У нас тут не віктарына для турыстаў! — рыкнуў пракурор.

— Паслухайце, у Лондане жыве мой бацька, я хацеў наведаць яго, даўно ўжо збіраўся. І адразу вылецеў сюды, як толькі праслухаў вашы званкі. Я ж не мусіў рабіць гэта, праўда? Не мусіў вяртацца? Я нават згадзіўся на ваша „апытанне“ — ці лепш было б сказаць на гэты допыт? Але я ўсё роўна не ведаю, што вам увогуле трэба ад мяне.

Калі яны нарэшце заўважаць, што ён, нягледзячы на стомленасць, успрымае ўсё настолькі ж сур’ёзна, як і яны?

Як яны маглі падумаць, што ён мае нейкае дачыненне да смерці Вільфрыда, гэта ж ён сам стаў ахвярай нападу, а Малер ратаваў яго; ён, Паркер, нават не ведаў, што на самай справе адбылося пасля таго, як вырваўся адтуль. Калі яны і праўда думаюць, што ў іх ёсць нейкія факты супраць яго, то што гэта можа быць? Тэксты, нататкі для ягоных блогаў? Сведчанні Анэлі ці Малера павінны ж ясна паказаць: Вільфрыд накінуўся на яго і не адступіўся, калі яны абое сталі паміж імі, наадварот, стаў кідацца ўжо і на іх. Так, вядома, яны ўсе былі амаль голыя, пра гэта даволі цяжка расказаць, гэтак сама, як і пра ягоны раптоўны імпульс ляцець у Лондан, які ўзнік пасля бойкі, але ж Малер урэшце супыніў нападніка.

— Ён расказваў нам пра гэта інакш, — сказаў галоўны камісар Вернер, нервова торгаючы пальцамі адтапыраную кішэню кашулі. „Курэц“, — падумаў Паркер.

— Інакш?

— Так. — Ён падсунуў да Паркера папку са сведчаннямі. — Вільфрыд Штэнбок напаў на вас, у вас там было нешта прыкрае з ягонай дзяўчынай, проста ў яго на вачах, так? Тады вы штурхнулі яго цераз стол, і ён ударыўся галавою аб сталёвы кант; гер Малер і фрау Шээль з Саюза маладых сацыялістаў, якая выпадкова была на той вечарыне і якраз шукала туалет, спрабавалі спыніць крывацёк на шыі і руках гера Штэнбока. У яго былі парэзы, але памёр ён ад мазгавога крывацёку.

— Няпраўда!

— Ах, а я думаў, што вас там ужо не было.

— Гэта так, я выбег. Фрау Шнайдэр накрычала на мяне, а я ж быў... я ж быў ахвярай! Гер Штэнбок напаў на мяне.

— Таму што на яго вачах у вас былі палавыя зносіны з ягонай каханай.

— Не, іх адносіны даўно скончыліся.

— І тады вы кідаеце п'янага — колькі праміле было ў таго, вахмістр?

За іншым сталом, ззаду, сядзела супрацоўніца крымінальнай паліцыі, яна пісала пратакол.

— Хвілінку. — Яна пагартала паперы. — Паўтара.

— Паўтара. І чалавек, ужо амаль не здольны кантраляваць сваё цела, падыходзіць да вас і спрабуе адцягнуць вас ад сваёй дзяўчыны, хоць яна, як вы сцвярджаеце, ужо не мела да яго ніякага дачынення. І гэтага чалавека, у якога ў такой сітуацыі сілы было наўрад ці больш, чым у дзіцяці, вы проста так вось шпурляеце на стол.

— Не так усё было. Яна была на мне...

— На вас? Адзенне фрау Шнайдэр было часткова падранае, і абследаванне выявіла ў яе гематомы ў раёне таза. Наколькі добраахвотна яна апынулася на вас?

— Перастаньце! Але ж гэта Малер — я хачу сказаць, што Малер яго... І толькі дзеля таго, каб абараніць яго.

— Ах, значыць, цяпер ужо гер Малер быў з фрау Шнайдэр — а вы проста глядзелі.

— Так. Не. Я хачу сказаць...

Пракурор засмяяўся.

— Не расказвайце нам казкі!

— Я б хацеў мець адваката.

Гэта было не так проста, як ён думаў.

— Гер Менцэр?

— Мэцнер.

— Даруйце, я не так пачуў. — Узнікла паўза, якая здалася Паркеру няёмкай.

— Што вы хацелі? — У голасе Мэцнера чулася нецярплівасць. — Скажыце канкрэтна, чаго вы тэлефануеце, інакш я пакладу слухаўку.

— Гер Мэцнер, нумар вашага тэлефона дала мне жонка Эберхарда Янсена. — Бурчанне на тым канцы проваду Паркер палічыў згодай ці дазволам гаварыць далей.

— Эберхард хворы. Цяжка хворы. Ды вы ж, напэўна, ужо ведаеце? — Гэтыя словы павінны былі паказаць Мэцнеру, што Паркер не староннi чалавек, а амаль што, можна сказаць, друг сям'і. — Мне патрэбна дапамога.

Мэцнер прыйшоў у паліцыю праз гадзіну. Пракурора ўжо не было, паліцэйскія пакінулі іх адных. Паркер вырашыў, што ў цэлым усё пакуль што атрымліваецца як трэба — адзін званок, пасля другі, таму што жонка Эберхарда сказала яму — магчыма, трохі сухавата, бо ён спыніў семінары і гэтым расчараваў Эберхарда, — што яе муж з лёгкім мазгавым кровазліццём трапіў у лякарню. „Гэта здарылася ўчора. Ён не ведаў, дзе вы. А тое, што здарылася, моцна падзейнічала на яго". Ён запэўніў яе, што ўсё высветліцца і ён пры першай магчымасці наведае Эберхарда ў лякарні... Але яна рэзка перабіла яго, сказаўшы, што яму, напэўна, патрэбны абаронца і яна ўжо знайшла нумар добрага спецыяліста. Значыць, Гайдрун чакала ягонага званка.

Мэцнер быў не ў гуморы. Ён кінуў сваю сумку „брыдж" — элегантную рэч з тонкай скуры ручнога вырабу — на шэры рэзапалавы стол.

— Давайце адразу да справы. Гэта зрабілі вы?

Паркер абурана запратэставаў, заявіў, што не дазваляе выказваць такія неабгрунтаваныя дапушчэнні, але Мэцнер не глядзеў на яго і, здавалася, не слухаў. Ён дастаў з партфеля пачак папер і паказаў, дзе Паркер павінен распісацца. Ён не сказаў: я буду прадстаўляць вашы інтарэсы. Не сказаў ніводнага падбадзёрвальнага слова, нічога не сказаў нават пра сваё стаўленне да таго, што адбываецца. Забраў у Паркера паперы, копій не даў і пайшоў да паліцэйскіх у суседні пакой. За высахлымі драцэнамі і разбуялымі зялёна-жоўтымі „цешчынымі языкамі", якімі быў застаўлены выступ сцяны перад самым акном, Паркер убачыў яго ў кампаніі двух калег. Камісар усхвалявана жэстыкуляваў — відаць, яго моцна раззлавала нешта сказанае Мэцнерам, а той размахваў паперамі. За некалькі крокаў ад іх ля сцяны стаяла супрацоўніца крымінальнай паліцыі, такая вось Юстыцыя без мяча, павязкі на вачах і вагаў. Яна падцягвала рэмень са службовай зброяй і кайданкамі, пакуль не заўважыла, што праз акно глядзіць Паркер.

Мэцнер зноў увайшоў да Паркера, не пастукаўшы ў дзверы. Не выпускаючы з рук клямку, ён сказаў:

— Цяпер можаце ісці.

— А пашпарт?

— Вашы паперы застануцца ў пракуратуры. Вам не дазваляецца выязджаць з горада. Вам патэлефануюць.

— Магу ісці? Проста так?

Мэцнер нецярпліва махнуў рукою. Паркер узяў паліто і пайшоў за ім. Дзверы ў суседні пакой былі адчынены, камісар сядзеў, апусціўшы галаву на рукі, а жанчына налівала сабе каву з запэцканай кава-машыны. Яны не паднялі вачэй ні на Паркера, ні на Мэцнера.

Перад увыходам Мэцнер толькі нагадаў Паркеру, што ён павінен заставацца ў Кілі, з'яўляцца па першым выкліку, не мае права мяняць гатэль, мусіць раз на дзень адзначацца ў паліцыі, і развітаўся, сунуўшы яму ў далонь сваю візітоўку і дадаўшы, што Паркер заўтра а трэцяй папоўдні павінен з'явіцца ў ягоную кантору. І пашыбаваў да свайго „вольва", прыпаркаванага папярок тратуара.

З архіваў Паркера. Адаптар паўсвету
Характар — гэта тое, што ты ёсць, калі на цябе ніхто не глядзіць.

Раздзел 2

Турма

Следчая турма — асаблівая з'ява. Што расследуецца? Зняволенне? Умовы ў камерах? Здольнасць абвінавачванага пакутаваць? Ягоная віна толькі дапускаецца, але ўмовы зняволення быццам пераконваюць яго, што віна, якой бы яна ні выглядала, абавязкова выявіцца, няхай сабе нават толькі дзеля таго, каб потым апраўдаць самым натуральным чынам прыкрыя ўмовы, у якіх ён знаходзіцца, — навошта ж тады было ўвогуле арыштоўваць яго?

Першым часам такія думкі бясконца круціліся ў Паркера ў галаве. Ён спрабаваў думаць пра гэта з іроніяй, пакорлівасцю, абурэннем і згодай. Унутраная гутарка з самім сабою станавілася ўсё больш блытанай, сцэны суда чаргаваліся з рэпартажамі. О, вось, Паркер хапае мыла, нахіляецца, не, не! Ён падае, ён падае! Не было ніякага калектыўнага мыцця ў душы, не было ніякага згвалтавання турмою.

Ён адгарадзіўся ад рэальнасці акаляючага яго свету зняволеных — тыя, упрэжаныя ў вольны час, працу, ежу, гандаль наркотыкамі, прагляд тэлеперадач, напампоўванне цягліц, анальны і аральны секс, курэнне, проста неяк бавілі час; здавалася, што яны адчуваюць сябе на сваім месцы, хоць іх і не задавальняе гэты лёс за кратамі, у асяроддзі мужчын.

А за сценамі турмы быў Ноймюнстэр, самы бесталковы горад у свеце.

Паркер намагаўся ўспомніць падрабязнасці, корпаўся ў сваёй памяці.

Ноймюнстэр будаваўся вакол колішняй спачатку маленькай, а потым разлеглай сярэднявечнай рынкавай плошчы. Найперш узніклі кляштарныя пабудовы, а ў сапраўдны горад гэтае паселішча на пасляледніковай пясчанай Шлезвіг-Гольштэйнскай раўніне перарасло толькі з пабудовай чыгункі. З'явілася суконная, а потым і скураная фабрыка, „Адлер & Опенгеймер", якую ў нацысцкі час зрабілі арыйскай уласнасцю. У вайну горад быў разбураны за тры буйныя авіяналёты. Пасляваенны перыяд пачынаўся з небывалай хвалі бежанцаў. Ганс Бёклер заснаваў пасёлак, які павінен быў стаць для новых рабочых чымсьці накшталт радзімы ці, прынамсі, жытлом. Гарадская гаспадарка развалілася, у сямідзясятыя гады Ноймюнстэр ператварыўся ў нейкі рэгіянальны гандлёвы цэнтр, а ў дзевяностыя, пасля закрыцця апошніх фабрык, стаў, так бы мовіць, рэгіянальным дэпрэсіўным цэнтрам. Паркер даведаўся пра ўсё гэта з альбома „Наш цудоўны Шлезвіг-Гольштэйн", з мастацка-турыстычнага даведніка, арыентаванага хутчэй на гісторыю, і з кніг, якія калісьці чытаў у нейкай гамбургскай бібліятэцы. У Аймсбютэлі? А яшчэ добра памятаў дзве школьныя экскурсіі. Адна адбылася, калі ён вучыўся яшчэ ў пачатковых класах, тады дзецям пасля паездкі на аўтобусе ў музей пад адкрытым небам у Мольфзэ і агляду выставы рэптылій у Гольстэн-залах далі пасля абеду дзве гадзіны вольнага часу, і яны маглі да вяртання ў Гамбург пагуляць групкамі па трое ў пешаходнай зоне. Мэцью памятаў жудасныя кавярні з блакітным ванільным марожаным і асарці з садавіны, забруджаны філіял універмага „Карштат" і панылае шэрае летняе надвор'е, якое, нягледзячы на духату і спякоту, драпала ўнутры пальцамі холаду. Ягоны бацька, можна сказаць, эксперт што да ведання кур'ёзаў і рэдкасцяў невялікіх нямецкіх гарадоў, тлумачыў яму ў гарадской электрычцы, едучы да вакзала ў Альтоне, адкуль павінен быў адпраўляцца аўтобус: „Ной-Мюнстэр. Калі хочаш зрабіць жыццё якому-небудзь гораду з самага пачатку цяжкім або нават невыносным, дадай да яго назвы прыстаўку“. — „А як жа Нью-Ёрк?“ — „Таксама, толькі на пару пунктаў лепей“. Сёе-тое Мэцью даведаўся з тэлевізара: колькасць насельніцтва Ноймюнстэра зноў паступова рухалася да адзнакі восемдзесят тысяч. Славутай у станоўчым і адмоўным сэнсе сярод знаўцаў, вязняў і іх сваякоў, была тутэйшая турма. У ёй сядзелі бандыты з Гамбурга, нейкі час тут знаходзіўся ў зняволенні пісьменнік Ганс Фалада. Тут узнікалі войны паміж шобламі, здараліся бойкі на нажах, адбывалі пажыццёвае зусім безнадзейныя, босы эканомікі здзяйснялі свае гешэфты з сутэнёрамі, якіх з прывабных кварталаў Гамбурга перапраўлялі ў несамавіты гольштэйнскі край, далей ад месца гарачых падзей, каб прынамсі наведванне адміністрацыі прадстаўнікамі крымінальнага свету кідалася ў вочы — „ламбаргіні“ і прыпаркаваныя ўпоперак тратуара чорныя лімузіны класа S, сёмыя БМВ, „аўдзі“ адмысловага выканання, класічны візіт начнога матылька ў „карвеце“.

Калі ён апошні раз наведваў Кіц? Зноў пачалі паўставаць успаміны — пра ночы ля лесвіцы ў порце, дзе ён у адзінаццаць год першы раз выпіў піва, а ў дванаццаць упершыню паспытаў наркотыкі. Ён зноў бачыў родны горад, чуў яго, успрымаў ягоны пах, атмасферу, сырое паветра порта бруілася па ягонай скуры. Цяпер ён ледзь не адчуваў тугу па ўсім гэтым. Недзе ззаду заставалася партовая вуліца, захопленыя моладдзю будынкі, мешаніна з левых альтэрнатыўшчыкаў, пажылых адшчапенцаў і моладзі, а святло наперадзе ды неба над докамі абяцалі прастор і далячынь. Па целе прабег нейкі сверб пры згадцы, як ён цалаваўся са старэйшымі дзяўчатамі, ціскаўся з панкамі, якія называлі яго салодзенькім і мілым. Ён любіў бываць там і далучаўся да кампаніі, супакоіўшы і забяспечыўшы неабходным маці. Яна напівалася амаль штодня, і ён мусіў упэўніцца, што яна дома, у бяспецы, што яна, пасля ягоных ушчуванняў, заснула. Бацька працаваў на радыё і звычайна па некалькі дзён не паказваўся дома, спасылаючыся на дзяжурствы па выходных. Часам Мэцью з якой-небудзь дзяўчынай або адзін заходзіў на паром, станавіўся ля носа, раскінуўшы рукі, так, каб вецер дзьмуў у спіну. Ён любіў гэты куток, тут заўсёды знаходзіўся хтосьці для яго.

Пазней, калі ён вучыўся ў Гамбургскім універсітэце, веданне таямніц жыцця Санкт-Паўлі стала для яго выйгрышнай рэччу. Разышліся чуткі, што ён знаёмы там з усімі — уладальнікамі самых папулярных піўных, італьянскім мафіёзі — і што гаспадары ўсіх бараў, ад „Глыбіннага ачмурэння“ да „Да Пічына“, пры яго з'яўленні адразу кіўком падсылаюць да яго афіцыянтак. Ён ведаў, які эфект мела перадача імёнаў славутых асоб Кіца; гэта адбывалася цягам стагоддзяў і стала ўжо легендай, некалі яны прысвойваліся матросам і розным дзівакам, а цяпер людзям, што жывуць побач, калі прызнавалася іх годнасць насіць такія імёны. Фітэ-кітаец, цётухна Анхен... Гісторыю паходжання большасці імёнаў ніхто не ведаў, яны перадаваліся як свайго кшталту знак пашаны. Але Паркер заўсёды заставаўся толькі Паркерам.

Знаёмыя дзяўчаты, якіх ён браў з сабою на паром, а былі гэта галоўным чынам аднакурсніцы, мянялі кірунак ягонага руху. Многія станавіліся перад ім на край насавой частцы і казалі: „Павярніся“. Ён павінен быў глядзець наперад і абдымаць дзяўчыну ззаду. Праўда, фільм, сцэну з якога яны спрабавалі разыграць, называўся „Тытанік“. Неўзабаве Мэцью перастаў тлумачыць ім іронію сітуацыі. Часцей за ўсё ён і сам быў проста занадта ўзрушаны. Ужо тое, што побач з табою чалавек, які хоча цябе, — дастатковае шчасце. Большасць жанчын гэтага не разумела і бачыла ў ягоным імкненні трымацца на адлегласці хітрую пастку. А ён тады не хацеў сталых стасункаў. Калі чарговая жанчына ўжо пасля некалькіх сустрэч пыталася пра ягоныя пачуцці, ён бязрадна паціскаў плячыма і нічога не казаў. Яму ўрэшце прыемна было і аднаму катацца на пароме. Паркер уздыхнуў, згадаўшы гэта. Некаторыя студэнткі абураліся: „Няўжо ты нічога не адчуваеш? Ты што, хворы?“ Або лічылі яго чалавекам, у якога, відаць, ёсць пэўныя праблемы.

З усякімі там Хашы, Мішы і „прыгажунамі Клаўсамі“ у следчай турме, крыло II, Паркер не хацеў сутыкацца ніякім чынам. І спачатку яму гэта ўдавалася. У вязняў існавала правіла: на першым часе пакінуць новенькага ў спакоі, паглядзець, што ён такое, счакаць, пакуль раскрыецца. Няхай паварыцца ва ўласным соку. Паркер з самага пачатку выклікаў у гэтага зброду цікавасць. Некаторыя ўжо ведалі яго з навін. Чуткі распаўсюджваюцца ў турме хутчэй, чым у інтэрнэце, — і „старажылы" падчас наведванняў бібліятэкі пачалі асабліва заўзята шукаць інфармацыю пра яго: Мэцью Паркер, дата нараджэння і іншыя важныя даты, выступленні, семінары і гэтак далей — вядома ж, такі пошук быў забаронены, вядома, але нават бібліятэкара з адзіным падключаным да інтэрнэту камп'ютарам можна падкупіць, да таго ж небяспека, што цябе зловяць і за пошукі ў інтэрнэце пакараюць, была смехатворна нізкай, не тое што за чытанне парнасайтаў ці мэйлаў і ўваход у даныя банкаў. Нават самі пошукі яшчэ ні разу ніхто не спыніў. Яны проста не цікавілі нікога з наглядчыкаў. Паркер, сам не ведаючы таго, стаў галоўнай тэмай гутарак у турме.

Камера была памерам восем квадратных метраў. Меншая, чым у сярэднім амерыканская камера захавання багажу. Меншая, чым пакой на аднаго студэнта ў інтэрнаце. Першай стравай, якую тут далі Паркеру, было распоўзлае фрыкасэ. Адзін эпізод у адзежнай кладоўцы выразна паказаў, куды ён трапіў. Яму загадалі распрануцца — зняць рэмень, чаравікі, штаны, пінжак. Пакінуць на сабе можна было толькі бялізну. Нават шкарпэткі мусіў зняць.

— Яны смярдзяць, — канстатаваў службовец у форме, і вязень, які выдаваў Паркеру набор з сініх баваўняных штаноў, шэрага світара, баксёрскіх шортаў у запаяным пластыкавым пакеце і танных тэнісных шкарпэтак, зарагатаў.

Прыніжэнне сацыяльнага статусу і ўніфармізацыя. Арміі з самага пачатку рабілі гэта, каб зламаць волю салдат. Стрыжкай, галеннем і дрэсурай, выпраўленнем і падгонкай кожнаму надаецца такая форма, што ён падпарадкоўваецца ўжо аўтаматычна, як цела. „Карпаратыўны дух" — так гэта называлася. І ў бацькі быў гэты дух, нягледзячы на ўсе ягоныя замашкі рок-зоркі, гульні з наркотыкамі, высалаплены язык спевака з „Ролінг Стоўнз" на шафцы. З карпаратыўным духам магчыма ўсё — рабаўніцтва, згвалтаванне, забойства пад ваяўнічыя крыкі, ур-ра, на смерць пад град куль, карцечы, агнямётаў, у акопах, у бункерах. Паркер сеў, выцер вільготныя ногі зашмуляным ручніком, атрыманым тут, у адзежнай кладоўцы, і апрануў выдадзеныя яму рэчы. Яны былі яму на два памеры замалыя. Ён паскардзіўся, але ў адказ пачуў той самы рогат — цяпер смяяліся абодва, наглядчык і вязень. Чарговы семінар, падумаў Паркер. І тут дзейнічаюць люстраныя нейроны. Чалавек імітуе пэўныя паводзіны, пакуль яны не становяцца ягонай другой натурай — і тады мяняюцца не толькі паводзіны. Чалавек становіцца такім, як той, з кім ён кантактуе. Паркер устаў, каб узяць са стойкі красоўкі — на тры памеры большыя, чым трэба, і раптам нехта пляснуў яго па азадку. Вязень з рогатам падштурхнуў наглядчыка, які таксама рагатаў, і паказаў на штаны Паркера, занадта цесныя ў паху і на сцёгнах.

— Гля, яму трэба тлушч трохі спусціць!

— Усё ў свой час, Эмер, усё ў свой час. Давай, салага, залазь у апранаху!

Калі Паркер дазволіў сабе адзначыць, што ў Германіі зняволеныя ў следчай турме могуць насіць уласную адзежу, ён атрымаў штурхяля паміж ног.

— Разумнік дзярмовы, — прамармытаў турэмшчык і ўсміхнуўся яму.

І калі Паркер у наступныя дні спрабаваў растлумачыць наглядчыкам, што ён яшчэ не асуджаны, што ён нават не ведае, як і чаму ўвогуле апынуўся тут, „гэта ж грандыёзная памылка“, яны не адказвалі або пагардліва ўсміхаліся. Так усе кажуць, спачатку непаразуменне, потым памылка, новае тут, бадай, толькі „грандыёзная“. На прыём да дырэктара турмы яго, нягледзячы на паўторныя заявы, так і не пусцілі. Ягоны адвакат, Мэцнер, пацвердзіў, што ў прынцыпе Паркер мае рацыю наконт адзежы, але следчы лічыць, што ў дадзеным выпадку ёсць прычыны для адмысловых захадаў бяспекі і вязень можа надзець уласны гарнітур толькі на суд. У турэмных абносках Паркер адчуваў сябе выстаўленым на ўсеагульны агляд, хлопчыкам, які даўно вырас са свайго адзення.

Камера спрычыняла шок. Светлыя сасновыя паліцы на сцяне, шафка, хісткі стол. Матрац, вохкі ад поту тысяч мужчын, рэзка і саладжава смярдзеў ванітамі, спермай і мачой. У кутку ўнітаз без накрыўкі. Ноччу ў трубах булькатала, і першым часам Паркеру здавалася, што ён чуе нырцы пацукоў нават у каналізацыі. Гэта палохала больш, чым той пацук у ягонай нью-ёркскай кватэры. Але горш за ўсё Паркеру было тады, калі даводзілася есці і ўмывацца, — калі ўсе вязні збіраліся разам. Беззубыя наркаманы з засаленымі валасамі, якія „спожыць“, як яны казалі, проста наварочвалі ў сябе, пакідаючы рэшткі ў вусах і плямы ад соусу на світары. Не дзіва, што Паркеру згадваліся пацукі. У сталоўцы яго ўпершыню пазнаёмілі з турэмнай іерархіяй.

Сталы рускіх, сталы туркаў, сталы немцаў, сталы ахвяр. І апошні стол, палова месцаў вакол яго пустая, а ў канцы самотна сядзіць Увэ, педафіл. Большасць вязняў у красоўках ці купальных сандалях, ногі спрэс у бародаўках, лой, грыбок. Сапраўдныя ногі-зомбі. Паркера нудзіла. Рак вачэй, рак носа, рак вушэй. Як тут ацалець?

Цэментава-шэрыя калідоры і сцены
цэментава-шэрыя дні
цэментава-шэры час

Пры выдачы дадатковых рэчаў Паркер папрасіў некалькі алоўкаў і паперу і запісаў па памяці гэтыя радкі — урывак з верша пра турму Робен-Айленд у Паўночна-Афрыканскім Саюзе, дзе трымалі Нельсана Мандэлу. Усё больш пакутлівым станавілася адчуванне, што імі скарысталіся як казлом адпушчэння, каб выгарадзіць Малера. Але чаму ў гэтым удзельнічае Анэлі? Паркер папрасіў адваката, каб ён даведаўся пра стан Янсена і высветліў, ці можа той прыйсці, а яшчэ каб пагаварыў з фрау Шнайдэр, запатрабаваў сказаць праўду, сказаць, што гэта Малер... Прычым таксама толькі дзеля самаабароны... Але Мецнэр холадна адрэзаў, што і сам ведае, як выконваць свой абавязак. Карыстанне турэмнай бібліятэкай яшчэ трэба было заслужыць як вялікую прывілею; яна была перапоўненая кнігамі кішэннага фармату, спрэс у плямах ад сырасці, дэтэктывамі і раманамі пра каханне, макулатурай апошніх дзесяцігоддзяў. Відавочна, гэта былі ахвяраванні „сяброў і мецэнатаў", прадстаўнікоў мясцовай абшчыны і розных аб'яднанняў, а таксама кнігі з царкоўных фондаў — адно смецце! Але сярод іх знайшліся і цудоўныя выданні Бібліі, апокрыфы і іншыя рэлігійныя трактаты, напрыклад славутае апакрыфічнае Евангелле ад Фамы, якое паказвала Езуса як чалавека, як вучыцеля мудрасці. „Езус сказаў: "Ведай, што ляжыць у цябе пад носам, і табе адкрыецца схаванае. Бо няма нічога схаванага, што б не адкрылася"". Паркер успрыняў гэтыя словы як саркастычны каментарый таго становішча, у якім цяпер знаходзіўся. У яго пад носам у маленькай камеры стаяў адкрыты ўнітаз, а ягоны сусед па камеры Шродэр, што пакутаваў ад паносу, ляжаў на ложку над ім. Не павінна так быць. Затрыманыя, якія знаходзяцца ў следчай турме, маюць права на прыватную сферу, але што тут зробіш? Мэцнера гэта не цікавіла. Шродэр увесь час сядзеў на ўнітазе і пры гэтым расказваў Паркеру пра сваю „нядолю", пра тое, што ён сядзіць ужо тры тыдні без аніякай віны, — у следчай турме, бо падатковая інспекцыя проста не пакінула яму нават найменшага шанцу, страшэнная несправядлівасць! А тут ён жа нічога не можа зрабіць, тут ён можа толькі марнець (у чым Паркер сумняваўся), але ён выйдзе адсюль пад барабанны бой, яны яшчэ пабачаць! Алоўкам, пазычаным у Шродэра, Паркер дробненькімі літарамі напісаў на кавалку кардона, які дадатковай засцярогай ляжаў пад матрацам: „Езус казаў: "Хто не ненавідзіць бацьку свайго і маці сваю, той не можа быць маім прыхільнікам, а хто не ненавідзіць братоў і сясцёр сваіх і не носіць крыж, як я, той не годны мяне"".

— Грыбы, — сказаў Шродэр, і Паркер узняў позірк ад напісанага. — Два дні таму былі грыбы.

Пасля чарговага „пасяджэння" Шродэр зноў падцягваў свае чорныя штаны ў ледзь заўважную палоску. Яму дазволілі хадзіць у звычайнай адзежы — праўда, ён мусіў прытрымліваць штаны ў поясе, таму што насіць рэмень забаранялася, а за першыя тыдні арыштаваныя ў следчай турме значна худнелі.

Паркер пісаў далей: „Езус казаў: "Хто б ні знаёміўся са светам, знаходзіць падлу, а хто б ні знаходзіў падлу, для таго свет не мае каштоўнасці"".

Чаго мы шукаем, дык гэта тое, што мы бачым, сапраўднае паказвае сябе ва ўсёй сваёй існасці, ляжыць не дзесьці збоку, а перад намі, адкрыта. Дастаткова толькі пастукацца і ўвайсці. Няма больш ніякіх догмаў, якія б абцяжарвалі наш шлях да мудрасці — а мы шукаем яго, хочам мы гэтага ці не, ведаем мы гэта ці не, — мы шукаем шлях у свет, шлях са свету, у свеце. Бо няма нічога, што ўжо не ёсць. Нам не патрэбна збавенне, якое яшчэ толькі павінна прыйсці. Мы не чакаем уратавання, збавення, уваскрэсення. Мы павінны толькі быць адкрытымі: смак паветра перад намі, часцінка святла ў пыле. Яны і ёсць рай. Больш чым рай. Яны ўжо ёсць, яны тут.

Паркер заслужыў карыстанне бібліятэкай ужо на трэці дзень сваёй гатовасцю дапамагаць нядошламу пратэстанцкаму пастару ў падрыхтоўцы да казаняў, а падчас казаняў чытаць замест яго даўжэйшыя вытрымкі з Бібліі. Пастар Вульф, натуральна, таксама пагугліў у пошуках інфармацыі пра Паркера і, калі той прыйшоў да яго, папрасіў напісаць што-небудзь для іхняй невялічкай турэмнай абшчыны. Большасць вязняў прыходзілі на набажэнствы толькі таму, што на прычасці давалі сапраўднае віно. Але на тое, каб надзяляць іх у далейшую жыццёвую дарогу думкамі, што „мацуюць дух", — а пастар ужо чвэрць стагоддзя правёў са сваімі парафіянамі, шматлікім статкам чорных і шэрых авечак, — яму ўжо не стае сіл, ён не можа прыдумаць нічога новага, а ім жа так патрабуецца свежае настаўленне — ці мог бы Паркер у гэтым дапамагчы? Дзеля дапамогі Вульфу Паркер і атрымаў неўзабаве сапраўдныя прылады для пісьма і паперу. „Пакорлівасць і ветлівасць, сын мой, запомні, — вось сапраўдныя каштоўнасці перад тварам садома". Пакорлівасць і ветлівасць былі, безумоўна, ключавымі словамі ў стасунках з наглядчыкамі. А ўвогуле Вульф стрымліваўся ад падлізлівых слоў, ён увачавідкі радаваўся, што знайшоў у асобе Паркера здольную вучыцца авечку і можа пасці яе, вучыць яе заўсёды трымацца на адлегласці, калі адмыкаюць камеру, апускаць вочы, быць ціхай. Аднак у дачыненнях з іншымі вязнямі гэта не дапамагала.

Больш за ўсё Паркеру хацелася лямантаваць. Але бясконцае паўтарэнне цыклу „страх, раз'юшанасць, адчай, адчуванне страты і прыгнечанасць“ хутка адвучвае крычаць. Турма мае ўласныя правілы. Паркер не мог засяродзіцца, не мог спаць. Гэта нагадвала яму ночы, калі ён ахоўваў маці, вечары, калі ён дрыжаў у чаканні наступнага выбуху бацькавага гвалту. Толькі цяпер ішлося пра яго самога. Часам яму здавалася, што найлепшым выйсцем было б самагубства.

Той, хто жыве ў камеры, жыве ў прыбіральні. Паркер ужо прымірыўся з гэтым. Ён жыў у прыбіральні на двух. Унітаз Шродэра. Чатыры з паловай крокі ад дзвярэй да сцяны, двух'ярусны ложак. Паркер выбраў бы верх, але там ужо ўладкаваўся Шродэр, з часопісамі, шакаладам і цыгарэтамі. Шакалад і цыгарэты на абмен. „Тут гэта — валюта, містар Паркер, тытун і слодычы, калі вы не хочаце гандляваць ведаеце чым“.

Шродэр, гандляр па самай сваёй сутнасці, давёў да ручкі канцэрн нерухомасці, падазраваўся ва ўхіленні ад аплаты падаткаў у буйных маштабах — пагаворвалі пра шэсць мільёнаў, і гэты Шродэр горда ўхмыляўся, але казаў заўсёды і кожнаму, хто хацеў слухаць, і кожнаму, хто не хацеў, што ён сядзіць тут ні ў чым не вінаваты, падатковае ведамства намагаецца ўжо не першы год прышыць яму нешта, а ім трэба прыгледзецца да зусім іншых людзей, ён можа сёе-тое расказаць, аднак чамусьці нічога не расказаў. Турма нагадала Шродэру даўнейшыя вартасці. „Тут трэба добра пастарацца, каб прабіцца наверх, містар Паркер, толькі так. Вы павінны мець або грошы, або сілу, інакш у вас не будзе ўплыву, і тады гіталь Рудзі, ці туркі, ці англікі, ці рускія, ці нацысты разбяруцца з вамі, разумееце, тады вы будзеце нішто, будзеце ў самым нізе, аб вас будуць выціраць ногі, глядзець на вас як на апошнюю свінню. У турме не да жартаў. Прагінайся і трахайся. Тут не схаваешся. Вы сапраўды седзіце ў дзярме“.

Што гэта значыць, Паркер адчуў ужо на чацвёрты дзень, пасля таго як адамкнулі камеры, каля дзявятай гадзіны.

Цяжкая засаўка ад'ехала, дзверы адчыніліся. Шродэр адразу выскачыў вонкі і патрухаў у бок бальнічнага аддзялення. „Грыбы", — мармытаў ён. Ягоныя крокі сціхлі ў калідоры. Паркер быў стомлены, яму яшчэ хацелася спаць, але ў камеру ўваліўся нейкі здаравіла з голым чэрапам, следам убег вёрткі тыпчык у спартыўным касцюме і нарэшце ўвайшоў мужчына з зачасанымі ўгору і злепленымі гелем валасамі.

— Ну, вось і наша славутасць, — пачаў лысы. Куточкі ягоных вуснаў апусціліся ўніз журботным паўмесяцам, паказваючы, што ўжо сваім зваротам да Паркера лысы робіць яму непамерную ласку. За гэта трэба плаціць, і Паркер заплаціць.

— Што, занадта вытанчаны, каб знацца з намі, так? Каб размаўляць з намі, так? Брацацца з намі?

— Выдатна, Рудзі, выдатна, — стараўся вёрткі.

Рудзі падышоў да Паркера так блізка, што кончыкі іх насоў амаль сутыкнуліся. Паркер не рухаўся. Дзецюкі абступілі яго. Меншы скочыў на Паркераў ложак і выхапіў ягоныя нататкі.

— А тут у нас што такое?

Мужчына са злепленымі гелем валасамі, ад якіх несла мылам, схапіў Паркера ў паху і штуршком паставіў на калені. Паркер не закрычаў, а Рудзі абхапіў ягоную галаву і паволак яго да ўнітаза.

— Ты ведаеш, хто я?

Паркер паспрабаваў адмоўна пакруціць галавою, але жалезная лапа Рудзі, нібы абцугамі, сціскала яе, і Паркер ужо баяўся, што чэрап вось-вось трэсне. Сырое яйка ў лапах монстра, а побач увішны недаростак і жыгала з гелем у валасах. Паркер адчуў сваю ўразлівасць.

— Я — бос, ясна? — Рудзі ўзмацніў ціск.

— Ён — бос! Так, шэф? — Недаростак спачатку нагнуўся да Паркера, а потым зірнуў волату ў твар.

— Ён здаў экзамен па лацінскай мове, шэф, у поўным аб'ёме.

Рудзі захіхікаў і схапіў Паркера сваёй вялізнай лапай паміж ног.

— Мы ненавідзім дзярмовых разумнікаў. А ну, Валі, прачытай нам, што такога разумнага гэты разумнік дзярмовы наваляў тут, — сказаў Рудзі.

— Канечне, шэф, хвіліначку, шэф.

Валі пашалахцеў паперай, знайшоў адно месца, якое здолеў разабраць, пракашляўся і пачаў чытаць: „Рознасць характараў у камерах становіцца зразумелай ужо праз кароткі час па паводзінах падчас яды. Нож злева, відэлец справа, заціснуты ў кулаку, быццам з намерам некага кальнуць, пранізлівы віскат ад выскрабання талеркі, рэзкія рухі нажом, быццам танны шніцаль трэба пакараць смерцю, наколванне гарошын і кавалачкаў морквы са сляпой лютасцю. Гэта кілеры і іх хаўруснікі, узломшчыкі, тыя, хто чворыць злачынствы“.

— Шэф, я думаю, ён мае на ўвазе нас.

Паркер пачуў нейкае бурчанне, і рука лысага Рудзі штурхнула яго проста ва ўнітаз. У паніцы ён замалаціў рукамі. Але Рудзі прыціскаў ягоную галаву ўніз, нехта, відаць той, з гелем у валасах, моцна сашчапіў яму рукі на спіне.

— Бач, нават не скрывіўся! Пэўне, думае, што ён нешта лепшае.

— Чалавек з жалезнай маскай!

Яны засмяяліся.

Калі Рудзі адпусціў яго, Паркер выпрастаўся і пачаў прагна хапаць ротам паветра.

— Вось, з’еш гэта.

Рудзі сунуў яму камяк паперы з ранішнімі нататкамі. Паркеру страшна было падумаць, што б яны зрабілі, калі б прачыталі, як ён апісвае турэмныя рытуалы падчас мыцця ў душы ці пераказвае сентыментальныя ўспаміны пра дзяцінства і сямейныя гісторыі, якія вязні на ўвесь голас распавядалі адзін аднаму, калі адмыкаліся дзверы камер.

Дзяцюк з гелем у валасах крутнуў Паркеру руку, і ён застагнаў. Рудзі запхаў паперу яму ў рот і загадаў жаваць.

— Ты, чуеш: я — немец, ясна? Я люблю, каб усё было сумленна. Калі ты не будзеш рабіць тое, што я скажу, то наступны раз мы можам пагуляць з табою ў пеўня.

— Цяпер ён напаўсухі, як надвор’е, — сказаў валасаты. Нейкім дзіцячым голасам.

— Не, як шампанскае, — запярэчыў недаростак і захіхікаў, радуючыся ўласнаму жарту.

Калі яны выходзілі з камеры, малы яшчэ раз азірнуўся:

— Шэф не псуе дзяцей, Паркер, разумееш? Не таму, што занадта молада, а таму, што занадта вузка. — Ён схапіў сябе паміж ног і дадаў: — Але мы можам сёе-тое і змяніць — так, шэф?

Іх смех чуўся Паркеру да адбою.

— Разжывіцеся цыгарэтамі, Паркер, чым больш, тым лепш. Гэта можа вас тут выратаваць. Я пакажу вам, як плаціць. Слодычы таксама нядрэнна. Напрыклад, „бомбачкі“ з кавы. Папрасіце, каб вам прыслалі.

Так пасля ранішняга здарэння яму раіў Шродэр, але адвакат Паркера, наведваючы яго, пакідаў толькі адзін пачак „Мальбара“, а больш да яго ніхто не прыходзіў. Маці ён і сам не хацеў бачыць. Яна напэўна даўно ведае з газет ці з навін па тэлебачанні пра ягоны арышт, здарэнне ж, відаць, разбіралася ва ўсіх падрабязнасцях. Яму так хацелася шчыра пагаварыць з Эберхардам ці з Малерам. Ён разумеў, што чалавеку, на якога партыя ўскладае вялікія надзеі, гэтая справа — гісторыя з Анэлі і з ім — прыкрая, партыі зусім недарэчы дыскусія пра дзіўныя сексуальныя схільнасці. Але ж Малер ратаваў яго, Паркер можа даць адпаведныя паказанні, і Анэлі таксама! Справа ж абсалютна ясная! Выкарыстанне сілы дзеля абароны і выратавання жыцця іншага чалавека — больш высакароднага матыву і быць не можа! Надаецца на добры матэрыял для адмысловай гісторыі ў сродках масавай інфармацыі! Бачна ж, што за чалавек кандыдат.

Аднак тое, што адбывалася па-за сценамі турмы, наколькі мог даведацца Паркер, — Малер заявіў, што яму вельмі шкада, што ў галоўным офісе ягонай партыі падчас прыватнай вечарыны адбылася такая разборка, але ён, маўляў, нічога не ведае ні пра саму гэтую разборку, ні пра яе матывы, — сведчыла пра інтрыгу, скіраваную супраць Паркера. Прэс-служба Малеравай партыі — як звалі тую даму? — вырашыла любым чынам выгарадзіць Малера, а яго, Паркера, прымусіць аднаго расплачвацца за ўсё... Як маглі яны пайсці на такое? Ён кожны раз прасіў Мэцнера перадаць прывітанне хвораму Эберхарду, і той, закрываючы партфель, таксама кожны раз з непранікальным выразам твару абяцаў зрабіць гэта, але ад Эберхарда не было ніякага адказу, ніякага прывітання. Не было добрых навін і ад другой сведкі, фрау Шнайдэр. Паркер нічога не разумеў. Яны ж так зблізіліся, ён і Анэлі. Начамі ён часта ляжаў без сну, у той час калі Шродэр спакойна хроп. Успамінаў яе скуру, яе водар, адчуваў яе валасы, якімі яна ў тую іхнюю ноч у гатэлі зноў і зноў казытала яго, каб падражніць. Яму не хапала яе дотыкаў, пяшчотных слоў, якія яна шаптала яму ў тую ноч, перажыўшы асалоду. Паркер ужо пачаў сумнявацца, ці перадаваў Мэцнер увогуле ягоныя прывітанні. І ці не пераклалі яны ўсю віну на яго. Зрабілі яго ахвярным ягнём. Упершыню за шмат гадоў ён не ведаў, што рабіць. Горш за ўсё было не зняволенне, не тое, што нехта толькі раніцай, пасля праверкі, „ці ўсе жывыя", паварочвае ключ у замку і адмыкае дзверы, не харчаванне, восемсот грамаў мяса на тыдзень, калі значэнне мае кожная дробачка фаршу, не ягоныя цесныя турэмныя рызманы і не маленькі шматочак неба ў акне, не халодная вада, не рыганне, стогны, галёканне — усё гэта ён вытрымаў бы. Прывыкнуць ён не мог да бездапаможнасці. Да таго, што ён больш не распараджаецца тым, што робіць. Да адчування, што яму здрадзілі.

Чаму ён паступова навучыўся ў турме, дык гэта тонкаму майстэрству дазіраваць падарункі, каваць альянсы, нічым сябе не звязваючы, і разумець мову зняволення. Вязні з царкоўнай групы, якія спачувалі яму, растлумачылі розніцу паміж „дзейснай", гэта значыць гатовай цыгарэтай з фільтрам, і „закруткай". „Чамаданам" быў пачак, „бомбай" — бляшанка з кавай ці тытунём. А яшчэ ён пераканаўся, што лепш дазволіць збіць сябе, чым скардзіцца вартаўнікам.

— Даносіць кепска, — растлумачыў яму вёрткі недарастак неўзабаве пасля наступнага глумлення. Стаўшы даносчыкам, ён і ў вачах іншых вязняў меў бы не нашмат большую вартасць, чым педафіл Увэ. У гэтым маленькім свеце ты без аўтарытэту, без рэспекту шанцаў не маеш. „Рэспект" лічылі тут важным усе,

хоць самі і не ведалі толкам, што яны пад гэтым разумелі. Ухі-
ліцца ад самога сябе было цяжка.

— Менавіта з Рудзі ў вас павінны быць добрыя стасункі,
Паркер, — тлумачыў Шродэр. — У яго два пажыццёвых. Ані-
якага шанцу выйсці, ён забіў жонку і дзяцей, проста так, каб
не блыталіся пад нагамі. Ходзяць чуткі, што ён быў кілерам
у Санкт-Паўлі, кажуць, албанцы наймалі яго забіваць. Запаль-
ная сумесь, нож, праца кулакамі, усё. Аднак пра кілерства нічо-
га, што б падпадала пад судовую адказнасць, не выявілася. Са
знешнім светам ён там усталяваў мір. А тут зноў гуляе ў вай-
ну. — Шродэр падняў указальны палец. Са сваімі бляклымі рэд-
кімі валасамі ён, мужчына гадоў пяцідзесяці пяці, у нязмен-
ным гарнітуры ў тоненькую палоску, што за гэты час стаў яму
велікаваты, і замшавых туфлях, якія ён звычайна насіў без
шкарпэтак, быццам ён не ў турме, а ў сваім доме зімовага адпа-
чынку ў Марбэле, уяўляў сабою ўвогуле пацешную фігуру. Але
гандлярская натура дапамагала яму. Шчаслівы, як здавалася
Паркеру, ад таго, што здольны падладзіцца пад закон турмы,
падтрымліваць добрыя сувязі, збіраць інфармацыю і абмень-
вацца ёю, што змог усталяваць нешта накшталт банка для
гандлю дробным паслугамі, шакаладам, пісьмамі, тытунём,
Шродэр скрыжаваў сваю мову гандляра нерухомасцю з мо-
вай свету турмы, без напругі размаўляў з усялякімі Рудзі і іх
„шасцёркамі“ з розных блокаў пра „хрусты“, „хаўку“, „давалак“,
смяяўся з „музычнага аўтамата“ — агіднага розыгрышу, калі
якога-небудзь новенькага зачынялі ў агульным душы ў шафцы
з мыйнымі сродкамі і прымушалі спяваць для ўсяго сабранага
кодла, дагаджаў турэмнікам, што замыкалі і адмыкалі камеры,
і называў кожнага „гер інспектар“, абмяркоўваў з імі план ад-
сідкі таго ці іншага вязня, абменьваўся думкамі пра футбол,
пра зашмальцаваныя анучы ў кухні або пра самыя выгадныя
ўкладанні невялікіх капіталаў і ўрэшце знаходзіў іх слабыя
месцы, заваёўваў іх давер, наладжваў сякія-такія кантакты з імі
для сваіх маніпуляцый. Паступова ён стаў неад'емнай часткай
тутэйшага свету.

— Калі хочаш ацалець у турме, памятай: жыццё тут — бой-
ка на нажах.

— Няма ніякіх правілаў?

— Няма — ці, хутчэй, іх такое мноства, што ты мусіш выбіраць, якіх трэба прытрымлівацца, а якіх не. Толькі вось што: нельга расказваць наглядчыкам, што хтосьці з прыяцеляў хоча зладзіць разборку з табою. Ні ў якім разе. Тады цябе зробяць „пеўнем". Тады цябе расшліцуюць.

Гэта Паркер запомніў.

Дні Паркера пагоршалі. Рудзі і ягоныя малойцы зноў і зноў давалі яму адчуць, што аднойчы яны яго ўжо падмялі і цяпер будуць прымушаць падоўгу стаяць на каленях, зробяць сваім „неграм", сваім „салодзенькім", як казаў недарастак. І пра гэта даведаліся іншыя кодлы, а таксама наглядчыкі. Паркер, які нават не спрабаваў наладзіць сяброўскія стасункі і паводзіў сябе стрымана, што расцэньвалася як фанабэрыстасць, мусіў расплачвацца за такія паводзіны. Яго прымушалі штодзень выносіць смецце, ён занадта часта мыў душавыя, для кожнага быў баксёрскай грушай, да яго чапляліся, яго штурхалі. Але рабілі гэта, важна падкрэсліць, не па адным, без дапамогі не адважыўся б ніхто — пры Паркеравым росце. Ён рабіў у камеры свае практыкаванні „пантэра" — сіт-апы, пуш-апы, „вітанне сонца", калі Шродэр не сядзеў якраз на ўнітазе, і стараўся падгледзець што-небудзь у фанатаў фітнесу ў двары. Трэніроўкі з жалезам або простае напружванне цягліц як гульня з вагою цела. Ён рабіў упоры лежачы на спіне, бегаў, скакаў з уяўнаю скакалкай на месцы, мяняючы нагу. У гэтым быў адзін плюс: сто другі памер неўзабаве зноў будзе яму пасаваць.

— Даю вам добрую параду, містар Паркер, — сказаў Шродэр. — Усе тут, у турме, чагосьці чакаюць. Наступнай праверкі тэрміну зняволення, прагулкі, сустрэчы з роднымі. Больш тут няма чаго рабіць. А ты паводзіш сябе так, быццам табе ёсць што рабіць. Быццам ты нешта іншае. Лепшае. Я раіў табе наладзіць добрыя стасункі з сім-тым, расказаць пару анекдоцікаў, пасмяяцца, калі яны смяюцца. А ты нават са мной не размаўляеш. Ды гэта нічога. Я пачакаю. Я адсюль выйду. А вось Рудзі чакаць не будзе. Ён кароль, ён на волю ўжо не выйдзе, яму напляваць, што атрымае яшчэ адзін пажыццёвы тэрмін за тое, што расшліцуе і ўкакошыць цябе. Два ці тры пажыццёвых — якая яму розніца? Для яго няма мінімальнага тэрміну адбыцця пакарання. Ты мусіш неяк дамовіцца з ім, інакш табе хана. І гэтага цяпер чакаюць усе тут, таму табе і даюць трэніравацца. Яны пры мне б'юцца аб заклад, разумееш? Колькі часу яшчэ пройдзе, пакуль Рудзі выправіць цябе на той свет. І ведаеш што? — Ён зрабіў паўзу. — Сёй-той з наглядчыкаў таксама ўдзельнічае ў гульні.

З гледзішча рыторыкі прамова Шродэра, на думку Паркера, гучала нядрэнна, асабліва пераход з „вы“ на „ты“, гэта ўзмацняла давер. Але той, хто раптам пачынае даваць табе парады, ставіць сябе вышэй за цябе. А з таго часу як хтосьці пару разоў перакапаў ягоную сакрэтную схованку з нататкамі і адно выданне з апокрыфамі знікла, Паркер не верыў Шродэру ні на грош.

— Ты ведаеш, Паркер, у чым розніца паміж аповедам і сапраўднасцю? — спытаў яго наступным ранкам вёрткі недаростак Валі. Паркер стараўся станавіцца ў чаргу па ежу як мага пазней, бо не хацеў сустракацца з Рудзі і ягоным кодлам, але Валі чакаў яго. Рэзапалавым падносам ён гахнуў Паркеру па нырках. Паркер пахітаў галавою:

— Не, бадай, не ведаю.

— Аповед, нават самы заблытаны, заўсёды мае пэўны сэнс, разумееш?

— А сапраўднасць? — Паркер крыху павярнуўся да Валі.

— Сапраўднасць, хлопча, — недаростак уміг падскочыў да Паркера і лізнуў яго ў нос, — сапраўднасць проста рухаецца сабе ўсё далей.

З архіваў Паркера
Гнеў сусвету ідзе за табою, куды б ты ні ішоў.

Раздзел 3

Рэзапал

Доктар Мэцнер запаліў цыгарэту. Паркер адмовіўся ад прапанаванага яму „Данхіла“ з сіне-залацістага пачка. Мэцнер паціснуў плячыма.

— Суддзя не задаволіў ваша хадайніцтва аб вызваленні ад арышту пад заклад. Заклад не прызначаны.

— *Наша* хадайніцтва.

— Што?

— Вы павінны казаць „наша“, інакш я буду адчуваць сябе кардонным манекенам. Божа, чаму ніхто не дапаможа мне выйсці адсюль?!

Мэцнер адчыніў свой партфель, дастаў нейкі дакумент у празрыстым файле і пачаў чытаць яго ўголас.

— „Скарга адхіляецца, таму што абгрунтаванне абскард-жанага судовага рашэння прызнана правільным. У дадзенай сітуацыі высвятленне абставін справы неабходна пакінуць на разгляд суда першай інстанцыі“. І гэтак далей, і гэтак далей.

Паркер застагнаў. Мэцнер паглядзеў на яго, зрабіў глыбо-кую зацяжку і загасіў напалову недакураны „Данхіл“ аб кар-донную попельніцу.

— Не трэба. Супакойцеся. Я раблю ўсё, што магу. Пасля таго, што здарылася, стаўленне да вас у маіх калег па зразу-мелых прычынах не найлепшае.

— Па зразумелых прычынах? Я нічога не зрабіў!

247

— Праўда? Наша галоўная сведка адмаўляецца гаварыць пра гэтую справу. Божа мой, жанчына ўсё яшчэ ў шоку. Гэта ж быў яе хлопец! — Мэцнер назіраў за Паркерам, быццам для яго было важна, як той адрэагуе. Паркер безнадзейна пахітаў галавою.

— Я ўжо сто разоў казаў вам...

Мэцнер адмахнуўся.

— У лякарні яе абследавалі і знайшлі, не на вашу карысць, гер Паркер, сляды спермы. Ёсць і даволі значныя кровазліцці — на твары, на сцёгнах і вышэй локця.

— Я ж казаў, што яе колішні каханак...

— Пракурор сцвярджае, што вы згвалтавалі ягоную калегу, фраў Шнайдэр, пасля чаго забілі яе хлопца, які, на думку пракурора, намагаўся вам перашкодзіць. Вам давядзецца зрабіць ДНК-аналіз — кроў, сперма, проба сліны. — Мэцнер зрабіў паўзу і паклаў дакумент у партфель.

— Даруйце, я... Турма, о Божа, усё гэта мяне зусім збівае з панталыку. Дапамажыце мне, гер доктар Мэцнер. Прашу вас. Гэта не я, гэта...

Мэцнер зноў перапыніў яго жэстам.

— Ну добра. На жаль, я не магу сказаць, што адхіленне нашага хадайніцтва было для мяне нечаканасцю. Гэта, можна сказаць, пэўнага кшталту прымус фармуляра, гэта ведае кожны абаронца па крымінальных справах з уласнага горкага досведу. Ім шмат лягчэй адхіліць хадайніцтва, чым задаволіць яго. А ў вашым выпадку ўсім, напэўна, удвая лягчэй.

— Так, бо гаворка ідзе пра таго, хто зачапіў аднаго з вашых. Ніхто не можа ўявіць, што менавіта Штэнбок, юрыст з дыпломам выдатніка, які датэрмінова здаў дзяржаўны экзамен, накінуўся на мяне, з рэўнасці, з роспачы, не ведаю...

— Гер Паркер, я тут нічога не магу зрабіць. Ускосныя доказы...

— Што? Ускосныя доказы? Чорт вазьмі, атрымайце для мяне дазвол на адзін званок па тэлефоне, дайце мне пагаварыць з фраў Шнайдэр, яна мусіць сказаць праўду. Праўду! Гэта Малер яго шпурнуў! І толькі каб абараніць мяне і яе! Гер

Штэнбок быў у дым п'яны, ён проста звар'яцеў, ён кінуўся на нас! Гэта быў няшчасны выпадак, а не...

Паркер адвёў позірк ад Мэцнера і ўтаропіўся некуды ў пустату. Ісціна не мае нічога агульнага з правам, права не мае ніякага дачынення да правільнага. Гэта слухачы не раз са смехам даводзілі яму на семінары — яны, юрысты, пасля таго як ён доўга тлумачыў, што якасныя аргументы маюць вялікае значэнне, але нічым не дапамогуць, калі публіка іх проста не ўспрымае. Важна не тое, што гаворыцца, а тое, што чуюць людзі. Ён сам трапіў у гэтую пастку. Што яшчэ ён можа расказаць Мэцнеру? Акрамя праўды? Тое, што Вільфрыд з'ехаў з катушак, што Паркер нічога благога не хацеў зрабіць яму — і тым больш Анэлі? Што ён да таго вечара нічога не ведаў пра ранейшыя адносіны Вільфрыда і Анэлі, што ён, Паркер, папярэднюю ноч правёў з Анэлі зусім не цнатліва. І ці не з'явіліся ў яе сінякі ўжо ў тую ноч? Ды хіба ж Вільфрыд не казаў, што яна — дзяўчына Малера?

Мэцнер устаў і кіўнуў канвойнаму, які чакаў за дзвярыма, раз-пораз зазіраючы ў акенца, закратаванае дротам. І нічога больш не сказаў. На стале перад Паркерам ляжаў толькі што надарваны сіне-залацісты пачак „Данхіла".

З архіваў Паркера.
Адаптар паўсвету
Ты можаш замаўляць колькі хочаш пюліні-манрашэ да бліноў з ікрою, слухаць оперы, чытаць Дастаеўскага, каб заснуць, прафесійна апісваць матэрыяльную эстэтыку старых японскіх каменных садоў перыяду Мурамаці са слядамі выветрывання на бетонных плошчах Нью-Ёрка і сляды ржы ў сучасным мастацтве як эстэтыку вабі-сабі — гэта нічога не значыць.

Пах хлява. Такое адчуванне, быццам яны адным позіркам, адзін раз коратка прынюхаўшыся, могуць пазнаць цябе па націску на адзіным складзе і прэпараваць цябе — і яны ўбачаць: ты нішто, ты выйшаў з нічога, з цябе ніколі і не атрымаецца нічога іншага, ва ўсялякім разе табе шмат чаго не хапае, каб быць нечым большым, чым маленькім лёкаем...

Раздзел 4

Камера

У камеры ўсе дні праходзілі аднолькава. Паркер выпісваў урыўкі з апокрыфаў, Шродэр сядзеў на ўнітазе і спрабаваў паглыбіцца ў свой трылер, але зноў і зноў паглядаў паўзверх кнігі на Паркера. Паркер адчуў, як позірк суседа па камеры спыняецца на ім. Уздыхнуўшы, ён адклаў Біблію і, падняўшыся, сеў на ложку. Шродэр высмаркаўся.

— Чаму менавіта Фама? — Шродэр скамячыў туалетную паперу, але не кінуў яе пад сябе ва ўнітаз, а элегантнай дугою запусціў у незакрытае вядро для смецця побач з дзвярыма.

— Што?

— Чаму ты нешта спісваеш з Евангелля ад Фамы — а не ад Марка, Мацвея ці яшчэ каго, хто пісаў пра гэта?

Паркер устаў, паклаў аловак і паперу на ложак і паціснуў плячыма.

— Ёсць афіцыйная версія гэтай гісторыі, а яшчэ, як кажуць, ёсць тое, што чалавек, якога звалі Езус, сапраўды рабіў і сапраўды гаварыў.

— І ты думаеш, так напісана ў Фамы?

— Ведаць гэта немагчыма. У гэта трэба верыць.

Паркер не стаў расказваць Шродэру, што апакрыфічныя трактаты, так званае Евангелле ад Фамы, тэкст са ста чатырнаццаці выслоўяў Езуса, — не гісторыя пакут, не гісторыя ўваскрэсення; запісаны яны былі не самім апосталам, а гадоў праз дзвесце пасля яго смерці, але сярод іх ёсць прыпавесці, якія зачароўваюць, прымушаюць думаць. Езус запытаў сваіх вучняў: „З кім можна параўнаць мяне?" І Сымон Пётр сказаў: „Ты як справядлівы анёл". Мацвей сказаў: „Ты — чалавек, поўны развагі, як мудрэц". А Фама запярэчыў: „Настаўнік, мае вусны не могуць вымавіць, на каго ты падобны!" І тут Езус сказаў: „Я не твой настаўнік, таму што ты піў і ўпіваўся ля пеністай крыніцы!" І адвёў яго ўбок, і сказаў яму тры словы. Калі Фама вярнуўся да сваіх спадарожнікаў, яны спыталі: „Пра што гаварыў Езус з табою?" І Фама адказаў ім: „Калі я скажу вам хоць адно з тых слоў, якія Ён сказаў мне, то вы закідаеце мяне камянямі..." Лагіён 13, пра гэта ён, Паркер, падрабязней раскажа заўтра на набажэнстве, тут гаворка якраз пра тое, што сапраўды мае значэнне.

— Фама... Гэта не той, што спачатку ніяк не хацеў верыць, што Езус мёртвы, і тыкнуў яму палец у рану? — спытаў Шродэр, спусціўшы ваду.

— Фама не паверыў, што той, каго ён зноў убачыў у атачэнні апосталаў, і ёсць уваскрэслы Езус, тады Езус загадаў яму пакласці палец у раны.

— Напэўна, было балюча, — прамармытаў Шродэр і крэхчучы ўстаў.

— Што?

— Ды нічога. Мне здаецца, ты даволі далёкі ад рэлігіі чалавек, падобна на тое, містар Паркер. Чаму тады Фама? Можа, са страху?

Шродэр ухмыльнуўся. Ён, відавочна, адчуваў сябе ў сваёй новай ролі як банк, як кантора па вызначэнні выйгрышу на таталізатары, як шпіён.

На думку Паркера, тыя порцыі веры на кожны дзень, якія ён рыхтаваў і агучваў, калі пастар ухваляў ягоны выбар, і якія той часам, калі трактоўка Паркера здавалася яму ўсё ж занадта нехрысціянскай, не зусім лютэранскай, коратка каментаваў, надавалі ягонаму знаходжанню ў турме калі не сэнс, то прынамсі структуру. І гісторыя пра Фаму Няверуючага, які не прымае велікодны цуд, калі ўваскрэслы Езус з'яўляецца сярод апосталаў, пра таго Фаму, які ўласнымі пальцамі хоча пакратаць раны, хоча даведацца, адчуць, яму, Паркеру, заўсёды падабалася. Хоць ён і лічыў, што набажэнствы былі, у рэшце рэшт, праявамі адчаю. З жыцця без сэнсу тут, у турме, вырвецца мала хто. А нават калі хто і вырвецца — хіба ўсё не пойдзе зноў так, як і раней? Ён аднойчы сказаў гэта пастару, і той кіўнуў. „Ніхто не зняволены больш, чым той, хто адчувае сябе зняволеным у сваім целе, у сваёй душы, у сваім жыцці, згубленым у сваім нявер'і".

Дата пачатку працэсу ўсё яшчэ не была прызначана. Паркер, наколькі было можна, прымірыўся са сваім становішчам. Падрыхтаваў апісанне здарэння — аснову для прамовы Мэцнера на судзе, прычым распавёў пра ўсё, што адбывалася, настолькі стрымана і астаронена, наколькі магчыма, апісваў падзеі для адваката, абмяжоўваючы аповед дакладнымі рамкамі справы, зноў і зноў перабраўшы ў галаве падзеі той ночы. Хто дапаможа яму сфармуляваць праўду, хто будзе сведкам? Малер? Мабыць, не. Можа ўсё ж Анэлі?

Калі на трыццаць восьмы дзень яго знаходжання ў следчай турме наглядчык пад полудзень павёў Паркера да дырэктара турмы, ён падумаў, што зараз або атрымае прачуханку за тое, што паводзіць сябе, як псеўдахітрамудры Цім Робінс у фільме пра турму, знятым па аповесці Стывена Кінга, або пачуе, што начальства выкрыла ягоныя намеры: ён спрабуе пісаць казані, толькі каб крывадушна ўтаіць жаданне атрымаць паперу і аловак ды іншыя прывілеі, фу! Або, можа, думаў ён на лесвіцы, і ад гэтага ў яго бліснула іскрынка надзеі, яму прызначаць хатні арышт з нашэннем электронных нажных кайданкаў. Урэшце, ён жа прасіў Мэцнера пагаварыць з маці, яна напэўна чула, што яго арыштавалі, і ведае ўсе падрабязнасці, з якімі справа асвятлялася ў сродках масавай інфармацыі, ведае, як Малер выкручваўся, бо калі журналісты пранюхалі, што ён, Паркер, пісаў прамовы для ўзыходзячай зоркі, яны пайшлі па слядах, знайшлі маклера, напісалі пра элітны лофт і „Кузню", раскрылі ўсю падаплёку былога секс-клуба, і гэта спрычыніла вялікія непрыемнасці для ўсёй партыі — пікантны секс і палітыка? Лепш не прыдумаеш. Тут ужо анічога не засталося ад рэвалюцыйных захадаў паўночна-германскага Макрона і ад такой важнай для Малера новай мовы, што перасягала межы асобнай партыі, тут ішлося ўжо не пра інтэграцыю, не пра арыентаванасць на рост, адукацыю і справядлівасць, тут ад Паўднёва-Шлезвігскага Саюза выбаршчыкаў абражана адвярнуліся нават усе трое датчан. Каваць планы — не, гэта больш не атрымлівалася, у самой партыі цяпер лічылі, што Малер паддаецца шантажу і яго ўжо нельга ўзычваць класічнай кліентуры СДПГ.

Гэта расказалі яму два вязні, якія цікавіліся палітыкай; яны мелі больш абменнага матэрыялу і больш прывілей у карыстанні інтэрнэтам. Расказалі не з вялікай сімпатыі да яго, проста былі цікаўныя, а ён у аспекце медыйнай тэхнікі зноў лічыўся спецам першага гатунку. Магчыма, таму і Рудзі пакуль што стрымліваўся. Чакалі заканчэння мыльнай оперы. Плеткары даносілі таксама, што Анэлі ўсё яшчэ не дае паказанняў і цалкам закрылася ад прэсы. Магчыма, фокус перамясціўся цяпер так, што Мэцнер здолеў атрымаць станоўчы адказ на чарговае хадайніцтва ці, можа, хадайніцтва падаў і Янсен або маці напісала прашэнне. Урэшце, няма людзей зусім бессардэчных. Аднак калі ён увайшоў у кабінет і ўбачыў голыя сталы з парудзелымі папкамі ды запылены дапатопны камп'ютар на маленькім прыстаўным століку, сведчанне таго, што сюды, напэўна, не часта выклікаюць сакратарку, каб „запісаць нешта пад дыктоўку", калі Паркер, ужо абуджаны ў рэчаіснасць, паглядзеў нарэшце цвёрдым позіркам дырэктару (тарыфны разрад А14) у вочы, ён зразумеў, што пачуе нешта іншае.

— Вам дазваляецца на кароткі час пакінуць турму, гер Паркер. Ваша маці памерла. Спачуваю. Пераапрануцеся, можаце скарыстацца туалетам побач з маім кабінетам. Ваш гарнітур ужо вісіць там. Мы атрымалі гэтую вестку толькі што. З вамі паедуць двое паліцэйскіх.

З архіваў Паркера
Каханне — гэта гандаль, які грунтуецца на ўзаемнасці (Мантэнь).

Раздзел 5

Ток-шоу

— Мэцью, некалькі гадоў таму ваша кніга пра сучасных качэўнікаў стала, можна сказаць, сенсацыяй. Раней вы працавалі ў выбарчай кампаніі Барака Абамы, выкладалі ў розных каледжах і ўніверсітэтах. Але яшчэ большую вядомасць вы набылі праз вашу ўблытанасць у адзін трагічны смяротны выпадак у тыя дні, калі праводзілі цыкл семінараў. Праз гэта вы нават трапілі ў турму.

Дыктарка нахілілася да Паркера і спагадліва кранула рукою яго плячо. Ён нічога не сказаў, толькі ўважліва паглядзеў на яе, а потым зноў кінуў кароткі позірк неяк міма камеры.

— І вось вы напісалі кнігу, надзвычай цікавую кнігу пра палітыку, пра маніпуляцыі, а яшчэ пра той выпадак, пра досвед вашага знаходжання ў турме — ды і ўвогуле шмат пра што. Гэта вельмі асабістая кніга, яна пасуе да нашага часу, але ж і — ну, скажам так — гэта амаль спавядальная кніга. Ці ж не так, Мэцью?

— Так, Роўз, вы маеце рацыю, вельмі асабістая кніга. Напэўна, не ўсе вы чулі пра мой выпадак...

І ён коратка і дакладна расказаў, як яму даручылі, уласна кажучы, раскруціць пэўную паліткампанію ў Германіі і ён аказаўся ўблытаным у адзін трагічны смяротны выпадак, як некалькі месяцаў адседзеў у следчай турме, пазбаўлены ўсяго, у тым ліку і магчымасці даказаць сваю невінаватасць, на некалькіх прыкладах паказаў, як з яго там глуміліся, гаварыў пра страту прыватнай сферы, пра смерць маці, пра тое, як здолеў выкараскацца з той бездані, не ў апошнюю чаргу дзякуючы чытанню Бібліі і дзейснай цікавасці да пытанняў веры, і як пасля гэтага стаў глядзець на свет і на ўсё акаляючае больш вызвалена, больш ясна, больш шчасліва.

— Турма была для вас пеклам на зямлі?

— Ведаеце, Роўз, лёгка прамовіць — пекла на зямлі. Але хто ведае, як выглядае сапраўднае пекла? Мова — гэта турма, з якой не вызвалішся, нам амаль ніколі не ўдаецца з яе дапамогай сказаць, што мы маем на ўвазе.

Першыя дні на волі былі цудоўныя. Калі б яна спытала пра нябёсы, тады б ён адказаў так: зноў стацца вольным, мець магчымасць проста ісці, куды хочаш, рухацца, есці, спаць, гаварыць, танцаваць, калі хочаш, раскінуць ушыркі рукі, слухаць музыку, маўчаць, аддавацца надвор'ю, стаяць, раскрыўшы рот, пад дажджом — зусім звычайныя рэчы, на якія ў паўсядзённым жыцці часта проста не звяртаеш увагі, такія простыя, такія рэальныя, такія даступныя, такія прыгожыя. Выйсці з турмы — тое ж самае, што ачуняць пасля доўгай хваробы. Толькі ўсё гэта занадта хутка забываеш. А вось пекла?..

— Я вырас з бацькам-алкаголікам. І ведаеце, што было найгоршым?

Роўз з усведамленнем абавязку пахітала галавою. Чацвёрты канал не самы папулярны, але ўсё ж не для Опры. Паркер — не О. Джэй Сімпсан, а Германія — не Лос-Анджэлес. З гэтым трэба пагадзіцца, казала ягоная агентка. А ён падумаў, што так яно і добра, яму ўжо хапіла празмернай увагі.

— Найгоршым было тое, што мы — мая маці і я — ніколі не ведалі, у якім настроі бацька прыйдзе дамоў, ці піў ён, колькі выпіў, ці не спажыў што-небудзь яшчэ, акрамя шнапсу і піва, будзе нас біць або, можа, абыдзецца лаянкай і проста з крыкам пабегае па кватэры, пакуль не наляціць урэшце на шкляныя дзверы. Найгоршае — страх і трывога, якія ахопліваюць цябе, бо ты, нягледзячы на ўсё, любіш гэтага чалавека. У турме такога страху ў мяне не было. Там усё інакш. З намі адбываецца нешта больш дзікае, больш гідкае. Ад чалавека застаецца толькі цела. Там мы — усяго толькі целы. Ежа, фекаліі, пот. Там няма ўжо нічога прыгожага, і, калі ты не можаш ухіліцца ад іерархічнай чарговасці дзёўбання, цябе турбуе адно — проста выжыць. Ты не дні лічыш, ты лічыш гадзіны. І не думаеш больш пра тое, як жывецца людзям на волі, людзям, якія любяць цябе. А яны з нейкага моманту перастаюць цябе любіць. Ты ім ужо абыякавы. Іх будні доўжацца, твае будні доўжацца. Твае маюць шэры колер. Прызнаць, што ты для іншых людзей значыш не больш, чым прусак у камеры, што табою ніхто не цікавіцца, што ты сам мусіш рабіць нешта, каб не атупець дарэшты, не аскаціцца, не звар'яцець, — гэтаму трэба навучыцца. Гэта цяжка. І толькі пасля ты можаш зноў спрабаваць зразумець сябе, ты адзін. Сам-насам з собою.

У Роўз быў расчулены выгляд. Паркер зірнуў на яе, ён ведаў, што камера будзе шукаць у ягоных вачах затуманенасць ад слёз. Яны ж абое прафесіяналы.

— Ці не Рэмбо сказаў: „Пекла — гэта заўсёды нехта іншы"?

— Ну, гэта сказаў Сартр, але тут ён, на маю думку, памыляецца. Пекла — гэта заўсёды мы самі. Мы. Яно ў нас.

Паркер паказаў на публіку ў студыі, спадзеючыся, што рэжысёр выбера твар з тупым, недаверлівым позіркам. Стрэл — і стрэл у адказ. Ён паказаў пальцам на сябе і працягваў:

— Яна палае ў нас, гэтая няздольнасць жыць і дараваць. Мы імкнёмся да чагосьці іншага, але ў нас не атрымліваецца. Наша ўнутраная бездань зноў і зноў расхінаецца, мы намагаемся забыць пра яе, але не можам прымірыцца з тым, што мы — тое, што мы ёсць. Гэтая нездавальняючая сутнасць нас саміх... Цяжка даць ёй рады, але гэта і наш адзіны шанц. Самая цяжкая задача ў жыцці.

А ў ягоным выпадку гэта, напэўна, азначае, што ён занадта доўга быў тым, пра каго ў групе самадапамогі жартавалі: „Калі памірае залежны, то ў яго галаве за апошнія секунды яшчэ раз праносіцца ўсё ягонае жыццё. Калі ж памірае сузалежны, то ў яго галаве за апошнія секунды яшчэ раз праносіцца жыццё іншага чалавека". Так вось і з пеклам. Яно належыць кожнаму. Абсалютна індывідуальна. Дзіўна, што гэтыя пачуцці мацнейшыя за ўсё астатняе.

— Вы і пра гэта пісалі ў сваёй кнізе.

Роўз яшчэ раз паказала вокладку ў камеру.

Паркер зразумеў, што ягоны доўгі маналог забраў ужо вялікую частку пазасталага эфірнага часу і што надышла пара перапынку на рэкламу.

— Атрымалася вельмі сумленная кніга. Але... Не ведаю, ці яна сапраўды дапаможа многім...

— Што вы! Ну вядома! Дапаможа! Яна выйшла ў...

Роўз назвала выдавецтва, абвясціла перапынак на рэкламу і паклікала грымёра:

— Вось тут, папудрыць. — Яна паказала на скронь Паркера, на якой выступілі кропелькі поту. Гарачыня на подыуме ў студыі была надзвычайнай, але Паркер адчуваў сябе ў сваёй ролі няблага. Ён нечым рызыкаваў, расказаўшы ўрэшце нават уласную гісторыю настолькі сумленна, наколькі магчыма, праўду пра сваё дзяцінства, пра тое, як бацька ў стане п'янай раз'ятранасці і замарачэння розуму з нажом ці скавародкай кідаўся на маці, пра гвалт, відавочцам якога яму, Мэцью, так часта даводзілася быць, пра тое, як ягоная маці, таксама ўжо без памяці, прапаноўвала яму сябе як ахвяра, як дарунак дзеля супакаення, пра ягоныя, сынавы, спробы неяк даць гэтаму рады — жыццю з такімі карцінамі, жыццю быццам у загарадзі з малпамі. Як гэта пісаў Оскар Уайльд? „Усё на свеце — пра секс, і толькі секс — пра ўладу".

Ён без спагады да сябе распавядаў пра матчыны спробы самазабойства, пра цяжар уласнай адказнасці за яе, калі яму здавалася, што ён зусім страчвае сябе для сябе. Пра пачуццё віны за тое, што з'ехаў у Амерыку. Так, людзі любяць жыццёвыя гісторыі пра духоўнае ачышчэнне — раней ён ніколі не думаў, што можна напісаць нешта пад дыктоўку душы. Але не мог не напісаць. І гэта была пакуль што толькі першая частка. Дарога да сябе самога, да таго, хто, выцяўшыся аб самае дно, толькі потым разумее, як заблытаўся ва ўсім. Ці не было гэта тыпова нямецкай адметнасцю? Сумненні, згрызоты, самакапанне, бесперапынны пошук лепшага і барацьба з унутранай безданню? А таксама прыгажосць, уласцівая ўсяму гэтаму, тужлівая цяга ў адкрытасць, пэўны касмапалітызм. Ягоны бацька, англічанін, высмеяў бы яго.

Азваўся Джон Фаўро, аўтар прамоў Абамы, пажадаў шчасця. На яго думку, тое, што Паркер піша пра адносіны паміж Амерыкай і Германіяй, шмат што тлумачыць. Гэта сапраўды ўзбударажаныя стасункі, у якіх абодва партнёры мусяць або знайсці сабе новыя ролі, або дабром разысціся. А колькі Германія ўсё ж заглыблена ў Амерыку, паказаў яму раздзел пра Генрыха Бёрнштайна, амерыканска-аўстрыйска-нямецкага вайсковага лекара і пісьменніка. Падумаць толькі! Ураджэнец Гамбурга, удзельнічае ў падзеях 1848 года, яшчэ ў дзяцінстве апынаецца ў Галіцыі, становіцца доктарам, акцёрам, імпрэсарыа, а потым, у Парыжы, адным з заснавальнікаў часопіса „Форвэртс“, у якім публікуецца Карл Маркс, вядомы сваімі гнеўнымі выступленнямі супраць царквы і арыстакратыі, сябруе з Гейнэ, выдабывае грошы з кампазітара Меербера і між іншым бесперапынна перакладае оперныя лібрэта. У 1849 годзе Бёрнштайн, баючыся рэпрэсій, эмігруе ў Амерыку, адкрывае лекарскую практыку спачатку, ненадоўга, у Ілінойсе, а потым у Місуры, у Сент-Луісе, горадзе, які ў той час рос хутчэй за ўсе гарады свету. Тут ён зноў пачынае пісаць. Спачатку антырэлігійныя артыкулы. Потым па частках публікуе ў штодзённай нямецкамоўнай газеце „Веснік Захаду“ рэзка крытычны раман „Таямніцы Сент-Луіса“ — пра сусветныя змовы, сцэнары якіх распрацоўваюцца на Крывавым востраве, маленькай выспе ў Місісіпі, пра пошук брата, пра дэспатычных землеўладальнікаў, распусных метрэс, пасечаныя целы. Пра езуітаў піша, што яны падтрымліваюць рабства і на іх ляжыць адказнасць за праблемы паміж Поўначчу і Поўднем, што гэта яны планавалі Грамадзянскую вайну, бо ненавідзяць рэспубліканцаў і свабоду горш за халеру. І чытачы сталі тысячамі падпісвацца на „Веснік Захаду“, галоўным рэдактарам якога быў Бёрнштайн. Потым ён стаў адзіным уладальнікам газеты і з яе старонак заклікаў чытачоў выступаць супраць рабства і прыгнёту. Сваёй рыторыкай Бёрнштайн раскалоў горад, у якім тады панаваў пераважна нямецкі дух: Сент-Луіс, як і ўвесь штат Місуры, не мог вызначыцца, належыць ён да Поўначы ці да Поўдня і як павінен галасаваць — за ці супраць рабства. У адной патаемнай акцыі Бёрнштайн, так бы мовіць, у хатніх пантофлях, але з разуменнем вайсковай справы сабраў нямецка-амерыкан-скі атрад, заняў арсенал і іншыя стратэгічныя пункты горада і дамогся, каб штат Місуры застаўся ў Саюзе, а не далучыўся да чарльстанскіх канфедэратаў. У сваёй кнізе Паркер называе Бёрнштайна „пасяродкавым" геніем, чалавекам не без улас-ных безданяў — так, ён жыў шведскай сям'ёю з жонкай, артыст-кай, і іхняй агульнай прыёмнай дачкою, у якой была яшчэ і адкрытая сувязь з ягоным таксама жанатым найбліжэйшым супрацоўнікам Бернейсам, сябрам Карла Маркса. У вачах Пар-кера Бёрнштайн быў увасабленнем усяго станоўчага, што чу-ецца ў словах „І ад існасці нямецкай хай паздаравее свет" з на-пісанага ў 1861 годзе верша „Прызначэнне Германіі", у якім аўтар, Эмануэль Гейбель, папраўдзе заклікае да стрымлівання звадак, да ўзмацнення нацыянальна-дзяржаўнай самасвядо-масці і ролі Германіі ва ўсталяванні міру ў Еўропе. Але сло-вамі заўсёды было лёгка маніпуляваць. „Хай паздаравее" пе-ратварылася ў „павінен паздаравець", а „існасць нямецкая" стала тлумачыцца як нацыянальна-гістарычнае прызначэнне да не-свяшчэннага саюзу вышэйшасці і місіі, які паддаецца інструменталізацыі; у Карла Мая гэтая існасць паказана яшчэ ў выглядзе добрага героя ў традыцыі Бёрнштайна, з просвет-леным розумам і шматзараднай вінтоўкай, пазней вынікам новага яе разумення стала апантанасць ідэяй усемагутнасці і генацыд.

„I liked how you quoted your former West-German-President Theodor Heuss"*, — так заканчваў сваё пісьмо Фаўро. „Ніводзін народ не лепшы за іншы, у кожным ёсць такія і такія".

Але паздаравець і акрыяць пасля ўсіх няшчасцяў было для Паркера пакуль што задачай на будучае. Дзіўна, што заўсёды спачатку трэба перажыць бяду, каб потым адчуць сябе зноў уз-нятым у нечым большым, бо тады ўпершыню заўважаеш, што справа не толькі ў табе самім і не ў тваім маленькім поўным роспачы жыцці.

---

* „Мне спадабаліся словы Тэадора Хойса, першага прэзідэнта ФРГ, якія Вы цытуеце" (англ.).

Калі напрыканцы сакавіка Паркер у суправаджэнні двух вахмістраў прыехаў на Ольсдарфскія могілкі, толькі-толькі паспеўшы на адпяванне ў невялікай капліцы, занадта позна, каб самому яшчэ нешта сказаць, — праўда, пастар пасля супакоіў яго: ён усё роўна ні ў якім разе не дазволіў бы Паркеру гаварыць, бо жалоба толькі тады сапраўдная, калі ўслухоўваешся ў сябе, толькі тады блізкі чалавек можа развітацца, а любыя прамоўленыя словы, наадварот, аддаляюць ад болю, — тады ўсё, што ён абдумаў, едучы ў аўтазаку, старым бусіку „фольксваген" з кратамі паміж кабінай кіроўцы і месцамі для пасажыраў, перайшло ў нейкую пустату, якая цалкам ахапіла Паркера. Боль быў занадта вялікі. Горшы, чым расстанне з Нілай і Лін. Нават горшы, чым пасля сыходу бацькі. Ён, Паркер, прыехаў да маці занадта позна. Занадта позна. Спазніўся на гады. Чаму ён цягам усіх гэтых год нічога не сказаў маці, не пагаварыў з ёю? На могілках ён для сябе самога неяк растварыўся. Ён ішоў за труною, паліцэйскія далікатна трымаліся ўзбоч, з яго нават знялі наручнікі, замест іх у яго на нагах былі кайданкі, падключаныя да лакацыйнай сістэмы. Абодва паліцэйскія, відаць, часта бывалі на пахаваннях са зняволенымі. У дарозе яны маўчалі, нават не ўключалі радыё, з павагай ставіліся да ягоных пачуццяў, пакінулі яго сам-насам з думкамі пра маці. Боль і журба заўсёды належаць толькі аднаму, сказаў старэйшы наглядчык, выходзячы з бусіка. Паркер потым падзякаваў абодвум і паабяцаў прыслаць ім на адрас турмы сваю кнігу. Ён сядзеў у капліцы і бязрадна пытаў самога сябе, чаму ніхто не паведаміў яму пра ўсё раней. Чаму яна, ягоная маці, нічога не сказала яму пра тое, што ў яе рак стрававода. Загадка, якую ён не мог адгадаць. На могілкі прыйшло шмат людзей з той школы, пасля якой яна пайшла на пенсію, не выпрацаваўшы неабходнага стажу. Паркер пазнаў і некаторых дактароў і санітараў, што ратавалі яе падчас псіхапатычных прыпадкаў ад запояў. Яны кіўнулі яму. Ягоная маці, якой ён ужо не ведаў... Раней ён ведаў яе лепш, чым хто б ні было іншы. Лепш, чым увогуле дазваляецца ведаць сваю маці. Голую і бездапаможную — такі голы, заходзячыся ад крыку, ён сам прыйшоў з яе ў свет. Можа, і добра, што ён нічога не сказаў пра яе ў той дзень, калі яна знікла з твару зямлі. Можа, ніколі не трэба гаварыць пра людзей, якіх ужо не ведаеш, а толькі бачыш перад сабою як вобраз. Паркер адчуваў, што да вачэй падступаюць слёзы, але не заплакаў. Людзі, якія паціскалі яму руку, суседзі, якія зладзілі хаўтурны абед у маленькім рэстаране ля станцыі метро „Ольсдарф“, — усе яны былі яму чужыя. Ён увесь час бачыў перад сабою толькі яе твар. Яе твар у экстазе пад уздзеяннем наркотыкаў ці алкаголю, яе твар, калі гэты экстаз адыходзіў. Яе незадаволены твар, калі ён не рабіў таго, што яна, п'яная, прасіла. Зачыні акно, прынясі мне яшчэ шнапсу. Адфакай мяне нарэшце, як твой бацька. Як гэта сумяшчалася: такія агідныя ўспаміны — і такі калючы боль у сэрцы?

Развітацца з ягонай маці прыйшло мноства людзей — і сярод іх трое, якія паклапаціліся, каб Паркер наогул мог з турмы трапіць на пахаванне. Муж і жонка Янсены — і Анэлі. Пасля хваробы Эберхард усяго за два месяцы моцна пастарэў; ён схуднеў, левая палова твару застыла і перакасілася. „Паралізаваная“, — прашаптала жонка Янсена, за руку з якой ён не столькі ішоў, колькі дрыгатліва пераступаў нагамі. Не гучалі больш жыццярадасныя мужчынскія выслоўі, не было бацькоўскіх абдымкаў. Эберхард толькі павольна павярнуўся да яго і, пазнаючы, нешта пракрахтаў. Паркер адчуваў сябе вінаватым. Гэта ён быў прычынай той бяды, што спасцігла старога рызыканта. Анэлі падышла да яго толькі ў рэстаране. Яна памажнела, але ў чорным выглядала прыгожа.

— Шчыра спачуваю.

— У чым? Што мая маці памерла ці што я ў турме? Ніхто не кажа праўду. — Паркер заўважыў, як Анэлі ўздрыгнулася.

— Ну добра, добра. Я... я паводзіла сябе не так, як трэба.

Яму хацелася абняць яе або моцна страсянуць, але Анэлі ўхілілася ад яго.

— Я не хацела...

Яна быццам давілася нечым, здавалася, што яе вось-вось званітуе. І раптам паўз стойку кінулася назад, да туалетаў.

Янсены падняліся і падышлі да яго. Гайдрун стала перад ім на ўвесь рост, выгляд у яе быў раз'юшаны.

— Ты што, дурны? Як ты думаеш, чаго яна тут? Яна ж цяжарная.

Што праўда робіць з чалавекам? Яна што-небудзь высвятляе? Ці толькі нішчыць усё? Паркер шкадаваў, што ўжо раней не дазволіў пэўным з'явам ісці так, як яны ідуць, і не паглядзеў у твар самому сабе і сваёй нямозе.

Ён даў гаспадыні ток-шоу магчымасць паказаць кароткі фільм, у якім разглядалася ягоная „ўблытанасць“, як яна тактоўна называла гэта, у інцыдэнт са смерцю маладога шматабяцаючага адваката, што выклікаў сапраўдны палітычны скандал у невялікім паўночна-еўрапейскім партовым горадзе, сталіцы федэральнай зямлі, — такім эўфемізмам замянялася геаграфічная назва Кіль. Для амерыканскай публікі амаль нешта небывалае на тэлебачанні, гэты зазірк у Еўропу.

Паркер яшчэ нейкі час гутарыў з Роўз, у агульных рысах адзначыў, што выбарчая кампанія маладога палітыка Ганса-Крысціяна Малера, як і кожнай публічнай асобы, была неаддзельная да тых уяўленняў, якія ствараліся на працягу гадоў і рэалізацыі якіх чакала публіка, выбаршчыкі. Да гэтых уяўленняў не пасавала ні сексуальная забава ўтрох, ні забойства, ні „самаабарона са смяротным канцом“, як урэшце было сфармулявана ў прысудзе адносна гэтых падзей, пасля таго як Анэлі нарэшце дала свае паказанні. Яна тлумачыла, што была ў шоку, у жудасным шоку, і больш нічога не магла сказаць ні Паркеру, ні адвакатам. Потым, калі высветлілася, што яна цяжарная, яна спачатку сама не ведала, ад каго. Калі Паркер нарэшце выйшаў з турмы, кар'ера Малера была ўжо зруйнавана, а кільская „гісторыя“ Паркера адышла ў мінулае. Як і шанхайская, і ўсе астатнія. Але гэтым разам штосьці было інакш. Ён застаўся. Ён і мусіў застацца, таму што ў яго больш не было грошай. Не было і жытла — адміністрацыя „Срэбных вежаў“ проста выкінула ягоныя рэчы з кватэры, пасля таго як ён не адрэагаваў на тройчы паўторанае катэгарычнае патрабаванне вызваліць яе. Гарнітуры і іншыя нешматлікія пажыткі Паркера апынуліся ў дабрачынных камісійных крамах Ніжняга Іст-Сайда.

— У сваёй кнізе, і гэта мяне вельмі ўсхвалявала, вы бераце віну за смерць хлопца на сябе, хоць суд адназначна і без усякіх сумневаў зняў з вас усе абвінавачанні і падазрэнні.

— І гэта не было памылкай судаводства, як у справе О. Дж. Сімпсана! — Паркер перабіў Роўз, за што публіка ўзнагародзіла яго смехам, але адначасова ён заўважыў, як застыла ўсмешка вядучай. Ён даў пудла. Вядучая не любіла, калі яе перабівалі. А гумар тут таксама быў не да месца. Цяпер яму зноў трэба будзе адказваць засяроджана і з шармам, а галоўнае — сур'ёзна, каб яна не ўспрымала яго як канкурэнта ў яе ўласным шоу. У адказ яна паказала на Паркера абедзвюма рукамі, быццам памерала яго для тэлекамеры ад макаўкі з парадзелымі валасамі да падэшваў, і на імгненне падладзілася пад ягоную танальнасць.

— Так, на О. Дж. вы сапраўды не падобны. — Яна ўхвальна кіўнула, калі публіка смехам падтрымала цяпер ужо яе, прычым смех быў нават узмоцнены падключаным запісам. Яшчэ раз пашанцавала, падумаў Паркер.

— Але вернемся да вашай кнігі. Як вы здолелі прыйсці да такой пазіцыі — пасля ўсіх тых жудасцей, што вас напаткалі?

Паркер счакаў хвілінку, потым наструніўся, павярнуўся да вядучай і сказаў:

— „The art of losing isn't hard to master"*.

— Што? — Роўз на нейкі момант збянтэжылася.

— Верш Элізабет Бішап. Турма была досведам, які змяніў маё жыццё. Яна была тым месцам, адкуль ужо немагчыма ўцячы, адкуль я ўжо не мог уцячы ад самога сябе.

Прамаўляючы апошнія словы, ён крыху павярнуўся да камеры. Нельга было ўцячы ад успамінаў, ад уласных пачуццяў. Ад бясконца віруючай сумесі з траўмы і няздольнасці хоць штосьці зрабіць. Усё гэта заставалася недаступным для разумення, невыказным, але ён, бадай, знайшоў магчымасць прынамсі паказаць нешта, і людзі адчулі гэта. Кнігі — гэта вызваленая энергія. А потым ён прадэкламаваў верш Бішап цалкам, ад пачатку да канца.

* „Уменнем прайграваць няцяжка авалодаць" (*англ.*).

Размова з Роўз Боўлтан у яе перадачы *„Ваша ўласная праў-да"* на Чацвёртым канале атрымалася нашмат даўжэйшай, чым папярэднія такія перадачы; яны ішлі заўсёды па дваццаць пяць хвілін з трыма перапынкамі на рэкламу. Перадачу з Паркерам паказалі спачатку на Заходнім узбярэжжы, а на наступны дзень па кабельным тэлебачанні з улікам розніцы ў часе яшчэ раз па ўсёй краіне. Патэлефанавала ягоная агентка, павіншавала. Паведаміла, што да канца тыдня ён павінен выступіць яшчэ ў двух вячэрніх шоу. Пацвердзіла, што робіць ён гэта добра. Сказала, што ён нават не разумее, наколькі важна для людзей даведацца пра такі вось паварот лёсу, фантастыка! Пачуць пра такі лёс, у пэўным сэнсе пражыць яго разам з героем, аўтэнтычна! І тое, што ён сказаў пра смерць, пра страту і дараванне, ягоныя прызнанні, ягоная сумленнасць, проста казачна, казачна! Ён перабіў яе, спаслаўшыся на тое, што яму яшчэ трэба ў грымёрцы размыцца, і нагадаў, што яны бліжэйшым часам сустрэнуцца — можа, паабедаць разам у „Оўшн Рум"? Яму прыемна запрасіць яе, з удзячнасцю за яе выдатную працу, ён даўно ўжо збіраўся зрабіць гэта. Можа, у наступны чацвер?

Калі Паркер ляцеў у Нью-Ёрк, ён раптам адчуў, як па спіне мурашкі пабеглі. Неба было чыстае. Унізе паблісквалі агні, Лос-Анджэлес зверху быў прыгожым горадам. Кандыцыянер выстудзіў пасажырскі салон, і Паркер папрасіў у сцюардэсы плед. Яна прынесла заадно і віскі, „сінгл молт". Неблагі сэрвіс.

Апынуўшыся ў мэбляванай кватэры на Баўэры, нанятай на месяц туру з новай кніжкай, Паркер праслухаў спачатку шаснаццаць паведамленняў на аўтаадказчыку, што паступілі за апошні час, стоячы выпіў цэлы пачак апельсінавага соку з халадзільніка і заснуў глыбокім сном знямогі. Мышэй гэтым разам ён не знайшоў.

З архіваў Паркера
Людзі, што аддаюцца на волю лёсу, дазваляюць свайму лёсу знікнуць і становяцца тымі людзьмі, якія яны ёсць у сапраўднасці.

Раздзел 6

Ступень насычэння

Было душна. Вільготнасць паветра набліжалася да ста адсоткаў. Такі стан называюць насычаным. Яго можа дасягнуць хатняя гаспадарка, фірма, стыль жыцця. Паркер праверыў перад люстрам, ці добра сядзіць гальштук, ён выбраў пералівісты сіне-зялёны, адзін з трох, якія не адбракаваў і не аднёс у дабрачынную краму сэканд-хэнд на плошчы Святога Лукі, у сутарэнні побач з ягоным любімым садам; гальштукі і адзін гарнітур захоўваліся да яго вяртання ў часовым кабінеце ў Нью-Ёркскім універсітэце, які ён дзяліў з двума іншымі *visiting professors**. І свой другі ноўтбук, прынтар і некалькі сувеніраў ён таксама няўзнак забраў з кабінета, пакінуўшы ключ у дзвярах. Ён выцягнуў манжэты з рукавоў пінжака і яшчэ раз павярнуўся ў абодва бакі перад высокім, на ўвесь рост люстрам. Ён трохі схуднеў. Гарнітур, ад Каналі, які ён купіў два дні таму, новы, але са зніжкай на семдзесят адсоткаў у „Сэнчуры 21“, быў прыталены і пасаваў як уліты. Ніякіх зморшчынак на жываце. У гэтым сэнсе турма пайшла яму на карысць. Пасля таго як ён, выйшаўшы на волю, у маленькім пакойчыку кільскай кватэры Анэлі за шэсць тыдняў напісаў кнігу, ён рэгулярна займаўся ёгай і плаваў; такі лад жыцця супакойваў і дадаваў энергіі.

---

* Запрошаныя прафесары (*англ.*).

Ён выбраў пінжак без бакавых шліцаў, каб дысцыплінаваць сябе. „Метад Лагерфельда", — сказаў ён прадаўцу, які ў адказ няўцямна, але прыязна ўсміхнуўся. — „На памер меншы, а потым худнець".

Ён больш не піў, кожную другую раніцу бегаў сорак пяць хвілін і ў абед еў толькі салат. Такі быў новы рытм ягонага жыцця.

Нью-Ёрк спараджаў свае заўсёдныя шумы. Вылі ў легкавіках, цесна прыпаркаваных на ўзбочыне, прыстасаванні супраць крадзяжу, вішчалі папераджальныя сігналы машын, што вывозілі смецце, гудзелі сірэны паліцэйскіх аўтамабіляў, цяжка ўздыхалі гідраўлічныя дзверы і нажныя тармазы, звінелі першыя ўдары алюмініевых бейсбольных ракетак на трэніровачных пляцоўках у парку. Паркер закрыў ноўтбук. Блог выйшаў кароткі, бо часу было мала, але тэкст напісаўся лёгка. Позірк у акно, прыгожы працяг ягонага пакоя ў неба, якое ў Манхэтэне было адзінай знешняй прасторай. Мора і рэкі заўважаліся толькі тады, калі ты стаяў непасрэдна перад імі або пераязджаў на пароме, дый тады яны трохі расчароўвалі, бо ўспрымаліся як штучныя абмежаванні гэтага суцяшальнага вострава. Паркер дыхнуў на далонь, каб упэўніцца, што на ёй не засталося халоднага і такога страшнага для людзей паху часнаку, якога ён столькі з'еў учора з пулькогі ў сваім любімым карэйскім рэстаране на Трыццаць другой вуліцы. Іх маленькая кампанія заняла асобны кабінет, традыцыйны пакой годжы з нізкім сталом і прыгожай абшыўкай сцен. Добра хоць, што Эліят асабліва не настойваў на стрыптызёрках, але Паркеру са сваімі гасцямі — а былі тут Вернан, жылісты начальнік рэкламнага аддзела выдавецтва, Дэйдра, рэдактарка ягонай кнігі, гаркавы шарм якой выклікаў хіба што ледзь заўважнае трымценне вуснаў, але не ўсмешку, Санджыб і Ванэса, ягоныя былыя калегі па Бардзе, ды калумністка з „Пост", перакананая, напэўна, што ёй тут не месца, — давалося да самага досвітку трываць і незлічоныя порцыі соўджы, віскі ды піва, часам змяшаных у „бомбу" (на адну порцыю піва шклянка рысавай гарэлкі), і непрыстойныя жарты, і агульны фрывольны настрой. Перамыванне костачак, опіум для прыгнечаных, — гэта... Слова, якое ў функцыі іменнай часткі выказніка павінна было б закончыць гэты сказ, не прызначана для вушэй тых, каму яшчэ няма шаснаццаці.

Паркер зачыніў акно і ўздыхнуў. Неўзабаве шмат што зменіцца. Акрамя ноўтбука, прынтара, туалетных прыналежнасцяў, талеркі для сняданку і суперкубка для кавы „Дарт Вейдэр“ у выглядзе шалома, з лімітаванай партыі, які мінулай вясной падарыла яму пасля семінара ў Сіэтле старбакская каманда, незапакаваных ягоных рэчаў тут больш не засталося, напагатове стаялі толькі тыя два чамаданы. Кубак ён хацеў паслаць у Кіль — Хорсту, школьнаму швейцару. Яны з Анэлі доўга спрачаліся, дзе ім жыць, а потым купілі дом на Плёнскім возеры. Анэлі, увогуле адна з самых маладых суддзяў, атрымала прызначэнне ў вярхоўны суд федэральнай зямлі. Паркер у бліжэйшы час будзе — з дзіцём — сядзець дома і пісаць. Эліят падарыў яму фотаздымак сабакі: едзе ў „кабрыя“, вушы трапечуцца. *I can't help you — but I can always give advice*“*. З гэтымі словамі ён сваім буркатлівым манерам развітаўся каля пятай уранку, крыва ўсміхнуўшыся ўсім тварам з носам-бульбінай.

Дні Паркера ў Нью-Ёрку даўно прамінулі. Ён, уласна кажучы, збіраўся адразу пасля таго, як вырашыў „суправаджаць дзіця ў якасці бацькі“ — так назвала гэта Анэлі, — падаваць дакументы ў Калумбійскі універсітэт, там было вакантнае месца. Чарговую прапанову зрабіў і Нью-Ёркскі ўніверсітэт, каб утрымаць яго. Але Анэлі хацела пакуль што заставацца ў Германіі, таму і ён мусіць жыць там.

Кансьерж патэлефанаваў яму знізу: пад'ехала таксі. Анэлі здзівіцца, што ён не запрасіў амаль нікога з сяброў, толькі сваіх сабутэльнікаў па ўчарашняй вечарынцы, у якіх пасля „бомбаў“, напэўна, яшчэ баліць галава. Сам ён пад канец піў толькі чай. *Mens sana...***

Анэлі і ён так і не дамовіліся канчаткова наконт таго, якім дакладна павінна быць іх агульнае жыццё. Звычайнага занятку

---

* „Дапамагчы табе я не магу, але магу заўсёды даць параду“ (*англ.*).
** Здаровы дух (*лац.*). Частка выслоўя „Mens sana in corpore sano“ („У здаровым целе здаровы дух“).

Паркер не хацеў. Бацькі Анэлі зрабілі ім шчодры падарунак — восемдзесят тысяч еўра. Гэтага, разам з авансам за кнігу і яе заробкам суддзі, якраз хапіла, каб заплаціць за дом.

Ён папрасіў таксіста, містара Рафсанджані, як можна было прачытаць пад не самым свежым фотаздымкам на прыборнай дошцы, зачыніць акно. Занадта шмат дыму, сажы, пылу і смуроду. „Ці не стварала ваша прозвішча праблем у той час, калі чалавек з такім самым прозвішчам быў прэзідэнтам Ірана?“, — спытаў Паркер. Кіроўца злосна зірнуў на яго у люстэрка задняга віду і не адказаў.

Таксі спынілася. Ля псеўдагрэчаскага, у стылі Парфенона, фасада манхэтэнскага Муніцыпальнага будынка Паркера ўжо чакалі Анэлі з роднымі і сябрамі і ягоная маленькая кампанія. Прывабныя зіхоткія рэльефныя дэталі, дзіўная велич вежаў і арак, уся гіганцкая геаметрычная пабудова насупраць старога Сіці Хола — яго планавалася знесці дзеля гэтага завяршальнага дасягнення ў руху за архітэктурную прыгажосць, з дапамогай якога бацькі горада хацелі маральна ўздзейнічаць на сваіх грамадзян на цуда-востраве Манхэтэн, але кошт пабудовы вызначылі настолькі заніжана, што потым яшчэ не адзін год любы грамадзянскі будаўнічы праект адхіляўся ўжо на стадыі падачы заяўкі, — усё гэта здавалася Паркеру прывітаннем з нейкага іншага часу. Таго часу, калі ў бацькоў горада яшчэ была надзея, што з будынкамі можна ўсталяваць і дух горада. Таго часу, што спарадзіў архітэктуру, з дапамогай якой бацькі горада хацелі зрабіць Нью-Ёрк вялікім чалавечым эксперыментам. Гэта пэўным чынам і атрымалася, толькі дух горада ўвасобілі не Цэнтры Ракфелера, не Крайслеры, не Уолворт і не Эмпайар Стэйт Білдынг, а пярэсты вэрхал у маленькіх крамах, танных вулічных тэатрах, які несупынна мяняецца ў нейкай сюррэалістычнай мазаіцы.

Манхэтэнскі Муніцыпальны будынак павінен быў стаць кульмінацыяй — тут, ля падножжа, ля рампы Бруклінскага моста; за прамінулы час нічога лепшага ўжо не з’явілася, нічога, што магло б лепш пазначыць ускраіну горада. Такога вось ганарыстага „Спыніся, азірніся“, перш чым крочыць па мосце ў шыр нябёсаў.

Уласна кажучы, нікога не павінна было здзівіць, што Сталін у трыццатыя гады прыслаў у Нью-Ёрк агентаў — архітэктараў і інжынераў-будаўнікоў са славутых ленінградскіх і маскоўскіх інстытутаў, каб яны прыгледзеліся менавіта да гэтага будынка і ягоных канструктыўных прынцыпаў. Да гэтай копіі копій, грэчаскай спадчыны, што пераносіць нью-ёркцаў у вышыню і большую шырыню. У ім яны ўбачылі абарончы шчыт дэмакратыі і разнастайнасці Амерыкі, *pluribus in unum**. Потым у Маскве цягам трыццатых гадоў гэта было ўвасоблена ў „шэдэўрах“ карамельнай архітэктуры, сталінскім барока ва ўрадавых і элітарных кварталах для ветэранаў партыі, але найперш у сямі братах-гмахах, пачынаючы з Універсітэта імя Ламаносава** на Вераб'евых гарах. А потым з'явіліся будынак Міністэрства замежных спраў, гасцініца „Украіна“, жылы дом на Кацельнічаскай і яшчэ адзін ля Чырвоных Варот, гасцініца „Ленінградская“ і жылы дом на Кудрынскай. Калі Паркер першы раз прыехаў у Маскву — ён праводзіў тады семінар для менеджараў сярэдняга ўзроўню ў канцэрне „Газпрам“, гэтыя будынкі спадабаліся яму, яны нагадалі яму Нью-Ёрк. Паркер абарваў свае думкі. Ён убачыў сястру Анэлі на прыступках Муніцыпальнага будынка, яе бацькоў і двух сяброў па працы ў місіі ААН у Афрыцы, якіх ён ведаў толькі па фотаздымках. Яна „пад уздзеяннем абставін“ зноў пусціла родных у сваё жыццё, як яна казала. Так бы мовіць, *Last minute****** з просьбай дапамагчы фінансамі пры набыцці дома. Можа, спрацаваў мацярынскі інстынкт? Арда ў зборы. Яны тады жартавалі, але засталіся і пэўныя сумневы. Ну добра, ён будзе паслужлівы, гжэчны, нават лагодны. Ён ледзь не дадаў „выгодны“, *do ut des*******, як кажам мы, старыя латыністы; такім ён уяўляў сабе будучага цесця, якога ведаў па аповедах як ультракансерватыўнага мешчаніна.

---

* Многае ў адным (*лац.*).
** Так у арыгінале.
*** Тут: „Пад пагрозай страты“ (*англ.*).
**** Даю (табе), каб ты даў (мне) (*лац.*). Формула рымскага права.

Ягоная нявеста выглядала ў жоўтай сукенцы прыгожа, але шчаслівай не здавалася; яе галава над глыбокім дэкальтэ і смарагдавымі пацеркамі, падарункам Паркера, тарганулася, калі яна, быццам шукаючы яго, абвяла позіркам нешматлікі натоўп. Жывот яна выставіла наперад, нібы зіхоткае велікоднае яйка. Дзявяты месяц. Не трэба нічога занадта традыцыйнага, запэўнівалі яны адно аднаго. Рэгістрацыя шлюбу, сціплы абед, потым вяртанне ў Германію — і марш у радзільны дом.

Дом на возеры таксама ж не планаваўся на ўсё жыццё.

Маці падала Анэлі вясельны букет. Бацька бязрадна часаў сабе спіну. У кожнага свой клопат. Калі Паркер, пакорпаўшыся ў кішэні пінжака, дастаў партманет і яшчэ раз адкінуўся ў „кроўн вікторыі" на праседжаныя падушкі з штучнай скуры, містар Рафсанджані штосьці незадаволена буркнуў.

У той момант, калі Паркер выходзіў з таксі, далікатнае піпіканне мабільніка паведаміла яму пра свежую эсэмэску. Ад ягонай агенткі. „Сеул, комплекс з трох блок-семінараў для карпарацыі "Ханьян", два ток-шоу, серыя лекцый у Нацыянальным універсітэце. Выходзіць пераклад тваёй кнігі. Запрашаюць амаль на тры месяцы. Апартаменты першага класа плюс дарога. 75 000 долараў. Окей?"

Невялікі гурт на прыступках прыйшоў у рух. Два фатографы і здымачная група мясцовага канала стаялі ля лесвіцы, танарм і камера з маленькім пражэктарам павярнуліся ў бок Паркера.

Паркер прымусіў сябе пакуль што не адчыняць дзверцаў. Ён быў у роздуме: адказваць на эсэмэску адразу ці не — і вырашыў зрабіць гэта пасля, расплаціўся дваццаткай, выйшаў з машыны і, удавана ўсміхаючыся, стаў перад фатографамі, якія ўжо чакалі яго. Кіроўца кінуў яму ўслед *Good luck* — „Шчасця вам", і дзверцы таксі, глуха стукнуўшы, зачыніліся. На Паркера пасыпаліся пытанні. Журналістка з „Пост", відаць, яшчэ не працверазеўшы пасля ўчарашняга, спатыкнулася і грымнулася на машыну. Паркер дапамог ёй стаць на ногі. Паўзверх галоў ён паглядзеў на Анэлі. Яна ззяла. Паркер кіўнуў ёй. А потым дастаў з кішэні мабільнік і паслаў агентцы адказ. Усяго адно слова. *Сеул.*

ЗМЕСТ

www.ingramcontent.com/pod-product-compliance
Lightning Source LLC
Chambersburg PA
CBHW050605190726
48283CB00007B/2285